골든 워터

골든 워터

초판 1쇄 발행 2025년 8월 1일

지은이 박관식
펴낸이 장길수
펴낸곳 지식과감성#
출판등록 제2012-000081호

주소 서울시 금천구 벚꽃로298 대륭포스트타워6차 1212호
전화 070-4651-3730~4
팩스 070-4325-7006
이메일 ksbookup@naver.com
홈페이지 www.knsbookup.com

ISBN 979-11-392-2699-7(03810)
값 15,000원

• 이 책의 판권은 지은이에게 있습니다.
• 이 책 내용의 전부 또는 일부를 재사용하려면 반드시 지은이의 서면 동의를 받아야 합니다.
• 잘못된 책은 구입하신 곳에서 바꾸어 드립니다.

지식과감성#
홈페이지 바로가기

골든 워터

박관식 장편소설

본 신간인 《골든 워터》를
사랑하는 아내 남상순에게 올립니다.

심운 박관식

목차

제1장 약수명약(藥水名藥)

1. 노소동락(老少同樂)   10
2. 천수 사업(天水事業)   13
3. 라스베이거스(Las Vegas)   24
4. 금의환향(錦衣還鄉)   30
5. 수신(修身)   42
6. 초정약수(椒井藥水)   57
7. 신문기자(新聞記者)   69

제2장 우연지사(偶然之事)

8. 출발(出發)   86
9. 조우(遭遇)   93
10. 무속인(巫俗人)   105
11. 미국인(美國人)   127
12. 화천전투(華川戰鬪)   137

제3장 황금해수(黃金海水)

13. 해류(海流)   154
14. 해양생물(海洋生物)   163
15. 강해심층수(江海深層水)   173
16. 태평양(太平洋)   185
17. 심층수(深層水)   199
18. 소금(鹽)   207
19. 물(水)   216

제4장 흥망성쇠(興亡盛衰)

20. 경쟁(競爭)   238
21. 천수 리조트(天水度假村)   250
22. 천해 리조트(天海度假村)   261
23. 접대(接待)   275
24. 자금조달(資金調達)   282
25. 방사능(放射能)   294
26. 심해류 정지(深海流 停止)   303

제5장 일장춘몽(一場春夢)

27. 긴장과 허무(緊張과 虛無)   312
28. 울릉도(鬱陵島)   322
29. 귀거래사(歸去來辭)   336
30. 배낭여행(背囊旅行)   346
31. 조선왕릉(朝鮮王陵)   362

* 참고 및 인용 문헌   376
* 저자의 세계   379

제1장 약수명약(藥水名藥)

1. 노소동락(老少同樂)

"올라!"
"올라!"
"어디서 왔어요?"
"코리아."
"사우스? 노스?"
"물론 사우스지…."
"와! 서울에 한 번 다녀온 적이 있는데 판타스틱했어요. 경복궁과 인사동이 인상 깊었어요."

 오랜 세월 동안 해외를 다녔건만 처음 만나는 외국인들은 한결같이 남과 북에 대한 질문을 한다. 박지우는 너무나 식상했다. 어찌 되었건 간에 말을 걸어온 사람들은 젊은이들이었다. 그들의 얼굴은 웃지도 않는데 웃음이 넘친다.

 "나는 멕시코시티에서 온 후안이고, 얘는 마리아야. 대학 친구고, 여름 바캉스로 왔어."
 "반가워요. 나는 지우이고, 친구 달성과 일섭이야. 우리는 지금 중남미 배낭여행 중이지."

　멕시코 남단에 위치한 유카탄(Yucatan) 반도의 끝 "칸쿤(Cancun)"은 뜨겁다. 어둠이 깔리자 왁자지껄한 소리와 함께 젊음의 열기로 더욱 달아오른다. 스페인풍 하얀 담장 너머 파티오에는 열대화인 봉황목 진한 주황색 꽃이 가득 폈다. 나무마다 흐드러지게 핀 꽃과 바닥에 즐비하게 통꽃으로 뒹구는 낙화에서 스멀스멀 흘러나오는 꽃 향에 취한다. 능소화 닮은 짙은 주황색 꽃이 젊은이들의 얼굴마저 벌겋게 물들인다. 경쾌한 리듬을 연주한 트리오 밴드가 자리를 뜨자 낭만의 숨결이 거칠어진다. 여러 나라에서 온 배낭 여행객들의 본격적인 파티가 시작된다. 젊음에는 쉽게 어울릴 수 있는 특권이 있다.

　여행자 숙소인 "까베 칸쿤 호스텔"에는 서로 몰랐던 남녀 젊은이들이 섞여서 즐기고 있다. 청년들은 카리브의 불볕에 그을린 웃통을 보이며 활보한다. 남녀 젊은이들이 파티오에 나와서 스스럼없이 어울린다. 칠순을 눈앞에 둔 지우는 구석에 서서 뻘쭘하게 구경하고 있으니 금발의 여성이 먼저 다가와서 살갑게 말을 건다. 나이나 언어는 전혀 문제가 되지 않는 모양이다. 몸짓 언어도 제법 통하는 듯하다.

　갑자기 손을 잡고 끌고 가서 탁구공을 테이블 위로 던져서 여러 개 놓인 빈 컵 안에 넣으라고 한다. 못 넣자 박장대소를 하며 모두가 즐거워한다. 멕시코 전통주인 용설란(Agave) 수액으로 만든 풀케(Pulque)를 증류한 데킬라(Tequila)나 메즈칼(Mezcal)을 선택해서 벌주로 마시라고 한다. 남녀 젊은이들 모두가 박수를 치며 마시라고 소리친다. 박수 소리가 점점 더 커지며 소리도 지른다. 독주이지만 분위기에 눌려서 한입에 털어 넣는다. 밤이 깊어져도 방으로 돌아가는 사람이 없다. 취해서 놀던 자리에서 널브러져 자기도 한다. 지우도 분위기에 휩쓸려 시간 가는 줄 모르고 마시기를 거듭한다. 잊었던 젊음이 되살아난다.

　다음 날 늦은 아침에 젊은이들과 함께 칸쿤 해안가로 몰려간다. 이미 나이는 잊었다. 아니, 잊고 싶었다. 야자수 아래 백사장에 돗자리를 깔고 누워서 해풍을 맞으며 오수를 즐기거나 일광욕을 한다. 남녀 가리지 않고 함께 뒹군다. 맥주 한 상자를 숙소에서 들고나와서 해장술로 마신다. 바다를 앞에 두고 무한한 자유에 취한다. 파도타기를 하자는 팀에 이끌려 파도가 끊임없이 밀려오며 흰 거품이 부서지는 바다로 들어간다. 제법 큰 파도도 계속 밀려온다. 가만히 서 있다가 파도가 다가오면 제자리 뛰기를 하여 파도 위로 튀어 오른다. 시간 가는 줄 모르고 젊은이들과 놀다 보니 피부는 구릿빛으로 타들어 간다. 바닷물에 찬기는 없다. 아니 따뜻하다. 놀이에 취해서 시간을 잊는다.

　칸쿤에서 멀지 않은 "무헤레스섬(Isla Mujeres)"으로 해풍을 맞아가며 달려간다. 천상의 해수욕장이 눈앞에 펼쳐진다. 파도가 거의 없는 잔잔한 해변은 푸른 빛깔이 그라데이션 층을 이뤄 시원하게 펼쳐져 있다. 그 속으로 들어가서 몸을 담그며 너울거리는 황금빛 물그림자를 바라보다가 난반사에 눈을 감는다. 밖으로 나와 곱디고운 백사장을 물멍하며 하염없이 걷는다.

2. 천수 사업(天水事業)

　남북한 화해 무드가 급물살을 타면서 휴전선 지역은 크게 꿈틀거리기 시작했다. 개발이 제한되었던 파로호 수변 지역이 부상했다. 초대형 가족형 리조트인 "천수 사업"이 그 실체를 드러냈다. 파로호에서 금강산 관광까지 선편으로 당일 다녀올 수 있는 사업이다.

　최 회장이 로비스트인 헬렌 황을 만난 지는 제법 되었다. 정부가 주최하는 방한 외국 인사들을 초대하는 파티에서 종종 만나다 보니 자연히 가까워졌다. 가끔 "최건축" 그룹 행사에도 그녀를 초대하여 자리를 함께하다 보니 사업 이야기도 하게 되었다.
　"청수건설"의 민성기 사장에게서 "천수 사업" 용역 의뢰를 받았다. 민 사장은 외자 유치에는 문외한이라서 최 회장에게 부탁을 하자 긍정적인 대답을 받았다. 그의 머릿속에는 황 여사가 있었다. 황 여사에게 천수 사업의 외자 유치와 디자인 건에 대해서 언급하자 그녀는 두 마리 토끼를 다 잡을 수 있는 방법이 떠올랐다. 우선 캘리포니아의 샌디에이고에서 디자인 센터를 운영하는 톰 김 회장을 최 회장에게 조심스럽게 추천했다.

　최 회장은 즉시 톰 김 회장에게 연락을 취했다. "파로호(把撈湖)" 주변에 건설 예정인 천수 사업에 대해서 간략하게 설명하면서 방문 목적을 말했다. 그는 방문 요청을 흔쾌하게 받아들였다. 일이 되려고 하니 진행이 일사천리로 가는 것 같았다. 더구나 황 여사의 소개라 하니 좋은 일이 있을 것만 같았다.

최 회장은 샌디에이고에 있는 "티케이 유에스에이 회사(TK USA Corp.)"를 방문했다. 어떻게 날짜를 알았는지 황 여사도 이미 와 있었다. 국내에서도 자주 만나지를 못하는데 미국에서 만나다니 반갑기만 했다.

"황 여사님, 이곳에서 뵐 줄은 전혀 몰랐습니다. 반갑습니다."
"네. 반갑습니다. 라스베이거스에 일을 보러 왔다가 회장님이 오신다는 이야기를 듣고 뵙고 가려고 잠시 머물렀습니다. 샌디에이고에서 이렇게 뵈니 무엇인가 새롭습니다."
"오시는 데 피곤했겠습니다."
"워낙 여행 체질이라서 크게 피로하지는 않은데 나이는 어쩔 수 없는가 봅니다. 하하."
"회장님도…. 아직 젊으신데요…. 호호."
"최 회장님, 오시느라 수고하셨습니다. 저희 회사를 방문해 주셔서 감사합니다. 그런데 이 멋진 사업의 사업주는 누구입니까?"
"네. 충청도에 있는 '청수건설회사'의 민성기 사장입니다. 톰 김 회장님."
"예, 민성기 사장…."
"지방에서 아파트 건설로 돈을 꽤 벌자 초대형 리조트 사업에 뛰어든 사람입니다. 땅에 대한 욕심이 많은 사람입니다."
"기본계획서에 나타난 시설을 보니 대단하네요."
"예. 파로호 호수 주변 산과 밭 200정보 사업부지도 확보했습니다. 현재는 진입도로 건설도 진행 중입니다. 말레이시아 '갠팅 하이랜드' 휴양단지와 같은 카지노, 호텔, 골프장을 망라한 리조트 건설을 하려는 포부가 큰 사람이지요. 더구나 파로호에 마린 시설까지 포함하니 말레이시아보다 더 화려한 단지가 되겠지요."

"네. 그렇습니다. 지대가 높은 곳에 카지노와 골프장이 있는 말레이시아 최고의 휴양지…. 거대한 실내 체육관 같은 넓은 장소에 엄청난 게임 테이블이 놓여있어 장관이었지요. 제가 카지노 업계는 좀 알고 있습니다만…. 그곳에서 골프도 쳐 보았는데 페어웨이가 아주 좁아서 고생했습니다."

"톰 김 회장님이 운영하시는 회사에서 꽤 유명한 건축가들과 함께 일하고 있다는 이야기를 들었습니다."

"예, 제가 라스베이거스 대학 초빙 교수로 있을 때 저희 회사와 프린스 그룹과는 업무 협약을 맺고 있어서 사안에 따라서 사업별 태스크 포스 팀을 운영하고 있습니다. 저희에게 맡겨 주시면 천수 사업 디자인 업무에 이름난 건축가를 투입하여 저의 디자인실에서 멋진 작품을 내게 될 것입니다."

"알겠습니다. 톰 김 회장님. 별도의 건입니다만, 황 여사에게서 이미 들으셨을 텐데 외자 유치 건도 함께 부탁드려도 되겠습니까?"

"아, 예. 그 점 잘 들었습니다. 저도 시티뱅크 등 라인이 있지만…. 차차 이야기하시지요. 황 여사님의 도움도 필요하고요…."

샌디에이고 디자인 센터를 방문한 최 회장은 황 여사가 와 있을 줄은 전혀 생각하지도 못했다. 소개는 해주었지만 설마 미국까지 와서 회의에 참석할 줄은 예상하지 못했다. 기대하지 않았던 일이 벌어지면 분명 어떤 형태이건 결론이 난다. 긍정적인 방향으로 일이 풀릴 것 같다.

통상 부탁을 받으면 도움의 질도 천차만별이다. 제3자에게 당사자를 소개하는 데는 다양한 형태가 있다. 당사자 앞에서 전화를 걸며 큰 소리로 당당하게 제3자에게 명령조로 부탁하는 경우다. 이때 제3자를 만나 보면 대부분 언급했던 부탁은 명백하게 거절된다. 이런 사람에게 부탁해서는 소용이 없다. 가장 많이 배려하는 경우는 제3자를 만날 때 주선해 준 사람이 현장에 나타난 경우이다. 금상첨화는 그가 식삿값까지 지불하고 먼저 자리를 떠나며 당사자와 제3자만의 자리를 마련해 주는 경우다. 헬렌 황이 나타난 경우다.

최 회장이 가져온 기본계획서를 본 톰 김 회장은 조국에 다시 진출할 수 있다는 것을 직감적으로 느꼈다. 천수 사업이 그에게는 너무나 매력적으로 다가왔다. 파로호가 있는 청정 지역에 관광 마린 휴양단지를 건설하는 대형 리조트 사업이다. 이즈음 동해안에는 남북 화해 무드가 조성되면서 남측에서 금강산 관광을 하기 위한 해로와 육로를 북한이 개방해서 오가기 시작했다.

지난날 고국에서 강화도 매립공사를 할 때 휴전선 주변 지역에 대한 전반적인 상세 검토한 기억이 되살아났다. 그때 남북을 연결하는 해상고속도로가 건설되었다면 통일은 보다 빨리 왔을지도 모른다.

지도를 들여다본 그는 리조트 위치가 북한에서 임남댐(금강산댐)이 건설되기 전까지는 북한강 상류의 물길이 좋았다는 것을 생각했다. 순간 이 장소야말로 대박을 칠 수 있다는 아이디어가 떠올랐다.

남북 간 화해 무드가 더욱 확장된다면 평화의 댐에도 물이 차게 되어서 금강산까지 크루즈 수로를 확보할 수 있다고 보았다. 파로호에 놀러 온 휴양객들이 아침 식사 후에 크루즈를 타고 평화의 댐에서 환승하여 임남댐 앞에서 하선하면 금강산 입구다. 금강산 구경을 하며 점심을 먹고 저녁에 다시 크루즈를 타고 리조트로 돌아오는 코스가 너무나 매력적이라는 생각이 번뜻 떠올랐기 때문이다. 외국 관광객도 엄청나게 몰릴 것으로 보았다. 휴전선 지역은 사람의 발길이 닿지 않은 세계 최대의 자연공원이다. 리조트 사업은 대박을 칠 수 있다고 믿었다. 외국인 투자 유치도 어렵지 않겠다고 생각했다. 자신이 직접 외자 유치에 앞장설 뿐만 아니라 상황이 되면 직접 투자까지도 생각했다. 톰 김 회장은 눈에 보이는 사업만 보는 것이 아니라 그것을 발판 삼아서 큰 꿈을 꿀 수 있는 사람이다. 조직을 끌어가면서 미래를 볼 줄 아는 기업가의 안목을 가진 사람이다.

최 회장이 티케이 유에스에이 회사 실적을 상세히 검토하니 명성에 걸맞은 작품들에 마음이 끌렸다. 무엇보다도 벽에 걸린 멋진 빌딩 사진을 보고 놀랐다. 그가 싱가포르에 건축 포럼이 있어 참석했던 바로 그 빌딩의 사진이었기 때문이다. 넓은 공간에서 디자이너와 제도사가 근무하는 사무실을 직접 둘러보며 그들과 대화도 해보았다. 세계적인 명성을 가진 프린스 그룹의 참여 가능성도 아주 높아 보였다. 완벽한 파트너를 만난 것이라고 믿었다.

무엇보다도 자신이 손을 댈 수 없는 외자 유치까지 협조가 가능한 톰 김 회장이 믿음직스러웠다. 그는 마음을 굳혔다. 그의 마음을 톰 김 회장에게 전하니 엄청나게 큰 손으로 악수를 청해오면서 라스베이거스에 있는 그가 좋아하는 레스토랑에 식사를 초대했다. 헬렌 황도 가는 길이라 동석하기로 했다.

민성기 사장은 청주에서 금수저를 물고 태어났다. 만석지기 아들로 물려받은 많은 토지가 있어 이를 활용해서 주택을 지어 파는 건설업부터 시작했다. 그가 세운 청수건설은 도시 개발이 빠르게 진행되면서 날로 번창했다. 지방의 부자가 진짜 알부자라고 한다. 실적도 많아지면서 자본도 많이 축적되어 자타가 공인하는 부자 소리를 듣게 되었다.

정부의 공공기관의 지방 이전 정책이 실행되자 아파트와 공공건물이 급격하게 늘기 시작했다. 사업이 작은 물결로 시작했는데 큰 물결로 바뀌면서 돈이 쏟아져 들어왔다. 그렇게 지방에서 건축업으로 성공한 그는 인생 목표로 내세운 대형 리조트를 건설하기로 마음먹었다. 사람을 풀어서 전국적으로 적지를 물색해 보았지만 쉽게 마음이 가는 곳이 없었다. 거간꾼들이 그에게 붙기 시작하며 제법 큰 물건도 들어왔다. 그러나 마음에 드는 땅이 보이지 않았다. 돈이 있고 배짱이 있는 사업가로서 참을성도 컸다. 그는 마음에 쏙 드는 땅이 나올 때까지 일을 저지르지 않고 기다렸다.

어느 날 강원도에서 거간꾼이 소문을 듣고 그를 찾아왔다. 강원도 파로호 주변에 큰 물건이 나왔으니 잡으라는 이야기다. 200정보의 임야가 불하된다는 정보였다. 휴전선이 멀지 않은 지역이라 표준지가는 아주 저렴했다. 거래가 거의 없는 지역에다가 수변 지역이라 하지만 평지가 아니다. 무엇보다도 남북 화해 무드가 조성되어 가고 있다고는 하나 아직은 불안한 지역이다. 그런데 세상일이 다 그렇듯 평생 한 번도 가보지도 못한 휴전선 인근의 파로호 수변 지역으로 결정했다. 연고도 없는 낯선 곳이다. 휴전선도 멀지 않은 곳으로 관광객도 거의 없는 내륙 한가운데에 위치한 미개발 지역이다.

'답은 현장에 있다'고 생각하며 그는 화천으로 올라갔다. 며칠을 현지에서 보내며 사업부지 구매 여부를 생각해 보았다. 파라호 주변을 돌며 지형도 보고 녹색 장원의 원시림에도 들어가 보고 옥색 빛 감도는 호수도 끊임없이 바라보았다. 호수 중간에 나타난 호랑이 닮은 한반도 지형을 보니 풍수도 제법 좋아 보였다. 걸으면서 호흡할 때마다 느끼는 산 공기 속에는 짙은 솔향이 녹아 있다. 그 어느 곳의 솔향보다 청량감이 더했다.

북단 호수의 작은 반월형 만을 따라 깊이 들어가 보니 숲속에 "비수구미(祕水九美)" 마을이 숨어있다. 원시림으로 둘러싸인 비경의 마을로 묵나물과 차로 이름난 곳이다. 현미밥에다가 얼레지나물, 풍미나물, 지칭개나물, 취나물 등을 섞어가며 들기름을 치면서 비비는 산채비빔밥 맛은 가히 일품이었다. 물가에는 낚시 전용의 바지선들이 떠있고 양식장도 보인다. 이곳에서 낚시하는 사람들은 며칠씩 머물며 낚시를 한다. 시간을 보내기 위해서 낚시를 하는 사람들이 많다. 아니, 물고기 몇 수라도 건지기 위해 낚시를 하는 사람들 같지는 않아 보인다. 강태공처럼 미늘 없는 낚시로 세월을 낚는 사람들일 것이라 생각하며 돌아보았다.

아침마다 마주친 옅은 물안개가 신비감을 휘몰아 다가온다. 무엇인가 신선한 기운이 다가옴을 느낀다. 수면 위로 곱게 피어나는 물안개가 잔잔한 바람에 실려서 다가온다. 숲에서 불어온 찬 바람과 마주쳐서 물안개는 풀잎이나 나무 잎사귀에서 이슬을 맺는다. 이슬방울이 지상으로 똑똑 떨어지는 소리가 정겹기만 하다. 국내에서 저명한 물방울의 화가는 말했다. "한 방울의 이슬에 가을이 들어있다. 한 방울의 이슬도 우주이다. 나는 가을의 아침 이슬 속에 있구나."

베트남 북쪽이 고지대에 위치한 "사파"를 생각나게 한다. 새벽녘에 공원에서 듣던 빗방울 떨어지듯이 나무에서 이슬방울이 이슬비 되어 똑똑 떨어지는 소리가 시공을 넘어서 여기에서도 들린다. 날이 밝아도 잔무가 엷게 대기에 남아서 하늘과 땅의 경계선이 분명하지 않다. 물안개 속을 생각에 잠겨 걷는다. 숲의 바람과 나뭇잎이 속삭이는 대화를 들으며 걷는다. 물기를 잔뜩 머금은 칡의 넓은 잎에서 난반사 빛이 주변을 밝힌다. 청가시덩굴 줄기가 계절의 끝물을 놓치지 않으려고 아직도 햇빛을 찾아서 위로 올라타고 있다. 녹색 열매가 붉게 물드는 그날을 기다리고 있다. 절정을 넘어서야 결실을 맺는다. 갈 길이 바쁜 놈이다.

어느새 미얀마의 동북부 샨주의 나웅쉐(Nyaung Shwe)의 드넓은 인레(Inle) 호숫가를 걷고 있다. 높은 고지 위의 호수라 천상의 호수라고 부르는데 바다처럼 큰 호수다. 긴 통나무 쪽배를 타고 물안개를 헤쳐 나간다. 작달막한 수상족인 인타(Intha)족 뱃사공이 후미에서 발로 노를 힘겹게 젓는다. 아니, 오랜 세월을 통해서 익힌 능숙한 솜씨로 젓고 있다. 그의 부친도 할아버지도 그렇게 살아왔듯이 그도 그렇게 살고 있다. 그들은 고기잡이와 물 위에서 수경재배로 토마토나 각종 채소를 키워서 먹고사는 사람들이다. '이보다 순수한 사람들이 있을까?'

물 위로 떠다니는 대나무 집에서 조상 대대로 살아온 모습 그대로 오늘도 노를 젓는다. 어부라는 업보를 바꿔본다는 생각조차 해보지 않았을 사람들이다. 변화를 두려워하는 것이 아니라 힘들더라도 현재가 좋은 사람들이다. 그들이 힘들게 산다고 생각하는 것은 민 사장의 생각이지 그들의 생각이 아니다. 아니 다른 세상과 비교를 하지 않고 살아왔고 지금도 그렇게 살아가고 있을 뿐이다. 어부의 구릿빛 얼굴에 멋쩍은 미소가 너무나 순수하다. 거짓말이나 스트레스는 모르고 사는 사람들이다. 어부는 회색 하늘인지 호숫물인지 분간이 안 되는 물안개 자욱한 호수 속을 본능적으로 헤쳐 나간다. 세상의 뱃길을 행복하게 젓고 있다. 나를 위해서 젓고 그를 위해서 노를 젓고 있다.

민 사장은 이곳이야말로 자기가 찾던 장소라는 확신이 들었다. 어떤 힘에 이끌렸는지 몰라도 그곳으로 정했다. 살면서 자기가 살기에 좋은 곳이나 사업하기에 좋은 부지를 만나는 것은 행운이다. 사람은 살았거나 죽었거나 좋은 자리를 원한다. 그래서 사람들은 운명에만 맡길 수가 없어서 지관도 데리고 다니면서 명당을 찾는다. 잘못 만나면 불행이 따른다. 그래도 최종 선택은 자신 스스로 한다. 가격은 현실이고 개발은 미래다. 선택은 언제나 확신에 차 있어야 한다.

그는 통 크게 금액을 써내어 낙찰받았다. 가장 북단의 토지를 사들인 것은 누군가에게 이끌려 사게 된 미래에 대한 투자였다. 그 누군가가 조상인지 아니면 자신의 수호신인지 알 수는 없었다. 선택은 자신이 했지만 누군가의 힘에 의해서 선택했다는 생각도 들었다.

파로호는 일본강점기 시대인 1939년에 화천댐 건설 착공을 하여 1944년에 완공되면서 인공적으로 조성된 우리나라 최초의 대형 인공호수다. 콘크리트 중력댐인 화천댐(높이 81.5m, 길이 435m)은 북한강 상류의 강물을 가둔 호수다. 호수가 조성되자 동물의 서식지가 만들어지는 등 자연 생태계에도 많은 변화가 왔다. 청정 지역에 사는 수달의 개체수도 급격하게 늘었다.

북위 38도 선 넘어서 있는 강원도 화천군과 양구군에 걸친 화천호는 완공 다음 해인 1945년에 우리 민족이 일제로부터 해방되면서 점령군인 러시아가 관할했다. 이후 전쟁 중에 이 지역에서 큰 전투가 벌어졌는데 사살된 북한군과 중공군 24,000명을 화천호에 수장시켰다고 한다. 6.25 전쟁 후 1953년에 휴전선이 확정되면서 이 지역은 우리나라로 관할권이 넘어왔다. 1955년 이승만 대통령이 그곳에 전쟁 기념비를 세우면서 화천호 중에서 댐 안쪽인 북쪽 호수만을 파로호로 명명했다. 그간 정부 규제로 개발이 거의 되지 않는 낙후 지역이자 미개발된 청정 지역이다.

어느덧 시간이 흘러서 전국적으로 리조트 건설 붐이 불기 시작했다. 사람들의 생활 수준이 올라가자 리조트가 휴식과 휴양의 중심 단어가 되었다. 리조트는 레크리에이션으로 일이나 공부에서 벗어나 휴양이나 기분 풀이 행위를 하는 장소다. 레크리에이션을 목적으로 자유 가처분 시간인 레저 타임을 보내기 위한 공간 개념이다. 즉, 레저 산업의 시스템이라고 하는 대량 소비 공간이다. 물가에는 호반 리조트와 마린 리조트가 지어지며 산악 지역에는 산림 리조트가 유행을 탔다. 회원권 하나쯤은 가지고 있어야 우쭐대는 시기였다.

그는 때가 되었다고 생각하고 파로호 수변 지역에 세워질 종합 유락시설인 청수 사업 건설을 위한 사업허가를 강원도에 신청했다. 그는 지방회사가 추진하는 사업인 만큼 인지도에 한계가 있을 것이라고 생각했다. 전국적인 리조트 시설인만큼 국내에서 명성을 가진 회사를 선정해서 추진하기로 했다. 그렇게 해서 선정된 최건축 그룹에게 마스터플랜 및 기본 디자인을 의뢰했다. 제반 허가 신청과 투자비를 포함한 사업타당성 조사와 환경영향평가 등의 조사업무도 일괄적으로 최건축에 일임했다. 최건축은 서울에서 가장 유명한 건축 디자인 및 컨설팅 그룹 중에 하나다. 실질적인 사업주인 최영집 회장을 만나보니 역시 유명세만큼이나 믿음이 갔다.

이러한 일련의 서류 작업이 끝나자 강원도 도청에 가서 천수 사업에 대한 프레젠테이션 몇 번 실시한 후에 사업 허가도 떨어졌다. 허가 조건 중에 외국인 투자 조건이 있었다. 적어도 자본금의 30%는 외자로 조달해야 했다.

외국인 투자 유치가 성공하면 주변의 산악 지역 추가 300정보 사업부지도 용도 변경시켜서 불하 또는 장기 임대하겠다는 단서도 있었다. 이는 스키장과 헌팅 용도였다. 그러나 민 사장은 다른 것은 몰라도 외자 유치에 대해서만 너무나 문외한이었다.

3. 라스베이거스(Las Vegas)

"최 회장님, 식사 자리에 여성 한 분을 더 초대해도 되겠습니까?"
"여성이라면…."
"예, 한국에서 사업할 때부터 저를 쭉 도와준 안소희 여사가 이곳에 여행 와 있습니다. 그분과 인사하면 어떨까 해서요. 최 회장님도 서울에서 만나게 되시면 도움도 줄 수도 있을 것 같습니다."
"예, 회장님이 추천하시는 여성분이라면 좋습니다. 함께하시지요."
"그럼 네 명이 함께 식사하는 자리로 예약해 놓겠습니다. 참, 그곳에서는 감보 해산물 수프(Gambo Seafood Soup) 맛도 봐야지요? 하하."
"휴스턴에서 일미라고 하며 큰 그릇에 나오는 그 수프요?"
"예. 라스베이거스 감보 수프가 더 맛있을 것입니다."

톰 김 회장은 자신이 라스베이거스에서 밤의 신사라고 농담을 하면서 식사 초대를 했다. 카지노 60여 개가 운영되는 라스베이거스의 중심 지역인 스트립 지역에는 미슐랭 3스타급인 셰프 조엘 로부숑(Joel Robuchon)의 전통 프랑스 레스토랑, 기 사부아(Guy Savoy)란 자신의 이름을 딴 현대 프랑스 레스토랑, 팰리스 호텔 안의 퓨전 일식의 노부 마츠히사의 노부 식당과 미국 셰프 보비 플레이가 연 지중해 해산물 요리점인 아말피 식당, 아니면 스페인 요리를 잘한다는 피카소(Picasso) 레스토랑 등이 이름난 곳이다.

이 중에서 어느 곳을 예약할까 생각하다가 헬렌 황의 의견에 따라 정하기로 했다. 그녀는 피카소 레스토랑을 추천했다. 이 지역은 예전에 멕시코 관할의 땅이었기에 스페인풍의 요리가 제격이라고 했다. 음식은 자주 먹어본 사람이 잘 안다고 한다. 그러나 스페인풍 식사는 우리 입맛에는 잘 맞지 않는다. 자주 접하지 못하기에 느끼는 이질감일지도 모른다. 마드리드에서 초청받아서 저녁을 먹은 적이 있다. 무려 5시간 음식이 나왔다. 술이 음식에 따라서 5종류가 나왔다. 재료의 향은 크게 부담이 없으나 음식의 양이 엄청나게 많았다.

최 회장은 전화로 본사 안성기 사장과 협의 후에 식사 자리에서 천수사업 단지의 디자인을 의뢰하고 싶다고 정식으로 말했다. 또한 투자나 완공 후의 운영에 관한 사항도 논의했다.

"최 회장님, 천수산업 일을 주신다니 감사합니다. 고국에서 의미 있는 사업에 참여하게 되니 기쁩니다. 기대에 어긋나지 않을 것입니다."

"저야 이번 일은 황 여사의 추천이 있어 이런 좋은 기회가 만들어졌다고 봅니다."

"네, 직접 이곳에서 오셔서 저의 일하는 모습과 실적을 보셨으니 잘 아실 것입니다."

"네. 티케이 디자인 센터의 실적과 벽에 걸린 라스베이거스, 마카오, 싱가포르의 작품 사진은 정말 멋지다는 생각이 됩니다. 저도 싱가포르에서 귀사에서 디자인한 건물을 방문한 적이 있습니다."

"최 회장님도 미국에서 공부하셔서 아시겠지만, 한국 디자이너와 달리 이곳에는 이상한 사람들이 많지요. 건축을 전공하셨으니 아시겠지만 솔직히 저도 그들의 작품 세계는 이해가 안 됩니다. 어떤 때는 원추를 거꾸로 세워놓은 디자인을 해 놓으니…. 예술적 외형은 좋을지 몰라도 건축비나 안전성에 불안하기도 했지요. 비유가 제대로 될지 몰라도 비디오아트로 세계적인 포스트 모던 비저너리(Visionary)인 백남준 작품과 같은 개념으로 디자인을 한다고 하면 이해가 되시겠지요. 그런 트렌드가 대세이니 참신한 아이디어로 승부를 볼 수밖에 없지요. 평범은 사람한테 적용되고 창작은 아방가르드로 예술을 먹고 산다고 할 수 있지요."

"한국도 많은 변화가 있습니다. 세계 미술 시장에서도 큰손으로 떠오르기 시작했다는 것이 작가들의 활동도 커졌다는 이야기이겠지요."

"최 회장님, 물론 과거와는 다르겠지요."

"예, K-문화가 자랑스럽습니다."

"그 점은 저도 동의합니다."

식사를 함께한 네 사람은 즉석에서 의기투합이 되었다. 한 번의 식사를 함께해도 그 자리가 상당한 의미를 가질 때도 있다. 접대의 자리도 얼마든지 앞으로 좋은 인연을 만드는 알찬 씨앗을 맺을 수도 있다. 성공한 사람이 식사 자리를 소홀히 하지 않는 이유다. 이날의 식사도 도원의 결의라도 한 듯 무엇인가 이뤄질 것 같은 기운이 돌았다.

디자인을 샌디에이고 사무실에서 수행하고 추가로 외화 유치 건은 헬렌 황과 톰 김이 지원해 주기로 했다. 헬렌 황은 외자 건은 적격의 사람으로 아이작 파웰을 동원할 생각을 하고 있었다.

고급 와인이 몇 잔 오가자 최 회장이 넌지시 운을 뗀 새로운 정보가 있었다. 국내 업계 상황을 설명하다가 국내에서 바람이 일고 있는 심층수 개발사업을 꺼냈다. 톰 김 회장은 순간 그 단어가 머릿속에 꽂혔다. '심층수! 이 얼마나 멋진 단어인가? 지금 최 회장이 신비의 세계를 말하고 있지 않은가?' 그는 속으로 중얼거리며 생각해 보았다. 궁금했다.

최 회장이 이곳에 온 것은 나에게 새로운 기회를 주기 위한 걸음이 아니었나 하는 생각도 했다. 심층수란 단어를 몇 번이고 되뇌어 보아도 신선했다. 가끔 특정 단어가 나타나서 삶의 행로에 영향을 주는 경우가 심심치 않게 있다. 우리가 그러한 흐름을 인지하지 못하더라도 그러한 영향권에 살고 있다.

우리에게 주어진 운명이나 운세는 이지함(李之菡, 1507~1578) 비결서인《토정비결(土亭祕訣)》에서도 찾기도 한다. 책 속에 제시된 144종의 운명을 매년 매월 바뀌는 운세를 어떻게 해석하느냐와도 관계가 있다.

톰 김 회장에게는 이번 식사 자리가 단순한 인사치레의 자리가 아니었다. 천수 사업 디자인 업무보다는 최 회장이 간단하게 말을 꺼낸 "강해심층수"를 포함한 "천해 사업"에 대해서 한 말에 동물적 본능이라 할까? 그는 사업에 대한 냄새를 맡는 후각이 즉시 작동했기 때문이다. 이 사업이야말로 자신이 한국에서 재기할 수 있는 사업으로 보았다. '얼마나 마음에 두었던 고국이었던가….' 그는 어떤 사업이 자신과 궁합이 맞는지도 잘 아는 사람이다.

일거리가 왔을 때 덥석 물기만 하는 사람은 실패할 확률이 크다. 아니 너무 매력적인 일거리라도 조심에 조심을 해야 한다. 그러한 사업의 선정은 사람의 논리적 추론보다 동물적 후각이 더 정확할 때가 종종 있다. 물론 기본은 경험을 바탕으로 결정된 선택이어야 한다. 이러한 아날로그식 결정이 때론 훌륭한 선택이었음에 놀란다. 그래서 보통 사람들은 선택을 많이 하는 사업을 주저한다. 그러나 경험이 아주 풍부한 톰 김은 달랐다. 순간적으로 추진 주최자 선정을 즉시 했다. 핵심은 이 새로운 사업을 톰 김 자신이 주관하여 추진하려면 헬렌 황과 안소희가 함께 동원되어야 한다는 생각이었다.

일단 최 회장에게는 세계 최대 구형 공연장인 스피어의 초대형 영상물 관람과 벨라지오 호텔의 오쇼(O Show)도 함께 관람하면서 사업에 추가하여 개인 관계를 깊숙이 다졌다. 그처럼 상대방 음식 접대에 후한 사람은 찾기가 쉽지 않다. 한 번의 만남도 상대방에게 깊은 인상을 심어주면 좋은 동지나 미래의 협력자를 얻게 되는 길이다. 함께 하는 일에 의미를 부여하고 정성을 다해야만 한다. 의미 없는 시간을 보낸다는 것은 범죄다.

최 회장이 돌아간 뒤에 프로젝트 태스크 포스 팀을 샌디에이고 엔지니어링 센터에 새롭게 구성하고 디자인과 개념 설계를 착수했다. 한편 파로호 리조트에 투자를 유치하기 위해서 톰 김이 투자하는 특수목적회사(SPC)인 "천수 하이랜드 아메리카" 설립도 구상했다.

그는 우선 천수 사업의 디자인과 개념 설계 그리고 건설 후에 운영에 관해서 미리 세계적인 명성을 가진 프린스 그룹과 협업이 먼저라고 생각하고 다시 라스베이거스로 날아갔다. 천수 사업의 리조트 단지를 명품으로 운영되기 위한 유명 브랜드 사용을 전제 조건이라 보았다. 라스베이거스의 대부분에 카지노와 마카오에 대형 카지노를 설계한 프린스 그룹의 울프를 찾아갔다. 그는 톰 김 회장과는 막역한 사이다. 라스베이거스에는 샌디에이고 디자인 센터장인 리처드 필립스가 미리 와 있었다.

"미스터 울프, 전에 제안했던 것처럼 이번에 건설될 파로호 천수 리조트에 프린스 로고를 쓰려고 합니다."

"완공 전에는 저희가 보내 드린 매뉴얼에 따라 했는지 서류를 보내주길 바랍니다. 물론 건설 기간 중에 전문가가 종종 현지에 출장을 갈 것입니다."

"모든 건설은 국제 규격에 맞게 수행될 것입니다."

"건설 기간 중에 모든 작업에 대해서는 대외비를 지키셔야 합니다."

"물론이지요."

"품질 검사관이 저희 측에서 파견되지만 완공 후에도 체크리스트에 부합되어야만 합니다."

"네. 계약에 따를 것입니다."

"그럼 후에 작성할 본 계약 전에 양사 간에 양해각서(Memorandum of Understanding)에 합의 서명합시다."

미국에서 초기 작업을 세팅해 놓았다. 다음 단계로 톰 김 회장은 일단 귀국하여 파라호를 답사해 보기로 했다. 오랜만의 귀국이다. 그에게 인생의 또 다른 새 마디에서 이제 첫걸음을 내딛고 있다. 그의 마음은 불타오르고 있었다.

4. 금의환향(錦衣還鄕)

　경상북도 대구에서 고등학교에 다니는 김의동은 전국체전 레슬링 부분 그레코로만형(Greco-Roman Style) 87kg급에서 금메달을 땄다. 대학에 진학해서도 운동을 계속했다. 행정학을 전공했지만 학점은 운동하는 사람 대부분이 그렇듯이 그리 좋지는 않았다. 당시는 교내에서 학생운동이 매일같이 일어나 데모 집회가 잦았다. 행동 대장 격으로 집회 안전을 담당하는 요원 노릇을 자청했다. 의리를 찾다 보니 궂은일도 도맡아 했다. 운동을 잘하는 사람은 생각보다 마음이 순수하고 자상한 사람이 많다.
　대학 졸업할 즈음에 몸에 이상이 생겼다는 것을 감지는 했으나 검사를 하지 않았다. 무엇인가 무게감을 느꼈지만 특별히 집어낼 이상 징후가 없었기 때문이다. 운동 탓이라 생각하고 잊어버렸다. 사회 진출이 목전인데 운동만 해서 취업 전선도 뚫기가 쉽지 않았다. 중고등학교 레슬링 코치 자리마저 쉽지가 않을 것 같았다. 하물며 운동선수로서 로망이라 하는 청와대 경호실 도전은 아예 생각하지도 못했다.
　가까이 지내는 강병수 학생회장은 졸업 후에 다가온 친구의 미래가 걱정이 되었던 모양이다. 학창 시절에는 누구에게나 젊음의 과욕으로 세상 부러울 것은 없고 친구는 영원할 것 같다. 온실 밖에서 겪는 험한 세상은 세월이 흐르면서 지난날의 친구 놀이는 흘러간 옛이야기일 뿐이다. 가까이 지냈던 학우와 술자리에서 어깨동무하며 평생 같이하자고 부르짖던 이야기는 그때까지만 유효한 말이다. 그러나 두 사람은 달랐다.

"의동아, 졸업 후에 진로는 정했나?"
"글쎄. 나 같은 사람이 취업이 될까? 대학 졸업장이 있으니 어디 굶겠나?"
"참 태평도 하네."
"머릿속에 든 것이 없어 하는 말이네."
"그럴수록 자격증도 따 놓고 교수님이나 선배들을 찾아다녀야지."
"운동만 한 사람을 어디 써주겠나?"
"지방 대학 출신이라 자리가 쉽지 않은 것은 맞아. 그래서 모두 서울로 올라가려고 하지. 우리야 이미 벌어진 일이니…. 그래, 좋다. 너야 뚝심이 있으니 무엇이건 해낼 거야. 힘든 상황을 헤쳐 나가는 힘이 너에겐 보인다. 친구야 믿는다."
"고맙다. 친구야. 믿어주는 친구가 있으니 든든하다. 나는 튼튼한 몸과 힘이 있으니 일단 노가다 세상이라도 그 속에 뛰어 들어가서 밑바닥부터 시작해 보면 되겠지?"
"그래, 현실은 냉혹하지만 그걸 헤치고 나면 길이 보일 거야."
"그래. 헤치는 능력은 자네는 충분할 거야. 운동할 때 어려움을 생각하면 말이야…. 자네는 금메달이라는 것을 잊지나 말게."
"금메달….'

지방 건설회사에서 공사판 노가다로 사회생활을 시작했다. 현장에서 직접 노동을 하다 보니 그래도 대학물을 먹었다고 배치는 자재공급, 노사문제, 시공감독, 대관업무 전반에 걸쳐서 골고루 투입되었다. 몸소 체험하고 남보다 많은 개선점을 찾아냈다. 반장에서 감독까지 빠르게 승진했다. 그의 일에 대한 열정이 보였고 뚝심과 사람과의 친화력이 상사들의 눈에 띈 것이다.

어느 조직이건 간에 눈여겨보는 사람은 있다. 벽에도 귀가 있고 어둠 속에도 눈이 있다. 그는 대처 능력이 탁월하다는 점이 장점이다. 심지어 상사들이 문제를 해결하지 못할 때 그의 아이디어는 빛을 발했다. 현장에는 그 나름 기회가 많았다. 그에게는 배움이나 지식보다 지혜가 있었다. 그리고 항상 행동이 뒤따랐다.

조선 후기 문인인 오성(吳盛)과 한음(韓音)의 우정을 그린 고전소설《오성과 한음》중에 발정이 난 암소 한 마리 이야기와 같은 지혜를 가진 사람이다. 수소 열 마리를 가져갈 수만 있으면 다 주겠다는 제의에 마을 사람들은 도저히 수소를 데리고 갈 방법을 찾지 못했다. 그러나 그 암소를 데려가니 모든 수소가 순순히 따라나섰다는 이야기다. 이는 지혜다. 알찬 삶은 지식보다 지혜가 요구된다. 생성형 인공지능 세상이 와서 이제는 못 얻을 지식이 없다. 삶을 더욱 풍족하게 하는 것은 지혜와 행동이다.

그는 과감한 선택을 했다. 초고속 임원 승진을 앞두고 그 자리를 마다하고 회사를 떠났다. 부장까지는 조직원으로 열심히 뛰어왔으나 임원은 사장도 아니고 직원도 아닌 어정쩡한 위치라고 생각했다. 그러한 자리는 그에게 생리가 맞지 않았다. 조직에서 스태프보다는 리더가 그의 성격에 맞았다.

과감하게 직접 토목사업에 직접 뛰어들었다. 그 분야가 자신의 뚝심과도 배짱이 맞다고 생각했다. 성공이 성공을 낳는다고 했다. 누가 알겠는가? 돈이 쏟아져 들어왔다. 낙동강 정비사업에 참여하면서 들어오는 돈을 주체하지 못할 정도였다.

미래를 보고 서해안 지역 곳곳에 해상점용허가도 받아 놓았다. 우리나라에서는 간척 사업이 대형 토목사업으로서 큰 먹거리 사업이었다. 미래에 대한 투자였으나 주변에서는 왜 쓸데없는 짓을 하느냐는 핀잔도 받았다. 그렇게 돈이 쌓이자 서울로 진출했다. 포부가 큰 사람은 서울로 올라간다. 지방에서는 한계가 있기에 큰물에서 놀기로 했다. 그는 포부가 큰 만큼 큰 사업에 도전을 서슴지 않았다.

남북 화해 무드가 조성되면서 남과 북을 연결하는 서해 바닷길이 발표되었다. 경기도 옹진군에서 무의도, 영정도, 강화도를 지나 개성에서 가까운 해안까지 이어지는 해상 고가도로 건설이었다. 구간별 작업의 일환으로 중간에 있는 섬에서의 토목 공사와 준설공사도 제법 많았다. 그중에서도 강화도 갯벌을 매립하는 대단위 토목사업이 있었다. 그곳에 별도의 대단위 인프라 설비 부지 조성 사업도 함께 포함되었다. 이미 해상 점유권을 확보한 그는 강화 구간의 해수면 매립공사를 수주하는 데 유리한 위치였으나 수주 과정이 어디나 그렇듯이 우여곡절이 있었다. 결국 그의 뚝심으로 수주에 성공했다.

바다를 메운다는 것은 쉬운 일이 아니었다. 조류가 있어 제방부터 쌓아야 한다. 많은 흙도 가져와야 한다. 건설장비는 소금과의 전쟁을 해야 한다. 많은 운영자금이 필요했기에 김 사장은 무리해서 돈을 조달해 가며 공사를 완료했다. 부지 개발 구조는 민간인 매립형 방식이었다. 매립 후에 등기 소유자가 되기 직전이었다. 등기 후에는 해당 토지를 법에 따라서 국가가 수용하고 토지 보상을 해주는 구조다.

타 회사와 합작을 하거나 돈을 받아서 사업을 진행시킨다는 것은 때로는 독주머니를 차게 되는 경우가 비일비재하다. 독주머니가 터지지 않으면 서로가 좋지만 터져버리면 자신마저 죽는다.

호사다마라 할까? 그즈음에 김 사장 몸에 원인을 알 수 없는 병이 생겼다. 대학 졸업 때 몸에 이상이 있었던 것이 갑자기 터진 것이다. 급격하게 위중한 환자 상태로 진행되는데도 목숨마저 경각에 달렸다. 국내의 의료진은 손을 댈 수가 없었다. 미국에 연락을 하니 일단 받아주겠다는 병원이 있었다. 물에 빠져 지푸라기라도 잡는 심정으로 즉시 비행기에 몸을 실었다. 생사가 오가는 시점에 사업은 의미가 없었다. 이미 머릿속에 사업이란 단어는 없었다. 실오라기 한 가닥의 생명줄을 잡는 생각뿐이었다.

고국에서 하던 토목사업은 비행기를 타는 순간에 이미 자신의 사업이 아니었다. 공사 마무리 단계에서 손을 떼게 된 상황이 되었다. 공사 대금은 마지막에 큰돈이 오간 후에 정산이 완료된다. 토지 등기도 마찬가지다. 그런데 그 순간 사장이 없으면 회사는 풍비박산이 된다. 회사 조직은 모래알로 흩어진다. 그러나 실적은 남고 누군가는 그 실적을 차지한다.

임직원들은 사장이 죽으러 미국에 갔다고 했다. 남아있는 사람들은 죽을 사람을 위해서 회사를 계속 보존하는 데 신경을 쓰지 않았다. 자신들의 급여와 퇴직금만 걱정할 뿐이었다. 결국 주인이 사라진 회사와 사업은 남는 것이 없었다. 오히려 알 수 없는 채권자들마저 나타나기 시작했다. 문제를 더 악화시키는 사람은 외부가 아니라 내부 사람이다. 매립된 토지는 공동 개발 회사 명의로 일괄 등기가 되었다. 위임한 인감이나 임의로 만들어진 도장이 중요 서류 곳곳에 찍히는 바람에 그의 명의로 등기된 토지는 한 건도 없다.

다행히도 치료 초기에는 회사에서 상당한 돈을 송금해 주었다. 공사 완료 후에는 공동 개발 회사도 그 나름대로 정산한다고 돈을 또 보내왔다. 치료에만 전념을 했고 받은 돈은 은행에 예치해 두었다. 2년 넘게 치료한 끝에 천우신조로 완치되었다. 그동안 고국의 회사에는 전혀 신경 쓰지 못했다. 아니, 쓰고 싶지가 않았다. 대가는 혹독했다. 회사는 무너지고 알지 못하는 채무는 남았다. 대리인을 내세워 허겁지겁 그나마 남아있는 잔여 재산을 처분하여 회사를 청산하고 부채도 정리했다. 회복이 되었어도 고국에 실망을 느낀 나머지 고국에 돌아가지 않았다. 투자 이민을 시청해서 미국 시민권을 받을 때 개명하여 톰 김으로 바꿨다. 다시는 가고 싶지 않은 고국이 되어버렸다.

살고 죽는 것은 운명이라 하지만 그는 미국에서 다시 태어났다. 제2의 인생에 도전장을 냈다. 타국에서 삶을 개척하며 산다는 것은 얼마나 어려운지 겪어본 사람만이 안다. 그는 운동을 했던 사람이기에 그 어려움을 운동했던 투지를 살려서 견뎌냈다.

젊어서 제대로 하지 못했던 공부를 다시 시작했다. 건축 대학원을 졸업하고 건축 디자인 사업에 손을 댔다. 캘리포니아 샌디에이고 시청 옆에 디자인 및 엔지니어링 회사를 세웠다. 실무를 뛰면서 박사 학위까지 받았다. 모교인 라스베이거스 대학에 초빙 교수로 강의도 했다.

자연히 세계적으로 명성이 높은 라스베이거스에 본사를 둔 프린스 그룹 경영진과도 친분이 두터워졌다. 그는 사람을 끄는 능력이 있다. 운동을 했기에 사람과의 대화에서도 순수함과 배짱을 보여줄 수가 있었다. 고국을 떠난 향수는 어쩔 수 없었는지 카지노에도 자주 출입했다. 자연히 고국의 중요 인사들이 방문하면 그들을 안내하며 인맥도 다시 쌓아갔다. 사업은 날로 번창하자 고국에서도 샌디에이고 디자인 회사 이름이 알려졌다. 그 과정에서 헬렌 황도 자연스럽게 만났다.

그는 강원도 화천군 파라호에 건설 예정인 "천수 사업"의 현장 답사를 위해서 책임 디자이너와 함께 방한했다. 이번 방한이 그에게는 금의환향인지도 모른다. 미국에서 자기 나름 성공하여 고국에 돌아왔기 때문이다. 청수건설의 민 사장과 최건축의 최 회장과 회의를 해가면서 전체적인 수정 사항을 심도 있게 논의도 했다.

현장 답사는 안소희 사장도 함께했다. 안 사장은 국내 원화 조달에 있어 항상 협조하는 관계에 있는 투자가이자 컨설턴트다. 강화도 토목공사 시절부터 관계를 맺어왔으니 오랜 친구와 같은 사이다.

그녀는 네덜란드 특수 토마토 생산에 관한 독점권을 받아와서 국내 농가에 위탁재배 시키는 사업을 하고 있다. 국내 고급 호텔 식당에 전량 공급하며 일본에 수출을 하고 있다. 생산이 과잉이 되면 과감하게 폐기 처분을 해서 시장을 장악했다. 그녀의 탁월한 사업 능력이 알려져 강의도 나가면서 사회적 위치를 키워 나갔다. 호텔에 경쟁력을 가지고 공급하면서 자연스럽게 호텔 소유주와 인맥도 쌓았다. 사업은 신뢰와 인맥을 먹고 자란다. 그녀는 그들만의 리그에 참여하게 되었다.

톰 김 회장은 화천군 오음리를 지나 오봉산을 넘어서 화천시로 들어갔다. 이어서 간척리, 간동리, 방천리가 나온다. 병풍산(796m)과 죽엽산(896m) 사이에 난 국도를 따라 북으로 올라간다. 그 끝이 파로호 남쪽 지역이다. 사업부지인 파로호 남쪽 수변 지역으로서 주변 환경을 먼저 둘러보았다. 때 묻지 않은 원시림에 둘러싸인 부지에서 바라본 파로호는 하늘보다 더 파란 물이 반짝이며, 빛나는 윤슬은 그리도 아름다울 수가 없었다. 이곳에 그의 회사가 참여하는 마린 리조트가 건설된다는 생각에 머릿속에 그 모습을 미리 그려 보았다. 함께 온 디자이너를 쳐다보면서 그의 어깨를 툭 쳤다. 그 역시 한국 자연의 아름다움에 푹 빠진 듯 눈빛이 반짝반짝 빛났다.

파라호는 지역적으로 북쪽이라 추운 지방인데도 불구하고 겨울에 얼지 않는 곳도 있다. 호수 깊이가 100m도 넘는 호수다. 그는 물가에서 가장 높은 곳에 있는 언덕 바위까지 올라가서 호수 전체를 바라보았다. 한참 호수를 바라보고 있는데 무엇인가 가슴에서 뜨거운 것이 올라왔다.

방천리 현장 사무소에서 진입도로 건설 등 사업 진행 상황을 소장으로부터 브리핑받았다. 방천리 일대를 배를 타고 파로호를 둘러보면서 비수구리 지역을 지나 평화의 댐 앞까지 가서 살펴보았다. 댐 주위의 비목공원 아래 "DMZ 상태 탐방로"로 들어섰다. 초소에서 신고 및 허가를 받고 통과하여 포장된 잘 된 도로를 달렸다. 인적은 전혀 없고 동물 출몰 주의 표시판이 자주 보인다. 지구상에서 가장 잘 보존된 숲이라고도 한다. 그러나 엄청난 지뢰가 묻혀 있는 DMZ 지역은 사람이 함부로 다닐 수가 없다. 군사 경계철선 인근까지 갔다. 바로 위가 이북의 임남댐이다. 다리를 건너 백운산과 하산 사이 사단 초소에서 다시 신분 확인 후 일반도로로 나섰다. 조국의 국방을 지키는 군인들이 믿음직스럽다.

북한은 북한강 상류에 1986년부터 건설한 121m 높이의 임남댐(금강산댐)이 있다. 이곳 임남저수지의 물을 현재는 태백산맥을 뚫어 동해 원산 방향으로 보내면서 큰 전력(810MW)을 생산하고 있다. 남측 북한강 상류로 물이 내려가지 않는다. 임남댐 하류의 남측인 우리나라에 속한 북한강 줄기에는 화천, 소양, 청평, 팔당까지 모든 수력발전소에서 총발전량(600MW)보다 더 크니 임남댐의 저수량과 낙차가 얼마나 큰지를 짐작할 수 있다.

임남댐 저수량 26억 톤을 동해로 쏟아내지 않고, 평화의 댐으로 내려

보내면 남측에서는 팔당까지 낙차 240m를 이용하여 그에 상응하는 발전을 할 수 있고 수도권의 부족한 절대량의 물 공급이 가능해진다. 현재는 북한강에서 일일 공급량 330만 톤을 끌어오지만 서울 인구가 쓰기에도 빠듯하여 향후에 물 소요 예정인 용인 지역의 반도체 산업을 중심으로 한 일일 150만 톤의 물 공급도 쉽게 해결할 수가 있다. 이에 대한 보상으로 향후 북한에 대해서는 상실 발전량 이상으로 북한의 열악한 송전선을 비롯한 발전 용량 증대를 공급해 주면 상호 원원이 될 수도 있다. 현재의 화해 무드가 그렇게 진전되기를 바라는 마음은 비단 톰 김 회장만의 바람만은 아닐 것이다.

이러한 톰 김 회장의 구상은 요원하기도 하고 현실로 눈앞에 다가올 축복일 수도 있다. 그러나 악조건을 먼저 고려한다면 관계가 나빠질 경우다. 장마 시기에 물줄기를 돌려서 북한강으로 방류를 한다면 우리나라 수도권은 수공을 맞게 된다. 소양강댐, 청평댐 등이 모두가 줄줄이 무너지면서 서울 시내가 몇십 m 수면 아래로 잠긴다. 이러한 유사시에 발생할 수 있는 수공을 방지하기 위해서 정부는 평화의 댐을 완공시켰다. 우리 측은 국민성금을 기반으로 하여 1989년에 1차 완공하였다. 이어서 125m 높이의 평화의 댐을 2005년에 완공하면서 2차 사업으로 마무리했다. 평상시에는 이 댐에는 물을 전혀 저장하지 않고 있다. 북한 측에서 물을 내려보내지 않으니 빈 댐으로 두고 있을 수가 있다.

평화의 댐 물 저장 능력은 북한 댐의 저장 능력보다 약간 크게 만들어 놓았다. 민족 분단의 슬픔을 담은 장면이다. 한편, 전에는 북한에서 유입되는 강물은 광산 개발로 인한 수은 함량이 높아 파로호의 수은 함량도 높았다. 그러나 지금은 수량이 없으니 우리에겐 그나마 다행이다. 이렇게 경각심이 높은 것은 북한강 수계는 수도권 수돗물의 원수이기 때문이다. 언젠가는 임남댐과 평화의 댐 사이에 정상적으로 도도히 강물이 흐를 때 우리 민족 가슴속에 맺힌 응어리의 아픔이 풀릴 것이다. 지금도 모두 그런 아픔을 안고 살고 있다. 아니 시간이 너무 흘러서 그 아픔을 가진 사람들은 거의 다 유명을 달리하고 있다.

 물 분쟁 이야기는 지구촌에서 끊이지 않는 "고르디우스의 매듭"으로 풀 수 없는 지구촌의 숙제다. 몇 가지 사례를 보아도 해결의 실마리는 보이지 않는다.
 인도와 방글라데시 국경에 수문이 있다. 방글라데시는 저지대 국가라서 웬만한 홍수에도 국토의 1/3 이상이 물에 잠기는데 만약 이때 인도에서 수문까지 열면 국토의 반 이상이 물에 잠기게 된다.
 인도차이나 반도의 경우 메콩강은 중국 티베트고원에 위치한 랑탕 분지와 칭하이성의 칭하이 호수 일대에서 시작한다. 미얀마, 라오스, 태국, 캄보디아, 베트남을 거쳐서 남중국해로 흘러 들어가는 총길이 4,350km의 긴 강이다. 중국은 메콩강 상류에 11개의 댐을 건설하고 있으며 추가 건설도 고려하고 있다. 메콩강이 흐르는 국가들은 긴장하고 있다.
 남북 화해 무드는 날로 부드러워지고 곧 자유스러운 왕래마저 시작될 수도 있을듯한 분위기가 되었다. 파로호 개발사업은 방천리 일대에 구봉산에서 동쪽의 두 작은 만 지역에 관광 및 가족 패밀리 리조트 단지를 조성하는 사업이다.
 단지 입구에 건물 옥상에 대형 조형물 설치, 콘도미니엄과 정비 센터, 이어서 핵심 종합건물을 도시형으로 세운다. 그 안에 호텔과 카지노, 컨벤션 센터, 미술관, 쇼핑센터, 영화관 등이 들어선다. 좀 더 나아가서 스포츠 센터를 조성해서 수영장, 물놀이 시설, 유스호텔 등이 있다. 물론 최

고급 그랜드 호텔도 들어선다. 바로 옆의 호수 동쪽 만에는 친환경 농산물 농장과 사냥터와 건너편에는 스키장을 건설할 마스터플랜의 개념으로 되어있었다.

천수 사업에 디자인과 개념 설계 책임자인 프린스 그룹 출신의 디자이너는 현장 답사에 무척 고무되었다. 아기자기하면서도 험준하고 호수가 있으며 산이 있다. 주변에는 현대의 때 묻은 찌꺼기는 전혀 찾아볼 수 없는 피오르드 형태의 호숫가에 자신의 작품이 들어선다는 점이 그를 몹시 흥분하게 만들었다. 톰 김 회장은 외자 유치 건에 대해서도 현장을 보고 나니 더욱 자신이 생겼다.

답사를 마치고 귀성하는 차 안에서 안 여사는 톰 김 회장에게 국내에서 처음 개발하는 신규 사업에 대한 포럼에 한번 참석해 보겠냐고 했다.

"주말에 삼성동 코엑스에서 해양심층수 포럼이 개최되는데, 한번 참여해 보시겠어요?"

"심층수?"

"네. 좀 아세요?"

"네. 일전에 들은 적이 있어요. 아니 실은 최 회장이 미국에 왔을 때 넌지시 나에게 던지고 갔어요."

"네. 그러셨군요. 그러면 더욱 포럼에 참석하시겠네요?"

"네. 그날 같이 갑시다."

"그럼 사전 등록해 놓겠습니다."

그는 심층수란 단어를 다시 접하자 본능적으로 이 개발사업이야말로 자신에게는 운명적인 사업이라고 직감했다. 그렇지 않아도 이번 방한에 관련 조사를 의뢰하고 돌아가려고 했는데 직접 포럼에 참석한다면 많은 최신 정보를 받아볼 수가 있다고 보았다.

실타래를 풀려면 실마리를 찾아야 한다. 실마리와 같이 첫 단추를 잘 꿰면 둘째 단추 꿰기가 쉽다. 중요한 특정 문제를 풀어갈 때 실마리는 반드시 전 단계에 있는 경우가 있다. '심층수 이야기를 처음 들었고, 심층수 사업에 관심을 가지니, 심층수 포럼에 참여할 기회가 왔다. 다음은 무엇이 기다리고 있을까?' 하는 궁금증마저 생겼다. '이것은 나에게 다시 찾아온 절호의 기회다'라는 신념마저 자리 잡았다.

5. 수신(修身)

　박지우는 부친이 써 준 "수신" 종이쪽지를 지갑에 항상 간직하고 살아왔다. 모친이 밀봉해서 준 빨간 부적보다 오래 간직해 왔다. 첫 직장에 입사하자 부친은 한 우물만을 파라는 말을 했다. 항상 그 말을 가슴에 새기며 살아온 지난날이었기에 허투루 보낸 시간은 거의 없었다. 아니, 남보다 덜 자고 더 뛰었다.

　부친은 솔선수범하셨다. 출장비 정산이나 편지 봉투 사용부터 모든 공과 사를 분명히 했다. 교육계에 평생 몸담아 오면서 몸소 올곧게 살아가는 모습을 행동으로 보여주었다. 어찌 보면 너무 강직했던 모습은 아니었나 했다.

　수신이란 특히 전문인들이 새겨들어야 할 말인 것 같다. 국내 미술계의 거장이 한 말이 있다. "캔버스는 내게 수신과 수행을 위한 도구가 돼야 한다. 화가에게도 기본을 갖추는 수신이야말로 진정한 미술가의 길"이라고 시사하고 있다.

　1970년대는 우리나라 중화학공업의 태동기였다. 당시에는 산업단지 건설이나 대형 인프라 건설 시도 자체를 반대하는 국민 목소리가 너무나 컸다. 실상은 민족 자본이 형성되지 않았기 때문에 그 무엇도 시도할 수도 없었다. 먹고살기에도 힘든데 그런 초대형 공장과 고속도로 같은 인프라를 건설할 돈이 있으면 먼저 국민들에게 밥을 제대로 먹이자고 했다. 실상은 그저 자본도 인재도 없는 가난한 나라였을 뿐이다.

식량 등 필수 수입은 어쩔 수 없는 상황에 이마저도 외환 부족으로 국가 부도 위기에 몰리는 시기였다. 다행히도 미국의 무상 식량 원조와 함께 메이저가 정유공장 투자 자금을 보내와서 국가 부도 위기를 막을 수 있었다. 특히 대일청구권 자금이나 서독의 장기저리 차관은 아주 유용한 마중물이었다. 위대한 국가 지도자는 현재가 아닌 미래를 위해 들여온 자금을 가지고 불도저식으로 건설해 나갔다. 영도자의 선택은 선진국으로 가는 도약의 길을 마련했다. 그러나 걸림돌이 있었다. 자금이 생기자 국내에 고급 기술자들의 인력 수급 문제가 크게 대두되었다. 세상일은 그러한 사람들이 이끌어 나간다. 사람은 많은데 사람이 없었다.

전국 어디에도 공장다운 공장이 없었다. 그런 풍토에서 중화학공업 공장을 건설한다는 것은 바위에 계란 던지기다. 추가하여 관련 법이 제정되어야 했고 공장을 지을 전문 인력도 양성해야 했다.

필요에 의해서 국내에 고도의 기술을 요하는 전문 건설회사가 태동할 시기였다. 선도 기업으로 기술회사인 엔지니어링 분야가 절대적으로 요구되었으나 국내 상황은 열악했다. 엔지니어링 회사는 공장이나 사회 인프라를 설계하고 건설관리 및 시운전을 업으로 한다. 엔지니어링 회사는 제조 공장(Process Plant)과 관련된 유틸리티(Utility)와 부대설비((Off-Sites)를 설계한다. 설계에 따른 구매 지원과 공사를 감독하며 시운전을 하는 회사다. 문제는 자격 있는 각 분야의 엔지니어가 국내에는 아주 적어서 인재 조달에 어려움이 컸다. 기존 공장 운전 요원이나 해외 경험자 유입에도 한계가 있었다. 근본적인 대책은 가능한 한 사원들을 해외에 많이 보내 연수를 다녀오게 하는 것이었다.

박지우는 현재보다는 미래를 선택했다. 막 태동한 신설 엔지니어링 회사에 입사를 했다. 첫 직장으로서 쉽지 않은 선택이었다. 그러나 선택은 누구에게나 또 아무 때나 오지 않는다. 그래서 기회가 올 때 잡아야 하고 잡을 준비가 되어있어야만 한다. 한번 사라진 기회는 다시 오지 않는다. 문제는 그 시기가 절호의 기회인지는 알 수가 없다는 데 있다.

첫 직장에서 사업주의 결단은 놀라웠다. 국가관이 철저한 사람으로 직원들에게 엄청난 투자를 했다. 많은 직원을 미국이나 일본에 장기적으로 보내서 선진기술을 배워 오게 했다. 당시에는 해외여행을 한 번 다녀오기도 쉽지 않은 때였다. 반공교육 이수는 필수였고 신원보증인 두 명이 있어야 한다. 경찰에서 개인 신원 조사도 한 달 정도를 거쳐야 결과가 나왔다. 그래서 받은 여권이 단수 여권이었다. 해외로 나갈 때마다 같은 절차를 반복했는데 큰 원인 중에 하나가 외화 절약이었다. 국가 외환 사정이 빈약하기도 했지만 해외 출장이나 연수 비용은 상당히 큰 금액이었다.

직속 상사는 고석환 과장이다. 그는 화술이 좋았고 인화력도 좋았다. 직원을 자기 사람으로 만들기 위해서는 어떠한 희생이 따르더라도 최선을 다하는 사람이다. 부하 지원의 가정사까지 꼼꼼히 챙기는 스타일이었다. 회사 업무에서도 두각을 나타내며 대인 관계도 아주 탁월했다. 완벽한 사람이다.

그는 일차로 미국에 파견되는 장기 연수팀의 리더였다. 미국에는 공장을 건설하는 엔지니어링 기술을 보유한 벡텔(Bechtel), 플로아 다니엘(Flour Daniel) 등이 대표적이다. 상위 개념인 프로세스 패키지와 기본 설계를 할 수 있는 회사는 유오피(UOP), 러머스(Lummus), 켈로그(Kellogg), 스톤앤웹스터(Stone & Webster) 등이 있었다. 이러한 미국 회사에 가서 선진기술을 습득을 목적으로 파견되었다.

미국 유오피 회사에 연수를 다녀온 고 과장은 바로 대학원에 들어가서 박사 학위도 받았다. 이 모든 지원은 회사가 하였다. 회사로서는 큰 투자였다. 다른 동료는 기술에 중점을 두었으나 고 박사는 영업을 염두에 두고 기술을 보았다. 기술은 돈을 위해서 존재하는 것이지 그 자체는 의미가 없다고 보았다. 발명 특허가 아무리 좋고 많아도 '구슬이 서 말이라도 꿰어야 보배'라는 말을 신봉하는 사람이다. 엔지니어링은 경제성을 바탕으로 일어선 응용 분야다. 그는 현실을 기술에 접목했고 특유의 장사꾼 기질이 몸에 배어 있었다. 그 점은 고 박사로부터 그대로 배울 수는 없었다. 그만의 재능이기 때문이다.

두 번째 연수팀은 일본으로 결정되었다. 박지우도 일본에 장기 연수를 떠나서 설계와 사업수행 방법을 배우면서 엔지니어링 능력을 키울 기회가 왔다. 당시에 기본 설계를 할 수 있는 회사는 국내에 전무해서 외국 회사가 수행해야만 했다. 일본에는 세계적으로 독보적인 회사가 있었다. 대표적인 회사가 제이지씨(JGC), 도요엔지니어링(Toyo Engineering) 및 치요다 화공건설(Chiyoda Chemical Engineering & Construction) 등이다. 한국만 아니라 전 세계를 무대로 뛰는 선도 기업들이다. 미국 회사들과 어깨를 나란히 할 정도로 국제적인 회사들이다.

"박 대리, 이번 2차 해외 연수 팀 리더는 회사에서 자네로 결정하였네."
"예. 알겠습니다. 고 과장님."
"외국 생활을 함께하다 보면 팀원 간에 문제가 발생할 수 있는데 박 대리가 잘 조정할 것으로 믿네. 물론 주간 보고서는 매주 우편으로 본사에 보내주어야 하네."

"네. 해보겠습니다."

"지난번에 내가 다녀온 1차 해외 연수 때의 일지를 다시 한번 꼼꼼히 보고 잘해주길 믿어요. 지난번 미국과 달리 이번 일본은 지리적으로 가까우니 상황이 좀 다를 수도 있지."

"주간 보고서에 첨부할 자료는 민감해서 우편으로 부쳐도 될지 모르겠습니다."

"서류 중에 '대외비'라고 붉은 글씨가 쓰였거나 사선으로 표시된 문서는 우편으로 부치지 말아요. 인편이 있거나 귀국 때 가져와요."

"네. 알겠습니다."

"이번 팀원 중에는 사업에 정진상, 공정에 황철민, 전기에 이원달, 기계에 황유성, 토목에 송수명, 시공에 오승훈, 검사에 오세창, 구매에 안철우로 모두 각 부서에 핵심 직원들이니 분야별로 심도 있는 기술을 배울 수 있도록 서로 격려 분위기도 잘 만들어 주어요."

"네. 이번 2차 연수도 소기의 목적을 달성하도록 하겠습니다. 저희 다음에 3차 연수에는 보다 많은 인원이 갈 텐데 이번에도 모범을 보이도록 하겠습니다."

일본에 장기 연수를 하는 동안 처음에는 연수 팀 모두가 요코하마 센터에서 근무했다. 반년이 지나자 안철우와 함께 도쿄 미타에 있는 본사에서 연수하게 되었다. 둘이서만 지내다 보니 형제와 같이 지내며 일본 지방 여행도 자주 했다. 여행처럼 삶을 풍요하게 하는 것은 없다. 요코하마에 남아있는 팀원들의 기술 자료는 주말에 만나 취합하여 서울로 계속 보냈다. 2차 연수를 성공리에 마쳤다. 일본 엔지니어들과 일을 함께 하면서 많은 것을 배웠다. 일본인의 생각과 문화도 알게 되었다. 연수 회사의 기밀 자료와 필요한 서류를 청사진으로 복사하여 서울 본사에 보내는 것도 소홀히 하지 않았다. 회사에서는 3차 연수팀도 보낼 때 내가 인솔 책임자로 일본까지 안내해서 인계해 주고 귀국했다.

고 박사는 국내 최고의 엔지니어이자 영업 전문가다. 진한 눈썹에 유창한 말솜씨로 어떠한 일이라도 한번 물면 절대 놓지 않는 악어와 같은 끈질김이 있다. 상대방과 협상이 잘 안되면 미친 사람인 듯한 언행을 해서 상대를 주눅 들게도 한다. 소위 채찍과 당근 요법이라 하는 그의 영업 방법 중에 하나다. 절대로 스스로는 흥분을 하지 않는 사람이다. 흥분을 할 때는 계산된 행위다. 사람들은 그러한 사람을 독일 병사라고도 부른다.

그는 자신의 정체성을 잘 알았다. 회사 영업은 일반 상품이나 서비스를 취급하는 회사와 달리 기술 영업이 중심이었다. 적성에 맞는 그는 관계 공무원이나 공장을 지으려는 사업주들과 인맥도 깊게 쌓아갔다. 기술에 기반하니 신뢰를 쉽게 얻을 수 있는 무기를 가졌다. 모든 면에서 완벽했다. 심지어 미래를 읽어 나갈 줄 아는 예지력까지 갖추었다. 반은 관상쟁이라고 해도 될 듯싶었다. 그러한 그의 모습을 보면서 닮아가는 것은 아닌가 하는 생각이 들 정도였다.

그는 결국 기술자로서 삶은 한계가 있다고 단정 지었다. 스스로 사직서를 내고 프리랜서의 길을 걷기로 하고 여직원과 단둘이서 쓰는 사무실을 마련했다. 이어서 해외 유명 전문 기술 잡지의 한국 총판권도 따냈다. 그의 주 업종 분야는 시류를 앞서갔기에 사업 탄탄대로였다. 아무리 어려운 영업이라 해도 그는 해내고야 말았다. 미래 먹거리로 떠오르는 대기, 폐수 및 쓰레기 등 관련 환경사업에 관심을 두고 준비해 두었다.

박지우가 인솔했던 3차 연수 팀이 다녀온 지 몇 년 되지 않아 회사는 요동을 쳤다. 국가 경제가 큰 사이클을 타듯이 산업계에 찬바람이 휘몰아쳤다. 어느 회사나 상황은 마찬가지다. 모든 엔지니어링 회사는 구조 조정을 해가며 인수 합병의 파도를 탔다. 직원들에게 선택권은 사직 외에는 전혀 없었다. 해외 연수자들은 모두 뿔뿔이 흩어져 나갔다.

몸담았던 회사는 국내 최대 기업에 인수되었다. 그곳에서 지난날의 경험을 토대로 국내 공장 건설사업 책임을 맡았다. 설계에서 건설까지 경험을 가지고 나니 앞길이 보였다. 몸값도 제대로 붙었다. 그러나 탄탄한 기술사업 길을 포기하고 기술영업 분야 방향으로 진로를 선택했다. 고 박사의 영향이 컸다고도 볼 수 있었다.

몇 번이고 반복해서 숙독했던 일본 경제소설 "야마사키 도요코(山崎豊子)"의 《불모지대(不毛地帶)》의 세지마 류조와 같이 세상이 좁다 하고 뛰어다니고 싶었던 것인지도 모른다. 고 박사와 세지마 류조 그리고 내가 모두 한 사람이 아닌가 하는 생각이 깊게 자리 잡았다. 스스로 역마살이 있는 사람이라고 칭하고 있다. 해외 영업 전문가가 되는 것이 박지우의 포부였다.

또다시 파도처럼 밀려오는 세계적인 금융 위기를 우리나라 정부는 제대로 대응하지 못해서 국가 부도 위기에 몰렸다. 내가 근무했던 재계 3위의 그룹마저 갈기갈기 찢어지고 흩어지며 해산되었다. 우리나라는 IMF 구제금융 요청 기간을 맞았다. IMF에 구제 금융을 요청하면서 대선이 있자 국민들은 새로운 선택을 했다. 정권이 바뀌었다. 1997년 12월 말의 국가 외환보유액이 불과 미화 30억 7천만 불로 줄어들었다. 이러한 일련의 사태 책임은 결국 국민에게 있다. 정부와 국회는 모두 국민이 선택한 것이다. 그러나 이 경제 위기를 금 모으기 운동 등으로 극복하며 또 하나의 경제 기적을 이룬 것도 국민이었다.

대기업에서 퇴사를 하니 세상은 결코 만만치 않았지만 방황은 그리 길지 않았다. 밀레니엄 시대를 맞이하면서 공채로 전문건설업체에서 몇 년 더 근무하게 되었다. 이번에는 너무 많이 수주하자 자금 회전에 큰 문제가 발생했다. 현금 흐름을 간과한 결과다. 급전이 필요하자 경영주는 제2, 제3금융권에서 대출을 받았다. 수주가 너무 잘되어도 "현금 흐름"을 제대로 따라가지 못하면 회사는 어려워진다. 회사 경영에서 현금 흐름이 그렇게 중요한지 새삼 느꼈다. 사업에 취하다 보면 경영의 핵심을 잊어버려서 겪는 일이다.

첫 직장을 다니기 시작할 때부터 박지우는 집 주위에 있는 "선정릉" 산책을 즐겨 했다. 특히 삶의 마디를 선택해야 할 시간에는 송림이 가득한 북쪽 언덕 제일 높은 곳에서 오랜 시간 머문다. 평상시에는 경내의 산책로를 사유하며 거닌다. 수신이란 단어를 항상 되뇌며 걷는다.

산책로에는 갈림길이 여러 번 나온다. 선택의 지점을 마주하게 된다. 항상 다니는 길로 갈까 아니면 자주 다니지 않는 길로 갈까 하는 선택을 하게 된다. 답은 언제나 다닌 길을 택한다. 언제부터인가 시계 반대 방향으로만 산책로를 걷는다. 지구가 회전하며 전향력인 코리올리 힘(Coriolis Force)에 따라 자동적으로 순리에 따라 걷는가 보다. 지구 자장에 의해서 변기 배수구에서도 물이 회전하며 빠져나가는 와류현상(Bortex Phenomena)도 북반구에서는 같은 방향이다. 덩굴식물도 나팔꽃, 메꽃, 칡, 박주가리 등 역시 시계 반대 방향으로 줄기가 타고 오른다. 그런데 세상은 한 방향만의 고정도 아니고 보는 위치에 따라서 방향도 다르다.

시계는 오른쪽으로 돈다. 아니, 아래쪽에서 보면 왼쪽으로 돈다. 보는 눈의 위치가 위인가 아니면 앞인가에 따라서 흐르는 방향이 다르다. 또한 정방향과 역방향도 함께 존재한다. 밀물과 썰물이 있듯이 방향은 고정되어 있지 않다. 때로는 작용과 반작용의 법칙이 생각나서 의지를 가지고 시계 방향으로 걸어본다. 같은 길이지만 느낌이 전혀 다르다. 항상 보는 방향만 보기 때문이다. 몇 번은 그렇게 걷다가 어느 날 보면 다시 전에 다니던 시계 반대 방향으로 걷고 있는 자신을 보고 놀라기도 한다.

계속 밀려오는 파도에 일엽편주의 신세로 점철된 우리 세대는 누구나 예외 없이 같은 처지였다. 그나마 박지우에게는 선택의 기회가 몇 번 있었고 선택을 받았다. 그렇게 직장 생활을 반복하다 보니 어느 날 장년의 나이에 세상에 내팽개쳤다. 갑자기 보호막이 걷혔다는 생각에 사로잡힌다. 이제까지의 어떠한 조건에서도 힘차게 뛰어오면서 얻게 된 영광은 내 능력이 아니었다. 명성 있는 회사 이름이 있었기에 가능했다.

때늦은 방황이 시작되었다. 이렇게도 사회에서 무능력한 사람인지 몰랐다. 언제 끝날지 모르는 방황 자체가 더 답답하게 만들었다. 전문직이라 갈 곳이 한정되어 있기에 찾기도 쉽지 않다.

빵집, 통닭집, 원룸 등 생각나는 것은 레드오션 직업 정도였다. 퇴직 전에 왜 미래를 준비하지 못했나 하는 자책에도 빠지곤 했다. 물론 미래의 삶을 준비한다고 준비되는 것은 아니다. 어찌 되었건 자만으로 살아온 자신이 후회스럽기만 한 시간이 지속되었다.

매일 집 앞의 선정릉에서 산책을 하며 생각에 잠겼다. 하루에 경내를 세 바퀴를 돌면서 사색에 빠진다. 아니, 직장을 생각했다. 생각한다고 해답이 나올 리가 없다. 행동 속에서 새로운 답이 나오지 생각 자체는 아무리 해도 제자리다. 앞에 사람이 걸어간다. 저 사람도 나와 같은 처지일 것이라고 생각하니 좀 위안이 된다.

또다시 나에게 도전이라는 단어가 앞에 버티고 있었다. 도전보다는 선택이란 카드가 내 손에 쥐어졌다. 이전의 선택과는 확연히 다른 상황이다. 산책길이 아닌 직업 선택에서 이제까지 가보지 못한 길을 가야 될지 모르는 상황이 되었다. 결국 로버트 프로스트의 《가지 않는 길》 선택을 해야 했다. 어쩌면 바람막이 하나 없는 광야로 나가서 방황을 해야 할지도 모른다. 전에 올라갔던 예루살렘의 감람산 능선에서 바라다보이는 황량한 벌판으로 나아가는 기분이었다. 직장 생활을 접고 개인 사업이나 개발사업에 나서려고 했다.

결국 안철우 사장의 개업과 유사한 개발사업의 길을 걷게 되었다. 그는 재력가 집안 사람이다. 남들처럼 급여에 목매지는 않았다. 국가에 경제 위기가 닥치자 회사들도 직격탄을 맞았다. 구조 조정이 발표가 되면서 임직원들의 심정은 비참했다. 각자가 그 자리에 오기까지 능동적으로 열정과 희생으로 일관해 왔는데 갑자기 자신의 의지와 관계없이 가던 길을 멈춰야 했다. 모두가 삶이 통째로 피동적인 입장으로 변한 것에 회의를 느꼈다. 그는 회사에서 조치를 취하기 전에 사표를 먼저 던지고 나갔다. 동료들은 용감하다고 했다. 집안에 돈이 없었어도 그런 결정을 할 수 있는 그런 사람이라고도 했다. 그의 본성은 계속 능동적인 삶을 추구하고자 하는 에너지가 충만했다.

구매 및 조달 부분 시스템과 인맥을 잘 알고 있었다. 전문성을 살려서 오퍼상을 차렸다. 고심 끝에 퇴직금을 사업자금으로 충당하기로 하고 개업했다. 회사에서 취급하던 품목에는 손을 대지 않았다. 자존심의 문제였다. 그러나 오퍼상도 그리 만만한 사업은 아니었다. 세상일이 쉬운 것이 어디 있겠나? 사업 초기에는 매출이 거의 일어나지 않았다. 몇 년간은 건설장비 품목에 집중하였으나 실패의 연속이었다. 시간이 갈수록 계속 고전했다. 미래가 보이지 않자 답답하기만 했다. 분석을 해보니 너무 큰 품목에 집착했기에 기존의 오퍼상과 경합이 될 수가 없었다. 그들만의 카르텔을 깨고 들어갈 수가 없었다. 그 세계만의 노하우와 리그가 있었기 때문이다. 갑자기 외부에서 뛰어든 사람은 물수제비 돌같이 튀어 나갈 뿐이다. 걱정이 쌓여갔다. 경리에게 줄 급여마저 걱정되기 시작했다.

포기 직전에 퇴사 때의 아픔이 되살아났다. 이렇게 사업을 쉽게 접을 수는 없다고 생각했다. 더 이상 물러날 곳이 없다면 끝이라도 보아야만 하겠다는 생각이 들었다. 과거를 잊은 사람에게는 미래가 없다는 생각에 다시 입술을 깨물고 한 번 더 버텼다. 회사를 접을까 하며 고민할 때 전시장에서 우연히 미국 기계류 제조회사 부스를 들르게 되었다. 전시된 제품을 보는 순간 이것이다 싶었다. 작지만 품질이 세계적인 공조설비다. 전시장에 파견된 미국인 엔지니어와 상담하며 제품의 기술 사양에 대해 심도 있게 논의했다. 그는 안 사장의 안목과 기술 이해 정도에 호감을 갖게 되었다. 결국 안 사장은 미국 본사와 선이 닿아서 독점 에이전트십을 따냈다. 그는 영어도 능숙했지만 전 직장의 구매 이력이 큰 도움이 되었다. 이 한 건으로 그는 대박이 터지는 행운이 찾아왔다. 잭팟이 터졌다. 그가 새롭게 취급한 장비는 미국에서 알려진 유명한 상표다. 지난날 근무했던 대기업에 납품을 하게 되자 미국 측에서 판매 독점권을 주었다. 그때부터 탄탄대로를 타게 되었고 돈은 쌓여만 갔다.

누구에게나 행운은 반드시 찾아온다. 사람마다 행운이 찾아오는 시점이 다 다르다. 그 시점을 알 수는 없다. 이미 지나가서 놓쳐버렸는지 아직 오지 않았는지 알 수가 없다. 아직 지나가지 않았으면 그때까지 기다릴 수 있느냐가 관건이다. 기회는 분명 누구에게나 있다. 문제는 언제 오는지를 아무도 모른다는 데 있다. 대개 기회는 마지막 단계에 오는 경우가 많다. 그래서 야구의 진미는 9회전 말이라 하지 않는가?

"박 형, 현대 정 회장이 1988년에 이북에 2회에 걸쳐서 소 1,001마리를 몰고 휴전선을 넘어 평양에 간 것은 정말 극적이었어요"
"안 형, 대단했지요. 소를 보낼 때 임신한 암소도 많이 보냈어요."
"그 뒤 소식을 알아요?"
"아니 무슨 일이 있었습니까?"
"석 달 뒤에 북한에서 폐사한 소들의 위에서 비닐과 밧줄이 나왔다고 난리를 쳤었지요. 분위기가 싸늘했어요. 즉시 우리 측 조사단이 북에 가서 조사하니 비닐과 밧줄은 없었다고 합니다. 트럭을 타보지 않은 소들이 스트레스를 받아서 바이러스성 호흡기 질환인 수송열을 앓다 폐사한 것으로 판명이 났지요. 그래서 북한에서 오해가 풀려서 우리가 2차분도 보냈고, 이북에서는 태어난 송아지를 아산 목장에 되돌려주는 우호 관계가 되었지요."
"그랬군요."
"그 여세를 몰아서 1992년에 정주영 회장은 제14대 대통령 후보로 나와 경제 대통령 후보로서 뛰었지요. 그가 대통령이 되었다면 우리나라는 지금보다 나아졌을 것 같은데…."
"그래요. 그 이후에 성장 동력이 멈춘 것 같아요."
"박 형, 그래도 경제 대통령은 맞아요. 1998년 햇볕정책과 함께 정 회장은 금강산 관광 협정을 체결하게 되었으니까요."

"대단해요. 금강산 관광이란 우리 생전에 생각도 못 했는데 이뤄졌어요."
"정 회장이 2001년에 사망하니 이북에서 조문 사절단을 보냈으니 실질적인 경제 대통령은 맞아요. 2003년부터는 육로 관광이 시작되었지요. 2007년 5월에는 내금강까지 확장되었다 이어서 개성 관광도 허용이 되었어요."

안철우 사장은 변함없이 박지우와 함께 시간을 보낸다. 의리와 신의가 몸에 밴 사람이다. 가끔 전화를 걸어 와서 청원당 식당에서 함께 식사를 한다. 그와 둘이서 만나 이야기를 하면 끝이 없었다. 회사 일이 잘될 때도 어려울 때도 그를 만나서 이야기한다. 그와 나의 공통점은 술을 좋아하지만 많이는 못 마신다는 점이다. 둘이서는 사업보다는 세상 이야기를 주로 나눴다. 남자 둘이서 한번 시작하면 이야기의 끝이 없었다. 그래서 자주 만나는지도 모르겠다.

오퍼상으로 성공한 그는 안정된 길을 걷고 있다. 서로의 만남은 빈번하지는 않았지만 가끔 술잔을 함께 나눴다. 서로가 마음을 터놓고 이야기하고 싶을 때 만난다. 화젯거리는 부족하지 않았고 함께 기울이는 술잔은 웃음이 추가 안주였다.

"박 형은 능력이 많으니 앞으로도 직장 걱정은 없겠어."
"글쎄, 가시철망이나 압연 제조회사 등에서 대표이사 자리 연락이 왔지만…."
"왜, 이 기회에 한번 대표이사 자리에도 도전해 보지."
"평생 지시만 받아와서인지 그런 자리도 욕심은 나지만…."
"무엇이 문제인데?"

"대표이사란 자리는 소신 있게 일 처리를 하지만 경영책임자로서 잘못되면 무한 책임을 져야 하지 않은가? 또 자신이 그만두겠다고 해서 그만둘 수도 없어. 법적으로 새로운 등기 대표이사가 올려지기 전에는 물러나는 것이 허용이 안 되지 않는가?"

"그래, 위험 부담을 안아야지. 대표이사들은 참 대단한 사람들이야. 사실 존경스러워."

"가까운 친구가 봉급쟁이 대표이사가 되어 잘나가다가 회사가 엄청난 부도를 맞았어. 친구가 연대 보증 책임으로 지금도 변제 중이지. 물론 변제를 아무리 해도 부채를 갚을 수는 없겠지. 최근에는 법원에 개인 파산 신청을 해서 결과를 기다리고 있어. 웬 날벼락이겠어."

"그럼 어쩌려고?"

"평범 속에서 잘해봐야지."

"…."

"쉬다 보니 내가 평범하면서 평범하지 않으려고 파랑새를 찾다가 방황의 길로 들어섰다고 보는 거지."

"평범!"

"안 형. 인간 특성을 잘 나타내는 '정상분포곡선'인 종 엎어 놓은 모양의 확률 분포를 표시한 도표 기억나지?"

"웬 통계야? 아니면 수학이야?"

"세상을 평범이 지배하는 세상이 되었으면 좋겠다는 이야기지."

"국민은 재산으로 따져서 극빈, 보통, 부유가 있고 정치적으로는 좌익, 중도, 우익이 있지 않아? 그 모든 카테고리에서 좌우 15%를 제외한 가운데 부분이 큰 면적을 차지하는데, 이를 평범이라고 보지. 그들을 중심으로 행복하게 살아가는 세상이야말로 행복한 나라가 아닐까?"

"어렵네."

"정점을 포함한 중심 부분이 표준편차 구역의 실제 68%를 차지하네. 그 속에서 계속 살아가는 것이 나의 지난날의 삶이었고 계속 그 길을 가는 것이 답안인데 만족하지 못했어. 최단 우측은 엘리트 그룹으로 가야만 한다고 맹목적으로 달려왔지. 그러나 평범 속에서도 정점은 있어. 리더로서 함께하는 것이지. 평범도 그런대로 가치 있는 삶이지 않겠나? 그것이야말로 멋진 삶이 아닌가 하는 거지."

"그렇지…."

"그래도 아쉬움이 남지 않겠나?"

"아니! 취업에 다시 도전해 보겠어. 평범 속에서 정상을 찾아보겠어."

"박 형은 그리될 거야. 긍정의 힘을 믿어봐."

"고맙네. 어쩌면 내 마지막 직장은 안 사장 회사가 될지도 모르겠네…. 허허!"

직업 관념이나 윤리가 근년에는 확연히 바뀌었다. MZ세대들은 직장을 다니면서 60%가 이직을 염두에 두고 회사에 다닌다는 여론조사가 나왔다. 이러한 직업관이라 하면 우리나라 노사관계는 정규직에 의한 정년보장에서 서구와 같이 계약근무제로 바뀌어야 바람직하다.

직장은 스스로 그만두기도 하지만 회사 사정이나 개인의 잘못으로 사직해야만 할 경우도 생긴다. 우리 세대의 문제는 다른 직장을 염두에 두고 다니는 직장 생활하는 사람은 없다는 이야기다. 다음 직장 준비가 안 된 상태에서 그만두면 그 답답한 심정은 당한 사람만이 안다. 대부분 가정에서 자식들의 학비 등 돈이 가장 필요로 할 때 직장을 그만두는 경우가 많다.

6. 초정약수(椒井藥水)

 신문에 난 동영엔지니어링 공채 공고를 보고 박지우는 응모해서 상무로 근무하게 되었다. 공채는 회사나 지원자 모두에게 선택의 기회를 준다. 경력직은 대부분 면접 중심이기 때문에 경력이 주요 판단 기준이다. 그러나 경력이 많아도 조직을 운영하는 데는 나이가 문제가 된다. 군대에서 계급 정년과 같은 시스템이다. 직급에 걸맞지 않게 나이가 많으면 조직 전체 특히 상사들이 불편함을 느낀다. 상하 관계에 문제가 생긴다는 이야기다. 이번 나의 입사는 비록 직급은 전보다 낮아졌지만 일할 기회가 주어졌다는 자체만으로도 기뻤다.
 입사하고 나니 박지우는 사장이나 사업본부장보다 나이가 많았다. 모두가 조금은 불편한 기색이다. 자신들이 뽑아 놓았지만 불편함은 어쩔 수 없었던 모양이다. 말로만 듣던 이야기가 나에게 현실로 다가왔다. 그러나 임원 그룹에서는 업무가 잘 분장되었기에 그리 큰 문제가 되지는 않았다. 아니 지우가 조직의 룰을 알기에 맞추도록 노력했다.
 회사에서는 해외 기술영업 담당을 필요로 했는데 해외시장을 뚫는 적합한 영업 인재가 없어 그 자리에 박지우가 채워진 것이다. 조직에서 필요로 하는 적격의 사람이었다. 더구나 사업본부장은 직장인보다는 교수가 제격인 사람으로 학구열이 높았기에 수주 영업 활동에는 부담을 느끼고 있었으니 나의 존재는 상호 보완 상황이었다. 그는 수주된 사업은 멋지게 수행하는 능력이 탁월했다. 성공적인 수행에 따른 고객의 만족이야말로 엄밀히 말해서 수주의 연결성을 높여주는 영업의 한 축이다. 본부장은 나의 멋진 파트너였다.

박상무가 근무한 지 1년이 되어 가는데 식품기계 제조업을 하는 장영택 사장이 업무차 회사를 방문했다. 사장과 상담하다가 고향 이야기가 나왔던 모양이다. 사장은 동향인 사람이 회사의 상무로 근무하고 있다고 말하자 그의 이름을 들은 적이 있다며 인사를 하고 가겠다고 했다. 그는 즉시 내 방으로 찾아왔다. 회사와의 머리 아픈 거래 건에 대해서 도움을 받을 수 있는 새로운 줄이 생겼다고 속으로 쾌재를 부르며 찾아왔다.

사업을 하면서 동향 사람의 도움을 받는 것은 효과적인 경우가 많다. 물론 도움을 줄 수 있는 건에 대해서 그렇다는 이야기다. 또한 선을 넘는 경우에는 도움을 주기가 어렵다. 도움을 무리하게 주었다가 오히려 더 큰 문제를 떠안게 되기도 한다. 새로운 인맥이 반드시 도움을 주지는 않는다. 우리 사회에서는 지연인 동향 사람과의 관계 외에도 학연, 군대, 종교 등 끈끈하게 이어지고 있다. 같은 직장 내에서도 이러한 연대감은 승진에 큰 영향을 미친다. 그래서 그러한 연결 고리가 없는 사람은 조직 생활에 어려움을 느낀다. 미국인들도 어느 주에 사느냐고 묻다 보면 50명 중에 한 명은 같은 주에 산다고 한다나?

고향 후배라고 말하면서 명함을 내민 손은 보통 크기가 아니었다. 상당히 커 보이는 손은 글러브를 낀 권투 선수 손만 한 크기였다. 운동을 한 후배로 짐작되었다. 명함에 쓰인 이름을 몇 번이고 읽어보아도 초면인 후배다. 차를 마시면서 몇 사람을 거론하다 보니 초등학교 후배임을 알게 되었다. 일단 선후배가 확인되니 서로의 말투가 바뀌었다. 전부터 쭉 만나온 사이처럼 편안한 대화로 바뀌었다.

이런 경우를 사회생활에서 누구나 수시로 겪는다. 어떠한 사람을 만나도 고향, 학교, 군대 이 세 단계만 거쳐도 인연이 닿는다고 한다. 장 사장과는 고향이 같고 학교 후배이니 군대까지 거론할 필요가 없었다. 그의 붙임성에 따라 즉석에서 호칭이 형님과 동생으로 바뀌었다.

장 사장은 처음 만난 자리라 자신의 이력을 요약해서 말했다. 학창 시절에는 체육관에 다니면서 권투를 했다. 운동을 하다 보니 공부는 멀어지고 친구들과 어울려 다니게 되었다. 개성이 강하다 보니 부모들도 그를 어쩌지 못했다. 어깨라고 부를 정도의 건장한 체격에다가 걸음마저 팔자걸음이니 쳐다보는 사람마다 그에 대해서 좋지 않은 선입관을 가졌다고 한다.

그러나 가까이서 보면 여지없는 개구쟁이 얼굴에다가 익살스럽기까지 했다. 묵직한 목소리를 들어보면 신뢰가 가득 가는 의리의 사나이다. 그의 부친이 초등학교 교장 선생님으로 교육자 집안이다. 모두가 가난한 시절에 살았지만 교육자 집안은 존경받는 시대였다. 수신을 가훈으로 삼고 유교 도리를 지키도록 엄한 교육도 받았다.

장 사장은 함께 놀던 친구들과 달리 머리가 좋아서인지 공부를 열심히 하지 않았지만 서울의 명문 대학교에 입학했다. 졸업과 함께 토목기사 자격증을 땄다. 중동 건설 붐이 일었을 때 사우디 현장에서 근무하며 착실하게 돈을 모았다. 사업 자금이 마련되자 고향으로 돌아가서 농업 용수 공급원인 관정 개발사업에 손을 댔다. 지질 조사 후에 시추기와 드릴 비트를 선정해서 구멍을 뚫는다. 논과 밭을 파면 지하수가 나와야 한다. 때로는 풍수사나 수맥 감정사를 부르기도 한다. 관정을 파고 다니다 보니 물에 관한 지식도 많이 알게 되었다. 운도 따랐는지 파는 데마다 쉽게 물이 나왔다. 사업이 잘되고 돈이 불자 욕심이 솟구쳤다.

메뚜기도 한철이라고 했다. 어느 정도 관정사업도 자리를 잡자 일감이 예전 같지 않았다. 일반 토목공사도 병행했으니 업종을 시공업에서 제조업으로 말을 바꿔 타기로 했다. 점쟁이도 그렇게 하는 것이 좋겠다고 했다. 그는 식품기계 제조 분야로 업종 전환을 모색했다.

기계 분야는 장 사장의 전문 분야가 아니다. 돈 벌었다는 소문에 사람들이 찾아와서 황금알 낳은 사업 이야기를 해댔다. 거간꾼의 달콤한 소개에 귀가 얇고 순진한 사람이라 언변에 쉽게 넘어갔다. 위험 요소, 재무제표, 타당성 검토를 무시하고 주먹구구식으로 판단했다. 아니, 사람을 믿었다. 철저한 검증 없이 제조업에 뛰어들었다.

경기도 수원 지역에 식품 가공 기계를 만드는 공장을 덜컥 인수해 버렸다. 시추 장비도 기계이니 기계를 제작하는 일도 별반 다른 사업이 아니라고 자신했으나 이는 그의 큰 착각이었다. 수주 잔고도 제법 있었고 기존 거래처도 탄탄하다는 강점에 가려서 그러한 위험 요소들은 눈에 보이지 않았다. 회사를 소개해 준 사람을 임원으로 앉혔다. 불안 요소는 그렇게 내부로 숨어들었다.

인수가 완료되자 그는 영업 담당과 함께 일선에서 힘껏 뛰었다. 직접 발로 뛰면서 특유의 뚝심으로 밀어붙였다. 운영은 기존 사람에게 맡겼다. 고객들이 성실한 장 사장을 믿어주어서 발주는 계속 이어지며 수주도 한동안 순조롭게 진행되었다. 운도 있었고 그의 신뢰성이 업계에서 알려지면서 주문은 계속 이어졌다. 사업은 수주도 중요하지만 수익성이 좋아야 한다. 그래야 이자도 갚고 자본을 축적할 수 있다.

문제는 큰 매출은 정부공사의 입찰에 의한 수주였다. 그러다 보니 입찰 조건에 맞추려고 하다 보니 자연 무리가 따랐다. 큰 기업이나 지방 기업과 의무적인 협업도 해야 했다. 때로는 제작을 해도 저가 수주로 인해서 원가가 나오지 않을 때도 있었다. 납품까지의 자금조달 문제도 쉽지가 않았다. 납품이 완료되어야 잔금과 이익금이 발생하는데 그동안에 자금 흐름을 맞추기가 쉽지 않았다.

설상가상으로 임원이나 경리 직원들의 도덕성 문제까지 생겼다. 중소기업에서는 일반적으로 대표이사 인감 도장을 경리에 맡긴다. 경리를 통제하는 일은 쉽지가 않다. 또한 부서장급의 비리도 쉽게 적발이 어렵다. 전형적인 비리는 리베이트를 만들어 착복하기도 하고 매출 입금을 돌려가며 늦게 입금하는 일이 벌어져도 조기에 파악하기 어렵다.

장 사장 회사에서 큰 문제가 터진 것은 업체끼리 서로 보증을 위해서 위탁하는 수표 뒷면에 기재하는 여러 사람이 서명한 이서에서 문제가 발생했다. 고향인 지방에서 사업을 하다가 낯선 객지에서 사업을 한다는 것은 결코 쉬운 일이 아니었다. 타지 사람의 사업은 인적 구성에서 취약성이 아주 크다. 그의 이야기는 거기서 끝냈다. 처음 만난 고향 선배가 지루하게 느낀 것을 알아챘기 때문이다. 자신의 이야기를 다 털어놓는다는 것은 또 다른 그 무엇이 있다는 이야기다. 장 사장은 일간 저녁을 초대하겠다고 하고 자리를 떴다. 그와의 인연이 그렇게 시작되었다.

저녁을 회사 주변에서 몇 번 함께 먹고 골프도 쳤다. 하루는 장 사장을 청원당에 초대하여 저녁을 사주었다. 화제는 자연스럽게 고향 이야기로 시작되었다. 그는 물 이야기를 꺼냈고 나는 고향의 광천수 이야기를 꺼냈다. 공통 화제다 보니 이야기가 끊임없이 이어졌.

고향의 "초정약수"는 예전에는 세계 3대 탄산수 중에 하나였다. 지하

100m에서 하루에 천 톤가량 퍼 올리는 작지 않은 광천수다. 다른 두 곳의 탄산수는 독일의 아폴리나리스(Apollinaris)와 미국의 샤스타(Shasta)로 알려졌다.

"형님, 내수에 있는 초정 약수터에 가 보셨지요?"
"그럼. 어릴 적에 부모님과 함께 여러 번 가보았지. 지금은 어떤지…."
"큰 회사에서 판매권을 취득하고 천연사이다를 제조해서 파는데 인기가 아주 좋아요. 형님 집으로 한 박스 보내 드리겠습니다."
"아! 천연사이다! 됐어요. 집 앞 편의점에서도 파는데 그럴 필요 없어요. 마음으로 받겠네. 뭐니 뭐니 해도 자연 광천수는 솟아나는 샘에 가서 마시는 것이 제맛이지. 명화는 미술관에서 직접 보는 것이고 음악은 연주장에 가서 들어야지."
"네. 형님."
"초정의 뜻은 알지요?"
"저…."
"초정의 초수는 탄산수란 뜻이지. 탄산수에 설탕만 넣으면 완전히 사다 먹는 사이다라네. 당시는 그랬었지. 지금의 천연사이다는 좀 더 첨가물을 넣는 모양이야."
"네. 그렇지요."
"장 사장, 탄산수 말고도 청주시와 청원군에는 좋은 지하 우물이 엄청 많다는 사실을 알아요? 아마 물맛이 전국에서 제일 좋을 것이에요. 현도면이나 낭성면 심지어 보은면까지 물맛은 정말 끝내주어요. 한반도의 중심이니 이곳에서 나오는 물이 가장 순수하겠지요. 국내 생수 유명 브랜드 7~8개가 모두 그곳 지역의 수계에서 채취한 물이라는 사실이 놀랍고 자랑스러워요."

"예, 저도 그 지역에 가끔 들러보았는데 물맛이 정말 좋아요."

"그래, 우리 충청도 고향의 귀중한 자산이지."

"좋다고 다 퍼내면 고갈되지 않을까요?"

"그럴지도 모르지. 자원이라는 것은 모두 유한하지 않나?"

"각종 브랜드가 다 와서 퍼가고 심지어는 노브랜드로 생산 판매도 하니 한정된 자산이 줄 수밖에 없을 것 같습니다.

"샘물이 내륙의 한가운데 있으니 우리나라 수원지의 중심으로 수계가 여기서 퍼져 나간 것은 아닐까?"

"수계야 다 다르겠지요."

"그렇겠지. 어찌 되었건 고향의 물맛은 예로부터 전국 제일이었으니까 하는 말이네. 소백산맥 끝자락에 지형과 산림도 수려해서 먼지도 적은 곳이지. 천연 암반수인 원수가 좋으니 서울의 생수 업체들이 몰려들 수밖에. 지명도 청주의 청자가 맑은 물이고 마을 주자이니 맑은 마을 뜻이니까 물맛이 좋다는 말이겠지. 우리나라 지명에는 다 그렇게 뜻을 포함하고 있다네."

"그래서 제가 고향에 돌아가서 처음 손댄 사업이 물 사업이었지요."

"생수에 손을 댔다고?"

"아니요 아닙니다. 저야 토목기사이지요. 관정사업을 하니 생수는 잘 모릅니다. 제가 전공한 토목에서도 물은 농업용수이니 마시는 음용수와는 다른 차원이지요."

"그래 물관리는 어디서 해야 적합하겠나?"

"형님, 수질은 환경부에서 하고 수계는 국토부가 아닌가요?"

"정부 기구 조정으로 전부 환경부에서 관리하게 되었고 수계를 일부

국토부에 위임한 형태로 운영되고 있지만…. 문제가 많지."

"아, 관리 책임 주체의 혼돈이군요."

"그렇지. 그런데 미국은 다른 체제로 운영돼서 미국 국토 내에서 모든 수자원 관리는 미국 육군 공병단(COE)에서 관할하지. 호수 주변의 땅 관리도 하기 때문에 개발을 하려면 허가를 받아야 하네."

"그 점은 부러워요. 그런데 물은 국가가 관리하지만, 미국이라는 자유 국가에서, 군대에서 위임을 받아 한다는 것은 생소해요."

"물 이야기를 꺼내서 요즈음 내가 물 공부를 하고 있는데 혹시 생수 이야기인가 했지…. 물 사업은 우리의 미래 산업이지. 심지어 좋은 물은 암도 치료한다고 하지를 않나?"

"형님, 북청 물장수 이야기 아시지요?"

일제강점기가 시작되기 전에는 우리나라의 우물이 많이 오염되어서 먹기에 부적합했다. 여유 있는 집은 맑은 물을 별도로 공급받았다. 대부분이 함경남도에서 서울로 내려온 북청 사람들이 물지게로 날라서 공급했다. 그들만의 카르텔이 형성됐다. 1908년, 서울에 상수도가 설치되자 1914년경부터 북청 물장수는 역사 속으로 사라졌다.

1975년에 생수 개발이 시작되었다. 그렇게 만들어진 먹는 물은 수출에 국한되었다. 다음 해에는 다이아몬드 브랜드를 가진 생수도 나왔으나 역시 국내 시판은 금지되었다. 수돗물에 대한 불신이 번질 우려에 대한 정부의 조치였다. 88서울올림픽 때에 잠시 시판을 허용했으나 이내 금지되었다.

국내 시판 허가가 난 때가 1994년이다. 헌재에서 국민의 행복추구권을 인정하고 나서다. 생수는 "먹는 샘물"로 유통이 되었고 먹는 물 관리법도 제정되었다. 국내 생수 소비 시장은 다양한 브랜드로 출시되며 연간 1조 원이 넘는 거대 시장으로 변했다.

"형님, 저는 토목기사이지만 잘 모르는 장사도 의식주에 관한 사업은 어떠한 사업도 실패가 없다고 봐요."

"맞아. 실패 없는 장사는 그 분야가 맞아."

"형님, 그래서 제가 무작정 물 관계 사업에 뛰어들었지요. 중동에서는 물값이 석윳값보다 비싼데 우리나라도 그런 때가 올까요?"

"그야 모르지. 아직은 물값을 말하기 전에 물을 사 먹는다는 자체가 우리에게 익숙하지 않으니 두고 볼 일이지."

"제가 경영하는 식품 기기 제조업은 제주도에서 감귤주스나 금산에서 인삼액을 추출하는 공장 설비 등을 제작하잖아요?"

"식품 분야다 이거지요?"

"예. 수주는 지자체 공사에 입찰로 납품을 하고 있습니다. 그런데 납품에서 한발 더 나아가 공장까지 지어주는 사업에도 참여합니다. 형님이 계시는 동영엔지니어링과 공동 입찰을 가끔 하는 편입니다."

"그래서 새로운 업종을 생각하고 있나?"

"예."

"장 사장, 실은 내가 직접 관심을 갖고 있는 물이 있지. 해양심층수!"

"예, 형님. 해양심층수는 근자에 국내에서 각종 보고서가 나오고 세미나도 자주 열리는데 왜 몰라요. 일본에서는 폭발적인 인기를 누리고 있다고 들었습니다. 아니, 형님. 그러지 말고 일단 필드에나 다시 나가시지요."

"장 사장하고 운동하면 편해서 좋아요. 그래, 날 잡게."

"예. 알겠습니다."

"참, 심층수 사업에 대해서는 우리 회사 사업본부장도 깊은 관심을 갖고 있다네."
"예. 본부장님과 함께 필드에 나갈까요? 전에 여러 번 함께 운동했어요."
"그래?"
"네. 조만간 연락드리겠습니다."

장 사장은 특유의 영업 본능이 되살아난 듯 생기 있는 얼굴로 대답했다. 고향 선배인 박 상무와의 관계를 더욱 깊게 가지고자 하는 모습이 얼굴에 역력히 나타났다. 박 상무도 그의 태도가 그리 싫지는 않았다. 장 사장과 가까워질수록 좀 더 사업 이야기가 깊어졌다. 그는 기존 사업 관계에서 새로운 사업에 동참하려는 의지도 강해 보였다. 그가 그만한 재력이 있는지는 점검해 보지 않았다.

어느 날 사업본부장은 그룹 회의를 다녀오더니 상의를 하자고 했다. 맡고 있는 업무와는 다른, 새로운 사업 진출에 관한 내용이었다.

"박 상무님, 우리 회사는 사업의 다각화를 생각하고 있어요. 물 사업을 미래 사업으로 고려하는 중입니다. 어느 그룹이나 물 사업이 대세이지만 우리 그룹도 우리 나름 기반이 있습니다. 모기업이 포천에 큰 땅을 보유하고 있는데 그곳의 물을 테스트해 보니 전국에서 손꼽을 정도로 양도 풍부하고 수질도 좋다고 해요."
"예, 포천 지역도 물이 좋기로 이름이 나 있어요. 물이 좋아서 포천 막걸리나 이동 막걸리가 유명하지요."
"예. 생수의 경우만이 아니라 우리나라에서 아직 생산되지 않는 해양심층수도 함께 검토의 대상에 넣었으면 좋겠습니다."
"해양심층수라 하면 바닷물 이야기이네요?"
"네."
"지난주에 일본에 가보니 해양심층수가 폭발적인 인기가 있더군요. 이 책을 보시고 회사의 블루오션 분야 진출을 모색해 보시죠."

사업본부장이 넘겨준 책은 《深層水ってなに?》인데, 그는 그간 해양심층수에 관한 다양한 서적도 구해 먼저 공부를 했다. 먹는 물 관련 다양한 정보를 수집하며 새로운 사업에 대해서 마스터플랜을 짜서 그룹에 보고했던 모양이다.

"아, 심층수는 한국에도 이미 붐이 일기 시작했습니다. 곧 삼성동 코엑스(COEX)에서도 포럼이 있고 전시회와 함께 설명회도 있는데 저도 초청을 받았습니다."
"그렇습니까?"
"네. 물 사업 진출에 그룹 차원에서 긍정적인가 봅니다."
"예. 그러나 박 상무님께서 수고해 주셨으면 좋겠습니다."

심층수 분야를 처음 접하면서 일본에 연락을 했다. 일본 종합상사 한국지사장을 하다가 본사에 귀국했다가 얼마 안 있어 자회사 사장이 된 와타나베 사장으로부터 관련 자료도 왔다. 심층수와 무엇인가 연결이 연결을 만들어 가고 있었다.

"형님, 지난번 물 사업에 진전이 있었습니까?"

"아직 확정적인 것은 없고 다 찔러보는 정도이지."
"예. 아직이면…."

장 사장에게서 전화가 왔다. 교통이 좋은 곳에 자리가 났으니 운동하러 가자고 한다. 고향 후배라서 부담 없이 가끔 필드에 함께 나간다. 그와 함께 운동을 하면서 기업경영 노하우나 다양한 경험담을 전해 듣는다.

후배라지만 인연은 또 다른 인연을 낳는다. 그와의 인연은 오래 지속될 것 같은 느낌이 들었다. 영업력도 좋고 신뢰가 가는 사람이지만 남을 무조건 신뢰하는 요소도 가지고 있어 그 점이 염려도 되는 후배였다. 세상이 험하기 때문이다.

7. 신문기자(新聞記者)

　그룹의 전략 사업으로 물 분야를 선정하자 동영엔지니어링은 사업본부장 주도 아래 물 사업단을 발족했다. 미래사업 전략을 세우면서 새 조직의 인적 구성도 마쳤다. 박 상무는 물과 관련한 정부 기관과 연구소를 돌아보면서 정보 자료 수집을 철저하게 하였다. 포럼이나 세미나에서는 최신 정보와 흐름을 파악할 수가 있어서 가능한 참석을 하고 인적 교류 확대에도 노력했다. 다른 회사의 물에 대한 전략과 사업도 예의 주시해 가면서 전략을 세워 나갔다. 산업계의 트렌드를 예의 주시하며 준비했다.

　국민 생활 수준이 꾸준히 높아지고 있다. 생활 패턴이 청결에서 웰빙으로 다시 로하스(LOHAS)로 진화해 가면서 전에 맛보지 못한 삶의 질에 관한 기삿거리가 넘쳤다. 먹고살기 힘든 시간에는 세간의 주목을 받지 못했던 건강과 환경이 급격히 부각되었다. 다양한 환경단체들이 생겨나면서 사회는 자원 소비에 따른 환경문제에 민감한 반응을 보이기 시작했다. 무조건 친환경이 대세다. 다음 단계는 안전이다. 삶의 질을 높여가는 패턴이자 발전적 흐름이다. 흐름의 걸림돌 중에 하나가 지구의 물 가뭄이다. 우리나라는 이미 물부족국가로 진입했다. 질 좋은 물을 찾기에 앞서 원수 자체가 말라가고 있다.

　지구의 사막화는 날로 빨라지고 있다. 아프리카는 장기간 가뭄이 계속

되고 사막화가 확대되고 있다. 이스라엘의 갈릴리호수는 매년 수위가 내려가고 있다. 세계에서 4번째로 큰 카자흐스탄과 우즈베키스탄 사이의 대염호인 "아랄해"도 매년 줄어서 현재는 10% 정도만 남았다. 이스라엘과 요르단 사이의 바다 평균 수면보다 400m나 아래로 내려간 염호 "사해" 마저도 매년 크기가 줄면서 수위도 더 빠르게 내려가고 있다.

동영엔지니어링 전담 기자는 환경공학을 전공한 신지수다. 새 조직에 대한 관심은 높았다. 여기자는 공학을 전공했지만 글 쓰는 재주가 남달랐다. 물을 소재로 한 소설로 등단도 했다. 그러나 우리나라 작가들은 배고프고 가난하다. 더구나 우리 환경은 작가로서 입에 풀칠하기도 쉽지가 않다. 경제적인 문제가 재능을 살려보려는 삶의 걸림돌이었다. 예술 분야 사람들은 대부분이 가난하다. 가난하기에 예술가라는 말이 회자된다. 선배 전업 작가들을 보면서 그들이 결국은 포기한다는 흐름을 보고 그녀는 자신의 한계를 실감했다.

환경 담당 기자로 취업을 했다. 그러나 기자도 경제적 안정이란 면에서는 예술가와 별반 차이가 없다. 투잡을 뛰면 상호보완에 좋을 뿐만 아니라 상승 효과를 기대할 수 있다고 생각했다. 기자 증명서를 가졌다고 해서 역시 제대로 월급을 받는 사람도 많지가 않다. 지방의 면사무소 정도에도 기자가 엄청나게 많다. 그들은 기자증만 있지 급여가 없는 그림자 기자들이 많다. 이것이 우리의 현실이다.

기자라는 직업은 글쓰기에는 필요한 다양한 소재를 제공해 준다. 그러나 기사 자체는 일반인이 생각하는 상식에 기반하지 않는 무리수를 둘 때가 다반사다. 기사를 낚아채기 위해서 별별 수단을 다 동원한다. 종군 기자처럼 위험을 무릅쓰고 뛰어서 특종을 내야 안정된 반열에 오를 수 있을 뿐이다. '오죽했으면 인터뷰 내용을 앞뒤를 잘라서 붙여 전혀 반대의 내용을 만들까?' 이런 가짜 뉴스로 인해서 언론계 자체가 병들어 가고 있다. "언론이 사회의 목탁"이란 말은 이제 고전이 되었다.

어느 날 동영엔지니어링 사장에게 소개받았다고 하면서 그녀가 출간한 책을 들고 사무실로 들어섰다. 결혼식에도 다녀오는지 기자 복장이 아닌 단아한 정장이었다. 말투는 서울 말씨다. 화장은 짙지 않아서 순수함이 돋보이는 것 같았다. 그녀는 아직 새내기 기자다.

첫인상이 좋았다. 처음 보는 사람과의 만남에서 책만큼 좋은 소통 매체가 없다. 책을 받으면 저자에 대해서 일종의 연결 고리를 찾고 싶은 마음이 생기는 것이 인지상정이다. 그녀는 물에 대해서 책을 썼을 정도로 그 분야에 일가견을 갖고 있다. 처음 만남이란 상황과 달리 대화는 어색함이 없이 쉽게 풀렸다. 기자 근성이 있는지 처음부터 끈질기게 자리를 잡고 일어날 생각을 하지 않는다. 무엇인가 하나는 건져 가겠다는 의도가 있었다. 그녀는 신문기자고 나는 기술영업 전문가다.

"상무님, 초면에 인사드려요. 신지수 기자라고 합니다."
"예, 비서실에서 연락받았습니다. 우리 회사 출입 기자이시라고요?"
"아직 신참입니다. 잘 좀 부탁합니다."
"부탁이야… 제가….'
"상무님, 상수원인 호수나 댐의 물에 녹조(綠藻) 문제가 날로 심각해지는데 수돗물을 안심하고 마셔도 되겠습니까?"
"수돗물?"
"예."
"우선 녹조는 인체에 유해성이 없습니다. 정수 과정에서 안전하게 걸러내는데도 우리나라 사람들은 정말 민감하지요. 사실보다는 소문을 더 믿지요. 편향(Confirmation bias)이나 선택적 지각(Selective perception)이 우리 국민들에게 날로 심화되는 것 같아 걱정입니다."

"상무님, 실제로 수돗물을 직접 마시는 사람이 적어요. 아마 상무님도 그러하실걸요? 호호 죄송합니다…."

"예. 그렇기는 하지만…. 사람들의 기호이니 그럴 수밖에…."

"외국은 다르지요?"

"예. 다릅니다. 기자님이 더 잘 알고 계실 텐데요. 우리나라 사람은 수돗물을 못 믿어서 직접 음용율은 5% 정도라는데 이는 안 마신다는 이야기지요. 유엔 보고서엔 한국 수돗물이 122개 국가 중에 맛은 6위이며 수질은 8위인데도 말입니다. OECD 국가의 평균 51%가 직접 음용율이라는데도 말입니다."

"예, 참, 알쏭달쏭해서. 정말로 잘 모르는 궁금한 게 있어요?"

기자를 접하면 순수하게 대하지를 못한다. 역시 수돗물 이야기가 아니라는 생각이 들었다. 인사하러 온 것이 아니라는 생각은 어쩔 수 없었다. 기자라서 무엇이라도 캐보려고 방문한 것 같았다. 때론 기자를 역이용할 때도 있지만 보통 기삿거리로 골치가 아플 때가 더 많다. 기자들의 근성이나 도덕성에 대해서 익히 들어와서 그들 세계에 대한 선입관이 있다. 혹시 회사에 누가 되는 일이 나를 통해서 노출될까 걱정도 되었다. 그녀는 막힘 없이 이야기를 계속한다.

"좋은 물을 마셔야 한다는데, 과연 좋은 물이란 어떤 물이라 생각하세요?"

처음 보는 사람한테 계속 물 이야기부터 꺼낸다. 취재 기자처럼 끈질긴 질문에 당황이 되었다. 왜 나에게 이런 질문을 계속 하는 것인지 모르겠다. 그것도 처음 보는 자리에서 말이다. 이내 상식적인 이야기라 생각하고 진솔하게 답변했다.

"좋은 물…."
"네. 누구나 다 좋은 물만 찾잖아요?"
"좋은 물, 맛 좋은 물, 안전한 물… 수돗물과 생수."

질문이 쉽고도 어려운 난제다. 간단한 질문 같은데도 답이 쉽지가 않다. 자연주의자들은 좋은 물은 아무 맛도 없는 물이라 한다. 답을 알고 있는 듯한 사람이 질문하거나 아예 몰라서 질문을 하게 된다. 질문을 잘하면 공부도 잘한다고 한다. 질문만 가지고 공부를 하는 교육 방법도 있다.

인공지능이 발달하면서 "챗GPT"가 병렬 알고리즘으로 개발되어 팬텀 도약을 하고 있다. 문제는 기억된 데이터의 진위에 관계없이 빈도수에 의존하는 점이다. 가짜 정보를 진짜 정보처럼 천연덕스럽게 알려주곤 한다. 이를 방지하기 위해서는 질문다운 질문을 하는 프롬프트 엔지니어가 육성되어야 한다고들 한다. 새로운 직업이 창출된다. 결과물에 대해서 질의자가 지난 경험을 통해 진위의 판단을 할 수 있어야 한다. 그렇지 않으면 가짜 정보에 속아 넘어가고 이에 따라 발생하는 피해는 클 수도 있다. 전문가만이 질문해야 바른 세상이 온다. 그러나 현실은 가혹하다.

너무나 위험한 세상에 들어섰다. 챗GPT의 아버지인 샘 올트먼은 더 적극적으로 AI를 개발해야 한다는 부머(Boomer)로서, 영리를 목적으로 하고 신중해야 한다. 반면에 비영리를 주장하며 개발에 신중하자는 두머

(Doomer)로 양분되어 있다. 두 세력 간에 분쟁이 컸으나 현재는 부머의 승리로 보고 있다. 잘된 일이다. 만약 두머 측이 승리한다 해도 중국 등 미국 외의 국가에서 한 발 더 일찍 나간다면 세상은 어찌 될 것인가? 핵무기와 같이 관리의 통제만이 지구 평화를 지킬 수 있을 뿐이다. 부머의 자세를 지킨다는 것은 인류의 파멸을 앞당길 수가 있다. 생존이나 승리는 방어의 능력이 있을 때만이 가능한 이야기다. 문서는 언제나 종이쪽지에 불과하다는 것은 역사가 말해주고 있다.

"후지타 고이치로가 저술한 《좋은 물 나쁜 물》 책을 읽어보셨어요?"
"아니요."
"법적으로는 건강한 물 기준은 '세균과 중금속 같은 오염 물질이 없어 안전하고, 인체에 유익한 미네랄로 모든 성분이 균형 있게 포함된 물'이라 하지요."
"그런 물이 있어요?"
"법이 말하는 기준이 철학적이지요?"
"생수 제조사들은 자기들의 물이 제일 좋다고 선전하잖아요? 그들 간의 기준을 보면 되지 않겠어요?"
"많이 좁혀졌네요. 맛 좋은 물맛은 우리 체온보다 20℃ 낮은 10~15℃ 물로 일반적으로 냄새, 신맛, 풍미, 구조, 균형, 무게감 등으로 우수한 물이라 말할 수도 있겠네요. 샘물의 경우 맥반석을 통과시켜 맛을 좋게 하기도 하지요."
"상무님, 해외는 다른가요?"
"벨기에서 국제 식음료품평회/iTQi의 기준이 있어요. 물맛은 칼륨이 많으면 짠맛이 있고 마그네슘은 쓴맛, 철분은 녹 맛 등이 나와요. 그런데 기자님이 질문하신 의도로 보아 답은 이미 알고 계실 것 같은데요. 책도 쓰셨는데… 굳이 답을 말한다면 우리가 일상 마시는 물이 아닐까요?"

"그게 정답일 수도 있겠네요."

"깨끗한 물과 좋은 물은 차이가 커요. 깨끗한 물은 증류수인데 마시면 설사를 하지요. 증류수와 같은 이치로 자연에서 맺힌 이슬도 깨끗한 물로 대기의 먼지 등 약간의 오염이 있지만 깨끗한 물에 속하지요. 노벨상 수상한 폴링 박사는 '여름날 공해가 전혀 없는 청정한 지역에서 아침에 풀잎에 맺힌 이슬이 가장 깨끗한 물'이라고 하지요. 그러나 이슬만 마신다면 광물질 부족 현상이 일어나지요. 그래서 좋은 물이란 적당한 광물질 즉 바닷물과 같은 물질 조성을 가져야 하지요."

"예. 깨끗한 물이 아닌 좋은 물은 일상 마시는 데 별문제가 없는 물이란 말씀이시네요."

"그래요. 간단하지요."

"그것 말고 정말 좋은 물이 있을 것 같아요. 드라마에서 나오는 명품 물이 있잖아요…. 그런 물을 찾을 수만 있다면, 크게 홍보하면 한몫 잡지 않겠어요?"

"명품 물이라면 물 자체가 아주 우리 몸에 좋은 물이라는 뜻과 고가의 물이라는 두 가지가 있는데 비싼 물이라고 좋은 물은 아니지요.

"비싼 물은 얼마나 하나요?"

"일본 고배에서 월 5,000병(720ml 유리병) 생산하는 필리코(Fillico)는 병당 30만 원 전후에서 팔리지요. 이보다 비싼 금을 섞은 물은 병당 6천만 원까지 한다고 하지요. 진귀한 물이 아니라 물에 금가루를 넣고 병을 호화롭게 장식한 경우지요. 상징적인 물은 그 나름 의도하는 바가 있어 출시되고 있지요."

"아~ 예. 물 세상도 참 다양하네요. 저는 단지 정말 좋은 물을 찾고 싶어서 말씀드렸어요."

"물장사를 하고 싶은가 보네요. 좋은 물을 독차지하려고…. 대동강 물을 팔아먹은 봉이 김선달도 아니고, 무슨 기준으로 좋은 물이라고 선전하면서 팔 수 있겠어요. 아니요. 문제는 가격이지요. 상상도 못 할 높은 가격으로 파는 물도 있어요. 그러나 일반적으로 가성비를 따지는 세상이지요. 사람들이 비싼 물에 대한 그만한 가치를 인정해야 되는데 보편적 기준에서 싸고 좋은 물이란 없어요. 물론 신비주의를 적용하면 가능하겠지만 잘못하면 사기꾼으로 몰리기 딱 좋아요."

"정말 죄송합니다만, 정말 없을까요? 소위 생명수라 할까요? 무한한 에너지를 주고 어떠한 병도 치유할 수 있는 물이요…."

"예를 들어 매년 수백만 명이 찾는다는 프랑스의 루르드 샘물의 경우 난치병도 완치한 사례가 있지요. 보고서에 따르면 물속에 수소가 미량 존재한다고 해요. 아마 해리 현상에 의한 수소 이온을 말하는 것 같습니다. 이 수소 이온은 활성산소 이온과 합쳐져서 물이 되지요. 결합으로 생긴 물은 신체에 아무 해가 없으니 활성산소만 제거하게 되는 것이지요. 이보다 좋은 치료약이 있을까요?"

"정말 그럴까요?"

"믿고 못 믿는 것은 어찌할 수 없지요."

"프랑스에 취재하러 한번 다녀와야겠어요."

"좋은 물을 찾는 이유에는 건강과 장수라는 두 가지 요인을 생각하게 되지요. 사람은 완전 단식을 해도 30일은 버틸 수도 있으나 물을 마시지 않으면 일주일도 버티지 못합니다. 또 죽음은 신체에서 물이 줄면서 발생한다고 합니다. 태아는 95%의 물로 구성되었다가 태어나면 아기는

80%의 물로 구성되고 나이가 들면서 점점 물이 줄어 55% 정도가 되면 죽게 된다고 하지요. 우리 몸의 뼈마저 1/3이 물이라 합니다. 평상시에도 몸에서 10%의 물을 잃으면 생명도 위험해지니 물은 생명 유지의 필수 조건이라 하겠지요."

"예. 많이 회자되는 이야기예요. 물에 관한 영화는 언제나 긴장하고 보게 되지요. 물과 죽음의 관계는 단순하면서도 절대성에서 벗어나지 못하지요. 그래서 좋은 물을 알고 싶습니다."

"분명, 신 작가는 마음에 두고 있는 물이 있는 모양인데 오히려 저에게 말씀해 주세요."

"마시면 건강하고 오래 살 수 있는 물이 좋은 물이라 생각해요."

"그것이 어떤 물이냐가 핵심인데…."

"상무님, 사실 저도 좋은 물을 찾을 수가 없어요. 그러나 분명 있을 거예요."

"그래요. 세계에서 손꼽는 장수촌 마을에서 마시는 물을 이야기하는 모양이네요. 100세가 넘게 사는 사람들이 사는 지역의 물을 말할 수도 있겠어요."

"어디를 말씀하시는지?"

"모두 고지대로 산악에 둘러싸인 에콰도르 안데스 산맥 내에는 빌카밤바(Vilcabamba)와 파키스탄 카슈미르의 훈자(Hunza) 마을, 그루지야 코카서스 산맥 일대에도 장수 마을이 많은데 대표적인 아브하지아(Abkhazia)가 세계 3대 장수촌이라 하지요. 그 지역은 오지 중에 오지예요."

"그 정보는 이미 들어보았는데, 잘사는 나라 마을은 아니에요."

"사람들은 장수 마을 물이라 좋은 물이라고 하지만 우리나라 사람에게도 좋은 물인지는 검증이 안 되었어요. 단지 현지 물을 조사한 바에 의하면 칼슘, 철분 등 각종 미네랄이 풍부하고, 희귀한 원소가 함유된 물이라 합니다. 글쎄요. 저에게는 그 희귀 원소가 관심의 대상이지만…. 그러나 상품으로서 물은 공급할 수 있는 양과 가격인데 수송비가 높아 우리나라에 수입해 와도 경제성이 없을 거예요."

"그래도 장수는 증명되었지요?"

"조사를 해보니 경수로서 칼슘과 마그네슘 성분이 상대적으로 많았어요. 산에서 흘러내리는 계곡물은 광물 성분이 많이 함유되어 있었다고 합니다."

"그곳을 한번 방문했으면 좋겠어요. 버킷 리스트로 상무님 저와 같이 다녀오시겠어요? 가까운 일본의 와라톤이나 히다의 암반수도 좋으니 그곳부터 다녀와도 좋고요…. 호호."

'나하고 정말 일본 여행 가자고?' 들리지 않게 혼잣말로 중얼거렸다. 그녀는 기자라서 그런지 아니면 원래부터 사교성이 높은 건지 말을 나와 함께 쉽게 섞어간다.

먹는 물 속의 희귀한 원소에 주목할 필요가 있다. 육지의 샘물인 용천수에는 정량이 되는 물질도 있지만, 양을 잴 수는 없고 정성만 할 수 있을 정도의 물질도 있다. 또한 육지의 성분 중에는 이미 없어졌지만 바다로 쓸려가 바닷물 속에는 그러한 성분을 찾을 수도 있다. 초미량의 성분이 몸에 엄청나 보약의 역할도 하고 독이 될 수도 있다. 일정 기간에는 발현이 되지 않다가 축적되어 어느 날 갑자기 독으로 발현될 수도 있다.

국내에도 좋은 물을 마시기 위해서 수입한 물을 선호하는 사람들도 있다. 프랑스의 에비앙이 선두에 있었으나 가격이 상대적으로 높다. 백두산 지하 암반수를 수입하여 시판하고 있으며 판매량은 상위권에 있을 정도로 인기가 있다. 취수지는 중국 지린성 안투현의 나이터우천(奶頭泉)이다. 백두산에서 50km 정도 떨어진 곳에서 솟아난 물이다. 수온이 일정하고 미네랄이 균형을 갖춘 물이다. 동일한 취수원에서 채취한 용천수는 여과를 거쳐서 국내에 대기업 두 군데서 들여오고 있는데 인기가 높다.

"국내외 생수를 마시고 있지만 아직도 먹기 좋은 물에 대한 정의가 쉽지가 않군요."
"일본의 어느 물 전공 학자의 실험으로, 언어에 관계없이 물을 향해 좋은 말을 했을 때와 나쁜 말을 했을 때를 각각 전자현미경으로 촬영하니, 좋은 말을 들은 물은 눈 모양처럼 아름다운 형상이 찍혔지만 나쁜 말을 들은 물은 보기에도 험악한 형상이 찍히는 사진을 학계에 발표한 적이 있지요. 내가 찍는 현장에 없었으니 진실은 알지 못하나 국내 학계에 와서 발표하는 것도 보았는데 일단은 수긍할 수밖에 없었지요."
"예. 저도 보았는데 사실이 아니라는 이야기도 들려요."
"진위 여부에 관계없이 좋은 말로써 기분이 좋은 상태에서 마시는 물과 그렇지 않은 상태에서 마시는 물이 우리 몸에서 나타나는 현상을 사진으로 표현했다고나 할까요?"
"예, 상무님 말씀에 공감해요."
"신 기자의 글 소재로서는 좀 그렇네. 아주 평범한 것을 답이라고 말하고 싶네요."
"상무님이 생각하는 좋은 물에 대해 다시 한번 정의해 주세요."
"오염되지 않은 미지근한 물이라면 이해하겠어요?"

사람에게 가장 좋은 음용수는 미적지근하며 균이 없는 평범한 물이다.

어머님이 서울로 공부하러 간 자식을 위해 새벽마다 장독대 위에 하얀 사기그릇에 물 떠놓고 두 손 모아 비는 정한수 같은 물도 좋은 물이다.

그녀는 한번 인사를 트고 나니 전화도 가끔 준다. 남자 기자라고 하면 소주라도 한잔하면서 기자 세상 이야기도 듣고 싶었는데, 그녀와 속내를 이야기하기는 쉽지가 않다. 그녀가 사무실로 찾아와서 차 한 잔 정도 하는 것으로 만남에 부담은 덜했다. 사무실 내에서 이야기는 역시 물 관계였다. 어느 날 먹는 물 생수가 아닌 바닷물에 대한 이야기를 가져왔다.

"상무님, 또 알고 싶은 것이 있어 왔어요."
"그런 것이 있으면 인터넷 검색이나 도서관에 가면 되지, 왜 이곳까지 오시나?"
"상무님도 참…."
"왜? 내가 틀린 말 했어요?"
"붐이 막 일기 시작한 해양심층수는 어떤 물이라 생각하세요?"
"심층수라…."
"그 분야를 잘 알고 계실 텐데요…."

우리 회사에서 심층수 분야도 검토하고 있다는 정보를 어디서 듣고 온 것이 분명했다. 그러나 아직 구체화된 것은 없다. 서당 개 삼 년이면 글도 읽는다고 하는데 환경공학을 전공한 그녀는 기자로서 이제 막 국내에서 뜨고 있는 심층수에 대해서 자료 수집을 많이 했을 것이다. 새로운 분야에 대해서 예비 전문가 수준이 아니겠는가? 동해안에 무궁무진한 해양심층수인 "동해심층수"가 흐르고 있음이 밝혀졌으니 우리나라의 새로운 성장 동력이 될 것이라고 그녀는 믿고 있는 듯했다.

어려운 추론이 아니다. 일본이 했으니 우리가 재현하고자 하는 것은 시간과의 싸움일 뿐이다. 그 흐름을 읽은 것이다. 그러나 아직은 정부 관계 기관과 소규모 기업가만 관심을 가질 뿐이었다. 대기업들의 움직임은 안테나에 잡히지 않았다. 그들이 결코 가만히 있을 이유가 없다. 하이에나처럼 먹이가 확실하면 그때 움직일 것이다. 시장 논리 중에 하나가 위험 요소 회피. 새로운 분야에서 벤처기업이 성공의 실마리를 풀면 대기업은 그 기업을 적당한 가격을 주고 사버리는 것이 가장 안정적이고 성공률을 높이게 된다. 위험 부담을 지지 않고 쉽게 가는 방법이다.

정부는 기술 흐름에 따라 해양과학기술(MT/Marine Technology)에 역점을 두고 관련 사업을 적극 지원하기로 했다. 육상자원의 부족 문제를 해양개발을 통해 해결하려는 배경 아래 추진되고 있는 정책이다. 해양심층수 개발사업은 이러한 해양과학기술 정책의 중요한 분야 중에 하나다.

흔히 '천년의 신비'라고 표현되는 해양심층수란 태양광이 도달하지 않는 수심 200m 이상 깊은 곳에서 흐르는 바닷물을 말한다. 영양 염류가 풍부하고 유기물이나 병원균이 거의 없는 청정한 수자원이다. 해양학에서 말하는 1,000m 이하의 심층수와는 정의가 다르다.

심층수를 주제로 한 학회 활동이나 세미나가 근자에 두드러지게 많아지고 있다. 그런 장소에서 그녀를 자주 보게 되었다. 발표 후에는 통상 토론 세션이 이어진다. 그럴 때는 옆자리에 와서 자기의 메모에 대한 검증을 부탁하곤 했다.

박 상무는 그녀와 만남이 잦아지자 함께 식사를 하게 되었다. 주로 삼성동 골목에 있는 청원당에서 식사를 했고 수주도 곁들이기 시작했다. 그녀에게서 세상 돌아가는 이야기 특히 살아있는 물 이야기도 듣게 되어서 좋았다. 그녀와 만나는 자리에 한두 사람이 합석을 하다 보니 작은 소모임이 되었다. 한식집 사장인 고영숙 사장도 모임 준회원처럼 자주 합석을 하곤 했다. 음식점 마케팅 차원에서 그녀에게 음식점 홍보를 부탁하기도 했다.

"사람들이 여유가 생겼는지 음식을 주문할 때도 건강 위주의 몸에 좋은 것을 찾아요."

"고 사장님, 전에는 없어서 못 먹었는데 어느새 맛을 찾더니 이제는 건강 단계로 음식 문화 수준이 레벨 업 되었나 봐요."

"예. 너무 짜면 다들 짜다고 말하지요. 같은 간이라 해도 사람마다 짠맛 정도가 다르니 좀 싱거운 편으로 만들어 손님의 취향에 따라 소금이나 간장으로 자기 맛에 간을 맞추게 하지요. 신 기자님은 어떻게 드세요?"

"저는 추가로 간을 하지 않아요. 음식점 음식 중에 싱거운 경우는 거의 보지 못했어요."

"맞아요. 다 짜지요. 손님들 몸에 좋지 않아도 맛은 짠맛에서 나온다고 하지요."

"아, 그러고 보니 서비스업이라 어려움이 많네요. 어디 손님 입맛이 같겠어요?"

"그래서 저희 집에서는 머리를 좀 썼지요. 싱겁게 음식을 내놓으면서 죽염으로 손님의 취향에 따라 뿌려서 맞추라고 하고 있지요. 죽염은 덜 짜면서 미네랄이 풍부하다고 이야기도 해주지요. 물론 가격은 좀 비싼 편이지요. 일본에서 큰 인기를 얻고 있는 해양심층수 소금은 아직은 수

입은 안 하고 있지만 수입을 고려하고 있어요. 탕을 끓일 때는 일반 생수나 수돗물이 아닌 받아놓은 이슬로 끓여 손님에게 내놓지요. 그래서 인기가 좋답니다."

"이슬이라 하면 양이 충분하나요?"

"예, 저의 방식이 있지만 기업 비밀이니 알려드리지 못합니다."

"이슬은 이름 자체로서는 예술적으로 순수함의 정수로 보이지만…."

"고 사장님, 신 기자님, 제가 한마디 하지요. 이슬은 야생화가 많이 핀 곳에서 채집하면 이슬에서 꽃 향이 묻어나서 색깔이나 특유한 향이 있어 좋은 물이 됩니다. 이슬을 맺을 때 꽃가루가 붙어서 자아낸 자연의 신비이지요."

"와, 상무님 멋져요."

"상무님은 역시…."

"있는 이야기를 말했을 뿐입니다."

"상무님, 우리가 아는 물은 거의 다 경험을 했지만 경험하지 못한 물이 있잖아요. 신비의 물이라고 하는 '해양심층수'는 과연 어떤 물일까요?"

제2장 우연지사(偶然之事)

8. 출발(出發)

　　국내외 건설 붐이 다시 거세게 일어났다. 해외 건설 세계 5위 강국을 기치로 내걸고 해외건설협회는 분주하다. 국내 건설 분야 컨설팅 그룹의 모기업인 최건축과 계열 회사들은 수주 잔량이 많아졌다. 자금 흐름도 좋아지고 있다. 최 회장은 국내 건축계에서는 대선배로서 존경받는 인물이다.

　　나이도 있고 해서 더 이상 그룹 경영을 총괄하지 않고 특정 국가 사업이나 개인 사업에만 전념하기로 했다. 때로는 개발사업에 투자도 병행한다. 은퇴가 아니라 회사는 전문 경영인에게 맡기고 특정 사업만 한정하여 참여한다. 이제는 보다 여유를 가지고 자유롭게 일을 하고 싶었기 때문이다.

　　새로운 투자사업 발굴을 찾아 분주하게 다녔다. 강남역 인근에 개인 사무실도 별도로 가지고 회사 업무와 거리를 두고 일하고 있다. 투자사업에도 관심을 가졌는데 그간 안소희 사장의 조력을 받아가며 재미를 보았다. 투자 자문을 해온 헬렌 황도 이제는 개인적인 물건도 최 회장에게 가져왔는데 그러한 건에서 재미도 보았다. 그녀는 미국과 한국을 오가며 일하는 미모의 중년 로비스트이자 역시 투자가였다. 양국 정계 고위층에도 상당한 인맥을 갖고 있다는 미스터리 여성이다. 가끔 언론에도 오르

내리는 유명인이다.

　최 회장이 투자를 시작하자 주변에서 사람들이 몰려들기 시작했다. 귀가 얇아져 달콤한 이야기를 들으며 자신도 쉽게 빠지곤 한다. 스스로 똑똑하다는 엔지니어의 우월감의 이면에서 당하는 현실의 수렁에서 빠져나오지 못했다. 그나마 헬렌 황이 추천한 사업에서 재미도 보았다. 그는 혼자만 똑똑하다고 생각했지만 손해를 더 많이 보았다. 가족들이 제발 투자를 하지 말라고 권유해도 듣지 않는다. 벌었던 것에만 도취가 되어 언젠가는 복구된다는 마약에 취했다. 몇 건의 손실을 계속 보고 있어도 새로운 물건을 찾아 헤맸다. 자신이 가장 똑똑해서 투자에도 자신이 있다는 생각에는 변함이 없었다. 손실마저 더 큰 이익을 위한 징검다리로 생각했다.

　모스크바 중심가에 건설될 한국 기업에서 투자하는 특급 호텔의 디자인 건을 수주했다. 그는 현지 법에 따라서 현지 국영 디자인 센터와 협업을 해야 했다. 자연 출장이 많았고 따라서 술자리도 잦았다. 러시아 사람들의 보드카 사랑은 우리가 생각하는 그 이상이다. 러시아 관습은 보드카 석 잔을 스트레이트로 마시면 친구가 된다고 한다. 그들 관습대로 독주를 마시는 일은 몸을 망치게 된다. 중국에서도 백주를 큰 맥주컵으로 석 잔을 마셔야 하는데 이는 추운 지역에서는 자연스럽게 발생한 것 같다. 사회주의 국가에서는 개인의 취향을 살리는 데 한계가 있기 때문이기도 하다. 우리가 해외 사업을 하면서 그러한 관습 때문에 겪는 고충 중에 하나다.

　현지 책임자와 술자리를 자주 함께하면서 가까워지자 국내에서 추진 중인 대형 리조트 사업에 대한 이야기도 자연스럽게 나왔다. 동해의 강해 해변에 건설 예정인 리조트 단지 건설사업 이야기도 자랑삼아 꺼냈다. 강해 리조트 건설사업의 핵심은 해양심층수 특화 사업이라고 말해주었다. 그는 며칠 뒤에 강해 주변 해역에 대해 러시아가 작성한 해도를 전해주며 참고가 되었으면 좋겠다고 했다. 술친구로서 선물이었다. 상당히 상세한 해도였다.

해도는 배와 잠수함의 안전한 항로를 알려주는 지도다. 육지의 등고선처럼 높이가 적혀져 있고 물웅덩이도 표시되어 있다. 바다는 표층과 심층에 각각 다른 해류가 흐르고 있으며 상승류와 하강류도 있고 와류도 있다. 해류에 따라서 해저 지형이 수시로 바뀔 수가 있다.

표층 해류는 바다의 고속도로다. 옛날에 무역은 해류를 찾아서 항로를 결정했다. 고려시대는 상해에서 벽란도까지의 해로가 대표적이다. 해저의 경우는 심층 해류에 따라서 지형이 쉽게 바뀔 수가 있으나 측정이 어렵다. 해저의 변화는 현대전의 꽃인 잠수함 항로에 큰 영향을 줄 수도 있다. 한류와 난류가 마주치는 경계 지역은 더욱 심한 영향을 받는다.

동해안 해도는 해군에서 운용하는 해도는 민간인이 취득하는 데 한계가 있다. 최신 버전 유무도 잘 모른다. 민가 부분에서는 국립해양조사원에서 만들고 계속 수정하고 있다. 주로 항로 중심으로 표층수 위주로 계속 바꾸고 있다. 그러나 항로가 아닌 지역의 해도는 수정되지 않은 오래된 해도도 많다. 특히 깊은 바다의 해저의 최신 해도는 구하기가 쉽지 않다.

이번에 러시아에서 받은 강해 지역의 해도는 러시아 해군 잠수함용이 아닌가 하는 생각이 들었다. 러시아에서 가지고 있는 지도는 분명히 군사용일 가능성이 높다. 러시아 잠수함이 동해안에 가끔 출몰한다는 기사를 보더라도 그들의 해도는 계속 보완되어 왔을 것임을 의심할 바가 없다. 특히 바닷속 등고선 간격을 보더라도 우리나라 해도는 오래전에 만든 것으로 러시아 해도와 비교해도 차이가 있음을 직감적으로 느꼈다.

마음에 두었던 심층수 개발사업에 필요한 자료임을 본능적으로 알 수가 있었다.

그가 전해 받은 해도를 한국해양연구원 이현순 박사에게 보여주었다. 그의 연구팀은 강원도 고성군 지역에서 이미 실험용 심층수를 취수하여 어류 및 조류 양식을 연구하고 있었다. 해도는 이 박사에게도 유용했다. 실험용 취수구에서 계획 중인 실증용 취수구 선정에 도움이 될 해도였기 때문이다. 이 박사 팀을 중심으로 해양시스템연구소에서 검토한 결과 국내 해도보다 정확도가 높은 것으로 판단됐다. 특히 해저의 물웅덩이 위치 등 안정적 수원지를 찾아야 했는데 필요한 해도였다. 이 박사는 해양시스템을 연구하고 있지만 연구 과제를 상업화에 목적을 두고 연구에 몰두했다. 그는 사업화 과정에서 창업하여 스타트업 회사를 만들지, 아니면 민간 개발회사의 자문만을 할지 아직 정하지를 못한 상태였다. 대학교 교수나 국책 연구소 연구원들의 갈등을 그도 갖고 있었다. 그러한 그의 고민을 최 회장은 잘 알고 있었다.

최 회장이 샌디에이고 디자인 센터를 방문한 후에 톰 김 회장은 청수 리조트 단지 현장 실사를 위해서 프린스 그룹에서 영입한 디자이너와 함께 방한했다. 그는 청수 리조트 건은 디자이너에게 일임하다시피 하고 내심 마음에 두었던 심층수 사업에 신경을 썼다. 국내의 제반 상황을 알아보고 컨설팅 회사에 약식 심층수 조사보고서를 의뢰했다.

무엇보다도 코엑스에서 열렸던 해양심층수 포럼에 참석하고 나서 톰 김 회장은 결심이 섰다. 최 회장에게 조심스럽게 심층수 이야기를 꺼냈다. 자신이 주도하여 해양심층수 개발사업을 이끌고 싶었기에 그에 관한 의향을 타진했다. 그는 운동을 한 사람의 기질을 그대로 가지고 있다. 어찌 보면 최 회장에게 선제공격을 가한 것이다. 앞으로 긴 항로를 가야 하는 배가 출항 준비를 시작하겠다는 통고와 같았다. 최 회장은 머리에 한 방 맞은 기분이었다. 우물쭈물하는 사이에 톰 김 회장이 치고 들어온 것이다.

"최 회장님, 미국에서 말씀 주셨던 강해 지역 해양심층수 개발사업을 해보고자 합니다."
"네~"
"말씀하셨던 러시아 해도를 저에게 양도해 주겠습니까?"
"역시 관심이 있으시군요. 그때 톰 김 회장님 눈빛이 바뀌는 것을 제가 보았지요."
"미국에 오기 전에 서해의 남북 해상고가도로 토목사업의 끝을 보지 못했습니다. 서해가 저에게 안 맞았으니 이번 동해에서는 맞을 것으로 확신합니다. 다 자기 짝이 있는 모양입니다."
"심층수 사업은 천해 리조트 사업 내의 핵심 사업이지요."
"예, 그 리조트 부분에도 물론 관심이 있습니다. 회장님도 그 부분에 관심이 크실 것으로 봅니다만…. 그러나 저는 우선 심층수 사업부터 손을 대고 싶습니다."
"투자를 하시겠다는 말씀이군요."
"네."
"제가 예금해 둔 돈을 해외 투자금 일부로 사용하려 합니다. 내수 자금은 안 여사가 주선을 할 것입니다. 추가 자금은 헬렌 황을 통해서 미국에서 펀드를 동원하면 될 것입니다."
"역시 자금조달부터 생각해 두셨군요."

"네. 최 회장님이 좋은 사업을 저에게 주신 것입니다."

"톰 김 회장님이 미국 돈을 가져오신다면 본 사업이 외자 유치 사업으로 강원도에서 절대적인 지지를 받을 것입니다. 이 사업은 회장님 사업 같습니다."

"그리 말씀해 주시니 힘이 납니다."

"저도 주주로 참여하고 싶은데 받아주시겠습니까?"

"저도 욕심은 없습니다. 초기에는 제 자금으로 시작하지만 추가 투자분은 40%까지 매각 예정입니다."

"제 지분은 회사 이사진과 상의하겠지만 여의치 않으면 저의 개인 자금으로 투자하겠습니다."

"네. 저는 최 회장님이 참여하시면 힘이 납니다. 천군만마를 얻는 것입니다."

"알겠습니다."

"행운의 열쇠를 주셔서 다시 한번 최 회장님에게 감사드립니다."

"그런 인사는 시설공사를 완료하고 통수식을 한 다음에 받겠습니다."

단도직입적인 톰 김 회장의 직사포 제안에 최 회장은 무엇인가 선수를 빼앗긴 기분이었다. 자신이 주도하기에는 위험 부담이 크고 남을 통째로 주려고 하니 배가 아팠던 사업이다. 그러나 배짱이 적어서 이끌어 가지는 못한다는 것을 스스로 잘 알고 있었다. 속내를 들키지 않으려고 표정 관리를 했지만 쉽지가 않았다. 대신 리조트 부분에서는 보다 많은 투자를 생각하고 있었다.

이미 두 사람은 공동으로 추진하는 사업에 마음이 들떴다. '선구자적 신사업이란 이 얼마나 멋진 것인가?' 금상첨화로 황금알을 낳은 사업이 될 것이라고 믿고 있는 두 사람은 마음이 부풀었다. 사업은 이제 항구를 떠날 준비가 완료되었다. 선장이 결정된 것이다.

  이제부터는 심층수 사업 포함한 리조트 단지의 건설을 끌어갈 조직이 필요했다. 톰 김 회장은 다시 옛 건설회사 사장으로 돌아간 듯 바쁘게 움직였다. 그러나 그가 해결해야만 하는 큰 문제는 자본금 외에 필요한 건설자금과 운영자금조달이 남아있었다. 이번 제3 섹터 사업은 외국인 투자사업이 전제로 되어있기에 미국에서 자금조달은 일부는 가능하나 전체 자금의 부족분은 유럽에서 조달할 계획이었다.

9. 조우(遭遇)

"박 상무, 여기요. 여기."

찬 손으로 유리 출입문의 터치 버튼을 눌렀다. 문이 반쯤 열리자 안쪽에서 누군가를 부르는 큰 소리가 들렸다. 미리 와서 자리를 잡은 고 선배가 손을 높이 들고 나를 큰 소리로 부른 것이다. 문은 나머지 반쪽마저 다 열리면서 금속성 소리를 낸다. 방풍용 문솔이 닳아서 유리와 가이드 쇠와의 접촉 부분이 서로 닿을 때 나는 소름 끼치는 소리다. 겨울 끝자락에서 얼음이 깨지는 소리다. 알을 스스로 깨건 어미가 깨주건 껍질이 소리를 내며 깨져야만 새로운 세상을 볼 수 있다. 유리문이 소리를 내면서 열렸다. 오래된 한정식집이다.

음식점 안으로 들어서자 따스한 공기가 반긴다. 추운 세상과 따뜻한 세상 사이에는 유리문이 경계선이다. 서로를 바라볼 수 있지만 동시에 다른 세상이 함께 존재한다. 오늘따라 고석화의 목소리가 평상시보다 큰 것을 보면 약간 흥분된 상태다. 평상시에도 작은 목소리는 아니다. 귀가 나빠서 그렇다고 하나 그보다는 과시욕이 넘치기 때문이다. 식사하고 있는 다른 손님들을 전혀 아랑곳하지 않는다. 큰 소리 낸 그보다 오히려 내가 민망한 마음이 들어서 빠르게 그가 혼자 앉아있는 자리로 갔다.

우암산 한정식점은 삼성역 주변에서 꽤 알려진 음식점이다. 대로변에서 가까운 뒷길에 자리 잡았다. 퇴근하기에는 좀 이른 시간인데 벌써 손님들이 어느 정도 들어찼다. 여사장은 얼굴이 조각 같아서 차게 보이지만 정도 많다. 배짱마저 두둑해서 사내 서너 명하고 입씨름이 벌어져도 전혀 기죽지 않는다. 이북에서 내려온 생활력이 강한 여성처럼 보인다. 동대문 시장 바닥에서 포목 장사나 일수 놀이로 세상 풍파를 다 겪으며 삼팔 따라지에서 알짜 부자가 된 여인을 생각나게 한다. 그가 그런 전력을 가졌는지는 모르겠지만 말투를 보면 여지없는 서울내기다. 손님을 끄는 맛깔나는 입담으로 한번 그녀와 말을 섞으면 단골이 된다. 음식 맛이 우선이겠지만 주인의 서비스 정신이 그에 못지않게 영업을 좌우한다. 주인이 그러하면 종업원도 주인을 따르게 되어있다. 우암산에 손님이 많은 이유다.

그 역시 이곳 단골로 손님과 함께 자주 찾는다. 그를 대하는 그녀의 목소리는 애교가 철철 넘쳐흐르고 짙은 농담도 스스럼없이 한다. 한때는 그러한 그녀와의 말 섞음에 그가 호기 있는 장부의 모습이라는 생각도 했다. 아니, 그 스스로도 그렇게 생각하고 있는지 모르겠다. 종종 도를 넘는 농이 오가면 함께 온 손님들은 당황하곤 한다. 그가 기둥서방은 아닌가 오해까지 할 정도다. 모시고 오는 손님들에 대한 접대의 반은 그녀의 몫인 듯했다. 어찌 보면 서로 상부상조하는 사이다.

"또 불러서 미안해."

"무슨 말씀이에요. 선배가 불러만 준다면 저야 언제나 영광이지요."

"무슨 말을… 내가 고맙지. 든든한 후배가 항상 자랑스러워. 하하하."

그의 웃음은 언제 보아도 예사롭지가 않다. 항상 호탕하게 웃는 모습에서 가끔은 남모를 의미가 담기지 않았나 하는 의구심을 들게 한다. 웃음 하나만 가지고도 상대방의 의중을 짐작도 할 수 있고 기분 상태도 알 수가 있는 일이다. 그는 인상도 특이한 편이다. 남보다 숱이 많은 긴 눈썹은 보기에도 예사롭지 않다. 그런 사람을 세상살이에서 한가락 할 사람이라고도 하고 사기꾼이라고도 한다. 오늘은 여느 때보다 웃음이 더 독특했다. 약간 흥분된 상태임을 직감했다.

조금 있으면 미국 투자자와 여자 두 사람 그리고 강원도 투자유치단장이 합석한다고 귀띔해 준다. 무엇인가 느낌이 왔다. 역시 그는 이미 새로운 그림을 하나 그리고 있었다. 나를 자기 사람으로 소개하려는 의도가 있다는 것을 파악하는 데는 그리 오래 걸리지 않았다. 그의 특기다.

오늘 낮에 삼성동 코엑스 전시장에서 열린 "해양심층수" 포럼은 열기가 뜨거웠고 대성황이었다. 참석자들은 황금알을 낳는 오리를 만난 듯 사뭇 진지해 보였다. 돈 버는 일이니 모두가 같은 마음이다. 기업에서도 많이 참여했지만 개인 자격으로 참석한 사람들도 꽤 있다. 모두가 묻지 마 투자가처럼 마음은 벌써 돈방석에 앉은 기분들이었다. '우리나라에 없는 신사업이지만 일본에서 관련 제품이 수입하기 시작한 사업의 설명회라 하니 오죽하겠나?'

돈 냄새를 잘 맡는 부류는 따로 있는 모양이다. 부동산이나 증권에 대한 기획 포럼에 몰려다녔던 사람들이 다 모인듯하다. 은밀하게 자기들만의 정보 네트워크를 가지고 있다. 각자 나름 지식과 정보를 가진 무리들로 자부심도 있고 경제도 논할 줄 안다. 획득한 정보를 각색하여 기업과 연계하는 고차원의 부류도 있다. 어설프게 혼자 공부하고 나타났다간 흐름을 타지 못해서 황망한 경우를 맞게 된다. 경마장이나 게임장에 다니며 돈을 좇는 부류와는 확연히 다르다.

　포럼 참석자들은 정보를 미리 알아보고 온 사람들이 대부분이다. 시중에서 핫이슈로 떠오른 화두이니 초미의 관심들을 가질만한 사업이다. 특히 일본에서 온 연사들의 설명은 모두가 숨죽이고 청취했다. 그들은 단어 하나하나를 신빙성 있게 말한다. 우리나라 말처럼 평탄한 말이 아니라 강약이 있고 높낮이가 있으며 맺음과 시작이 분명하여 우리말보다 신뢰성을 더하는지 모르겠다. 단적으로 일본인의 "예" 하는 대답이 그렇지 않은가?

　오늘따라 모든 연사의 말과 말 사이의 말을 듣지 못하면 맥을 놓칠까 우려해서, 아니 돈이 날아갈까 해서 온 신경을 집중해서 경청한다. 청중을 사로잡는 방법 중에 하나가 가능한 한 청중이 원하는 부분을 집중 공략하는 것이다. 그것이 핵심이다. 그래서 유명 연사들은 가끔 거짓이나 허상을 흐름 속에 삽입한다. 이를 청중이 모를 뿐이다.

　우리나라에서는 아직 생산되지 않는 심층수는 일본 맥주 시장에서만 연간 1조 원이 넘는 매상을 올리고 있다. 침을 흘리지 않을 수가 없는 노다지 분야다. 돈과 직결된 포럼은 어떤 이슈를 내건 포럼보다 언제나 성황이다. 이 분야의 컨설팅 회사들마저 사업이 잘되는 이유이기도 하다.

　심층수를 직수입하는 김성일 사장이 일본의 대표적인 토야마와 코치두 곳의 아쿠아 팜 인사들을 초청했다. 그는 우리나라에서 이 분야의 선구자적 활동을 하는 사람이면서 이재에 강한 사람이다. 문제는 자기 자본이 적고 국내 인맥이 약하다는 점이다. 국내에서 가장 먼저 심층수 제품을 수입하여 판매하고 있다. 강남 역삼동에 본사를 두고 전국망을 구축하고 있는 중이다. 그는 국내 판매를 더욱 높이기 위해 이번에 일본인들을 불러들였다. 그들은 일본에서의 성공 경험담을 포럼에서 자랑스럽게 이야기했다. 심층수의 신비성을 강조했다. 맞는 이야기다. 우리나라에서도 그 누구도 신비의 심층수를 부정할 사람은 없다. 연사는 건강 증진에 좋은 신비의 보약처럼 좋은 상품으로 소개했다. 시중에서는 암도 치료한다는 물이라고 한다.

고 선배 역시 포럼이 열린다는 정보를 받자 그는 자신의 후각이 되살아난 것을 느꼈다. 그도 돈을 좇는 분야에 강자다. 감이 왔다. 그렇지 않아도 신규 사업 품목을 찾는 중이었는데 바로 이거다 싶었다. 물에 대해서 박식하기로 소문난 그는 심층수에 대한 기본 지식을 갖고 있었지만 시장 흐름은 상세하게 몰랐다. 먹이가 보이면 사전 준비를 잘하는 것은 그의 장점이다. 참석하기 전에 강원도 김영훈 외자 투자 유치 단장으로부터 포럼 발표 자료 등 사전 정보를 입수했다.

포럼 장소 뒷좌석에서 우직하게 앉아서 경청하는 나이 든 남자와 젊은 여성 한 쌍에 그의 눈이 꽂혔다. 분명 부부 사이 같지는 않았다. 정장을 입은 남성이 범상치 않아 보이면서 그가 왜 뒷자리에 앉아있는지 궁금했다. 그의 눈은 매의 날카로운 눈빛처럼 단상의 연사들을 뚫어지게 바라보고 있다. 그 역시 이번 사업에 지대한 관심이 있는 사람임이 분명하다. 그런데 그에 대한 느낌이 범상치 않았다. 옆에 앉은 미모의 여인의 눈빛마저 빛나고 있다. 갑자기 본능적으로 그들이 기업 사냥꾼이라는 느낌이 들었다. 그들에게 말을 걸어보고 싶은 충동이 일어났다. 먼저 그녀에게 다가갔다.

"일본 사업가 설명이 대단하지 않습니까?"

"네…."

"바닷속 깊은 곳에서 표층수와 섞이지 않은 신비의 물을 상품화한 일본인들은 대단합니다. 일본인들의 장수 비결일까요?"

"네…."

"실례지만, 옆에 계신 분은 같이 오신 분입니까?"

"네…."

그녀는 말 섞는 것이 싫은지 아니면 옆의 남자를 인식해서인지 대답이 짧다. 그의 특유의 화법으로 능청스럽게 계속 말꼬리를 물고 이어 나간다. 그것도 말재주다. 그제야 옆에 앉아있던 신사가 말참견을 나선다.

"안녕하세요? 저는 톰 김이라 합니다. 이분은 안소희 사장이라고 한국에 사시지요. 안 여사는 사업도 하지만 투자에 관심이 많지요."

"예. 저는 고석환이라 합니다. 그럼 톰 김 선생님은 여기에 안 사시는 분이십니까?"

"아, 예. 저는 미국에 거주하는 미국 시민권자입니다."

"네. 반갑습니다. 톰 김 선생님."

"예. 반갑습니다. 고 선생님."

"지금 하시는 말씀을 옆에서 들어보니 심층수에 대해서 좀 아시는가 봅니다."

"네. 저는 물 관계 사업을 하는 사람입니다. 심층수는 아직 잘 모릅니다."

"그러시군요."

"그런데 그 분야 전문가와 네트워킹은 잘되어 있습니다. 특히 오늘 참석해서 연사로 나오신 강원도 투자유치단장인 김영훈 단장과는 잘 알고 있습니다."

"아. 그분…. 한번 만나려고 했던 분인데…. 잘 아신다고 하니 시간 내서 소개 한번 부탁드려도 될까요?"

"예…."

"왜 어렵겠습니까? 초면에 괜히 부탁을 드린 듯합니다. 죄송합니다."

"아니요. 잠깐 기다려 보세요."

그는 잠시 자리를 피해서 어딘가에 전화를 하더니 웃으며 이내 돌아온다. 그의 웃음은 참으로 다양하다. 남의 웃음을 제대로 읽을 줄만 알아도 대인 관계 달인이 될 것이다. 때론 자신의 순수한 웃음이 남에게는 비아냥거림으로 비출 수도 있고 분위기를 살릴 수도 있다. 웃음이란 참으로 묘한 놈이다. 같은 웃음이라도 상대의 심리 상태에 따라서 달리 해석될 수도 있다. 웃음으로 본의 아니게 남으로부터 오해를 사는 경우가 비일비재하다.

"실례가 안 된다면 오늘 저녁 어떠시겠습니까?"

"예?"

"말씀하신 김 단장님과 저녁을 함께 하기로 했고, 소개할 사람도 있다고 했습니다. 어떠시겠습니까?"

"고 선생님은 정말 빠르십니다. 제가 저녁을 사겠습니다."

쇠뿔은 단숨에 빼라는 이야기 그대로다. 고 선배는 행동하는 사람이다. 먹이가 정해지면 수단 방법을 가리지 않고 밀고 나가는 사람이다. 아니 그의 과시욕이 너무 크다 보니 도전은 행동을 수반하기에 가능하다. 행동했기에 그가 의도하는 일은 윤곽이 나오면서 가야 할 길이 나타난다. 행동이 있기 전에 나타난 길은 단지 허상일 뿐이다. 사람들은 허상을 따르다 보니 실패를 한다.

그는 자신이 의도하는 일이 어긋나는 경우가 드물다. 일이 틀어지면 모든 수단을 강구해서 다시 되게 만든다. 그만의 재주다. 군대 시절에 귀 따갑게 듣던 말이다. "안 되면 되게 하라!" 성경 말씀이 아니다. 그러나 올바르지 못한 방법은 대가를 치르게 마련이다. 그것을 알고도 그는 언제나 같은 길을 걷는다. 사람의 천성은 결코 바꾸지 못한다. 다행인 것은 우리는 공맹 사상에 길들여 있다. 맹자의 성선설로 모든 인간은 선하기에 악한 행실도 교육에 의해서 선하게 될 수 있다고 한다. 순자의 성악설은 우리 사회에서 인정을 받지 못하고 힘을 잃었다. 그러나 나는 순자의 사상에 방점을 주고 싶다.

바쁜 세상에 처음 만난 사람에게 식사를 초대한다는 것은 그리 쉽지 않은 일이다. 선배의 갑작스러운 초대에 옆에 있던 안 사장이 더 놀라는 듯했다. 그녀에게는 예삿일이 아니었다.

그는 두 사람과 저녁을 함께 하기로 하고 헤어지자마자 바로 박지우에게 전화를 주었다. 오랜만에 저녁을 함께 하자면서도 만나는 목적에 대한 이야기는 없었다. 새로운 일에 얽히는 건이라면 안 올 수 있다는 것을 알기 때문에 그저 만나자고 한 것이다. 고 선배는 철저한 장사꾼이다. 한 번도 순수하게 만나서 사람 냄새 나는 이야기를 한 적이 없다. 설혹 진솔한 이야기를 하는 듯해도 가식의 티가 곳곳에 묻어난다. 그 점을 스스로도 알 텐데 전혀 개의치 않는다. 이 점이 그가 보통 사람과의 차이라 하겠다.

만남에는 언제나 이유가 있었는데 이번에도 그 이유를 말하지 않고 만나자고 했다. 그래도 언제나 응하는 자신이 오히려 이해가 되지 않았다. 어찌 되었건 그 자리가 나를 필요로 한 자리라는 것은 곧 알게 되었다.

우리나라 정부는 해양심층수 개발에 대한 연구는 이미 시작했으나 아직 상용화 단계는 멀었다. 일본에서 성공한 해양심층수 취수 및 활용에 대해서 답사 및 조사도 병행 중이다. 정부는 민간 연구기관, 컨설팅 업체 및 건설 회사에 용역을 주어 과제를 풀어나가는 단계. 축적된 기술이 미약해서 관련 시설을 설치하기에는 시간이 필요했다. 해양연구원에서는 독자적인 연구 외에 외부에 용역을 주었다. 자체 실험실에서 모듈을 만들고 시뮬레이션을 통한 연구에 박차를 가하고 있었다. 가능한 한 빠른 시간 내에 실증 파일럿 시설을 현장에 설치하고자 했다.

현장은 강원도 고성 지역이었다. 해양연구원과 강원도는 상호 협력을 통해서 사업을 확대할 예정이었다. 이의 연장선에서 민간 사업자의 참여를 유도할 계획이다. 강원도는 신규 사업에 외자 유치를 심각하게 고려하고 있었다. 새로운 사업은 정부나 지자체에게는 국익에 부합하는 커다란 한 축을 담당할 미래 먹거리가 분명했다.

고 선배는 평소에 알고 지내던 강원도 김 단장에게 연락을 해서 관련 정보를 받았다. 해양연구원, 심층수 수입업자, 일본 실태에 대한 개략적인 정보 정도만 가지고 있는 상태에서 포럼에 참석했고 그 자리에서 한국계 미국 시민인 톰 김을 조우했다. 그를 만나는 순간 무엇인가 그림이 그려졌다. 선배의 주특기가 발동을 했다. 기회는 아무 때나 오지 않는다는 것을 너무나 잘 아는 그다. 기회가 왔을 때 행동하는 사람만이 기회를 잡을 수 있다.

박지우와 고 선배와 몇 마디 이야기를 나누고 있는데 김 단장이 들어왔다. 이어서 톰 김 회장과 안 사장도 도착했다. 다섯 명이 모인 자리다. 이제까지 서로 모르던 사람들이 한자리에 모였다. 선배의 구상에 따라 급조된 자리이지만 공동 관심사로 모였기에 분위기는 그리 어색하지 않았다. 오히려 서로를 잘 아는 듯한 분위다. 인연은 그렇게 시작되었다. 공자의 "우연한 만남도 인연이다(偶遇亦緣也)"란 말처럼 의미 있는 만남의 시작이었다. 인연이 인연을 낳아서 실타래의 실마리가 풀리는 순간이었다.

"박 상무님, 고 선생님에게서 말씀 들었습니다. 물 전문가라고 하시던데 실례가 안 된다면 앞으로 많은 조언 부탁드립니다."

"회장님, 과찬이십니다. 업무로 물 사업 몇 개 해본 것이 전부입니다. 단도직입적으로 말하지요. 저는 이 사업에 대단한 관심을 가지고 있습니다. 꼭 해보고 싶은 사업입니다. 기초 조사도 부탁해 놓은 상태입니다. 저에게 사람이 필요합니다. 그림을 그려보고 있습니다만…. 숙명적이라고나 할까요? 사업 추진은 자신 있지만 기술에 대해서는 무지합니다. 사업이란 기술의 든든한 배경 없이는 사상누각 아니겠습니까?"

"아, 예."

"인상이 좋으십니다. 박 상무님은 교수 타입입니다. 오늘 만남이 뜻이 있었으면 좋겠습니다."

첫 만남에 의미 있는 말을 내뱉는 그의 인상은 믿음이 갔다. 오히려 속내를 알 수 없기도 했다. 포커 판에서는 그런 사람을 독일 병정이라고 부르는 타입이다. 그러나 겸손한 태도로 보아서 산전수전 다 겪은 사람임에는 틀림없어 보였다. 웃음을 머금으며 내민 두꺼운 손은 예사롭지 않음을 바로 느꼈다. 그 역시 짙은 눈썹이 고 박사와 닮아서 두 사람이 즉석에서 서로 의기가 투합이 잘되었는지도 모르겠다.

오랜 기간 영업을 해오면서 많은 사람들과 악수를 해왔다. 악수하는 순간 상대방을 읽는 감각이 아직 죽지 않았음에 속으로 웃고 말았다. 그렇게 두껍고 단단한 손에서 나오는 악력에서 범상함도 묻어났다. 세게 잡는 것은 확신이고 살짝 쥐는 것은 성의가 없다고도 한다. 전에 고위층 인사와 악수하는 기회가 있었는데 사전에 절대로 상대방 손을 잡지 말고 내밀기만 하라는 사전 교육을 받았다. 서로 손을 간단히 터치하는 정도였다. 순간 너무나 성의 없는 악수라는 생각에 왜 악수를 해야 하나 하는 생각이 들었다.

박지우가 주빈이 된 자리에서 많은 사람과 악수를 할 때 내 방식대로 악수를 했다. 물론 가벼운 악수였지만 손에 통증이 와서 며칠을 고생한 적이 있다. 인연은 악수하는 순간에 이미 맺어진다. 만남은 우연한 시간에 우연한 장소에서 이뤄져도 맺어질 것은 맺어진다.

물론 악수는 남성들만의 인사법은 아니다. 악수의 유래는 상대와 대면에서 총이나 도끼 같은 무기를 가지지 않았다는 의미의 손을 내미는 행위로 손을 서로 마주 잡은 데서 시작되었다. 종교적인 의식에 사용되는 왼손으로 시용했고 후에 환영이나 친절의 의미로 활동적인 오른손으로 바뀌어 오늘날은 오른손으로 악수를 한다. 그러나 일부 문화권에서는 여전히 왼손을 사용한다. 주의할 점은, 아랍 문화권에서는 왼손이 부정적인 의미를 가지고 있어 오른손만으로 해야 한다.

식사 내내 안 사장은 말이 없었다. 경청만 하며 가끔 미소를 띠는 것이 전부였다. 신중해서인지 아니면 상대방을 탐색하는지는 알 수가 없지만 함께한 자리에 거부감은 없는 듯했다.

김 단장은 우리나라에서 새로 도입한 관민사업(PPP 사업의 전단계인 "제3섹터 프로젝트")에 대한 개략적인 설명을 했다. 식사가 끝나기 전에 벌써 사업에 관한 심도 있는 이야기까지 오갔다. 역사는 하룻밤에 이뤄진다는 말처럼 오늘의 만남은 속도가 빨랐다. 톰 김 회장은 오늘의 만남에 흡족한 표정을 지었다. 아니, 모두가 무엇인가 제대로 꿈틀거리고 있음을 느꼈다. 이번에 한국 나오기를 참 잘했다는 생각이 들었다. 만남을 통한 인연은 그렇게 시작되었다.

10. 무속인(巫俗人)

"회장님, 사업 관계로 말씀드릴 것이 있어 금요일 저녁을 모시고 싶은데요…."
"예, 좋습니다."
"선릉역 주변에 있는 한정식이 어떻겠습니까?"
"네. 좋습니다."
"그럼 음식점을 예약하고 위치를 문자로 보내 드리겠습니다."
"참, 저희 측에서 세 명이 나가겠습니다."
"네, 좋습니다. 그럼 네 명으로 예약해 놓겠습니다."

핸드폰을 통해 들려오는 톰 김 회장의 굵직한 목소리에서 긍정이 묻어나는 목소리임을 느낄 수 있었다. 내가 예민한지 몰라도 내가 생각하는 대로 일이 될 것 같은 기분이 들었다. 사람들은 상대방의 목소리 결이나 음색에서도 의중을 미리 읽어낼 수가 있다. '나도 반은 점쟁이가 된 나이가 되었나' 하는 생각에 말없이 웃고 말았다.

지난번 첫 만남에서 톰 김 회장은 박 상무와 함께 일해 보았으면 좋겠다고 제안을 해왔다. 답변을 할 시간이 되었다. 그에 대한 조사를 해 보앉으나 별 소득이 없었다. 기본적인 데이터가 없으니 박지우 주변에 있는 많은 인맥도 소용이 없었다. 물론 고 선배도 아는 것이 없었다. 박 상무 혼자 느낌으로 결정해야만 했다. 그의 행동, 안 사장의 모습, 그때의 대화 흐름 등 추상적인 상황만으로 가보지 못한 길을 결정해야 하는 기로에 있었다. 아니, 사실은 그를 본 순간 인연이란 생각이 각인되었다. 그것이 전부다.

며칠을 고민하다가 톰 김 회장과 한 번 더 대화를 해보고 결심하기로 했다. 그에 대한 최종 판단은 얼굴을 보고 결정한다. 그래서 그를 초대했다. 그가 즉석에서 초대에 응하는 것을 보면 그도 이미 무엇인가 결정한 듯했다. 아니 전화를 기다리고 있는 듯했다. 서로 간에 텔레파시라도 통한 모양이다. 서로 처음 본 사이인데 생각이 같다는 것이 좋은 인연의 시작으로 보았다. 처음부터 결정된 것을 문서화하는 절차처럼 느꼈다.

사실 결정하는 데 생각이 많았다. 중년이 넘은 나이에 안정된 대기업 직장을 홀연히 그만두고 검증되지 않은 신사업에 뛰어든다는 것은 모험이자 도박이다. 자식들이 대학에 다니고 있으니 앞으로 부담해야 할 학비도 문제가 된다. 잘못되면 재기는 가능할까 하는 걱정마저 들었다. 이 나이에 모험을 한다는 것에 심적 갈등은 쉽게 풀리지 않았다.

이번 만남은 아내와 상의하지 않은 독단적인 선택이었다. 단순한 이직의 경우는 독단도 가능하겠지만 이번에는 개발사업에 참여하는 건이다. 가보지 않은 길이다. 상황이 전혀 다른 도전이었다. 아직 상대방이 함께 일하자는 확답도 없는 상태였기 때문에 미리 아내에게 말할 수도 없었다. 함께 일하는 것이 결정된다면 그때 가서 박지우는 아내에게 말하려고 했다. 물론 섭섭할 것이다. 아내가 굳이 반대한다면 그때 최종적인 확답을 다시 주면 된다고 자위를 하면서 톰 김 회장에게 식사 초대를 했다.

어느 직장이나 마찬가지이지만 직장은 전쟁터다. 피라미드 구조에서 정점에 이를 때까지 경쟁은 계속된다. 진검승부의 연속이라면 지나친 표현일지도 모른다. 직위가 올라갈수록 앉을 수 있는 자리는 적어만 간다. 최상부에는 임원들의 자리로 몇 자리가 없다. 오죽하면 자신의 진급보다 상사의 진급을 위해서 동분서주도 한다. 그래서 그 빈자리가 생겨야 그 자리로 오를 수 있는 경우도 생긴다. 군대에서 계급 정년과 마찬가지 구조다. 아무리 유능해도 자격이 되었을 때 정해진 기간 내에 진급이 안 되면 강제 제대를 해야 한다. 조직이란 합리적인 것 같지만 가장 비인간적인 인간 체계다.

경쟁을 긍정의 마음으로 바라보는 것과 부정의 마음으로 바라보는 것은 큰 차이를 만든다. 긍정이 긍정을 낳고 부정은 부정을 잉태한다. 어느 방향에서 보느냐 역시 자신의 선택이다. 긍정으로 일관해 온 지난날을 생각하며 이번 선택 역시 탁월한 선택이라고 믿고 싶었다.

동영엔지니어링에 임원으로 입사했지만 나이가 보이지 않는 걸림돌이었다. 피라미드 구조 상부에 있으면서도 라인에서 벗어난 전문직으로 일하고 있다. 본부장이나 사장보다 나이가 많다. 얼마나 더 자리를 유지할지도 모른다. 불안한 직장 생활을 어떻게 풀어가야 할지를 재고해야 할 때가 되었다. 이때 톰 김 회장이 같이 일해보면 어떻겠냐는 제의를 했다. 그 말을 듣는 순간 나는 새롭게 주어진 기회를 잡고 싶었다. 선택을 주저하지 않았다. 그러나 그런 결정은 곧 더 많은 번민에 빠지게 만든다.

매력적인 포인트는 개발사업이라서 좀 더 창조적이고 도전적인 사업이란 점이다. 무엇보다도 투자가인 톰 김 회장에게 인간적인 신뢰감을 느꼈다. 그가 이미 초기 개발사업 투자비를 국내 은행에 입금했다는 사실에서 사업에 믿음이 갔다. 개발사업의 창업 일원으로 참여한다는 것도 너무나 매력적이었다. 한 번은 도전해 볼 만한 기회가 왔다. 그것도 맨땅에 헤딩하는 것이 아니라 선망의 대상인 황금알을 낳는다는 사업이지 않은가?

"이분은 중소건설회사 강 사장이에요."
"예, 강입니다."
"반갑습니다. 박이라 합니다."
"박 상무, 이분은 정 선생이에요."
"안녕하세요."
"안녕하세요. 정입니다."

상견례의 자리다. 첫 사람이 성만 이야기하니 모두가 성만 말한다. 일반적인 자리는 성명을 다 이야기한다. 성만 이야기한다는 것은 각자가 함부로 대할 사람이 아니라는 뜻도 있다. 좀 거만한 표현이다. 옛 왕들의 이름은 외자로서 백성들이 알아보기 어려운 한자를 썼다. 우리나라 사람들은 조선 27명의 왕 이름 중에 한 명의 이름조차 알지도 못하지만 외자인 한자를 읽기조차 못 한다. 이는 분명히 권위를 지키려는 의도에서 만들어졌다. 또한 왕이 쓴 한자 이름은 이후에는 백성이 사용하지 못하니 더욱 알기가 어렵다.

지난 첫 만남에서 보았던 안 여사는 보이지 않았다. 톰 김 회장의 말투가 약간 바뀌었다. 오히려 그러한 말투에서 신뢰감이 깊게 묻어났다. 이미 자기 사람으로 여기는 친근감을 느낄 수가 있었다. 그는 나에게 신뢰할 수 있는 모습을 강하게 심어주었다. 그에 대한 첫인상에서도 그러했다. 그의 눈빛은 전보다 더 강렬해 보였다. 그는 무도로 수련된 사람이다. 의리와 약속을 철저히 지키는 사람이라 생각했다. 그에게 왠지 믿음이 더 갔다. 그에게 빠져버린 듯, 아니 자석에 끌려가듯 그를 믿는 마음은 이전에 나에게 없었던 현상이다. 통상 남을 믿기에는 시간이 많이 걸리는 편인데 이번에는 달랐다.

"선생님이라 하면, 업계에 계시지 않은가 봅니다?"
"네, 저는 사업을 하는 사람이 아닙니다."
"아, 그럼 회장님 친구분인가 보네요. 좌우간 잘 오셨습니다."
"외람됩니다만 저는 철학을 공부하는 사람입니다. 오늘 이 자리에는 박 선생님이 어떤 사람인지 모르고 나왔습니다."
"아, 예."
"강병수 사장님을 통해서 톰 김 회장님이 국내 개발사업에 발을 들여놓게 된 것을 알게 되었습니다. 무엇보다 회장님과의 첫 만남에서 인상이 범상치 않아서 연을 맺게 되었지요. 오늘도 함께 나가자는 말씀이 있어 실례를 무릅쓰고 이 자리에 나왔습니다. 오기 전에 박 선생님의 존함을 듣고 어떤 분인가 궁금도 했고요…."

갑자기 대학 졸업 직전에 굴지의 대기업 입사 과정이 생각났다. 국내 최대 그룹 회장과 세상에 잘 알려진 철학인과 함께하는 두 사람만의 최종 면접을 받았다. 당시에도 입사 여부 결정에 철학인 의견을 듣는다는 것은 이해가 되지 않았다. 오늘도 그러한 면접이 다시 시작되는 것인가 하는 생각마저 들었다.

"예. 그래요. 정 선생님, 저는 어떻습니까? 하하."

"저는 관상쟁이가 아닙니다. 철학을 합니다."
"아, 죄송합니다."
"괜찮습니다. 종종 듣는 소리입니다."
"예, 좋은 말씀 부탁드립니다"
"박 선생님은 인상이 좋으십니다."
"예? 고맙습니다."
"복 많이 받으실 타입입니다."

상투적인 말이다. 그런데 그가 '정말로 상투적인 말을 했을까?' 그럴 사람으로 보이지는 않았다. 좋은 말에는 기분이 좋아진다. 그러면 상대가 누구이건 간에 긍정적인 면을 보게 된다. 상대의 마음을 가지고 놀려고 하면 상대를 극단적으로 자극하면 된다. 극단적인 칭찬이나 악담을 하면 주의를 기울인다. 칭찬은 칭찬대로 악담은 처방을 구실로 한 가지 목적에 도달할 수 있는 보장된 말의 유희다. 평범하게 이야기하는 점쟁이는 무시당한다. 그런데 그는 아주 평범한 이야기를 오늘 주인공에게 했다.
　철학인이라는 말에도 잠시 의아해했다. 간단히 말해서 '철학인이나 무속인이나 점쟁이 모두 매한가지 아닌가?' 사업에 관한 이야기 자리에 점쟁이가 나왔다. 순간 '사기꾼인가?' 하는 생각까지 들 정도였다. 오늘은 철학인을 만나려고 만든 자리가 아니다. 그러나 그의 칭찬이나 복이 온다는 우호적인 말 때문인지 몰라도 그를 긍정의 마음으로 대하기로 했다. 그를 '정 도사'라고 부르게 된 이유다.

　정 도사는 기업 자문을 해준다고 했다. 대상이 재벌 일가가 대부분이다. 간혹 정보 계통의 노련한 사람과도 접촉을 한다.

박지우보다 젊은 사람으로 바짝 마른 체형이 바람에 날아갈 듯하다. 역시 눈이 매섭다. 대부분 한가락 하는 사람들은 눈빛이 다르다. 인도네시아에서 만났던 역술가와 마른 체형이나 눈빛의 광채는 비슷하다. 무속인들은 뚱뚱한 사람보다 말라야 신뢰가 더 간다. 어디서 무슨 공부를 했던 사람인지도 모른다. 전라남도 광주 출신이라는 것 외에는 알 수가 없다. 평생직장을 가져보지 않은 사람이다. 충청도 괴산 깊은 산골에 작은 동굴이 있는데 그의 수련장이라 한다. 그곳은 내 고향에서 가까운 곳으로 이것도 인연인가 생각했다. 그만큼 박지우 생각은 이미 기울었다는 이야기다.

국내 기업 오너들이 가끔 그에게 큰돈을 주는 모양이다. 주로 골프를 함께 치면서 자문을 해준다. 한 자릿수 핸디캡 플레이어다. 재계, 정계, 군, 정보 계통에 이르기까지 인적 네트워크를 유지하고 있다. 실제 정 도사가 어떻게 그러한 인맥을 유지하고 있는지 전혀 알려지지 않았다. 물론 더 알려고도 하지 않았다.

지난날 박지우는 해외에서 현지 무속인과의 만남이 있었다. 인도네시아 정부가 발주한 대형사업 입찰 전날 밤이었다. 컨소시엄 파트너 회사의 우레이 사장이 현지 역술인을 회사로 데려왔다. 그는 불안했는지 박지우에게 간곡한 청으로 그의 이야기를 들어보자는 것이었다. 아마 지푸라기라도 잡는 심정으로 우레이는 그를 나에게 데려온 것이다. 역술인은 인도네시아 칼리만탄섬의 토속신앙인 수크다야 숭배자로서 신기를 내려받았다고 한다. 노을이 질 때 발리섬 해안가에서 주문을 구성지게 외치던 무속인보다 더 믿음이 갔다.

밤에 만나 어두워서 잘못 본 것이 아니었다. 피부는 열대 지방의 뜨거운 햇빛에 심하게 그을린 구릿빛이다. 군살 하나 없는 마른 얼굴에 광채가 나는 눈동자에서는 신기마저 흘러나올 듯했다. 박지우 눈 역시 보는 사람들마다 호랑이 눈이라 했다. 사람을 판단할 때 눈을 잘 보라는 말을 잊지 않고 지내왔다.

우레이는 최고 명문인 반둥대학교 최우수 졸업생으로 명망 있는 기술자다. 그는 대리석 바닥에 양탄자를 깔고 하루에 다섯 번 메카를 향해 라카아트를 하는 독실한 이슬람이다. 벽에는 이슬람 코란의 글귀가 걸려있다. 장식장에는 아라비안 주전자나 홍차 자기 세트가 잘 진열되어 있다. 그의 집에 머무는 역술가는 그가 절을 하는 동안 옆에서 가부좌를 틀고 묵상에 잠긴다. 이슬람과 토속신앙이 한자리에서 조화를 이룬 집안 풍경이 연출된다.

우레이는 머리숱이 하나도 없는 대머리다. 인도네시아 전통 모자인 원통형이 아닌 유태인이 쓰고 다니는 작은 빵모자인 카파를 좋아한다. 턱에는 엄지손가락만 한 인조털 같은 수염을 붙여 놓은 듯하여 외모가 보통 사람들 사이에서도 쉽게 구분이 되는 인상이다. 외모가 특이한 사람은 성격이나 행동도 평범하지가 않다. 음식점에 함께 들어가면 그는 자기가 좋아하는 음식을 먼저 주문하고 손님들에게는 최고급 요리만 추천한다. 그는 소식을 한다. 때때로 나타나는 돌출 행동에 처음 접하는 사람은 당황한다. 그는 업계에서 알려진 엘리트로서 인도네시아에서 존경받는 엔지니어이자 경영자이다.

통상 입찰 전날엔 목욕을 재계하여 몸을 깨끗이 하고 간절한 마음으로 일찍 잠에 든다. 하지만 그날따라 밤늦은 시간에 자카르타 수디르만 도로에 도열한 고층빌딩 사무실에서 역술가와 함께 있다는 것은 그만큼 이번 공공 입찰에 대한 절실함이 컸기 때문이었다.

"박 선생님, 손 좀 내주세요."
"손이 예쁘십니다."

그는 손을 만져보고 비벼보고 앞뒤를 번갈아 가며 살피더니만 등 뒤에 손을 대고 한참 정좌를 하였다. 그러더니 뜬금없는 소리를 한다.

"박 선생님 주변에 가장 가까이 있는 사람을 조심하세요."
"무슨 말씀인가요?"
"그분과 맥이 통하지 않는 것 같습니다."
"맥이란?"
"그분과 일치하지 않아서 억지로 일치시키면 파장입니다."
"예?"
"그분과 다른 길을 가세요."

잠시 생각에 잠겼다. 생뚱맞게 던진 그의 말이 무슨 뜻인지 되물었다. 처음으로 던진 말이 도저히 이해되지 않았다. 그가 단정적으로 말을 뱉었다. 굳은 표정으로 일관하며 다시 신중하게 내 손을 요리조리 만지더니 손등과 손바닥을 천천히 문지른다. 내부에서 흘러나오는 미세한 진동이라도 잡아내려는 듯 그는 나와의 접점을 찾는 모양이다. 잠시 지그시 눈을 감고 있다가 정적을 깨고 던진 말이다. 확신에 찬 목소리다. 다시 물었다.

"박 선생님은 이번 입찰에 누구의 통제를 받나요?"
"예, 조직이니 상사와 합의한 금액이 있지요."

"선생님과 다툼이 있었습니까?"

"예. 저의 경험과 견적팀에서 나온 금액을 조종하길래 다툼이 있었지요."

"저는 금액을 모르겠습니다만 선생님이 생각하신 금액을 쓰세요."

"그럴 이유가 있어요?"

"예, 느끼셨는지 몰라도 이번 사업에 낙찰을 받으면 그 사람의 자리에 선생님이 오르게 되어 있는데, 그가 이를 방해하려는 악의가 보입니다."

"그러면 어찌하면 됩니까?"

"막는 방법은, 선생님이 생각하시는 숫자를 적어 넣으시면 됩니다."

"알겠습니다. 저도 그의 숫자가 영 마음에 들지 않았습니다. 다행히도 출국 전에 사장님에게서 받아 온 금액 범위가 있습니다."

"잘 생각하세요. 잘 선택하세요. 결정은 제가 아니라 선생님이 하십니다."

역술가의 분명한 어조에 생각에 잠겼다. 전 직장에서 이미 유사한 경험이 여러 번 있었는데, 이번에도 그런 경우가 닥친 모양이다. 칼리만탄의 역술인은 확신에 찬 목소리로 말했다. 선택은 박지우가 한다.

직장이란 곳은 사업이 어려울 때 본부 내 협조가 잘되었으나 실적이 아주 좋아지면서 서로 간에 노골적인 견제가 눈에 보인다. 자연적인 현상이다. 사람 사는 세상 아닌가. 진급하려는 경쟁들은 눈에 보인다. 문제는 상사다. 상사 역시 조직의 원활한 흐름에서는 스스로 진급을 모색해야만 한다. 그런데 차고앉은 자리만을 계속 보존하기 위해서 유능한 직원들을 쳐내는 일이 종종 있다. 조직에 암이 생기는 것이다.

정 도사는 첫 만남에서 나에게 복을 받을 것이라고 단언했다. 복은 홀연히 나타나서 기쁘게 해준다. 용을 쓰며 찾는다고 오는 것이 아니다. 복이 우연히 찾아온 적이 있다.

추운 겨울날 예비군 동원훈련 통지서를 받고 야전에서 4박 5일간 지냈다. 찬 서리가 땅 위에 가득 머금은 야전에서 잠을 자야 했다. 대낮의 훈련보다 A 텐트 속에서 밤마다 추위와 전쟁을 했다. 누구나 똑같이 고생을 했는데 생각하지도 않은 일이 벌어졌다. 퇴소식에 박지우를 호명했다. 모든 예비군의 모범이었다고 하며 단독 사단장 표창을 했다. 회사에 표창장을 전달하니 모범 사원으로 뽑혔다. 우수 사원이 되니 다음 해에 남보다 호봉을 하나 더 받았다. 살다 보면 그러한 예기치 못한 일들이 꼬리에 꼬리를 무는 행운도 일어난다. 복은 예고 없이 찾아온다. 그런 맛에 사는지도 모른다. 기다림의 예찬론이다.

철학인은 관상을 보고 미래를 예측할 수도 있다고 본다. 통계를 머릿속에서 볼 줄 안다. 《토정비결》은 이를 태어난 연월일시로 판정할 뿐이다. 과거와 현재를 읽을 수만 있으면 연장선상에서 가능한 예측이다. 정도사의 긍정적인 첫 마디에 나는 미소를 짓고 말았다. 그런데 또 상투적인 이야기를 한다. 이현령비현령(耳懸 鈴鼻懸鈴) 이야기다. 즉 자의적 해석이다.

"동쪽에서 귀인이 나타나서 당신을 도와줄 것입니다."
"동쪽이라 하면…."
"생각해 보세요."
"동해를 말씀합니까?"
"네."

마음속으로 말해본다. 처음 만난 정 도사가 계속 던지는 말은 모두 좋은 말이거나 희망적인 말로 이어진다. 이제는 상투적인 말이라 해도 그의 말에 좀 더 귀를 기울였다. 톰 김 회장은 오늘 만남의 주도권을 그에게 맡긴 듯했다. 박지우도 정 도사의 말에 빠져들고 있다. 상투적인 말이라도 듣기 좋은 말은 누구나 좋아한다. 더구나 그는 무속인이다. 바짝 마른 그의 눈빛은 전혀 예사스럽지가 않았다. 좀 느린 말투에 단어 하나하나가 모두 의미를 담은 듯 말에도 정성을 기울이는 듯했다.

청원당 고 여사장이 한복으로 곱게 차려입고 방으로 들어왔다. 우암산 여사장과는 사뭇 다른 타입이다. 음식점 주인에 따라서 음식점에 대한 분위기가 사뭇 다르다. 이곳 한정식은 주로 향토 음식을 전문으로 하는데 가끔 퓨전 요리도 곁들인다. 미리 결정해 준 오늘의 메뉴를 그녀는 조곤조곤 설명했다.

한정식은 메뉴 선택이 없는 손님에게도 똑같이 나오는 평등한 음식이다. 종류가 많으니 취사선택의 자유 폭도 넓다. 그래서 음식에 대한 설명도 손님별이 아닌 모두에게 한 번만 하면 된다. 주문도 가격대만 결정하면 종류별 선택의 고민도 없다. 중식당에서 귀한 손님에게 접대할 때 주문을 자연스럽게 하는 사람이 많지 않다. 베지테리언 음식을 주문할 때도 어려움이 있다. 여러 가지 면에서 한정식은 최상의 음식이다. 한국 음식(K-Food)은 이미 세계적인 인기를 타고 있다.

하얀 자기 주전자에 보라색 양파를 썰어 넣은 소주를 곁들이기로 했다. 보라색은 고귀한 색이다. 신라 시대에는 왕족만이 입는 옷 색깔이며, 조선 시대에는 당상관인 정3품 이상에서 왕비까지 입는 관복이나 예복의 색깔이다. 때로는 보라색 양배추를 썰어 넣기도 하는데 보라색 색소는 안토시안으로 만들어진 색소다. 강력한 항산화 작용과 심혈관이나 혈당 조절에 좋다고 한다. 그래서인지 일본인들이 즐겨 마시는 보라색 소주도 있다. 오늘 같은 의미 있는 날에 분위기를 한층 돋울 것이라 생각해서 보라색 소주를 특별히 마련했다고 말하자 모두가 박수로 대했다.

톰 김 회장보다 정 도사에게 먼저 술잔을 권했다. 그래야만 할 것 같았다. 술을 마시면 진심이 나온다고 했다. 무속인과 술 한잔 하는 기회가 왔다.

"박 선생님, 저는 술을 한 잔도 입에 대지 못합니다. 물을 술로 대신하겠습니다."
"아, 예, 이해합니다."

도사는 술을 잘 마시는 줄 알았는데 술을 마시지 못한다고 한다. 그가 모시는 주신도 중개인이 취하는 것은 싫어하는 모양이다. 자리가 자리인 만큼 나도 오늘은 가능한 한 술을 자제하는 것이 좋겠다는 생각이 들었다. 상견례와 같은 자리이니 실수가 없어야 했다.

"박 상무, 나는 술에 한계가 없으니 두 사람 몫을 내가 하지. 정 선생에게 줄 술을 나에게 주어요."
"네."
"강 사장도 술고래이니 정 선생 빼고 오늘은 셋이서 마시지."

말 없던 강 사장과 함께 모두가 그러자고 박수 치며 웃었다. 분위기 전환에 모두가 웃는 것보다 더 좋은 것은 없다. 그렇게 셋이서 술잔이 오갔다. 그러나 조금씩 마시며 양을 조절했다. 잔을 비우라는 사람은 없었다. 자리가 자리인 만큼 서로가 마음을 터놓는 듯해도 조심스럽기만 했다.

우연은 필연을 낳는다고 했다. 투자가가 있고 고 선배가 마스터플랜을 짜가며 나의 참여를 원했다. 무엇보다도 정 도사가 나타나서 흔들리는 마음을 확실하게 잡아주었다. 주사위는 던져졌다. 더 이상 미적거릴 필요가 없었다. 오늘 박지우가 초대한 한정식 자리에서 상황을 다시 점검하고 마지막 방점을 찍어보자는 의도였다. 선택에서 스스로의 위안을 찾았다. 탁월한 선택이라고 믿고 싶었다. 그러나 미지의 길은 아무도 알 수가 없다.

"회장님을 모시고 싶습니다."

"박 상무! 정말이에요? 안정된 직장을 그만두고 새로운 사업에 동참을 해 준다면 감사할 따름이지."

"네."

"제가 바라는 대로 결심을 해 주셔서 고마워요. 쉽지 않았을 텐데…."

"많은 지도 편달을 부탁드립니다."

"함께 잘해봅시다. 박 상무가 함께한다니 무척 힘이 납니다. 백만대군을 얻은 기분입니다."

"과찬이십니다."

"박 상무, 고맙네. 우리는 나이도 있고 산전수전 다 겪었으니 앞으로는 오직 한 팀이 되어서 성공을 위해 달려야 하지 않겠는가? 자네와의 이번 인연을 잘 엮어서 함께 멋진 작품을 만들어 보세. 나를 믿게나."

"저도 개발사업은 처음입니다만 그만한 가치가 충분히 있다고 생각했습니다."

"앞으로 기술 분야는 전적으로 박 상무가 담당해 주어야 할 것이야."

"이 자리에 회장님을 제가 모시게 된 것도 실은 지난 첫 만남에 이미 마음을 굳혔습니다. 이제부터는 자신의 사업처럼 일할 업종을 찾아야 한다는 고민을 하던 중이었기 때문에 투자 개발사업에 합류를 결심한 것입니다."

"잘해봅시다."

"내일 회사에 출근해서 사직서를 내겠습니다. 물론 한 달 정도는 잔무 처리를 하여야 할지 모르겠습니다.

"당연하지 않은가? 끝을 잘 마무리해야지. 미국은 그들만의 문화이겠지만 젊은이들은 윤리관이나 직업관이 너무 없어서 걱정이야."

톰 김 회장을 만난 지 일주일 만에 결심이 섰다고 그에게 말했다. 회사에는 바로 사직 의사를 밝힐 것이라고 덧붙였다. 그래야만 박지우는 결심이 흔들릴 것 같지 않았다. 그는 바로 두꺼운 손을 쑥 내밀었다. 잡아보니 악력이 전보다 더 강하게 전해져 왔다. 그도 이미 이러한 상황을 예측하고 오늘 식사 자리에 나온 듯했다.

미래는 그 누구도 알 수 없다. 아니 본인은 모르지만 이미 정해져 있는 것처럼 느낄 때가 종종 있다. 이미 정해진 길이 수정되는 경우를 운(運)이라 부른다. 박지우의 도전이 시작되는 순간이었다. 이제부터는 목표를 향해 달려갈 일만 남았다.

옆에 있는 정 도사는 이미 그럴 줄 알고 나왔다는 듯한 미소를 짓고 있다. 그는 바닷가에 가서 삼 일 만에 바다가 말하는 소리를 들었다고 했다. 박지우도 언제인가 그 소리를 들을 수 있으면 좋겠다고 생각하며 오늘 모인 네 명은 도원결의처럼 진지한 모습이 역력했다.

"박 상무님, 함께 일을 하신다니 축하합니다."

"감사합니다. 이 자리에서 증인도 되셨으니…."

"제가 이 자리에서 박 선생님이 톰 김 회장님과 동행하신다는 것을 확인했으니 이제는 제가 이번에 겪은 경험을 말씀드리겠습니다."

"네. 경험이란?"

"회장님이 해양심층수 사업에 발을 담그기 전에 저에게 조언을 구해왔었습니다. 저의 친구인 강 사장이 모시고 왔는데 톰 김 회장님은 누구인지 전혀 모르는 분이었습니다. 사업에 관한 의견을 묻길래 답을 주저했습니다. 저도 전혀 모르는 분야였기 때문입니다."

"그런데 어떻게 마음이 움직였습니까?"

"예, 일단 강 사장은 신중한 사람이란 것을 알기에 조심스러웠습니다."

"네."

"저는 회장님의 진지한 태도를 보고 나니 마음이 움직였습니다. 왜, 첫인상이라는 것이 있지 않습니까? 저는 첫인상을 상당히 중시합니다. 일단 회장님에게 시간을 달라고 했지요."

"정 선생님은 즉석에서 대답을 하지 않는 경우도 많은가 봅니다."

"물론이죠. 상대방에게는 중차대한 일을 어떻게 바로 대답을 할 수 있겠습니까?"

"네, 그렇지요."

"먼저 회장님에게는 일체 이야기를 하지 않고 예상 후보지인 강해 바닷가에 갔습니다."

"지관처럼 지형을 보시려고요?"

"아니지요. 바다의 소리를 들어보려고 했습니다."

그해는 일조량이 많고 기온이 급격히 떨어지다 보니 단풍이 유난히도 곱게 물들었다. 강원도 해안도로를 따라 북쪽으로 달리다 보면 강해 해변이 나온다. 팔월 하순이면 바닷물은 차가워진다. 하얀 백사장은 그리 한적할 수가 없다. 작은 파도가 연이어 백사장을 오갈 뿐 철 지난 해변은 적막이 감돌 뿐이다. 사람들은 바다를 떠나 산으로 갔다. 모두가 떠난 바닷가에 정 도사가 찾아갔다. 그곳이 바로 민간이 개발하려는 강해 해변의 심층수 취수 후보지다.

해변으로 혼자 나선 정 도사의 머리가 해풍에 날린다. 머리숱이 많지 않아도 바람에 휘날리는 것은 마찬가지다. 날리는 머리카락을 잡을 생각도 하지 않는다. 유태인은 하느님을 직접 대하는 무례를 범하지 않기 위해서 키파를 머리에 쓴다. 하느님 목소리는 귀로 들으니 문제가 없다고 한다. 그는 모자를 잘 쓰지도 않지만 천기를 알아보려고 할 때는 절대로 모자를 쓰지 않는다.

무속인들은 천리 만상의 기운을 받기도 하고 사람에게 주기도 한다. 너무 많이 받거나 너무 많이 주면 자신은 죽을 수가 있다. 땅에는 지기, 공기에는 풍기, 하늘에는 천기, 물에는 수기가 있다. 사람에게 이로운 기도 있고 해로운 기도 있다. 무속인은 이들을 구분할 줄 안다. 꼬박 삼 일을 기도하다가 바다의 소리를 들었다고 했다. 궁금했다.

"그래, 소리가 들렸습니까?"
"하루가 지나고 이틀이 지나도 먼바다에서는 아무 소리가 들려오지 않았습니다. 파도 소리만 들릴 뿐이었습니다. 계속 바닷가에서 묵상에 빠졌습니다. 사흘째 되는 날 바다에서 골든 워터가 너울거리며 내는 소리를 들었습니다. 꼭 삼 일 만이었지요."

'무슨 소리였을까?' 중얼거리며 바다를 주시했다. 스스로 귀를 의심했다. 분명 소리를 들었기 때문이다. 그간 바람 소리와 파도 소리만 계속 들어왔는데 갑자기 먼바다에서 들려오는 소리가 있었다. 그는 분명히 들었다. 눈을 감고 묵상에 들어갔다. 바다 한가운데 점이 보였고 그 점이 점점 커지면서 소리를 낸다. 한여름도 지났는데 바다 "용오름(Mesocyclone)"이 나타난 듯했다. 그 울림에 파도가 춤추고 동심원이 계속 퍼져 나갔다. 새소리 같기도 하고 종소리 같기도 했다. 환청이 아닌 먼바다에서 저음의 파동 소리로 리듬이 있었다.

해도 없는데 바다는 황금빛으로 물들었다. 길조라는 생각과 함께 다시 귀를 기울였다. 바다에서 회오리처럼 돌면서 났던 소리는 토션(Torsion) 에너지가 되어 빠르게 바다를 건너왔다. 이미 정 도사 몸속으로 들어왔다고 했다.

"정 선생님, 그래, 그 소리가 정확하게 어떤 소리였습니까?"
"사람들에게는 들리지 않는 소리예요. 저 자신도 들을 줄을 몰랐습니다. 그저 기도만 하며 생각에 깊이 빠져버리려고 했습니다."
"소리를 설명한다는 것은 무의미하다고 봅니다."
"예. 정 선생님이 들으신 소리는 긍정의 소리로 들으셨나 봅니다. 음악을 즐기는 사람은 교향곡 도입 부분인 서곡으로 교향곡 전체의 흐름을 예상하고 즐긴다고 합니다. 들으신 소리는 바닷속 깊은 곳에 감춰진 판도라 상자가 수면 위로 올라와 열리려고 요동치는 소리였을지도 모르겠습니다."
"예, 상기되어서 돌아왔습니다. 신기를 받았다고 하는 것이 이해가 쉽겠네요."

"그래서 톰 김 회장님에게 답을 주셨군요?"
"예. 오늘 이 자리에 나온 이유도 되고요."

이때 정 도사가 다녀온 강해 지역이 앞으로 천지개벽을 할 줄은 아무도 예상하지 못했지만 그는 보았던 모양이다. 그 자신은 사업이 성공해도 일체 관여를 하지 않은 것이라 천명했다. 물론 성공할 때까지 도움을 주기로 했다. 그가 제갈공명처럼 느껴지는 것은 내가 그에게 이미 기대고 있는지도 모르는 일이었다.

우리 세대는 사업을 시작하거나 확장할 때 무속인을 찾는다. 점괘가 나쁘게 나와도 사업은 할 거면서 점집이나 무속인을 찾는다. 때로는 굿판을 벌이기도 한다. 사업이 불같이 일어나라는 기원을 하게 된다. 지금도 그 풍속은 살아있다. 무속을 동원하여 굿놀이도 한다. 적어도 그렇게 함으로써 액땜이라도 하겠다는 생각이다.

다음 날 박 상무는 고 선배에게 전날 있었던 상황을 전했다. 그 역시 박 전무가 되어 이번 개발사업에 합류한다는 결정에 몹시 기뻐했다. 아니 그의 사람을 새 사업의 조직에 심어 둔다는 생각에 만족하는 것 같았다. 새 조직에 일종의 휴민트(HUMINT)를 구축해 놓았다는 생각인지도 모른다. 앞으로 전개될 그의 속내를 눈치챈 사람은 없었다.

"박 상무, 축하하네. 이직을 축하하네. 이제 좀 더 자주 볼 수 있겠네."
"감사합니다. 선배님. 그런데 모든 것이 시작인데 제가 잘할 수 있을지 모르겠습니다. 기존 조직에만 익숙한 사람이 아무 기반 없는 곳에서 새롭게 꾸려가려면…."

"무슨 이야기야? 박 상무보다 일 잘하는 사람이 어디 있다고…."
"아직 사무실도 구하지 못했는데 꿈만 너무 큰 것을 쫓았는지 모르겠습니다."
"아, 박 상무는 모르겠구나. 톰 김 회장이 한국 자회사인 "티케이 코리아 주식회사"를 일단 우리 회사 주소로 이전해 놓았어."
"아, 빠르네요."
"우리 회사 사무 공간을 별도로 비워 놓았으니 그곳으로 출근하면 돼요."
"그럼 매일 볼 수 있겠네요."
"박 상무, 잘 부탁하네."

무엇을 부탁하는지 몰라도 그의 웃음소리는 이번에도 호탕했으나 역시 가식이 섞인 듯했다. 하이에나가 다른 맹수가 포획물을 먹고 있는 현장을 발견했으니 그 먹잇감은 더 이상 맹수의 것이 아니라 하이에나의 먹이다. 사무실을 공짜로 빌려주는 것은 아닐 것이다. 그렇다고 사용료를 지불한다거나 임대 계약서를 쓴 것도 아니다. '세상에 공짜가 어디 있겠나?' 정식으로 사무실을 개소할 때까지 그는 자진해서 사무실 공간을 쓰라고 내놓았다. 사업가 기질을 보여주는 듯했다. 아니 분명 속내에 무엇인가 감추고 있었.

"박 상무, 입주를 축하하네."
"선배님, 당분간 신세를 지겠습니다. 톰 김 회장님이 곧 정식 사무실을 곧 오픈한다고 말씀하시니 그간 잘 지도해 주십시오."
"신세라니 무슨 말씀을…. 나도 선투자하는 것일세."
"솔직히 앞으로 어떻게 일을 해 나가야 할지 잘 모르겠습니다."

빠르게 진행되는 모습이 퍼즐을 짜 넣는 듯했다. 그는 책상과 회의실 탁자 등 집기류를 미리 준비해 놓았다. 일단 움직여야 했다. 우선 서점으로 가서 물과 해양 관련 책자를 모조리 구입하였다. 다른 서점에도 들렀다. 전문적인 책은 서점마다 똑같이 갖추고 있지 않고 있기 때문이다. 그동안 모아두었던 자료들도 모두 사무실로 가져왔다. 이제부터 전투에 임해야 하는데 기본 실력을 새롭게 점검해야 했다.

고 선배는 황금알을 낳을 수 있는 새로운 사업 냄새를 본능적으로 맡았다. 바다 냄새를 제대로 맡은 것이다. 해양심층수 신사업에 미래의 가능성을 높게 보고 그림을 그렸다. 그는 미국 통이자 일본 통이었다. 일본 산업계의 흐름을 항상 보고 있었다. 심층수 사업을 접하자 동물적 감각으로 때를 봐서 낚아채려 했다. 그 점은 톰 김 회장도 같았다.

포럼 장소에서 톰 김 회장을 조우한 것은 우연이 아니었다. 참가자 명단을 미리 입수해서 대상을 찾아냈던 것이다. 계획된 그의 그림의 시작이었다. 그의 각본대로 다음에 나를 끼워 넣었다. 그의 각본은 완벽했다.

그의 그림대로 박 상무는 잘 다니던 직장을 나와서 이 사업에 합류했다. 어쩌면 이러한 행로는 그의 손바닥에서 놀고 있기 때문이지도 모른다. 그의 손은 부처님 손이다. 손오공이 아무리 높게 달아나려고 우주로 날아갔으나 결국은 부처님 손바닥을 벗어나지 못한 것처럼, 그의 작전은 차질 없이 수행되고 있었다.

통화할 때 들었던 그의 웃음이 마음에 걸렸다. 결코 자연스러운 웃음이 아니라는 생각이 들었다. 박지우는 개발사업의 성공을 위해 최선을 다해야 하는데 걸림돌을 만날 것 같았다. 그의 타깃이 무엇인지는 몰라도 적어도 관계가 있을지도 모른다는 생각이 들었다. '그는 순수한 투자가일까, 아니면 사업 완공 때까지 많은 이득을 취하려고 하는 장사꾼일까?' 하는 점이었다. 후자의 경우는 사업 자체에 지장을 많이 줄 우려가 있기 때문이다. 이후에는 나는 업무에만 집중했다.

고 선배는 본 업무를 관리 담당인 전무에게 전권을 넘긴 모양이다. 그리고 이번 새로운 사업에 항해사처럼 팔을 걷어붙이고 지휘하려고 나섰다. 이제 심층수호는 돛을 올렸다. 선장은 톰 김 회장이고 부선장은 고 선배다. 신 개발사업에 그의 손길이 깊이 뻗쳤다. 그의 그림이 보이지 않게 사업 밑바탕에 깔려 있음을 알 수가 있었다. 이후 그와 톰 김 회장 사이에 일어난 일은 내가 모르는 부분이 많게 되었다.

11. 미국인(美國人)

톰 김 회장이 라스베이거스 대학 강단에 섰을 때 헬렌 황을 만났다. 그곳에서 열린 파티에서 한국의 한 유명 인사의 소개로 서로 알게 되었다. 그가 한국과 미국에서 삶의 역정과 그 고비를 이겨내고 성공한 인생 스토리에 그녀는 크게 감명을 받았다. 그녀가 라스베이거스에 올 때 가끔 자리를 함께하며 사업 이야기를 하면서 우의를 돈독히 했다.

한국에서 리조트 사업 붐이 일어났다. 헬렌 황은 그녀의 주 비즈니스인 군사 하드웨어 분야는 아니지만 사회 인프라 환경의 변화도 관심 있게 지켜보았다. 경제계 인사들의 모임에서 자주 눈길을 끄는 새로운 화제인 심층수 관련 리조트 사업을 접하면서 그 흐름을 읽었다. 높은 투자 가치가 예상되는 천수 리조트 사업과 심층수를 기반으로 하는 천해 리조트 사업이다. 이 두 사업에는 친분이 있는 최 회장이 상담을 요청해 왔고 외자 유치사업으로 미국에서 사업을 하는 톰 김 회장을 연관하여 그림을 그려보았다. 기회가 마련된다면 자금 지원도 해야 하겠다는 계산이 섰다.

그녀는 로비스트로 이름이 꽤 알려졌다. 아이작 파웰 의원이 미국 하원 군사 위원회 소속 당시에 의원 자격으로는 처음 한국에 왔다. 그때 그의 안내를 맡으며 인연이 시작되었다. 이후에는 그의 부탁으로 각종 정보를 제공하기 시작했다. 가끔 뉴저지에 있는 그의 집을 방문하면 부인이 더 반갑게 맞이하곤 했다. 그의 부인은 전형적인 미국 시골 출신 주부로서 다정다감한 여인이었다. 그래서인지 그의 집은 넓은 농장 가운데 있다. 그가 한국에 올 때마다 사전에 특정 정보도 제공하며 방한 일정 조율에도 협조를 하였다. 전담 요원이 함께 따라오지만 한국 내에서는 그녀가 전담 비서 역할을 했다. 두 사람은 친분은 그렇게 가까운 사이가 되었다. 한국에 오면 정부 고위층이나 국회의원들은 그를 만나기 위해서 손을 써도 그녀의 허락 없이는 어려운 상황이었다. 자연히 그녀의 힘이 커졌다.

파웰은 제2차대전 당시에 패턴 장군 휘하에서 소대장으로 근무했다. 퇴역한 후에 법학박사 학위도 취득하고 교수 생활을 하다가 한국에서 6.25 사변이 터지자 재입대를 했다. 한국에 파견되어 파라호 부근에서 벌어진 화천전투에도 참여했다. 이후 주 하원의원에 연속으로 재선되어서 하원 내의 최다 다선의원이 되었다. 한국 전쟁에 참여한 연유로 한국에 대한 애정을 깊게 갖게 되었다. 소위 친한파 소속 의원이다. 아시아 및 태평양 외교위원장으로 방한을 했을 때는 대통령과도 독대를 했다. 수차례 한국을 방문하면서 정계, 재계 및 군 관계 유력 인사들과 유대 관계를 맺어왔다. 이후 여러 위원회에 소속되었으며 특히 재무위원회 소속 당시 금융 및 자금 흐름에 대해서 인맥을 쌓아 두었다. 특히 로스차일드 가문과 깊숙한 관계를 맺고 영국을 자주 방문했다.

톰 김 회장은 헬렌 황에게 천수 사업과 천해 사업의 해외 자금조달에 대한 지원을 요청했다. 특히 천해 사업의 강해심층수에 대해서는 보다 적극적이었다. 리조트와 별개의 독립사업으로도 운영이 가능하고 두 리조트에 심층수를 전량 공급할 수 있는 특화사업이기 때문이다. 그녀에게도 세간의 주목을 받고 있는 심층수는 신선하고 사람들에게 희망을 주는 선물로 느껴졌다. 왠지 그저 돕고 싶다는 생각이 들었다. 도우려면 깊게 알아야 했다. 그에게 보다 많은 자료를 요청했다. 정보는 서류로 백업이 되어야 한다. 자신이 먼저 알아야 일하는 스타일이다. 아무리 좋다고 해도 말로만 들은 것을 먼저 실행하지 않는다. 가짜 정보나 찌라시 등이 너무 범람하기에 사업 선택에는 냉정했다. 자기 자신이 먼저 그러한 자료로 사업의 실체가 확인이 되지 않으면 손대지를 않았다. 감이 오면 기다릴 줄도 알았다. 그녀는 톰 김 회장에게 협조 요청을 받았지만 주저했다. 추진하는 사람들과 친분 관계가 있는 것과는 별개다. 사업은 사업으로 냉정하게 판단해서 아직 이번 사업 자체에 대한 신뢰가 서지 않기 때문이다.

톰 김 회장은 그녀가 주저하는 눈치를 알아챘다. 당분간 그녀의 라인으로는 추진이 안 된다고 판단했다. 그러나 파웰 의원은 이번 외자 유치 조달에 꼭 필요한 인사라는 생각에는 변함이 없었다.

다른 라인으로 의원에게 접근하기로 했다. 의원과 오랜 기간 알고 친분을 유지해 온 퇴역한 한국군 장군을 동원했다. 정 도사가 중간에서 다리를 놓았다. 그는 지원 요청에 흔쾌히 협조를 해줄 수 있다며 즉시 미국으로 날아가 의원의 뉴저지 집을 방문해서 상담을 했다. 의원은 이미 헬렌 황으로부터 정보를 미리 받아 대충 알고 있었다. 그녀는 한국 업계의 상황 보고에서 두 사업의 관해 객관적 입장으로 정보를 제공했었다. 상담은 쉽게 풀렸다. 같은 사업 건으로 한국 장군의 방문은 결정적이었다. 정보가 두 라인에서 들어오면 판단에 도움이 된다. 그는 한국에 대한 애정이 클 뿐만 아니라 한국에서의 심층수 사업에 흥미가 가는 것은 어쩔 수가 없었다.

그 역시 계속 심층수란 단어에 마음이 쏠리고 있었다. '누구에게나 신비의 단어를 가슴에 담을 수만 있다면 어찌 이를 마다하겠는가?' 혼자 중얼거리며 이미 사업에 빠져버리고 있었다. 이러한 사업은 하와이에서 이미 실증 단계를 넘어섰다. 일본에서는 상업 단계에 있는 사업이다. 의원은 장군의 방문 후에 결심을 했다. 직접 파로호 리조트 부지와 강해 심층수 예상 바다를 답사해 보기로 했다. 강원도에는 그의 방한이 통보되었다. 강원도청은 갑자기 분주해졌다.

파웰은 인천국제공항에 도착하자 곧바로 강원도로 가서 춘천호텔에 짐을 풀었다. 무엇보다 현장 답사가 최우선이었다. 모든 일에는 현장에 답이 있다. 다음 날 파로호 현장에서 박지우와의 첫 만남이 이뤄졌다. 서류와 사진으로만 보았던 그를 직접 마주 대하니 금발의 아이리시(Irish) 노인이었다. 그 역시 눈빛에서 광채가 나왔다. 그는 현장에서 브리핑을 받고 난 후에 파로호 곳곳을 둘러보고 배를 타고 부지를 바라보았다. 애증이 담겼던 호수 주변을 다시 보니 감회가 컸다.

춘천호텔에서 함께 아침 식사를 한 후에 이동을 해서 설악산 입구에 있는 렉싱톤 호텔에 가서 체크인했다. 신흥사 등 주변을 안내했다. 저녁 시간 후에 그는 칵테일 한잔 하자면서 로비 바로 불렀다. 그가 체크인한 스위트 룸은 박정희 대통령이 묵었던 곳이었다는 이야기를 해주었다. 그는 회상에 잠기는 듯했다. 그는 한국의 여러 대통령과 친분을 가졌었지만 특히 박 대통령이 인상이 깊었다고 한다. 그들과의 지난날에 있었던 에피소드 몇 가지를 들려주었다. 헬렌 황은 이야기에 별로 참여하지 않앉다. 길지 않은 시간임에도 불구하고 깊은 산중의 호텔에서 대화는 서로 가까워지는 계기가 되기에는 충분했다.

장소에 따라서 만들어진 분위기는 사람의 감정선을 심하게 흔들어 놓는다. 첫인상의 연장선에서 귀인임을 암시하는 신호가 발사되고 있는 것이다. 인연의 시작을 각인해 주는 것이다. 사람과 사람 사이에도 상호 중력 즉 인력이 작용한다. 아주 적은 힘이지만 때로는 사람에 따라서 미세한 차이지만 강력할 수도 있다. 첫 대면을 하는 사람 간에 이 인력을 인연이라 말할 수도 있다. 인연이 있고 없고는 이 인력이 크고 작음에 따른다. 사람들 사이의 간극은 다 다르지만 인력은 간극을 넘어서서 작용한다.

다음 날 강해 해안도 둘러보았다. 하얀 백사장을 거닐며 이곳이 자신의 별장이 있는 멕시코 칸쿤의 별장을 여기에도 하나 더 가졌으면 하는 생각마저 들었다. 강원도청과 고성군청을 공식 방문했다. 강원도가 천해사업에 제3섹터사업에 지방단체로서 참여하면서 맡은 역할에 대해서도 브리핑을 했다. 도지사의 오찬을 포함한 환대보다 역시 민선 지사가 보여준 사업에 대한 열정을 보았다. 이번 사업에 관여한 민관 모두가 생각보다 더 사업에 심혈을 기울이며 추진하고 있음을 그는 생생하게 목격했다. 자신이 이 사업에 힘껏 힘을 보태어 주자는 마음을 갖게 되었다. 이번 사업에 확고한 스폰서가 되기로 한 듯 진지했다.

서울로 돌아와서 신라 호텔에 며칠을 묵을 동안 박지우는 매일 그를 찾았다. 비서처럼 그의 동선을 함께했다. 의원이 귀국하기 전에 나에게 손때가 가득 묻은 책 한 권을 주었다. 그는 마음의 선물이라 했다. 1962년에 프레데릭 모톤이 저술한 《The Rothschilds》 책이다. 여행을 다닐 때는 꼭 갖고 다니는 책으로 이번에도 가지고 왔다고 했다. 그 귀중한 책을 나에게 물려주는 그의 마음을 읽으며 부친이 써서 주신 수신 글자를 이번에 책으로 받은 것 같다는 생각이 들었다.

그는 미국과 일본에서 성공한 새로운 사업인 심층수를 특화사업으로 개발한다는 데에서도 개인적인 조사를 시작했다. 노년에 한국에게 무엇인가 해주고 싶었는데 마침 이번 개발사업을 접하게 되었다. 사업 관련하여 외자 유치 건을 요청받자 자금조달에 힘이 되어 주기로 했다. 그는 이번 사업이 성공하도록 돕고 싶은 마음이 가득했다. 그는 하원 재정위원회에 소속되면서 유럽에서 돈의 흐름을 파악하고 있었다. 금융 인맥과 좋은 관계를 유지하고 있다. 자금조달 실적이 좋다는 평판을 받고 있는 사람이다. 그러기에 모두가 그에게 손을 대려고 하나 결코 쉽지가 않다.

라스베이거스를 출발한 비행기는 북쪽으로 올라가더니 동진을 계속하여 대륙을 횡단한다. 오대호를 통과하여 뉴욕의 서쪽 관문인 뉴어크(뉴왁) 리버티 국제공항(EWR)에 도착했다. 맨해튼에서 북서쪽으로 25km 떨어진 공항으로 미국에서 네 번째로 분주한 공항이다. 맨해튼에서 뉴욕 주변에는 라과디아 공항 등 6개의 국내 공항이 있다. 뉴욕 방문은 주로 케네디 국제공항(JFK)을 이용하기 때문에 이곳은 박지우에게 처음이라 낯설었다.

인근의 메리어트 호텔에 체크인하고 샤워를 하니 피곤이 엄습했다. 미니 바에 놓인 잭다니엘 미니어처 한 병을 얼음이 가득 찬 크리스털 잔에 부었다. 얼음 위로 노란 액체가 흘러내리는 것이 매혹적이다. 언더락 한 잔을 준비했다. 특유의 향을 맡는다. 잭다니엘은 옥수수, 호밀, 보리로 만든 버번 위스키의 일종이지만 단풍나무 숯을 통해 여과했기에 테네시 위스키라 한다. 한 모금 마시니 특유의 알코올 냄새에 피곤이 사라진다. 내가 왜 이 시간 이 공간에 있나 잠시 회의에 빠진다. 전화기를 들었다.

"미스터 파웰?"
"예, 파웰입니다."
"반갑습니다. 박입니다."
"오, 미스터 박. 오시느라 수고했습니다."
"지난달 한국에서 뵙고 한 달 만이네요."
"미스터 박은 어느 호텔에 체크인했습니까?"
"여기는 뉴와크 공항 주변의 메리어트 호텔입니다."
"아, 내 집도 같은 뉴저지에 있어 멀지 않아요."
"언제 만날 수 있어요?"
"….".
"시간이 급해서 서류를 기다리지 못하고 직접 왔습니다."
"실은 서류가 아직 준비되어 있지 않았어요. 영국에서 최종 확인이 아직 오지 않았어요. 내일 정도에는 온다고 연락이 왔으니 기다려 봅시다."

난감하다. 내일이라고 확정된 것도 아닐 수 있다. 언제까지 기다려야 하는지 모를 경우 마음은 평정을 잃는다. 그보다 답답한 일은 없다. 갑자기 무능력해지는 기분이다. 그 일이 해결되기 전까지는 아무것도 할 수가 없다. 다른 것을 할 여유조차 없다. 그 매듭이 풀려야만 다음 단계로 나갈 수 있다는 외골수로 살아온 결과다.

이전까지 기업에 근무할 때도 항상 빡빡한 일정을 짜 놓고 예약이 확정된 상태에서 움직였다. 기다림은 없었다. 시간을 아껴 쓰는 것만이 성공의 지름길이라 믿었다. 삶의 마디마디 확정된 기간을 만들어 살고 있다. 물론 일정을 잘 짜는 것도 개인의 능력이다. 어찌 되었건 우리는 기다림에 익숙하지 않다.

전에 알제리 알제에서 대기업 그룹 회장을 보좌하는 젊은 개인 비서를 만났다. 회의에는 들어가지 않았기에 하는 일이 무엇이냐고 물었다. 대답이 의외였다. "기다리는 일"이 주어진 업무라 했다. 일정 관리만 하며 다른 업무는 일체 참여하지 않는다고 했다. 상당히 능력 있는 젊은이였는데 안타까운 생각이 먼저 들었다. 갑자기 그때의 일이 떠오르는 것은 이번에 나도 그와 같은 기다림인가 하는 우려가 앞섰다.

사실 기다림에 익숙해지려고 노력하고 있지만 아직도 참는 데는 익숙하지가 않다. 그런데 어쩌겠나? 상황이 그렇게 되었으니 기다릴 수밖에 없었다. 이틀을 호텔에서만 뒹굴었다. 언제 전화가 올지 모르니 호텔을 떠날 수가 없었다. 사안이 중대한 만큼 이번 서류는 반드시 받아 가야 하는 상황이었다.

"미스터 박, 내일 오전 10시에 호텔 방으로 가겠습니다."
"서류가 됐습니까?"
"네, 준비되었습니다."
"의원님 수고하셨습니다. 그 시간에 기다리겠습니다."

다음 날 아침에 노크 소리에 문을 여니 백발의 의원이 건장한 한 사람을 대동하고 문 앞에 서 있었다. 체격으로 보아서 보디가드가 아닌가 할 정도로 우람한 얼굴에 눈초리마저 날카로웠다. 그래도 표정은 잔잔한 미소를 띠고 있었다. 처음 보는 사람이 장군이라고 한다. 그는 왜 이 자리에 있는지 궁금했다. 의원과는 지난달에 한국에서 보았으니 이번이 두 번째 만남이다.

"미스터 박, 에드먼드 장군을 소개합니다."
"아, 반갑습니다. 박입니다."
"의원님으로부터 말씀 들었습니다."
"예?"
"서울에서 오셨다고요?"
"네."
"의원님은 군 시절에 저의 상관이셨습니다."
"아, 저도 군대에서 장교였습니다만…."
"미스터 박, 이 서류를 받으세요."
"말씀하신 내용이겠지요."
"서류를 받았으니 큰 도움이 될 것입니다."

상장 케이스 같은 두꺼운 검은 케이스는 두꺼운 금실로 묶은 매듭이 있었다. 누가 보아도 안에 있는 서류는 무척 귀한 서류라는 것을 즉시 알 수 있을 정도다. 서류를 이렇게 귀하게 여기는 자세가 몹시도 이국적이며 낯설었다. 박지우는 평생을 서류를 만들고 이를 사업주에게 전달하는 일에 종사해 왔지만 이렇게 서류를 귀하게 대접하는 것은 낯설었다. 이런 경우는 처음이다. 아마 영국의 귀족사회나 왕실의 관습에서 이어지는 것으로 보였다.

조심스럽게 매듭을 풀었다. 서류가 달랑 한 장 들어있다. 서명된 사인이 그럴듯했다. 이번 받은 서류는 영국에서 천수 사업과 천해 사업 관련된 해외 투자 및 자금조달에 관한 파이낸싱 의향서(Letter of Commitment)였다. 이제 서류가 발급되었으니 런던에서 만나기로 일정을 잡았다. 의원이 포시즌 호텔로 예약해 놓을 예정이니 그곳에서 다시 만나기로 약속했다.

그는 뉴저지에 농장이 딸린 대저택에 거주하며 부인과 둘이서 산다고 했다. 부인의 음식 솜씨가 아주 좋으니 미국의 전통 음식을 맛보게 해준다고 한다. 부인과는 국제 전화를 여러 번 해서 목소리는 알고 있지만 아직 만나보지는 못했다. 근자에는 수시로 멕시코 칸쿤의 별장에서 시간을 보낸다고 한다. 다음에 뉴욕을 방문할 기회가 있으면 호텔이 아닌 의원 집이 있는 뉴저지 농장에서 보자고 한다. 칸쿤으로 놀러 오면 더 좋다고 했다.

12. 화천전투(華川戰鬪)

　파웰 의원이 화천에 위치한 파로호 리조트 단지 후보지를 방문했다. 화천이란 지명은 고려 초기부터 불렸다. 그 이전에 화산(華山)이란 옛 이름에서 유래했다. 지형이 화산(火山) 지역처럼 생겨서 한글 동음으로 화산이 되었고 다시 화천이 되었다. 주변 산세가 화려하고 내에 흐르는 물이 풍부하여 화천(華川)이라 한다.
　군사적인 측면에서 북한군에 대한 방어벽으로서 중요한 지정학적 위치다. 동쪽에 오봉산, 서쪽에 백암산, 남쪽에 금산, 북쪽에는 대암산이 솟아 있어 방어와 공격에서 중요 거점 지역이 되기 때문이다.

　군사적인 측면에서도 중요한 지역이다. 일본강점기인 1945년 우리나라 해방 직전에 소련군은 한반도에 먼저 들어와서 남하를 시작했다. 미국과 소련은 미리 북위 38도를 따라서 동서로 칼로 선을 그은 듯 남북을 갈라놓았기에 소련군의 남하는 38도 선에서 멈추었다. 화천의 화천호(파로호)를 비롯한 이북은 소련군이 점령하였다. 미군이 소련군보다 한 발 늦게 한반도에 들어왔으나 관할 지역은 삼팔선 이남이었다. 그러한 상호 분계선 결정이 사전에 없었다면 소련군은 서울을 포함하여 남쪽까지 더 내려와 경계선을 그었을지도 모른다.

박지우 조부는 일제강점기에 함흥 근교의 집성촌에서 유일하게 기와집을 지어서 사셨다. 내륙인 함흥은 일제강점기에 세계 최대의 비료공장을 포함한 화학공업단지였다. 신흥 공업단지로 바다에 접해 있는 인근 흥남에도 산업단지를 대대적으로 건설했다. 조부는 아들의 미래를 위해 서울로 유학을 보냈다. 당시엔 쉽지 않은 결정이었다. 아들은 졸업 후에 청주로 교사 발령이 났다. 그해 여름에 우리나라는 일제강점기에서 해방이 되었다.

해방의 기쁨도 잠시였다. 하루아침에 날벼락 맞은 것처럼 부친은 함흥 고향을 찾아가기가 어렵게 됐다. 남북 경계선이 위도 38도 선에서 새롭게 그어졌다. 그곳에 사는 조부와 남쪽의 청주에서 교편을 잡고 있던 부친은 생이별을 하게 되었다. 다음 해 3월에 북한에서 토지개혁을 하자 많은 북한 주민이 월남하기 시작했다. 급기야 5월에는 남북한 이동이 금지가 되고, 8월에는 모든 교통이 차단되었다. 당시 월남 루트는 총 18개였는데 두 해 뒤인 1948년에 남북한 정부가 각각 8월과 9월에 수립되자 국경은 더욱 강화되었다.

조부에게 아들이 결혼한다는 소식이 전해지자 남쪽의 아들 집에 다녀오기로 결심했다. 남북 각각의 초소에서 경계가 심해지고 있지만 조부는 삼팔선을 넘는 위험을 무릅쓰고 아들을 찾아보기로 했다. 6.25 사변 발발 직전 겨울이었다. 며느리 후보감의 얼굴도 보고 싶었다. 남측으로 내려가는 것만이 문제가 아니라 대가족이 사는 함흥 집으로 되돌아오는 길도 만만치가 않았다. 이미 굳어버린 삼팔선을 두 번이나 넘나드는 것은 예사롭지 않았기 때문이었다. 그러나 부자간의 정은 역시 강했다. 아니 시아버지의 도리가 먼저였다.

박지우가 전에 보았던 아제르바이잔 바쿠 국제공항에서 보았던 부자

(父子)들이 서로 이별하던 모습은 인상적이었다. 여자들은 거의 보이지 않았다. 외국으로 보내는 아들을 아버지가 꼭 껴안은 이별 장면을 공항 로비의 곳곳에서 보았다. 남자끼리 포옹하며 이별의 정을 나누는 자리는 가슴이 뭉클했다. 부친 역시 함흥역에서 조부와 이별할 때의 모습 그런 것 같아서 울컥했다. 조부와 부친 사이의 끈끈한 정도 그러했으리라 생각했다. 그 연장선에서 부친이 내 성장 과정에서 보여주었던 것은 그러한 사려 깊은 부정(父情)의 마음이었을 것이다.

  조부는 살을 에는 추위에 누비 솜옷을 입고 홀로 보따리 한 개만을 들고 월남 루트를 탔다. 당시에도 넘나드는 보따리상이 많았기에 그들에게 줄을 댄 모양이다. 함흥에서 원산까지 기차로 와서 경원선으로 바꿔 타고 마지막 정거장인 복계역에서 하차했다. 밤이 되어서야 안내인을 따라서 산을 넘었다. 북쪽 소련군 초소의 교대 시간을 기다렸다가 지나갔다. 삼팔선을 통과하니 남쪽의 미군 초소도 있다. 역시 교대할 시간을 기다려 초소 인근을 지나쳤다. 안내인은 익숙했지만 마음을 졸이며 바짝 따라붙었다. 남측에 위치한 포천으로 내려왔다. 그제야 좀 편안한 마음이 되었다. 다시 기차를 타고 청주까지 내려왔다. 조부는 지난 4박 5일 동안 한잠도 자지 못했다.

  조부는 누비옷 속에 솜 대신 고액권 지폐를 솜처럼 누비고 또 누벼서 감췄다. 초소에 걸리거나 혹시 모를 안내인에게 빼앗기지 않기 위한 방책이었다. 조부는 아들 집에 도착하자마자 곧 돈을 꺼내서 청주 시내의 본정통에 가서 금가락지, 검정 가죽가방 그리고 한약 한 재를 지어서 신혼의 아들 내외에게 주었다. 부친은 그 검정 가죽가방을 무척이나 애지중지하셨다. 대학교에서 정년 퇴임하실 때까지 새것을 마다하고 터지고 끝부분이 다 헌 가방을 고집하셨다. 나중에야 그 가방이 남아있는 조부의 유일한 선물임을 알았다.

　조부는 신혼부부에게 별로 말씀을 하지 않았다. 단지 미소만을 던지며 잘 살라고 하셨다. 부친과 같은 선생인 며느리에 흡족했다. 며칠 후에 조부는 홀연히 삼팔선을 넘어 함흥집으로 되돌아갔다. 삼팔선 통과를 도와주는 안내인과 미리 약속이 되었던 듯하다. 어찌 되었건 그것을 마지막으로 조부와 부친과의 대면 및 비대면은 더 이상 없었다. 그것이 부친이 운명하시기 전까지 조부와의 마지막 만남이었다. 이어서 6.25 사변이 터졌고 전쟁 중에도 자유를 찾아서 북한 주민이 또 많이 남쪽으로 내려왔다. 그렇게 부모들과 생이별을 한 이산가족이 남쪽에는 천만 명이 넘는다.

　파웰에게는 화천 지역이 결코 잊지 못할 장소다. 6.25 동란 때 파병되어 치열한 전투를 치렀던 가슴 아픈 장소다. 미군 제101보병사단 중대장으로 파병되어 가장 치열한 전투를 벌였던 곳이기 때문이다. 그때 그의 많은 중대원을 잃었고 자신도 부상을 당했다. 이전에 그가 참전했던 제2차 세계대전과는 비교가 안 될 정도로 참혹한 전쟁터였다. 이곳은 그에게는 잊거나 잊어서는 안 되는 추모의 장소다. 여기에 다시 오게 된 것은 '산화한 중대원들의 부름이었나?' 하는 생각도 했다. 무엇인가 그들의 응어리를 풀어주어야 하겠다는 마음가짐을 가지고 온지도 모른다.

　파로호 주변을 돌아보고 나서 예상 후보지에 설치된 가건물에서 브리핑을 받았다. 반세기도 지난 시점에 다시 돌아온 이곳 지리에 대해서는 그의 기억 속에 남아있는 그대로의 모습이었다. 시간이 정체된 느낌이었다. 다시 시간을 흐르게 만들 수 있는 사업이 벌어지려고 한다. 이곳에서 먼저 간 중대원들이 명복도 빌면서 자신이 다시 찾아와서 그들을 기억할 수 있게 새로운 발자취를 남길 수도 있다는 기대를 했다. 파웰이 이곳 파로호부터 동해안 강해 후보 지역을 돌아보고 도청과 군청 방문 등 그의 방한 기간에 이뤄지는 모든 동선을 나와 함께했다. 톰 김 회장의 의향에 따라 그를 따라서 그림자처럼 움직였다. 그도 그러한 나의 협조에 계속 감사함을 표현했다.

숙소에서 식사 후에 피로를 풀 겸 칵테일 한 잔을 박지우와 함께 하자고 해서 그의 방에서 잠시 이야기를 나눈다는 것이, 밤늦게까지 이야기가 계속되었다. 룸서비스에 칵테일을 다시 주문했다. 나의 부친 역시 6.25 사변 당시 화천 지역에서 카투사로서 미군과 함께 근무하다가 박격폭탄 파편에 맞아서 평생을 고생하셨다는 이야기를 듣자 그는 좀 더 상세한 이야기를 듣고 싶다고 했다.

분단된 남북한 긴장도가 높던 1948년에 남북한 정부가 양쪽에서 각각 수립되었다. 남한에서는 한국에 주둔했던 미군이 모두 철수를 했다. 국군은 미약하기 그지없었다. 탱크 한 대 없었고 연습용 비행기 몇 대 정도였다. 두 해 뒤인 1950년에 6월 24일에는 비상계엄령도 해제되고 장병들은 특별 휴가를 받았다. 육군 수뇌부는 육군회관 낙성식 파티를 하며 새벽까지 술을 마셨다. 이날 밤 비가 내렸다. 새벽 4시에 전 전선에서 북한군(인민군)은 소련제 T-34 탱크 242대, 전투기 170대 인민군 7개 사단(1, 2, 3, 4, 5, 6, 7사단)과 제105전차여단이 일시에 삼팔선 11곳을 넘어왔다. 6.25 사변이 발발한 것이다.

국군의 저항은 미미했다. 새벽녘에 괴뢰군이 탱크를 앞세우고 포천을 지나자 마을 사람들이 요란한 탱크 소리에 잠에서 덜 깬 상태로 도로에 나와서 태극기를 흔들었다. 그들은 마을 사람들에게 태극기 대신 인공기를 쥐어 주었다. 해방군으로 남조선 인민을 해방하기 위해 내려왔다고 하며 아무 일 없이 그대로 지나갔다.

국군은 쉽게 무너지고 후퇴를 반복했다. 고향 청주도 북한의 남침 2주가 조금 지난 7월 13일에 북한 인민군에게 점령당했다. 재탈환은 2달 뒤인 9월 28일에 미 제2사단이 했다.

인민군 주력부대가 화천 방향으로도 공격을 해왔다. 국군 3개 사단이 이 지역에 방어 전선을 구축했다. 국군 제11사단이 주 방어 지역인 화천읍과 춘천을 잇는 391고지를 방어했다. 제12사단은 화천의 북서쪽인 538고지와 610고지를 방어했다. 17사단은 북동쪽을 방어하고 625고지와 678고지를 치열한 전투를 벌이며 방어했다. 그러나 방어는 역부족이었다. 북한군에게 바로 방어선이 무너지고 함락되고 말았다. 이 지역을 방어하던 국군도 계속 후퇴를 하였다. 아니, 빠르게 계속 밀려갔다. 이후 경상도를 제외한 남한 전 지역이 인민군 손에 넘어가서 인천상륙작전까지는 암흑의 세상을 맞았다. 경상도를 제외한 한반도 전역에서 인민재판이 난무하였다.

박지우 부친은 북한군이 순식간에 남쪽으로 내려오자 부산으로 피난 가기로 했다. 7월 말에 영동 지역이 인민군에 의해서 점령당했다. 부친은 모친과 박지우를 영동 산골 민가에 맡기고 대구로 가서 징집에 응했다. K11로 시작되는 카투사 군번을 받고 바로 일본으로 출항하는 배를 탔다. 요코하마에서 하선하여 후지산 자락에서 군사훈련을 받았다. 단기

훈련을 마치자 "미 7사단" 소속으로 처음 투입된 실전이 9월 15일 실시된 인천상륙작전이었다. 월미도에 미 제1해병사단이 먼저 진주하고 주력부대인 미 제10군단을 포함한 유엔군 7만 명에 전함 260척이 수행한 인천상륙작전은 성공했다. 다음 날은 미 제8군 등 유엔군은 낙동강 전선에서 일제히 반격을 시작했다.

국군과 미군은 서울을 지나 강원도에서 북으로 북진을 하였다. 10월 17일에는 함경남도 흥남을 탈환하면서 부친은 친척을 만나 고향집 부모님에게 금반지를 전해달라고 부탁하였다. 함흥을 탈환하며 계속 북진을 하며 미 "해병대 1사단"은 "장진호" 북쪽 면을 넘어서 압록강 바로 밑까지 갔으나 중공군이 물밀듯이 밀려와서 후퇴 명령을 받았다. 장진호 동쪽으로 진출한 미 7사단은 중공군에 의해 고립되었다. 중공군은 밤에 징과 꽹과리를 치며 파도처럼 끊임없이 쳐들어왔다. 인해전술은 심리전으로 미군은 공포에 떨었다. 무엇보다도 개마고원의 장진호 지역에서 살을 에는 강추위가 기승을 부렸다. 중공군 때문에 공포에 떠는지 강추위에 떠는지 모를 생사의 기로에 놓인 시간이었다. 그러나 장진호 전투로 중공군 남침을 2주간 저지하여 흥남 철수가 가능했다. 더욱이 미군이 장진호에서 물러났음에도 불구하고 중공군 28병단(12만 명)은 6개월간 남하하지 못했다.

6.25 동란의 3대 전투가 이 "장진호 전투"이며, "인천상륙작전"과 낙동강 전선의 "다부동 전투"를 3대 전투라 한다. 장진호 전투에서 아군 측 피해도 컸다. 미 해병 1사단과 육군 7사단의 괴멸적 타격에 피해를 입어 회복하는 데 시간이 걸렸다. 만약 바로 밀렸다면 전과 달리 지난번 사수한 낙동강 전선까지 쉽게 무너졌을 것이라는 평가다. 즉 대한민국이 사

라졌을지도 모른다는 이야기다. 미 해병대 1사단이 결국 고립된 미 7사단의 퇴로를 터주어 함흥으로 후퇴가 가능했다.

박지우 부친은 후퇴의 대열 속에서 이번에도 함흥 고향집을 들르지 못하고 지나쳐서 흥남으로 내려왔다. 그때 부모님을 뵙지 못하고 그대로 남하한 것이 두고두고 가슴에 한이 되었다. 미 7사단은 흥남부두에서 함선을 타고 강원도로 내려왔다. 미 7사단 17연대는 화천에서 저지선을 구축하며 전선을 사수하였다. 평야 분지로서 낮은 지역에 위치하였다. 전선이 장기화 국면에 들어섰다. 뺏고 빼앗기는 전투가 끊임없이 이어졌다. 주변에 미군 탱크 부대가 있어 낮에는 산에 저지선을 구축한 북한군 진지에 포탄을 퍼부었다.

부친이 부대 경계 보초를 서는 날이었다. 5월 2일 캄캄한 새벽, 1시가 넘자 갑자기 산 정상에서 북한군이 미 7사단 17연대 진지에 포탄 세례를 마구 퍼부었다. 야지라서 숨을 곳도 없었다. 갑자기 몸이 하늘로 붕 뜨더니 실신해 버렸다. 온몸에서 피가 흘렀고 발부터 허벅지와 어깨 등 여러 곳에 크고 작은 파편들이 박혔다.

미군의 들것으로 인근 천막에 옮겨졌다. 새벽 5시가 되자 응급차에 실려 가 소양강 변의 야전병원에서 3일간 응급치료를 받았다. 다시 비행기로 충주고교에 위치한 충주 미군 병원으로 이송되어 치료를 받았다. 하지만 좌측 다리, 어깨, 등에 있는 파편을 다 제거하지 못하였다. 후에 추가로 몇 개를 더 제거했으나 위험 부위에 박힌 파편 몇 개는 평생 몸속에 지나고 살았다. 흐린 날이나 비 오는 날은 그 부분의 통증으로 고통이 심했다. 부친에게는 평생 전쟁이 끝나지 않았다. 부친의 전쟁 이야기를 듣는 파웰은 시간을 그때로 되돌린 듯 지긋이 눈을 감고 있었다.

이번에는 파웰이 자신의 6.25 사변 참전 이야기를 풀어놓았다. 밤은 깊어만 갔다. 그는 한국 전쟁 발발과 동시에 미군에 재입대를 신청했다. 한국 전선은 세 달도 안 되어서 낙동강까지 밀려 나갔다. 그곳에서 마지막 사투의 공방전 벌어졌다. 유일하게 남아있는 남동쪽 끝인 경상도 지역에 오밀조밀하게 연합군과 국군이 몰려서 전투를 했다. 국가의 운명을 좌우하는 촛불이 마지막 빛을 발하고 있었다. 국군이 더 밀리면 바다다. 사방에서 강력하게 공격해 오는 북한군을 막기에 힘이 버거웠다. 힘없는 나라의 처참한 모습이었다. 이렇게도 군사력이 약한 나라가 지구상에 또 있을까?

한반도 전체가 적화되기 직전인 9월 15일에 시행된 연합군과 국군의 인천상륙작전은 대성공했다. 이때 파웰은 미군 101보병사단의 중대장으로 배치되었다. 1군단과 9군단으로 구성된 연합군은 인천상륙작전에 성공하면서 즉시 서울을 탈환했다. 허리가 잘려 보급로가 끊긴 북한군은 남측으로 내려온 전선에서 북으로 후퇴를 시작했다.

트루먼 대통령이 삼팔선 월경에 주저하다 맥아더 장군에게 위임했다. 삼팔선을 넘지 못하게 하자 9월 30일에 이승만 대통령은 국군에게 삼팔선을 넘어 북쪽으로 진격하라고 명령했다. 국군 제3사단, 7사단, 수도사단이 앞장서서 다음 날인 10월 1일에 38선을 넘어서 북진했다. 이어서 워커 장군이 미 8군에 삼팔선 돌파 명령을 내렸다. 유엔군도 삼팔선을 넘었다. 이에 김일성은 마오쩌둥에게 파병을 요청했다.

전투는 승리의 연속으로 북진하여 압록강 국경선까지 밀고 올라갔다. 전쟁이 곧 끝날 듯했다. 내친김에 중공 영토까지 밀고 가자는 맥아더 장군의 주장에 반하는 미국 대통령은 그를 소환했다. 그러자 중공군 선발대가 10월 16일 먼저 압록강을 도하하고 이어서 19일 본진 18만 명이 넘어오면서 중공이 전쟁에 개입했다. 다음 달에는 추가로 12만 명이 압록강을 건너 한반도에 총 30만 명의 중공군이 넘어왔다. 총사령관은 팽더화이로 마오쩌둥의 대장정 마지막 종착지인 산시성의 당서기장이다. 전쟁의 양상이 바뀌었다.

10월 21일 미군 제24사단이 화천방어 전투에 패배해서 다시 북한군에 화천을 빼앗겼다. 그러나 11월 2일 미군 제1기 병사단이 투입되어 11월 6일에 화천 재탈환에 성공했다.

연합군과 국군은 다음 해인 1951년 초 "1.4 후퇴"를 시작했다. 파웰이 속한 미군 제101보병사단은 남하하는 중공군과 북한군을 맞아서 2월에 춘천에서 전투를 벌였다. 4월 27일에는 부친이 속해 있던 미군 제7사단과 함께 투입된 파웰 중대장이 속했던 제101보병사단이 화천전투에 참여했으나 패배하여 화천을 빼앗겼다. 이제는 가물가물해지는 전쟁 이야기를 더듬는 파웰은 이번에는 위스키가 아닌 코냑으로 한 잔을 더 시켰다.

이때 미군 제3사단과 함께 투입된 미군 제101보병사단은 화천을 탈환하기 위해서 5월 2일 전투를 벌이곤 결국 5월 7일에 화천을 다시 재탈환했다. 이 당시 국군 6사단과 해병 12연대가 좌우에서 UN군의 지원을 받아 1951년 4월과 5월 대전투에서 중공군 10, 26, 27군을 완전히 섬멸하여 24,000명을 화천호에 수장시켰다. 이때 파웰 중대의 병사 손실이 컸다. 무엇보다도 화천 탈환 5월 초 전투에서 그 자신도 부상을 당했다. 결국 치료를 위해서 본국으로 송환되었다.

전쟁의 포화 속에서 파웰과 박지우 부친 두 사람이 만남이 있었는지는 모르지만 한 시공간에서 공동의 적을 향해서 목숨을 걸고 전투를 했다는 사실이 놀랍기만 하다. 그리고 같은 시간에 멀지 않은 장소에서 두 사람은 심한 부상을 당했다.

10월 25일에 연합군과 국군은 화천-양구 전투에서 승리하여 북한군을 격퇴하고 화천과 양구 지역을 다시 회복했다. 휴전협정이 체결되기 직전까지 이곳에서는 뺏고 빼앗기는 전투가 계속되었다. 전선은 정체되고 교전은 제자리에서 두 해 정도 전개되었다.

1953년 휴전이 체결되기 3일 전인 7월 24일까지 화천 주변 지역인 425~406고지에서 치열한 마지막까지 전투가 벌어졌다. 당시 남한 소요 전력의 30%를 발전하는 화천발전소(54MW, 현재 4기 가동으로 100MW)를 방어하는 데 중요 방어선인 425기지를 사수하기 위한 전투였다. 중공군과 북한군을 물리치고 승리한 화천전투로 전쟁 기간 동안 내내 이어진 뺏고 빼앗기는 전투의 대미를 장식했다. 이로써 이 지역은 기존의 삼팔선이 아닌 북으로 약 40km 정도 더 올라가서 휴전선이 결정되었다.

부친이 복무했던 주한 미군 7사단은 한국동란에 참전하여 전사 2,832명, 실종자 2,479명 부상자 5,423명으로 총 10,742명의 인명 손실이 있었다. 휴전 후에도 한국에 계속 주둔하였다가 1971년 6월에 한반도에서 철수했다. 파웰이 속한 미군 제101보병사단은 한국동란에서 2,873명의 전사자와 14,000명의 부상자가 발생했다. 2005년 11월에 동 사단은 한

반도에서 철수했다. 고국에서 이름도 듣지 못했던 머나먼 땅에서 자유를 수호하기 위해 산화한 미군들의 영령의 뜻에 무한한 감사를 드리게 된다. 오늘을 살아가는 우리는 결코 그들의 희생을 잊지 말아야 한다.

파웰과 더 상세한 이야기는 그의 뉴저지 집에 가서 계속하기로 했다. 당시의 사진도 다 보여 주겠다고 약속도 했다. 그와 나의 부친의 피로 얼룩진 파로호와 화천전투 이야기는 계속 이어질 것이다. 약간의 취기 상태를 느끼며 그의 방에서 나왔다. 지금 이 순간에도 남북의 전쟁은 종전이 아닌 휴전 중이다. 사화산이 아닌 휴화산이다.

한국 6.25 동란 중에 자유를 지키기 위해서 함께 싸웠던 두 사람은 남북을 통일을 기원하며 살았다. 그러나 그날은 그들의 생전에 오지 않았다. 아이작 파웰은 2018년 10월에 고향인 뉴저지 먼로 타운십에서 사망했다. 그의 묘지는 앨런비치 메모리얼 파크에 안장되었다. 박지우 부친은 이보다 먼저인 2006년 12월에 고향인 청주에서 사망해서 청주시 추정리의 종산에 묻혔다. 함께 동일한 전투 장소에서 부상을 당했던 두 군인은 그렇게 한 세상에서 시공간을 함께하다가 저세상으로 갔다. 이것도 운명이다.

박지우 부친은 윤달이 있는 2020년 6월에 청주에서 개장하여 국립서울현충원에 이장하여 안장되었다. 그날은 "손 없는 날"로 미래의 시간이 아직 열리지 않은 상태였다. 혼유석에 정갈하게 차린 제사상을 올렸다. 퇴주잔을 마신 삼인 일조의 인부가 제법 구성진 가락이 무덤 주변에 스멀스멀 스며들었다. 소리에 봉분이 촉촉이 젖어 들었다. '에헤능청 가래호 에라능청 가래질~' 봉분 흙을 퍼내는 가래질 소리를 할 때만 해도 시간은 무의미한 듯 여유가 있었다. 둘러선 가족들에게는 과거와 현재가 만나는 엄숙한 시간이 되었다. 망자의 실체를 상상하기도 어렵기 때문인지 생과 사의 재회의 기대보다는 두려움이 앞서게 된다. 그저 허름한 복장을 한 인부들이 익숙하게 흙 퍼내는 모습을 멍하니 바라볼 뿐이다. 초조한 마음이 지나친 가족 일부는 자리를 피했다.

봉분이 제거되자 땅 밑으로 파 들어가는 인부들은 각자 삽질이 바쁘다. 바위나 자갈이 나오지 않으니 검은 장화를 신은 인부들의 삽질이 속도를 더욱 낸다. 모두가 말이 없다. 말을 하면 부정을 타는지 아니면 귀신이 붙는지 구슬땀을 흘리면서도 계속 흙을 위로 퍼낸다. 진흙이 아니라 쉽게 퍼 올린다. 일머리에 익숙해서인지 지시하는 사람도 없고 각자가 같은 동작을 반복한다. 우리말이 서툰 외국인 인부도 열심히 한다. 깊어질수록 인부들의 숨이 가빠진다. 망자와 가까워질수록 빨리 작업을 끝내려는 모습이 역력하다. 시작할 때 소리하던 여유는 없어지고 시간과의 싸움처럼 삽질을 더욱 빠르게 한다. 망자와 가까워지면서 인부들은 의식적으로 빨리 피하고자 하는 모양이다. 가끔 금속성 파열음이 긴장하게 만든다. 안장을 할 때 복토는 체로 걸러낸 흙으로 채웠다. 그때 엉성하게 작업을 했는지 아니면 작은 돌들이 주위에서 밀려 들어갔는지 간혹 돌이 나온다. 칼날 금속과 돌이 부닥칠 때 번개와 천둥처럼 번쩍하면서 솜털이 돋는 소리가 더욱 긴장하게 만든다.

망자가 깨어날까 걱정하는지도 모르겠다. 오랫동안 땅속 깊은 은둔의 세계에 있다가 굉음이 들리니 변화가 있을지도 모른다는 생각이다. 곧 기우라는 것을 알기에 실소가 배어 나온다. 소리 내어 웃을 수는 없는 분위기다.

인부 키만큼 아래로 파내니 바닥이 보인다. 하얀 흙이다. 이미 걷어낸 거무스레한 흙과는 다른 고령토다. 신성한 기운이 잠에서 깨어난 듯 화장을 하지 않은 민낯을 세상에 내민다. 인부들은 긴 숨을 내뱉고 올라온다. 개장 작업으로 인부들은 구슬땀으로 망자의 문 앞까지 길을 내었다. 원형 병풍석으로 둘러싸인 무덤이라 포클레인 작업을 할 수 없었다.

이번에는 장의사와 송판과 한지를 든 보조원이 바닥으로 내려간다. 주변 흙이 부서지면서 아래로 떨어진다. 근자에 비가 자주 내렸지만 바닥은 제법 통수성이 있어서인지 마른 흙이다. 회색 고령토에 떨어진 거무스레한 흙으로 바닥은 얼룩진다. 다시 햇빛을 보는 자리이니 허물은 아닐 것 같다. 주워 올리고 싶지만 깊어서 내려갈 수도 없다. 이렇게 고운 흙은 이제까지 보지 못했다고 장의사가 탄성을 자아낸다.

흰 장갑을 낀 장의사가 거무스레한 천 조각을 조심스럽게 옆으로 치운다. 붉은 명정은 삭아서 헤진 상태다. 고령토를 살살 쓸어내고 우선 왼쪽 부친 석관의 상판 3개를 한 개씩 조심스럽게 옆으로 놓는다. 무게가 제법 나가서 보조원이 돕는다. 안치한 지 14년이 되었기에 짐작은 하였지만 석관 내의 고령토가 많이 가라앉았다. 장의사의 표정이 밝다. 아래 발부분부터 206개의 유골을 수습하기 시작한다. 조심스럽게 고령토를 헤집어 하나씩 찾아내어 한지를 깔아 놓은 송판 위에 차례로 놓는다. 장의사는 유골 한 개라도 현장에 남기지 않기 위해서 정신을 집중해서 수습한다. 마지막으로 두개골을 정성스럽게 닦아서 올려놓으니 완전한 형체를 갖추게 된다.

가족들에게 마지막 인사를 시킨다. 한지를 덮고 한지로 꼽은 줄로 세

부분으로 나눠 묶는다. 유골을 꺼내어 준비된 관에 안장 후 상포를 덮는다. 이어서 오른쪽 모친 석관도 열어서 같은 절차를 거친다. 6년이 지나서인지 석관 내의 고령토가 적게 가라앉았다. 그래도 수습에는 성의를 다했다.

파낸 빈 공간에 우선 주변의 모든 석물을 넣고 복토를 한다. 석물이 들어갔는데 오히려 흙이 모자란다. 주변의 돌 섞인 흙을 가져다 채운다. 무덤 속에서 영혼이 차지했던 공간이 컸던 모양이다. 평탄하게 정지 작업을 하고 그 자리에 오동나무를 옮겨 심었다. 무엇인가 허전한 마음이 들어서 나무라도 그 자리를 계속 지켰으면 하는 바람이다.

두 개의 커다란 부부 관은 리무진으로 화장장에 가서 각각 한 줌의 뼈로 변했다. 한지에 정성스럽게 싸서 목함에 담았다. 하얀 포에 싸인 목함을 품에 안으니 뜨거운 기운이 전해온다. 재회의 순간이다. 망자의 호흡이 나의 호흡이다. 애초에 한 몸이었다. 국립서울현충원 내의 "충현당"에 안장되기 위해서 목함에서 태극 문양의 자기함으로 다시 모셨다. 한 공간 안에 앞쪽에는 남편이 뒤쪽에는 아내가 자리를 잡았다. 안치된 유골함 앞의 명패에는 화랑무공훈장과 국민훈장 모란장이 각인되었다. 이제부터는 박지우 부모님은 주변에 많은 6.25 사변 당시 목숨을 함께 나누며 전투에 임했던 전우들 함께 있으니 걱정이 없다.

제3장 황금해수(黃金海水)

13. 해류(海流)

"해류가 멈춘다"라는 경악할 만한 기사가 터져 나왔다. 도저히 이해가 되지 않았다. '어떻게 잠시도 쉬지 않고 흐르는 바닷물이 갑자기 움직이지 않는다는 말인가?' 해류(Sea Current)란 바닷물의 일정한 흐름을 말하며 표층 해류와 심층 해류로 나눈다. 표층수는 바람에 의한 쏠림 현상과 지구 자전의 전향력에 의해서 흐르고, 심층수는 염분의 밀도와 온도 차이로 발생한다.

바닷물 개발사업에 몸담고 있는데 충격적인 이런 기사를 접했다. 반복해서 읽어보니 꽤 논리적인 내용이었다. 남극 장보고과학기지에 장기 파견된 김동선 박사에게 사실 여부의 확인을 위해서 전화를 걸었다.

"김 형, 잘 있었나? 박이야. 박지우."
"박 형, 그래. 메일 잘 받았어. 걱정이 많군."
"걱정을 안 할 수가 있겠나? 바닷물 개발사업에 몸담고 있는데…."
"그래, 무엇을 걱정하는데?"
"얼마 안 가서 해류가 멈춘다고 하는데, 그 원인 중에 하나가 김 형이 있는 남극에서 얼음이 녹기 때문이라는데, 맞나?"
"그래, 맞아. 남극 반도(Antarctic Peninsular) 안쪽의 웨델해(Wed-

dell Sea)의 바닷물이 얼어서 생기는 유빙이 전보다 적어졌다고 하네. 빙호도 잘 나타나지 않아. 떠다니는 빙산도 녹고 있어."

"그곳은 지도를 보니 대형 빙붕인 "론 빙붕"과 "필히너 빙붕"이 있는 곳이지?"

"잘 아는군. 그렇다네."

웨델해의 넓은 해역에서 바닷물이 얼어 거대한 얼음덩어리가 된다. 염분을 머금은 바다 얼음인 해빙(Sea Ice)으로 떠다니게 되는데 이를 유빙(Floating Ice/Pack Ice)이라 한다. 그 가운데 빙호(Polynya)가 생기면 극지 동물의 오아시스가 된다. 유빙 중에는 바다에서 육지에 걸쳐 형성된 빙붕(Ice Shelf)이 있는데 수백 km에 걸친다. 비행장으로도 이용이 된다. 빙붕에서 바다로 떨어져 나간 빙상은 높이가 5m 미만이지만 밑은 거대한 얼음덩어리다. 염분으로 인해서 빙산보다 해수면 위의 얼음 높이가 낮다.

"김 형, 웨델해에 접한 대륙에서 30여 년 전에 빙붕에서 떨어져 나간 빙상이 해저에 가라앉고 몇 년 전에 얼음 섬의 밑바닥이 녹으면서 떠다니는 유빙이 되었다는 기사가 나왔어. 영국 남극연구소(BAS)의 발표야."

"빠른 속도로 아르헨티나 남쪽 사우스 조지아섬을 향해 떠가고 있다고 하지. 이름이 아마 "A23a"라는 유빙으로 면적이 서울시 6배나 되는 큰 놈이야. 높이는 400m라 하니 그 크기를 짐작하기도 어렵고. 물론 가면서 일부 녹고 있겠지."

"예전에 사우디아라비아는 남극에서 빙하를 가져오려는 계획도 있었네. 적도를 통과해야 하니까 외부에 폴리에틸렌 필름으로 감싸서 끌어오려고 했지. 생각해 보면 그것이 가능할까 하며 화두로 뜨거웠지. 결국은 담수화공장을 우리가 지었고."
"진행형인 지구온난화 현상을 막지 않으면 모든 빙하나 빙붕은 다 녹겠지."
"해류도 멈추겠지…."

눈이 쌓여서 얼음이 되어 강처럼 아래로 흘러가는 빙하(Glacier)에서 떨어져 나와 바다에 떠다니는 빙산(Iceberg)도 있다. 빙산은 수면 위로 높이가 5m 이상이 된 경우에 부르는데, 녹으면 담수가 된다. 빙상이나 빙붕이 온난화 현상으로 녹으면 해수면이 오르게 된다. 빙붕은 남극해 순환류(Antarctic Circumpolar Current/ACC)가 남극으로 와서 빙하에 다가오지 못하게 한다. 남극 빙하가 녹는 것을 막는 역할을 하고 있다. 그 빙붕마저 녹고 있다.

지구온난화로 남극의 빙붕과 빙하는 녹는 속도가 빠르게 진행되어 지난 10년간 측정하니 20% 이상 증가하고 있다. 지난 20년간 10%가 감소했다. 해수면 평균 온도는 상승하고 빙하 밑바닥이 해수면과 접촉하면서 녹는 해빙(Calving) 현상도 심화되고 있다. 해수면 상승이 눈에 띄게 나타나고 있다. 미국 해양대기청에서는 2022년에 남극 대륙의 빙붕이 지난 40년 동안 30%가 감소했다고 한다. 온난화와 남극 순환류가 약해진 결과라고 한다.

"김 형, 정말 온난화 현상이 남극에도 확실하게 나타나고 있다는 거지?"
"음."
"아, 무섭구나."

"글쎄 말이야. 남극 대륙의 만년설도 녹고 있고 빙하도 생각보다 빠른 속도로 바다로 흘러가거나 떨어져 나가 남빙양(Southern Ocean) 바다에서 녹고 있어. 담수가 바다로 유입되어 표층수 염분 밀도가 낮아지니 얼음이 얼기가 더 어려워지지. 그러니 이곳에서 온난화 현상을 실감하게 되지."

"정말이지…."

"대부분은 세종과학기지의 정 박사와 나눈 이야기야. 사우스 셔틀랜드 제도의 북쪽 끝 킹 조지섬에 기지가 있는데 그쪽에 웨델 바다가 있지 않겠나."

"김 형이 있는 장보고기지는 대륙의 북 빅토리아랜드 테라노바만(Terra Nova Bay) 연안이지?"

"음, 이곳은 섬이 아니라 대륙이지. 앞에 "로스 빙붕"은 남극 전체 빙붕의 30%가 넘는 아주 큰 놈이야."

"내가 웨델해에 관심을 가진 것은 그곳에서 여름이면 엄청난 표층수가 얼어서 무거운 해수가 바닷속 밑으로 내려가야 하는 곳인데 그렇지 못하면 심층수 흐름마저 멈출 수가 있다는 이야기 때문이야. 얼음이 녹는다는 현상이 심히 우려되어서 이렇게 직접 알아보려고 연락했네."

"이 이야기는 전문가들은 다 아는 이야기지."

"어찌 되었건 직접 확인을 받으니 마음이 더 답답해지는군."

"이런 현상에 대해서 미국 해양대기청(NOAA)과 영국해양연구소(NERC) 친구들과 연락을 자주 취하고 있지. 내가 이곳에서 받아본 그곳의 연구원들 보고서에도 이곳 저층수의 순환 속도가 42% 늦어졌다고 하네. 저층수의 양도 20% 줄었는데 지구온난화로 더욱 줄면 저층 해류는 멈추지 않겠나?"

"김 형마저 심층 해류가 멈출 수 있다고 생각하니 끔찍하군."

"심층 해류가 흘러야 북반구 대륙의 서안에서 용승하여 영양분을 토해내는데, 이것이 멈추면 플랑크톤이 줄어들고 따라서 어류도 줄고 해서 먹이사슬이 망가지게 되겠지. 사람들에게도 엄청난 영향을 주겠지."

"그래, 당장 일어나는 일이 아니니 두고 보세. 고맙네."

"그렇다면 다행이네만, 덴마크 보고서는 빠르면 2025년에 사단이 난다는 이야기야. 소름이 돋지 않나? 아무리 늦어도 70년 안팎이라 하는데…."

"만약 그런 시간이 닥친다면 인간의 자업자득이지."

남극 장보고기지에서 근무한 지 1년이 되어가는 김동선 박사는 동창생이다. 그는 해양연구원에 입사하여 극지연구소(KPORI) 소속으로 바뀌었다. 평생 바다만 연구한 학자다. 30년 전에 건설한 세종과학기지의 또 다른 동창생인 정환영 박사도 역시 극지에서 연구에 몰두하고 있다. 두 사람은 서로 자주 연락하고 있는 모양이다.

남극에는 해양 외에 하늘에도 기후변화 문제가 있다. 일전에 뉴질랜드 남섬에 갔는데 하늘에 오존층에 구멍이 났다고 난리를 칠 때다. 온난화를 가속시키고 이로 인해서 남극 빙붕이 녹아 내린다고 했다. 빙산도 많아지며 녹아서 해수면이 올라간다고 했다. 현지에서 청바지를 마당 빨랫줄에 걸면 탈색이 되는 것을 직접 봤다. 정말 재앙이 몰려올까 걱정이 될 정도였다. 그곳에 가자 당장 선글라스부터 구입했다. 이런 급변하는 상황을 직시하면서 자신이 지구 종말의 증인이 되는 것은 아닌가 하는 생각마저 들자 쓸쓸한 웃음이 흘러나왔다.

남극 대륙에 가려면 아르헨티나로 남쪽 끝단의 우수아이아(Ushuaia)

에서 출발해서 1,000km 가면 된다. 전 대륙에서 남극으로 갈 수 있는 제일 가까운 해로다. 그러나 이 해로는 허리케인 같은 거센 바람이 불고 파도도 엄청나게 높은 악명 높은 드레이크 해협(Drake Passage)을 통과해야 한다. 세계에서 가장 험한 해협으로 알려진 곳이다.

호주에서는 3,000km 떨어져 있다. 최근에는 서호주 남단 땅끝마을인 리윈에 가서 리윈 곶 등대(Cape Leewin Lighthouse)에 올라서 남극 대륙을 향해서 바라본 바다는 의미가 있었다. 옆을 흐르는 리윈 해류를 바라보면서 대양에는 경계선이 없음을 새삼 느꼈다. 리윈은 대서양과 남빙양을 가르는 분기점으로도 유명한 곳이다. 남극에서 가장 먼 대륙은 아프리카로 4,000km 떨어져 있다.

드레이크 해협을 지나면 세종과학기지가 있는 사우스 셰틀랜드 제도가 나온다. 두 번째로 험하다는 웨델 해협도 거센 폭풍우가 통과를 쉽게 허용하지 않는다. 어떠한 해로로도 남극 대륙을 접근하기가 쉽지 않다. 그래서 격리된 땅인 남극은 지구상에서 가장 깨끗한 대기를 자랑한다. 웨델해의 바닷물도 지구상에서 가장 투명도가 높은 물이다.

심층수는 상업적으로 바닷속 200m 이하의 해수를 말하나 학문적으로는 1,000m 이하를 말한다. 저층수는 4,000m 이하를 말하기도 한다. 심층수는 표층수에 비해서 수온이 차고 일정하며, 염분 농도가 높은 편이다. 깊은 바닷속이다 보니 생물이 거의 없어 청정하며 숙성된 물로 흐른다.

겨울에 북극이나 여름에 남극에서 바다가 추워지며 얼음이 얼면서 무거운 해수는 바닷속으로 가라앉아 흐른다. 담수 호수의 경우 물은 0℃가 빙점이다. 4℃에서 가장 무거워진다. 따라서 온도가 내려가면 무거워진 4℃(3.98℃)의 물은 계속 바닥으로 내려가서 전체가 같은 온도가 되면 위에서부터 얼기 시작한다. 물이 얼면 결합 구조상 부피가 10% 정도 늘게 된다. 즉 얼음 밀도가 물보다 낮아서 10% 정도 물 위로 나와서 뜨게 된다. 바닷물의 경우는 빙점이 영하 2℃(-1.91℃)가 되어야 언다. 바닷물 전체가 빙점까지 내려가지 못한다. 바다 얼음에 염분 농도가 좀 더 무거운 편이라 유빙이 물 위로 나온 얼음 높이가 빙산보다 낮은 이유다.

일본 학자 마사유키 타카하시(Masayuki Takahashi)의 《해양심층수》에 의하면 북빙양(Arctic Ocean)의 래브라도해(Labrador Sea)나 그린란드 해역에서 발생한 심층수는 대서양을 따라 내려가서 남극해(Antarctic Ocean)의 웨델해에서 추가적으로 발생한 남극 순환류 심층수와 합쳐져서 계속 동진하며 흐른다고 했다. 태평양을 따라서 북으로 올라가며 해안에서 용승하여 표층수가 된다. 표층수 해류는 다시 심층수가 발생한 그린란드나 웨델만으로 되돌아간다. 전체 흐름을 해류 중에 가장 큰 "대순환 해류"다.

심층수의 순환은 지구 온도를 낮추는 데 기여한다. 또한 침강할 때 대기 중의 이산화탄소 30% 정도를 흡수하여 바닷속 깊이 저장하게 된다. 이산화탄소 절감에 큰 역할을 한다. 이러한 살아있는 바다의 해류가 멈춘다고 하니 놀라지 않을 수가 없다.

해류(Ocean Current)도 흘러야 지구 생명체가 살 수 있듯이 돈도 흘러야 경제가 산다. 그래서 돈을 커런시(Currency)라 한다. 사람도 피가 흐르지 않으면 죽는다. 체온이 25℃ 이하로 내려가면 점도가 강해져서 피가 흐르지 못한다. 이 경우 동사한다고 말한다.

해류는 심층수만의 문제가 아니다. 최근에 덴마크 코펜하겐대학의 교수들이 《네이처 커뮤니케이션즈》에 게재한 내용에 의하면 대서양 자오선 역전 순환류(AMOC)는 빠르면 2025년부터 멈출 수도 있고 늦어도 2095년까지는 일어난다고 한다.

"김 형, 덴마크 교수들의 해류에 대한 기사도 보았겠지. 어떻게 보는지…"
"표층수도 기후 온난화 영향으로 해류가 멈춘다는 이야기?"
"그래."
"그 내용은 이곳보다 국내 해양연구원 이현순 박사에게 물어보는 것이 낫겠어. 본사의 이현순 박사는 알지? 해양 안전 담당 말이야."
"음. 알고 있어. 그렇지 않아도 근년에 심층수 사업 관계로 연락은 하고 있어."
"오케이, 서울에 가서 보세."

이현순 박사에게 연락하자 게재된 논문을 이해하기 쉽게 설명해 주었다. 그는 논리에 대해서 수긍하는 편으로 보였다. 그러나 내가 걱정하는 것은 우리의 삶이 때로는 "끓이는 물속의 개구리"와 다름없다는 걱정이다. 다가오는 거대한 물결을 과연 막을 수가 있는지도 모르겠다. 유비무환을 그렇게 부르짖어도 중전회의에서 용감하게 나서는 대신이 없었고 나라를 위험에 빠지게 했던 역사를 가졌다.

"놀라운 보고서는 맞습니다. 대학 측 발표에 의하면 대서양에서 1870년부터 2020년까지 장기간 조사 분석한 자료를 가지고 예측한 논문으로 지구에 빙하기가 왔을 때와 조건이 비슷하다고 합니다."
"정말 그런 사태가 우리 세대에 올까요?"

"멕시코 만류(Gulf Stream) 이야기로 유럽에 빙하기가 온다는 가설이지요."

"유럽만의 문제가 아니겠지요."

"그렇지요. 오대양이라 하지만 바다는 하나이죠."

이 순간에도 지구는 더워지고 있다. 기후 온난화 문제는 목소리만 컸지 근본적인 해결책은 나오지 않고 있다.

파리기후변화협약에서는 지구의 평균 기온을 산업화 이전(1850~1950) 당시보다 1.5℃를 한계로 설정하여 대응하고 있다. 현재는 1.2℃ 상승했다. 기후변화에 관한 정부협약(IPCC)에서는 2℃가 상승한다면 산호초의 99%가 사라진다고 경고한다.

오대양 전체 바닷물 온도는 상승하고 북극과 남극의 빙하는 녹아서 바다로 흘러들고 있다. 아니, 바다 수면이 서서히 오르고 있어 섬나라는 수몰에 대비하여 국가를 옮기고 있다. 설상가상으로 해류까지 멈춘다는 폭탄 같은 메시지가 연이어 나오고 있다. 과연 해류는 정말 멈출 것인가? 멈춘다면 표층수가 먼저 멈출까 아니며 심층수가 먼저 멈출까?

14. 해양생물(海洋生物)

　고 선배는 해외 과학잡지의 한국 총판도 맡고 있어 다양한 선진 기술을 접하고 있다. 최신 기술 정보나 지식에 대해서 해박한 편이다. 종종 식사 자리를 마련해서 지구촌 석학들이 걱정하는 미래에 대해서 말해주곤 한다. 술 한잔 사주는 것보다 더 값진 시간을 선물한다. 리더의 덕목 중에 하나다. 그래서인지 고 선배와 만날 약속이 잡히면 미리 숙제를 하듯이 공부를 하고 만난다. 답변을 제대로 못 하면 박지우는 자존심에 타격을 받는다.
　근자에는 환경 문제가 많이 언급된다. 탄산가스 증가 등 원인으로 "지구온난화"에 의해서 극지방의 얼음이 녹으면서 해양 식물의 개체수가 줄고 있는 상황에 대한 대응책을 자신이 주창한 것처럼 이야기도 한다.

　"박 전무, 북극 지방의 얼음이 녹고 있어 지구촌이 결국은 파국에 직면할 수밖에 없다는 생각을 해보았어요?"
　"해류가 멈춘다는 최근 경보를 말씀하시는가 봅니다."
　"해빙을 막아야만 하지."
　"우리에게 이로운 점도 있지 않아요? 우리나라가 유럽에 수출하는 상품들이 북극 항로가 새롭게 열리면 상당한 경쟁력을 갖게 되잖아요. 이미 시험 운행은 하고 있으니 기대가 되지요."

"그것은 마이크로 입장이고 매크로 안목으로 보면 온난화는 막아야만 하는 것이 우리 세대에게 주어진 절체절명의 의무이지."

"거대한 물결을 막을 수는 없을 것 같습니다. 관성이 있어 아무리 획기적인 방법을 도출해도 힘들 것으로 봅니다."

"박 전무는 모르는군요. 영국이나 네덜란드 대학 연구소들은 이미 "북극 다시 얼리기 프로젝트"에 참여하고 있어요. 북극에 양산을 펼치자는 연구이지요."

"예? 양산이라뇨?"

"무얼 놀라나! 바닷물을 안개처럼 분사해서 소금 알갱이로 구름을 더 치밀하게 만들면 태양열이 차단되어 단열효과를 볼 수 있게 되지. 그러면 겨울이 더 추워지게 되면서 빙하의 녹는 속도는 느려지거나, 새롭게 생기거나, 빙하 층이 더 두꺼워질 수도 있지요."

"공상 과학 같은데, 가능할까요?"

"이미 프로젝트는 상당히 진전되었다는 보고서가 계속 나와요."

"그러하군요. 세상을 선도적으로 이끌어 가는 사람들이 있기에 우리가 미래를 너무 걱정하지 않고 오늘을 잘 살아갈 수 있다고 봅니다."

"박 전무, 해양생물도 마찬가지야. 영양분이 풍부한 심층수가 용승하면서 해양생물에 영양을 공급하고 있는데, 온난화에 따라 해류가 느려지면서 먹이사슬에서 가장 낮은 곳에 있는 플랑크톤이 줄고 있지. 이 점을 해결하는 것이 출발점이지요."

"온난화의 피해는 상상을 초월할 것이 예견되는군요."

"당연하지. 지구의 평균 기온이 산업화 이전보다 2℃만 올라도 인류에 엄청난 재앙이 다가오거든."

"선배님, 어떤?"

"플랑크톤이 감소하지. 그러면 수산자원이 20%가량 준다고 하네. 3℃가 오르면 지구 생물의 반 이상이 멸종된다고 하는데, 현재는 1.2℃ 상승이니…."

"예, 이 부분에 새로운 도전은 무엇이 있군요."

"있지."

"온난화를 늦추는 것 외에 인공적으로 플랑크톤 증식을 위한 영양공급을 한 연구에 대한 실증 사례가 좋은가 봐요."

"해양 비옥화 프로젝트라 하지. 쌀겨에 철 가루 등을 입혀 바다에 뿌리는데, 효과가 있다는 보고서도 나와요. 화산재가 되었건 홍수에 의하건 간에 바다가 비옥해지지요. 제발 바다를 쓰레기로 채우지 말고…."

"그게 가능하겠습니까? 코끼리에 비스킷도 아니고…."

"아니지. 출발은 미미하지만…."

"바닷속이 건강할 때 인류도 건강해지는 자연의 이치에 따라 해양 비옥화는 기후변화 대응에 최대 과제가 되겠어요."

"그렇지. 바다 내음이 풍부한 미역이나 다시마 등 해조류들이 가득한 바닷속 정원을 잘 가꾸는 방향이야말로 우리에게 주어진 과제이지. 육지의 숲이 탄산가스를 흡수하고 산소를 공급하듯이 바닷속도 마찬가지로 탄소를 붙들어 가고 산소를 내뱉지. 바다 해조류와 플랑크톤이 연간 쏟아내는 산소량이 브라질 밀림 등 육상의 숲에서 생산하는 연간 생산된 산소량의 반이나 된다네. 그래서 해양생물의 중요성을 잊어서는 안 돼."

"네. 선배님. 알겠습니다. 오늘도 또 한 수 배웠습니다."

"해양생물의 플랑크톤으로 시작하는 먹이사슬이 정상까지 미치는 영향이 너무 크다네. 우리 미래가 몹시 불안함을 어떻게 극복해야 할지…. 지하철에서 승객들의 얼굴을 살피면 세상 걱정은 나 혼자 하는 듯하네. 나만의 기우인가?"

해양 상태의 변화는 해양생물에게 급격한 변화를 가져왔다. 한류와 난류가 합쳐지는 곳에 왕성했던 오징어가 이제는 북극까지 진출했다. 10년 주기로 해양생물군이 30~55km 북상 중이라는 보고서가 나온다. 우리나라 바다도 여름 수온이 30℃에 육박한다. 지난 50년간 우리 바다의 수온이 1.36℃나 올라서 세계 평균의 두 배를 넘는 현상을 보였다. 온난화 현상과 해양 열파로 인해 해양생물의 변화가 빠르게 일어나고 있다.

울릉도에서 아열대성 해조류가 증가하고 파랑자리돔 등이 나타나며 어종도 아열대성이 올라오고 있다. 남해에서는 멸치가 줄고 오히려 어획고가 미미했던 정어리(Sardine)와 전갱이(Horse markerel)가 많이 잡힌다. 동해에서는 오징어 어장이 북쪽으로 올라가서 급격하게 어획량이 줄어들었다. 대신 문어가 많이 잡힌다. 서해에서 멸치가 많이 잡히면서 갈치는 예전에는 많이 잡혔지만 지금은 미미한 상황이다. 해양생물 중에 우리나라 동해의 대표 어종이었던 "명태"는 더 이상 우리 해역에서 잡히지 않는다. 추억으로 간직할 뿐이다.

함흥이 고향인 박지우 부친은 명태찌개나 탕을 무척 좋아했다. 오호츠크해에서 남하하다 머무는 중간 기착지로 함경도에서는 명태가 특산물로 풍부하게 잡혔다. 명태는 수심 180~200m의 대륙붕이나 대륙사면에서 서식하는 2~10℃ 냉수성 어종이다. 명태란 이름은 간이 등불로 사용되거나 눈을 밝혀준다고 해서 명태(明太)라고 붙여졌다. 또한 제맛을 내는 시기가 음력으로 섣달과 동짓달이기에 섣달받이나 동지받이라고도 한다.

　월남하여 충청북도에 자리를 잡은 부친은 고향 맛을 못 잊어서 그런지 생선이 귀한 내륙 지역이지만 명태만은 가끔 밥상에 올라 가족들과 함께 즐겼다. 충청북도에는 바다가 없으니 바다 생물을 접하기가 쉽지 않았다. 생선가게에서 소금 덩어리가 잔뜩 붙어있는 간고등어, 꽁치, 아지 정도의 죽은 생선을 볼 정도였다. 생물 명태인 생태는 구경도 못 했다. 겨울철에는 그래도 동태로 국 맛을 보았으며 제사 때는 북어를 요리해 먹을 수가 있었다. 은은한 명태 향이 가득한 북엇국이나 찜은 정말 맛있었지만 기회는 많지 않았다.

　지금이야 명태를 꾸덕꾸덕 말린 코다리를 소주 안주로, 새끼 명태인 노가리를 맥주 안주로 흔하게 먹고 있지만 그 시절에는 먹을 것 자체가 아주 부족했던 시절이었다. 명절과 제사는 음식을 마음껏 먹을 수가 있어서 그렇게도 기다렸었는지 모른다. 과식이나 기름기 있는 음식으로 설사를 해도 포만감을 따를 수는 없었던 모양이었다.

　동태의 머리는 언제나 부친 몫이었으나 커다란 동태 눈덩이는 막내가 거의 차지했다. 눈이 좋아진다고 해서 서로 먹으려 했었다. 젓가락으로 쏙 끄집어내어 입속에서 물컹한 살을 혀를 굴려 분리해 먹는다. 남아있는 작고 단단하며 희멀건 눈알을 입안에서 몇 번 돌리다가 꽉 깨물어 삼키면 뿌듯했다. 알짜 살코기는 가족들 차지였다.

　부친에게 몇 번이고 명태 살을 드시라고 권해도 알았다고 하며 고개만 끄덕였다. 언제나 명태 머리만 고집했다. 머리를 분해해 가면서 연한 뼈를 쪽쪽 소리 내어 빨아가면서 맛있게 먹었다. 가장으로서 가족 사랑에 대한 행동이었다지만 영 이해가 되지 않았다. 부친 입안에서 뭉툭한 부분과 쭉 뻗은 날씬한 부분을 빼내어 밥상 위에 올려놓는다. 형제 중 한

명에게 두 연골을 끼워 맞추게 하면 한 마리의 멋진 잠자리가 탄생했다. 금세 날아와 앉은 자세다. 형제가 서로 잠자리를 가지려고 했다. 그놈을 손에 들고 붕붕하며 날게 하면 다른 형제도 날리겠다고 따라다니던 아련한 시절이 나에게 있었다.

명태를 말린 북어 또는 외태는 색깔에 따라서 백태와 흑태(먹태)라 부르며 딱딱하게 된 놈을 깡태라고 부른다. 동해안 고산지대 덕장에서 겨울철에 눈을 맞고 얼었다가 녹는 과정을 반복해서 만들어진 황태가 근자에 인기다. 황태탕과 구이를 맛보러 속초에 가끔 간다. 겨울철에 대관령 도로변에 늘어선 황태 덕장은 장관이다.

명태는 바닷속 수온약층 수계 상부에 사는 한류성 어종으로 한국, 일본, 러시아 바다에 산다. 암컷과 수컷이 비슷하여 구분이 어려우나 떼로 몰려 산다. 산란은 일 년에 한 번, 한 달간 한다. 수명은 15년 전후이다. 머리와 눈이 크며 입이 커서 이름 붙여진 대구와 사촌이지만 아래턱이 나오고 주둥이 아래 한 개의 짧은 수염이 서로 다른 점이다. 대부분의 타원형 형태의 생선에 비해 큰 머리에 꼬리로 갈수록 작아지는 가분수 형태가 특이하다. 날씬한 모습에 등에는 두 줄 점선 무늬가 있어 쉽게 구별이 된다.

명태는 국민 애호 어종이었다. 그러나 산란 치어 및 어린 명태까지 과도한 남획, 지구온난화로 인한 해류의 변화 및 겨울 산란기에 수온 상승에 의한 개체수 감소 현상 등으로 자원이 급격하게 줄어들었다. 우리나라 해역에서는 더 이상 명태나 대구가 잡히지 않는다. 1970년까지만 해도 동해에서 연간 1만 톤 이상 잡혔으나 2010년 이후에는 전혀 잡히지 않고 있다. 지구온난화 현상으로 수온 상승이 변하고 있어 한류성 어종인 명태가 독도 해역을 포함한 동해에서 사라져 가고 있어 자원 회복이

절실한 상태다.

 이제는 잡히면 고가로 수산연구센터에서 구입해 간다. 한류성 어종으로 심층수를 이용한 양식이나 번식 연구에 박차를 기하고 있다. 우리가 즐기고 있는 명태는 거의 러시아산 수입 동태이다. 1980년대에는 명태 어획량이 연간 16만 톤에 이를 정도로 높은 어획량을 나타냈다. 연간 소비량이 20만 톤에 육박한다. 우리 동해 어장에서 쉽게 잡아들였던 그 시절이 다시 돌아오기를 간절히 기대해 본다.

 고향 친구들과 저녁을 코다리 음식점에서 함께한다. 명태 철은 아니지만 코다리찜이 추천된다. 대형 접시에 고봉으로 쌓아 올린 붉은 찜은 콩나물에 고춧가루를 듬뿍 넣어 푸짐해서 보기만 해도 맛깔스러워 시식 전에 군침이 가득 돈다. 우선 콩나물과 꼬리 부분을 먹고 나니 덜렁 커다란 머리만 남는다. 생선 머리를 먹은 경험이 없지만 부친 생각이 갑자기 떠올라 큰 머리 덩이를 과감하게 집어 든다. 끝부분에 살코기가 약간 있어 빼 먹고 나니 난감해진다. 천천히 바둑 복기하듯 머리를 분해해 가면서 연골 속의 기름기와 양념을 빨아 먹는다. 고소한 기름이 입안에서 맛을 돋운다. 단백질이 많고 지방이 적어 맛이 담백하며 칼슘, 인, 철분 등 주요 미네랄과 류신이나 라이신 같은 필수 아미노산이 풍부하니 맛이 좋을 수밖에 없었다.
 뼈를 발라내는데 자세히 보니 여지없는 어릴 적에 보았던 바로 그 잠자리 머리다. 반갑다. 그래서 꼬리 부분을 찾아본다. 두 뼈를 합치니 잠자리가 되살아난다. 부친의 기억이 이렇게 살아있음에 놀란다. 나는 자식들에게 어떤 추억거리를 심어주었는지 더듬어본다. 출장 등으로 바쁘다는 핑계로 남겨준 것이 없음에 다시 놀란다.

친구와 함께 다닌 생태탕을 잘한다는 동대문 광장시장 속의 허름한 음식점이 있다. 미나리와 무를 잔뜩 넣어주는, 아주머니 손이 큰 집이다. 지금이라도 함께 찾아가서 고니를 듬뿍 넣은 푸짐한 생태탕에 소주 한 잔 기울이며 할아버지 이야기를 전했으면 좋겠다. 다 큰 자식들이지만 그래도 무엇인가 함께한 추억을 만들어주고 싶다. 심층수 개발사업에 참여하면서 가족과 함께하는 시간이 더 적어졌다. 바다를 바라보며 지난날의 추억과 가족과의 단란한 시간을 자주 그려보게 된다.

또 다른 바다의 지표식물은 "해초(海草)"와 지표동물인 "산호(珊瑚)"다. 지구온난화 하나의 유전자를 가진 세계에서 가장 큰 식물이 서호주 샤크 베이(Shark Bay) 해초대(Seagrass meadow)다. 세계 최대 탄소흡수원 중에 하나라는 기사가 나왔다. 리본 해초로 불리는 "포시도니아 오스트랄리스(Posidonia australis)다. 그러나 2010~2011년에 평년의 상위 10%에 해당하는 높은 수온이 지속하는 현상인 "해양열파(Marine Heatwave)"로 서호주 바다 수온이 상승해서 해초의 3분의 1이 사라졌다. 해초는 탄소를 광합성 외에도 자신의 조직에 저장할 능력을 가지고 있다. 해초가 죽어도 탄소를 보관하고 있으나 이 경우에는 뿌리에 보관한 방대한 양의 탄소가 이산화탄소 형태로 대기 중에 방출되었다고 한다.

방출된 이산화탄소는 지구온난화의 주범으로 수온을 다시 올린다. 미국 플로리다 앞바다는 여름에 38.4℃까지 수온이 올라가서 대서양의 해수 순환시스템의 변화를 우려하고 있다. 적도의 따뜻한 해류가 북쪽으로 올라가고 북극의 찬물이 대서양으로 흐르는 "대서양 자오선 역전 순환류(AMOC/Atlantic Meridional Overturning Circulation)"의 흐름이 느려지고 있다. 이 해류가 아예 붕괴된다는 덴마크의 보고서가 힘을 받고 있다. 2025년부터 붕괴가 일어난다는 예측이다. 금세기 안에 순환류 흐름이 사라질 것이라 한다.

악순환의 반복이 시작됐다. 또한 해초가 사라지면서 해초로 의한 광합성이 없어져서 해수 중에 산소가 급격히 줄어들어 해양생물 수도 급격하게 줄었다. 산호는 스스로 동물성 플랑크톤을 잡아먹어도 충분하지 않아서 해초 중에 편모조류인 주산텔라(Zooxanthellae)와 공생을 한다. 탄산가스를 소비하며 광합성을 하여 영양분을 산호에게 주고 조류는 보호를 받아서 적으로부터 공격을 피한다.

지구온난화의 영향은 북극 상공의 제트기류에 변동성을 주며 바람 양상이 달라지게 한다. 이는 바람이 해류의 흐름을 바꾸게 만든다. 또 따뜻한 표층수가 차가운 심층수와 온도 차가 커지면 서로 섞이지 않는데 이러한 "성층현상"을 발생시킨다. 이 경우 역시 플랑크톤이나 어종에 큰 변화를 야기시킨다. 이 현상이 강화되면 심해로부터 플랑크톤의 먹이인 용해된 영양분을 가지고 올라오지 못해 먹이사슬이 깨지게 된다. 종묘 생산이나 육상 수조에서 양식하는 데 어려움이 있으나 심층수의 냉수성과 영양성분을 고려하여 성과를 기대하고 있다. 심층수는 황금 바닷물이다. 명태를 비롯한 많은 어종을 획기적으로 양식할 세상을 맞이할 수 있다.

또한 이산화탄소의 증가로 인해 주시할 것은 바다의 산성화다. 바다는 대기 중 이산화탄소의 약 30%를 흡수하는 탄소 저장고. 그러나 지구온난화 주범인 이산화탄소를 더 많이 흡수하게 되면 바다는 산성화가 심해진다. 현재 8.0~8.4pH 산성도인 바닷물이 현 상태로 이산화탄소가 증가한다면 pH는 7.7로 급격한 산성화가 된다는 우려다. 이러한 현상은 산호 군락이 사라지게 되고 구멍이 숭숭 난 산호 사체가 공동묘지를 이룰 것이다. 해양생물은 서식지와 산란지가 없어지게 된다. 해류가 멈춘다는 2100년에는 pH가 7.6까지 떨어질 것으로 보고 어종은 물론 어패류도 살 수 없게 된다는 경고가 계속 발령되고 있다.

  북극해의 경우 해빙(海氷)이 녹으면서 그 수도 급격하게 줄고 있다. 북극의 온도가 오르면 남쪽과 온도 차가 적어져서 제트기류가 약화된다. 이는 한반도에 추위를 막아주는 방벽이 없어져서 한파가 엄습하게 만든다. 빙하가 줄어들며 바닷물 염분 농도마저 2.1%로 낮아졌는데 저농도 역시 해류의 밀도 차에 의한 순환을 느리게 만드는 원인이 된다. 바람이나 표층수와 심층수가 섞이는 성층현상, 염분 농도 희석에 의해서 바다의 해류가 점점 더 느려지고 있는 상황에 살고 있다. 설상가상 바닷물의 산성화로 죽음의 바다를 맞이하게 될 수 있다는 시나리오가 힘을 받고 있다.

  무엇보다도 사람들 건강에 여러 가지 형태로 큰 혜택을 선사할 수 있는 신비의 물이다. 이번 사업이 완료되면 아내와 함께 바닷가 생활을 꿈꾸어 본다.

15. 강해심층수(江海深層水)

최 회장은 샌디에이고 디자인센터에 와서 천수산업의 디자인을 부탁했다. 헤어질 때 슬쩍 언급했던 심층수 단어를 듣는 순간에 톰 김 회장은 강한 충격을 받았다. 왜 그런지 이유는 알 수 없었다. 그로서는 심층수에 대해서 전혀 알지도 못하는 분야였다. 그런데도 그 단어에 계속 집착하게 되었다. 사업가의 후각이 살아났는지도 모른다. 내 나름 미국 내 현황도 조사해 보았다. 대학 동기인 강병수 영정토건 사장에게 한국의 상황을 부탁하자는 생각이 들었다.

"강 사장, 나 톰 김이야."
"톰 김? 의동이구나."
"음. 오랜만이지?"
"이 친구야. 왜 이리 소식이 없었나? 최 회장에게서 자네의 최근 소식을 전해는 들었지만…. 잘 있지?"
"그럼. 부탁이 있어 전화했네."
"무슨 일인데…."
"폐일언하고 말하네. 심층수 개발사업에 대해서 조사 좀 해주었으면 좋겠어. 깊이는 아니어도 좋으니 빠른 시간 내에 부탁하네. 나에게는 중요한 일이네. 나는 곧 한국에 들어갈 예정이야."

"그래. 나도 그 사업에 대해서 들은 것도 있으니 곧 조사해서 보내주겠네."

"잘하면 다시 뭉쳤으면 좋겠어…."

"나야 봉급쟁이 사장인데 자네가 함께 일하자면 그리하지. 하하."

"그래, 잘 알겠네. 조사 부탁하네."

강 사장이 보내준 심층수 현황에 대한 요약서는 긍정적이었다. 매사 꼼꼼한 성격을 가진 그가 직접 작성한 서류를 몇 번이고 읽어보았다. 역시 마음에 꼭 드는 사업이었다.

톰 김 회장은 무엇에 홀린 듯 계속 심층수에 대한 생각이 점점 더 깊어졌다. 한국으로 돌아가자는 생각이 커지기만 한다. 아마 돌아갈 때가 되지 않았나 생각했다. 이제까지 돈을 번 것은 고국에 투자하기 위한 자금 마련인지 모른다. 일단 한국 내에 들어가서 직접 보고 결정하자는 생각으로 굳혔다. 아니, 아예 한국에 들어가서 살면 어떨까 하는 생각도 해보았다.

지난 미국 생활이 순서대로 하나씩 떠오른다. 과거를 떠올린다는 것은 앞으로 새로운 길이 놓여 있다는 뜻이다. 그런 단계를 거쳐 선택의 시간이 온다. 미국에 와서 천행으로 몸이 회복되었고 시민권도 받았다. 미국 생활도 사업이 잘되어 안정되었지만 어딘가 붕 떠서 사는 기분을 지울 수가 없었다. 잘 사는 것이 아니라 어떻게 살지가 더 중요하게 다가왔다.

고국에 대한 강한 향수가 밀려왔다. '나이가 든 탓이었을까?' 스스로 자문해 보면서 돌아가 재기할 기회가 생겼으니 선택의 기로에 놓였다. 선택은 방한한 후에 하기로 했다. 한국에 머물게 되면 미국 내 사업은 전부 현지인에게 맡겨도 좋다는 생각이었다. 미국 내 사업은 시스템이 정상적으로 가동하고 있기에 직접 경영에 참여하지 않아도 염려할 것은 없었다.

천수 사업에 인연이 닿자 이어진 심층수 사업이 연계되었다. 동해 강해 해변에 리조트 건설과 함께 핵심 사업으로 해양심층수 개발사업이 포함된 종합 리조트 사업이 "천해 사업(天海事業)"이다. 인연이란 그렇게 갑자기 나타난다. 그러나 쉽게도 사라질 수도 있다. 순간적으로 기회를 잡고 안 잡고는 개인의 선택이다.

그동안 축적한 자금도 제대로 쓸 곳이 생겼다. 쓸 곳에 쓸 수 있는 것도 능력이다. 더 큰 돈을 만들 수 있는 기술을 이재라고 한다. 돈은 돈이 굴러가서 더 크게 만든다. 그러나 지나친 욕심은 허영일 뿐이다. 그에게 이번 사업의 참여가 꼭 돈만이 목적은 아니었다. 노년에 크게는 아니더라도 번듯한 기업가로서 성공한 모습으로 마감하고 싶었던 욕구가 더 컸다. 이유야 어찌 되었건 간에 미국으로 도망치듯 가버려 잊힌 사람이 아니라 고국에서 기업인다운 기업인으로 남고 싶고 그 모습을 세상에 알리고 싶었다.

천해 사업은 그 자신이 선장이 되어 바다를 힘차게 헤쳐 나가는 사업으로 추진하자는 욕구가 치솟았다. 그에게 행운처럼 주어진 제3의 운명이 시작되는 것이라고 생각했다. 그러한 결심으로 추진되는 사업이니 라스베이거스에서 프린스 그룹과 일해본 경험을 토대로 국제 감각이 가득 담긴 멋진 리조트 사업까지도 그려보았다.

한국으로 들어와 보니 해양심층수 사업은 경쟁회사가 우후죽순처럼 일어나 있었다. 새로운 사업 분야는 분명하지만 황금알을 낳는 거위와 같은 사업이라 소문이 나니 많은 사람들이 사업에 뛰어드는 추세였다.

시장이 형성되기도 전에 레드 시장으로 변한 듯했다. 그러나 아직 한국에서는 그 어느 누구도 심층수를 상업적으로는 취수하고 있지 않았다. 그렇다면 선두 주자가 유리한 게임으로 보았다. 선자독식으로 보았다.

그는 먼저 미국 자금 일부를 서울로 송금시켰다. 그가 주도하여 천해 사업의 초기 작업부터 손을 댔다. 마스터플랜을 비롯한 주요 용역은 최 건축에서 수행하기로 했다. 그는 무엇보다도 천해 사업의 조직 구성과 자금조달에 전념하기로 했다. "천수 사업(天水事業)" 관련하여 민 사장이 요청한 외자 유치 건도 함께 추진하기로 했다. 두 사업의 공통점은 리조트 사업이다. 천수 사업 초기에는 파로호의 맑은 물로 물놀이나 원시림 속의 휴양이 중심이었다. 그러나 금강산 선상관광과 강해심층수 공급을 연계시켜 키워드를 확장하기로 했다. 핵심 요소인 수요는 충분할 것으로 보았다. 더구나 동해의 심층수를 천수 리조트에 활용하기로 했다.

국내의 유명 컨설팅 회사에게 "정보 메모랜덤(IM)"을 의뢰하여 국내외로 자금조달을 위한 선작업을 의뢰했다. 해외 자금조달 유치와 병행해서 두 사업에 대한 라스베이거스의 프린스 그룹과 충분한 소통도 하기로 했다.

톰 김 회장과 함께 라스베이거스를 자주 방문하면서 프린스 그룹의 자문을 받았다. 숙소는 주로 라스베이거스의 룩소 호텔(Luxor Hotel)에서 묵었다. 피라미드 모습을 가진 호텔로 쉽게 찾을 수 있다. 엘리베이터가 경사로 오르내린다. 그 안에 숙박하는 사람들은 피라미드의 기를 받는다고 한다. 이번 사업과 관련해서 기를 받으려고 이 호텔만 이용하고 있는지도 모르겠다. 그만큼 이번 사업이 마지막 기회라 생각하고 전념했.

정 도사도 기가 부족하다면 충전해 주고 있으니 마음껏 뛰어도 문제가 없다는 믿음이 자리 잡고 있었다. 부정 탈까 카지노 게임장에는 가지를 않았다. 라스베이거스의 프린스 컨설팅에서 천해 사업과 천수 사업 전반에 관한 업무 협약서에 서명도 했다.

 먼동이 트는 새벽녘 호텔 방에서 커튼을 젖히고 라스베이거스 도시의 풍광을 본다. 도시 외곽은 사막으로 둘러싸였다. 외곽에서 도로를 따라 차들이 들어오고 있다. 빛과 함께 물결이 몰려온다. 이어지는 자동차 불빛은 돈을 가지고 와서 이곳에서 횡재를 하려는 무리들이 타고 있다. 그들의 행렬에는 속하지 않고 그들을 바라보는 자신을 느꼈다. 여기서 돈을 모두 잃지 않은 한 사람들은 내일 새벽에 왔던 길로 도로 나가지 않을 것이다. 돈이 있는 한 사람을 가두는 감옥 같은 곳이기 때문이다.

 천해 사업의 핵심인 심층수 부분은 선행 사업으로 빠르게 진행되었다. 회사 창립 발기인과 투자가가 결정되었다. 강해심층수주식회사가 설립되면서 톰 김 회장이 대주주가 되고 이제까지 사업에 관여했던 사람들이 소액주주로 참여했다. 향후 시공을 담당할 회사가 선정되면 소액 지분 투자 여지도 남겨두었다. 추가 국내 자금조달은 안소희 여사도 관여하기로 했으며 미국에서의 자금조달 건은 헬렌 황이 협조하기로 의견 일치를 보았다. 해외 투자가는 톰 김 회장과 내가 앞장서기로 했다.

 톰 김 회장은 이제까지 함께한 주요 관련자 모두를 삼성동 인터컨티넨탈 스카이라운지에 초대하여 출정식 겸 단합대회를 주선했다. 서로의 역할을 잘해 나갈 것을 다짐하는 자리였다. 그는 감회가 깊었다. 여기까지 오기에 다양한 사람과 새롭게 인연을 맺으면서 아직도 자신에게 기회가 열렸다는 데 흥분된 상태가 되었다.

 여덟 명의 참석자들이 장도를 자축하기 위해서 붉은 포도주 잔을 들었다. 그는 좀 흥분된 소리로 참석자를 개별로 소개했다. 어쩌면 그가 그리던 고국에서 재기의 첫날이라고도 할 수 있었다. 톰 김 회장의 목소리는 그 어느 때보다 진지하고 단호했다.

"이 사업의 씨앗을 뿌린 최건축의 최영집 회장님, 모든 인연을 엮어 준 한신의 고석환 사장님, 영원한 대학 동기이며 결심을 도와준 영정토건의 강병수 사장님, 기술자문을 해주며 외자 유치를 도와주는 박지우 전무님."

그는 잠시 숨을 고르고 크리스털 잔에 붉은 와인을 다시 따르게 하고 옷매무새를 다지며 정중하게 세 사람을 향해 먼저 인사를 한 다음에 소개를 계속했다.

"바다의 뜻을 저에게 전해주신 정천무 선생님, 고국에 사업을 할 때부터 지금까지 자금을 도와준 안소희 여사님, 천수 사업을 소개해 주고 심층수 사업까지 오는 데 주역인 헬렌 황 여사님."

참석자 모두의 큰 박수 소리에 모두의 마음은 들떠 있었다. 8명의 모임으로 행운의 숫자가 모였다. 중국어로 8이 "빠(八)"인데 "파(發)"로 발음이 비슷하다. 파는 "돈은 벌다"라는 뜻을 가지고 있어 돈과 번영을 상징한다. 모두가 국제 관계를 하다 보니 8이라는 숫자를 좋아한다.

투자가들이 정해지자 정관 및 사무실 등을 작성하여 톰 김 회장은 개인 자금으로 먼저 초기 자본금을 납입하고 톰 김 회장과 강병수 대표이사 공동 명의로 "강해심층수"를 국세청에 신고하고 사업자 등록증을 발급받았다. 감사에는 정상문을 기재했다. 그는 강병수 사장이 몸담은 회사의 자금 담당자였다. 이제 심층수 개발에 정식으로 첫발을 내딛었다.

강해심층수에 티케이 회사와 기타 주주들 지분 자본금이 납입되자 사업은 본격적으로 가동되었다. 테헤란로 건물에 입주하면서 드림팀이 꾸며지자 본격적인 사업 착수에 들어갔다. 총괄대표 톰 김 회장과 그가 추천해서 영입한 대학교 동창인 강병수가 대표이사 감사에는 강병수가 추천한 정상문이 등재되었다.

조직의 주요 간부 인선도 이어졌다. 본부장에는 자금 담당 김성관, 프로젝트 담당에 정진상, 기술 담당 박지우, 행정 및 총무에 장영택, 마케팅에 김선욱 이사가 선임되었다. 현장소장은 황철 이사가 선임되었다. 기술1팀(설계)에 이기훈 팀장, 기술2팀(기술)에 오성식 팀장, 기술3팀(품질)에 김영수 팀장이 배치되었다. 고석환 박사는 자문관으로 의뢰됐다.

핵심 멤버들이 특이하게도 모두 상호 인적 관계로 연결된 사람들이다. 새로운 회사 조직을 구성하다 보니 공채가 아니었다. 유한회사 냄새가 나는 분위기였다.

우리 사회의 조직은 공사나 민간기업 구분 없이 특정 인맥이 존재한다. 대표적인 인맥이 학교, 지연, 혈연 등이다. 회사 대표의 역할 중에서 중요한 부분은 이 인맥 간에 상충이 크지 않도록 관리하는 일이다. 이 조직에서는 대부분의 핵심 인사들은 톰 김 회장의 인맥이라 볼 수 있다. 이들은 직간접적으로 통제가 가능한데 이는 위험 요소가 발생했을 때 극단의 모습을 보일 수 있어 바람직한 조직만은 아니다.

강해심층수 사업 내용은 강해 해안에서 약 6km 지점에 취수구를 설치하여 심해 약 400m 지점에서 1일 10,000톤의 취수 및 심층수 제품 제조 및 저장 시설을 건설하는 사업이다. 부지는 30,000m^2다. 천해 사업은 이 심층수 단지 주변에 리조트 외에 탈라소테라피와 테마파크, 해양수족관, 해수풀장, 해양박물관, 마리나 시설 관광 시설 등을 건설하는 사업이다.

심층수를 담수화하여 먹는 물 생산에 관한 기술은 역삼투막 방식을 채택하기로 했다. 그 분야는 지난 해외 담수화 설비 건설 경험으로 상당한 건설 노하우를 가지고 있었기 때문에 자신 있었다. 그런데 사업이 소문이 나자 러시아나 미국에서 별도의 특수한 기술을 가지고 있다고 계속 찾아왔다.

러시아는 소련이 붕괴되며 연방국의 독립이 이어지며 연구소도 분산하게 되었다. 우리나라 대기업 연구소 책임자들이 러시아 이르쿠츠크 연구소 등을 돌면서 첨단 기술 도입에 열을 올렸었다. 무엇보다 장점은 다양한 최첨단 기술을 저가의 기술료를 지불하고 사용 또는 매입할 수 있다는 점이었다. 민간 중소기업의 사장들도 그 행렬에 동참했다. 소련은 많은 첨단 기술을 보유하고 있었다. 특히 추운 지방에서 사용하는 고무 종류 생산 기술이나 플라즈마 코팅 기술 등은 어느 나라도 따라오지 못했다.

어느 날 전문가 두 명이 나에게 찾아왔다. 드럼통 같은 상자 속에 무수한 침이 꽂혀 있는데 이곳을 통과한 바닷물은 에너지 소비가 거의 없이 정화된다는 기술이었다. 러시아 연구소에서 파일럿 플랜트로 성능 테스트를 마쳤다고 한다. 러시아 소재의 파일럿 플랜트에 한번 같이 가보자고 하며 이 기술을 팔겠다고 했다. 이러한 유사 기술을 제안하는 여러 곳에서 계속 찾아왔다. 기술본부장으로 이들을 일일이 상대하는 것도 쉬운 일은 아니었다.

미국 라스베이거스에는 관광 레저산업만의 흥행 도시는 아니다. 세계적인 전자 쇼를 개최하는 등 모든 산업이 거래되는 곳이다. 미국의 칼먼 회사에서 바닷물을 상하좌우 방향으로 자장을 걸어서 처리수로 만드는 기술을 제공하겠다며 면담을 요청해 왔다. 미국 유전 지역에 원유 채취량을 극대화하기 위해서 엄청난 물이나 바닷물을 사용하는데 채굴된 원유에서 물을 분리하면 에멀션 상태의 기름이 있어 이를 제거하는 데 칼먼 회사의 기술이 이미 사용되고 있다고 한다. 천해 사업에도 적용하면 최적의 기술이 될 것이라 하며 자신들의 기술과 기계를 써보라고 했다.

동해안은 서해와 달리 조차가 0.3m로 낮다. 최 회장이 러시아에서 받아 온 해도의 공정 설계와 기본 설계를 실적이 증명된 하와이의 마카이 딥시 엔지니어링에 전달했다. 초기 사업 제1 패키지로 예상 취수 관로와 취수 지역에 관해서는 잠수부 탐문, 어군 탐지기 ROV를 동해호를 출발시켜 조사했다. 취지 지점 확정, 수질 변화추이 조사 등도 해양연구원에 의뢰했다. 제2 패키지는 수심측량, 천부지층 탐사 및 해양수질 탐사이며, 제3 패키지는 수치모형 실험, 제4 패키지는 해역 이용 건에 대한 조사로 나눠서 용역을 발주했다.

이렇게 발주하여 얻은 자료 역시 마카이딥시해양엔지니어링에게 전달했다. 일은 순조롭게 공정대로 진행되었다. 하와이에서 온 용역 결과물을 받아서 정진상 사업본부장에게 전했다. 이제부터는 나는 기술 분야와 자금 지원 조달 부분만 맡고 수행은 정 본부장이 주관한다.

기본 설계를 가지고 상세 설계의 국내 제한 입찰을 실시했다. 사전에 흥미 표시를 적극적으로 한 3개 회사에 입찰안내서를 발송했다. 대형 회사와 한 곳의 전문 회사가 입찰에 참여했다. 결과는 동영엔지니어링에게 낙찰되었다. 동영의 프런트엔드 엔지니어링(Front-End Engineering)은 일본의 아사히 그룹 계열의 벡타와 협업을 했다. 설계 업무가 완료되기 전에 2차 투자비가 들어왔다. 건설은 제한입찰을 통해서 경쟁입찰을 통하여 삼우건설이 수주했다. 역시 투자한 회사라서 의욕도 컸겠지만 영업력이 월등했다. 반면에 우림건설은 천수 리조트 건설을 맡게 되었다. 동영엔지니어링과 우림건설은 강해심층수 회사가 후에 증자할 때 추가 지분 투자가로 참여했다.

스미토모 해양의 와타나베가 서울에 왔다. 지난번 일본을 방문했을 때 접대도 받았고 앞으로의 우호 관계를 유지할 겸 회포도 풀어줄 겸 루비 카페로 갔다. 들어서자마자 김 여사가 잠시 따로 부르더니 작은 목소리로 말을 건넨다.

"박 전무님, 연락을 드릴까 했는데 마침 오셨네요."
"왜, 요사이 손님이 없나요?"
"무슨 말씀을…. 드릴 말씀이 있습니다."
"와타나베 상 모시고 오셨으니 나중에…."

김 여사는 참지 못하고 귀에다가 속삭인다. 누가 들으면 큰일 날 듯 조심스럽게 전한다.

"박 전무님. 구매부장이 업자하고 다녀갔는데 아무래도 좋지 못한 거래가 있는가 봅니다. 조사해 보세요."

자금본부장 김성관 전무에게 자초지종을 전했다. 최근 취수 파이프의 구매요청서에 따라서 선결제된 자금이 있었다. 그런데 파이프 구매와 관련하여 리베이트를 받아낸 모양이다. 구매과장을 불러 자초지종을 물었다. 구매부장이 공급자로부터 리베이트를 미리 받았다는 것이 확인되었다. 아직 물품이 납품되지도 않은 상황에서 비리가 발생한 것이다. 다행히도 조기에 발견되어서 빠르게 사건을 봉합할 수 있었다. 구매 팀장만 교체하는 선에서 사건은 종결되었다.

취수관의 선정과 설치는 사업선공정의 핵심이다. 취수관 재료는 고밀도 PE관이나 강선 삽입 PE관 중에서 선정할 수 있다. 취수관 설치 방법에는 부유 예항법(Floating), 해저 예항법(Buttom Pulling), 레이 바지법(Lay Barge), 릴 바지법(Reel Barge), 관로 매설공법(Pre-Trenching공법/사석보호공, Pre-Trenching/콘크리트매트 보호공, Post-Trenching공법, HDD공법)이 있다.

한편 선공정인 육상설비는 동영건설이 일본 벡타와 협력하여 진행시키기로 하였다. 해양 취수관 스미토모해양이 설치한다. 그들이 설치한 집수 인입구의 특허 및 파이프라인 앵커링 방법은 특허였다. 특허는 공정 전반에 관한 것이 아니라 특정 설비에 관한 기술을 말한다.

해양심층수의 개발사업 중에 가장 나중에 진행되는 후공정은 음용수 제조기술로 이게 핵심이다. 일단은 탈염 방법 외에 희석하는 방법이 있다. 탈염 방법에서 최첨단 기술을 개발했다는 소식을 받고 라스베이거스의 만달레이 호텔(Mandalay Bay Hotel)에서 심도 있게 논의했다. 특허와 기술자료를 받아보니 기술에 대한 확신이 선다면 우선 하와이 넬라 심층수 단지에 파일럿을 건설하자고 제의를 하였다. 초음파분리기술(Ultra Sonic Separation Technology)을 이미 미국 메이저들의 유전지대에서 폐수의 재활용에 사용하고 있다. 그러나 해양심층수 사업의 적용 여부는 알 수가 없었다. 일단 아사히(Asahi Kasei) '막(Membrane) 기술'을 이용한 탈염에 의한 방법을 채택하기로 하였다.

성공적인 건설로 심층수 취수설비를 포함한 해상 부분과 담수화 및 음용수 처리 설비와 병입시설 등 육상 시설은 공정에 맞추어 완공되었다. 남아있는 육상 시설 중에 단지 내에 설치할 응용 상품 제조설비도 시작했다. 심층수 사업이 완료되었으니 리조트 단지 사업인 천해 사업 건설도 박차를 가했다.

16. 태평양(太平洋)

 이름만 들어도 가슴이 탁 트이는 드넓은 태평양! 우주인이 지구를 바라보고 "파랗다"라고 말한 것은 태평양의 푸르름을 보고 이야기한 것은 아닌지…. 그 큰 바다를 이웃해서 산다는 것도 축복이다. 왠지 태평양이 대서양이나 인도양보다 청정하다는 느낌은 가장 큰 대양이라는 이름에서 오는 단순함에 있을지도 모른다. 이름만 들어도 시원한 태평양은 애환도 다 포용하고 있다. 아카데미상을 휩쓸며 사랑을 주제로 한 영화《남태평양》배경에 푹 빠졌던 그 바다. 태평양과 인접한 대부분의 나라를 돌아다니면서 매번 바닷물에 손을 담그면서 느꼈던 그때의 기억을 한마디로 표현한 말이기도 하다.

 청정하고 푸른 바다에서 황금 바닷물을 채취하여 상업화에 성공한 태평양의 서쪽 끝자락의 섬나라인 일본을 찾아간다. 우리나라에서는 아직 한 곳도 개발하지 못한 상황인데 일본에서는 이미 10여 곳에서 표층수가 아닌 천혜의 보고라는 해양 심층수를 개발했다. 박지우는 그중에서 대표적인 세 곳을 찾아 나섰다.
 먼저 답사할 곳은 동해 건너편인 일본 혼슈의 도야마(富山) 심층수 단지다. 삭풍이 몰아치는 정월에 강해심층수의 톰 김 회장 일행과 잠재적 투자회사인 "삼우" 그룹의 강대걸 회장 일행과 함께 떠났다. 인천공항에서 도야마 공항까지 직항이 있어 이륙한 지 두 시간 만에 도야마 상공에 다다랐다. 가장 가까운 나라인데도 불구하고 일본은 오랜만에 간다.

"회장님, 일본에 자주 와 보셨어요?"
"아니, 오래전에 한두 번 왔었지만 일본에 대해서 잘 몰라요."
"네. 미국에 오래 사셨으니 그러하겠네요."
"박 전무는 일본 통이지요?"
"그 정도는 아닙니다. 회장님, 저 아래 도시가 흰 눈으로 다 덮였네요."
"하늘에서 내려다보니 전형적인 시골 풍광인데…. 우리나라와 별반 다른 모습이 아니네요."
"작년에 노벨문학상을 수상한 가와바다 야스나리의 《설국》이 생각나네요. 이 지역은 설경이 아주 유명한 곳이지요."
"이곳이 그 현장인가?"
"아닙니다. 그 설국은 이곳 혼슈가 아닌 홋카이도의 오타루라는 도시입니다."
"이곳도 눈이 많나요."
"예. 이 지역은 3,000m 이상의 고산도 많고 겨울에는 눈이 많습니다. 한여름에도 만년설이 남아있을 정도입니다."
"아, 눈이 많은 지역이군요."
"이곳 관광 명소는 일본의 알프스라 불리는 "다테야마 알펜루트", 전통 가옥이 많은 "갓쇼즈쿠리 마을" 그리고 일본에서 가장 아름답다는 "아마하라시 해안"이 있는데 눈 덮인 산과 바다가 장관을 이루지요."
"박 전무는 어떻게 그리도 잘 알아요. 이곳도 다녀갔어요?"

"예. 일본에 장기간 공부하러 온 적이 있었는데 그때 잠시 들렀었습니다."
"그러하군요."
"이곳 공항에서는 눈 구경하러 왔다고 하면 입국 심사대에서 바로 스탬프 찍어 줍니다. 하하. 그만큼 눈 관광객이 많다는 명소이지요."

도야마현은 일본 43개 현 중에서 가장 부유하다. 중심 도시인 도야마시는 인구가 100만 명이 넘는다. 북쪽 땅이라는 호쿠리쿠(北陸)는 4개 현인 니가타현, 이시카와현, 후쿠이현, 도야마현을 말한다. 대마 난류(쓰시마 난류)의 영향으로 해안가에 눈이 엄청나게 많이 내린다. 연 적설량이 평균 1~1.5m 정도다. 많을 때는 5m도 넘는다. 그 사이로 난 도로를 달리는 관광은 멋진 추억의 한 장면이 된다. 눈 녹은 물로 논농사를 짓는데 김포에서도 재배하는 고시히카리 쌀은 이곳 특산 명품이다.

"박 상, 도야마까지 오시느라고 수고하셨습니다."
"와타나베 상, 그간 별고 없으셨습니까?"
"덕분에…. '일본 샐비지'의 마쓰모토 상과 함께 왔습니다."
"반갑습니다. 마쓰모토 상. 서울에서 보고 두 번째네요."
"네, 저도 반갑습니다. 말씀하신 대로 이곳 뉴젠과 나메리카와 심층수 두 군데의 취수 시설과 체험단지 주선은 잘되었습니다. 추가로 이번에 세계적으로 이름난 심층수에서 올라오는 호타루 오징어 박물관도 돌아보실 것입니다."
"폐가 많습니다."
"오히려 제가…"

일본인 특유의 공손함이 말끝마다 배어 있다. 그렇다고 영화에서 보는 것처럼 계속 머리를 숙이지는 않는다. 공항에 마중 나온 두 사람을 보자 반가움에 손부터 내밀었다. 악수할 때 짧은 순간이지만 상대의 얼굴에서 많은 것을 읽는다. 그렇게 훈련되어 왔다. 사업상 사람을 만날 때는 마음 속으로 항상 긴장하고 있는 탓일까?

와타나베는 귀국 후에 스미토모 자회사의 사장이 되었다. 서울 지점에 수년간 주재하면서 박지우는 업무 관계로 잘 알고 지내는 사이였다. 아니, 개인적으로 더 가까운 사이가 되었다. 둘이서 강남의 역삼동 술집에도 자주 다니며 호기도 부렸다. 루비 카페도 그때 와타나베가 소개해 준 술집이다. 그는 본사에서 서울로 출장 온 아마츠치가 소개를 시켜주어 알게 되었다. 아마츠치는 전에 말레이시아 대형 정유공장 건으로 공동입찰을 할 때 자주 만나서 친한 사이가 되었다. 당시 발주처와 회의를 끝내고 호텔에 와서 잠시 쉬는 그 짧은 시간에도 호텔 로비에서 트럼프 카드를 돌리곤 했을 정도다. 그런 지난 일이 있어 그와 오랜 친분을 유지하는 데 도움이 되었다.

와타나베는 서울에 주재하는 동안에 수시로 나를 초대하여 안산에 있는 제일CC에 자주 가서 라운딩도 했다. 운동보다는 끝나고 이어지는 식사가 걸쭉했다. 때론 식사 후에 2차로 루비 카페를 찾기도 했다. 그가 임기를 마치고 본사로 귀임할 때 나는 고위 공직자와 공사 사장도 자리를 함께하는 환송회 자리를 마련해 주었다.

"박 상, '중계'가 좋은데 이곳은 어때요?"
"성북구에 있는 상계동, 중계동, 하계동 말하는 것입니까?"
"왜 이러십니까? 박 상. 노계와 영계가 있으면 당연히 중계도 있지 않을까요? 제 나이가…."

그는 여유와 농담을 잘하는 사람이다. 물론 노는 것 하면 아마츠치가 한 수 위다. 일본인들도 여유가 있는 사람을 제법 많이 접촉했다. 우리가 알고 있는 고정된 일본인에 대한 인상은 자주 접해보지 못해서 생긴 편견이 아닌가 한다.

그는 내가 사전에 부탁한 대로 어제 동경에서 도야마로 넘어와서 우리 일행이 답사할 장소를 미리 답사하며 확인해 주는 수고를 마다하지 않았다. 그들의 디테일에 감사를 전했다. 동행한 일행을 마중 나온 일본인 두 사람에게 소개했다.

삼우 일행은 강대걸 회장의 측근과 계열사 사장들이다. 그는 업계에서 입지적으로 알려진 사람이다. 키는 작지만 배짱은 두둑한 사람이다. 부산에 있는 지방 국립대학교 철학과를 졸업했다. 대학원 진학은 생각하지도 않았다. 그렇다고 취업 활동도 하지 않았다. 변변한 직장 없이 집에서 놀며 백수 생활을 했다. 금수저 출신이라 놀아도 되는 처지였다. 부친이 사금융 이사장이라 돈놀이를 지켜보고 자랐다.

강 회장은 놀아도 주변에서 돈을 가져와서 불려달라고 부탁을 해왔다. 돈을 맡았다가 이자와 함께 제때에 돌려주니 신용이 쌓였다. 돈에 대해서 눈을 일찍 떴지만 돈 자체보다는 신용이 더 큰 이자라는 것을 알았다. 어느 날부터는 일부러 남에게서 돈을 빌렸다. 이자를 주기 위해서 돈을 빌렸다. 그리고 손꼽아 이자 주는 날짜를 기다렸다. 이자를 주는 날은 신이 났다. 돈을 빌려준 대주의 얼굴이 너무 환했고 그 밝은 빛이 자신의 얼굴에 복사되는 듯한 기분이었다. 신용은 계속 쌓였다. 부산 지역은 물론 경상도에 그의 신용은 퍼져만 갔다. 그의 속셈을 아는 사람은 아무도 없었다.

신용이 확고해지자 서울로 올라가서 직접 조그맣게 건설사업을 시작했다. 계속해서 고향에서 돈을 빌렸다. 이자를 제때에 지불하니 그의 신용은 완벽했다.

한강 북단에 초대형 아파트 부지 입찰이 떴다. 국내에서 가장 크다는 건설회사를 누르려고 과감하게 두 배를 써내었다. 낙찰을 받자 모두가 놀랐다. 대형 건설회사도 어쩔 수가 없었다. 건설에 들어가자 많은 자금을 조달해야 했다. 고향에다 큰돈을 부탁하니 쉽게 조달할 수가 있었다. 큰 당좌 금액이 보증하니 은행권에서도 쉽게 큰 금액을 대출을 해주었다. 아파트 단지가 완공하고 나니 엄청난 돈을 벌었다. 이 자금을 활용하여 문어발식 회사를 확장하여 준재벌급 반열에 오르는 데는 그리 오래 걸리지 않았다. 물론 그는 계열 회사가 아닌 사금융 회사도 계속해서 활용했는데 바지사장인 대표이사가 운영했다. 그의 강점은 신용과 현금을 돌릴 수 있는 인맥을 가지고 있다는 점이다.

그는 평소에도 가끔 정 도사와 골프를 치면서 사업 이야기를 나누는 사이다. 정 도사가 나에게 했던 바다의 소리를 강 회장에게도 전했는지 몰라도 이번 사업에 강 회장의 참여에 결정적인 역할을 한 것으로 보인다. 그는 최종 확인을 위해서 일본 현장 답사 일행으로 측근들을 데리고 함께 오게 된 것이다.

사업하는 사람은 그 나름대로 전속 무속인이 주변에 있다. 이번 친환경 및 웰빙 산업이라는 해양 심층수 사업도 정 도사의 말에 그는 영향을 받은 것 같다. 아무리 자신만 믿는 사람이라 해도 때로는 어딘가 의지하고

자 하는 것이 본능이다. 그러면서도 스스로 미래를 보고 직감적으로 대상을 확정할 수도 있다. 일단 대상을 찾았으니 실체에 접근해 보고 싶었을 것이다. 최종 투자를 결정하기 위해서 일본 현지에 와서 상황을 파악하러 왔다. 직원들이 가져오는 서류만을 믿지 않는다. 타당성 조사서나 경제성 분석 등 어떠한 서류도 그는 한 번 훑어보기만 하지 믿지 않는다. 오히려 후각으로 투자 여부를 결정하는 사람이다. 그러다 보니 무속인과 가까워질 수밖에 없는 모양이다. 성공한 사업가들의 특징인지도 모르겠다.

강 회장 일행은 도야마 호텔에 짐을 풀고 나서 휴식을 취하겠다고 한다. 그는 일행과 함께 일본에 왔으니 샤미센야에 들러 게이샤 연주를 들어야만 한다고 했다. 일본에 대해서 좀 아는지 기모노를 입은 여성의 서비스를 받으며 술과 식사를 하자고 일행을 몰고 갔다. 기회가 있을 때 측근들에게 돈을 쓰는 재미도 쏠쏠하다. 더구나 해외로 나가면 사람들은 국내에서 얼마나 짓눌려 살았는지 몰라도 무절제한 해방감을 멈출 줄 모르는 모양이다. 평상시에는 삼가는 행동도 외국에 나가서는 마음껏 저질러 보려는 것도 한국인만의 본능인가 보다. 회사 중역들이 예비군복을 입고 동원훈련에 가서 무절제한 행동을 볼 때 저 사람들이 과연 존경받는 위치에 있는 사람인가 의아심을 가졌던 때와 같다.

박지우는 그들은 뒤로하고 인근의 와인바에서 기다리고 있는 와타나베와 마쓰모토를 만나러 나왔다. 눈발이 휘날리는 밤거리를 홀로 걷는다. 샤미센 타는 소리가 점점 멀어져 간다.

와타나베는 평소 즐겼던 캘리포니아산 우드브릿지 카베르네 소비뇽 와인을 미리 주문해서 오픈해 놓았다. 어느 정도 좋은 와인이라도 풍미를 즐기기 위해서는 잠시 공기와 접촉시키는 것도 좋다. 이 와인은 스미토모 그룹의 공식 수입 와인으로 직원들이 즐기는 와인이기도 하다. 깊은 루비 색깔이 환상적이고 과일 향이 풍부한 와인이다. 서울에서도 가끔 함께 즐겼다.

일본인들의 상대방 배려는 우리가 생각하는 것 이상이다. 디테일에서 우러나는 여러 가지 섬세한 배려에서 작은 감동을 준다. 특히 접대를 할 때는 상대에 대한 정보를 먼저 수집하여 상대에게 최고의 대접을 생각한다. 그는 나의 취향도 파악하여 수첩에 모두 기록해 두었을지도 모른다. 간이 안주로 두부 외에 모둠 치즈가 나왔다. 붉은 것도 있고 푸르스름한 것도 있다. 와인 잔을 부딪히며 오랜만에 해후를 나눴고 주변 이야기부터 오갔다. 대화는 부드럽고 조곤조곤 주고받는 시간이었다. 밖에는 계속 흰 눈이 내리고 있었다.

와인을 좀 많이 마셔서 그런지 아니면 두부가 박지우에게 맞지 않았는지 호텔로 돌아오자 속이 뒤틀렸다. 해외 출장 때마다 겪는 물갈이 행사가 아닌지 의심도 갔다. 일본에서는 그런 경험이 없었기에 걱정이 앞섰다. 일본도 해외라고 설사가 시작되었다. 또한 회장님들을 모시고 온 첫날인데 난감해질 수가 있었다. 앞으로 일정이 깜깜했다. 설사는 몸이 원상으로 돌아가려는 본능적인 자가 치료다. 문제는 회복하는 데까지 몹시 괴롭다는 것이다. 수없이 겪었던 설사의 고통은 심하게 당해본 사람만이 그 정도를 안다.

가장 심하게 고통받은 장소가 인도네시아와 이란이다. 자카르타에서는 매번 설사를 해서 출장 가기가 겁이 날 정도였다. 그런데도 수시로 열대의 나라 인도네시아를 드나들어야만 했다. 그 트라우마를 사람들은 이해하기가 쉽지 않을 것이다. 최악은 테헤란 공항이었다. 출국 수속을 마치고 탑승할 때까지 시간이 좀 있었는데 갑자기 설사가 시작되었다. 출발 직전에 숙소에서 먹었던 음식에 문제가 있었던 모양이다. 탑승 대기 시간 동안 열 번도 더 화장실로 달려갔다. 얼굴이 검은 아랍계 청소원이 노골적으로 싫은 기색을 보여도 어쩔 수가 없었다. 마지막 탑승 안내 방송을 듣고도 다시 화장실로 달려갔다.

전에는 지사제를 항상 가지고 다녔다. 그러나 지사제를 많이 처방받으니 의사가 경고를 했다. 자정 작용을 강제로 중지시키면 장에 더 큰 문제를 일으킬 수 있다고 했다. 그래서 가능한 한 지사제를 먹지 않으려고 한다.

토야마현의 넓은 해안가에는 현 소속의 수산시험장, 뉴젠정, NEDO(나메리카와) 세 곳에 심층수 취수 단지가 운영되고 있다. 이곳은 연안 표층수와 함께 쓰시마 난류가 흐르고 있으며, 300m 이하에는 저온의 동해 고유수와 같이 일본 해수가 흐른다. 이 해수를 끌어오는 시설이 두 곳에 있다. 담당자가 휴일임에도 불구하고 출근해 현장에서 차트를 막대 봉으로 짚어가며 상세히 설명했다.

군대 시절에 궤도 발표를 잘하면 성공한다고 했는데 그 원조는 일본이 아닌가 한다. 궤도 작성 사병은 진급은 잘 시켜주어도 절실히 원하는 휴가증은 잘 끊어주지 않았다. 차트사는 일이 많아서 영외로 뜰 수 없는 자리였기 때문이다.

마쓰모토는 중간중간 경험을 토대로 부연 설명을 했다. 심층수를 취수해 다양한 상품 개발에 이용하고 일부는 지역 복지시설에 공급하는 현황도 요약해서 소개했다. 취수한 심층수를 수영장이나 헬스센터에도 공급하고 있었다. 수조에서 테라소피아의 일종인 심층수 수중 걷기 연습하는 일본 노인들의 얼굴에는 생기가 살아있다.

오징어 박물관 답사에서 실물과 동영상을 보았다. 3~5월에 엄청나게 몰려오는 반딧불 꼴뚜기의 산란장으로 유명하다. 동영상으로 본 바닷속 오징어 군집은 장관이었다. 바닷속 200~600m에서 활동하며 수명은 1년이다. 밤에는 바다 위로 올라오는데 온 바다를 반짝반짝 빛나게 하는 광경은 장관이다. 몸에 발광기가 1,000개 정도가 있어 흰빛을 내며 올라오는 모습은 우주에서 무수한 별들의 반짝이는 듯했다.

도쿄로 떠나가기 전날 톰 김 회장과 일본 전통 술집인 덴카아지에서 늦게까지 이야기를 나눴다. 모든 정력을 해양심층수 개발사업에 투입하겠다는 결심을 확고히 했다. 일본이 성공한 사업을 한국에서도 성공을 하는 데 문제가 없을 것으로 보았다.

다시 도야마 공항으로 가서 도쿄 하네다 공항을 향했다. 트리폴리탄 호텔에 체크인하자 어둠이 깔렸다. 밤에 일행과 떨어져서 톰 김 회장과 둘이서 이자카야에서 밤늦게까지 술을 마셨다. 회사 진로에 대한 논의를 하였다. 강 회장 일행은 동경의 유락죠(有樂町) 밤거리로 나가버렸다. 그들의 관심은 오로지 밤 문화인 듯했다. 결속을 다지는 단합대회를 온 듯하다. 아마 투자 여부는 일본 도착 전에 미리 결정한 듯 관심은 다른 데 있는 것 같기도 했다.

다음 날 동경 긴자 지역에 있는 고치와 오키나와 해양심층수 전시관을 둘러보았다. 많은 상품이 전시되어 있고 방문한 사람들도 많았다. 이어서 도쿄에서 멀지 않은 "미우라"에 가서 "심층수 원더(Deep Sea Wonder)"를 방문했다. 관련 시설, 수족관, 노천탕을 돌아보며 직접 체험도 했다. 삼우 일행은 코치와 다른 동경 긴자에서 심층수 시장을 보고 마음을 다시 고쳐 잡았다. 백화점 식품 코너에서 말로만 듣던 심층수 표시가 들어간 맥주가 날개 달린 듯 잘 팔린다는 이야기를 직접 듣고 오히려 흥분이 되는 듯했다. 심층수 맥주 시장만 연간 1조 원이 넘는다고 했다.

예전에 박지우는 동료들과 함께 요코하마에서 지낼 때 가끔 미우라 해변에 들러서 고기도 잡고 밤에는 파도 소리를 듣곤 했다. 요코하마 항구와 전혀 다른 시골 어촌 풍광에 정이 가득 가는 해안이었다. 미우라에는 귤밭이 많았다. 우리나라에는 제주도에서만 귤이 생산될 때였다. 나도 신혼여행은 제주도로 갔는데 그때 아내와 함께 귤을 따는 사진을 찍었던 기억이 떠올랐다. 제주도도 해외라고 해서 모두가 제주도로 신혼여행을 갈 때였다. 그곳에는 한반도 육지에서 볼 수 없는 귤밭이 있었다.

일본에서 심층수의 원조라고 하는 "고치(高知)"로 넘어갔다. 시코쿠의 남단에 있는 아주 작은 도시지만 일본에서 이름난 장수 도시다. 술 잘 마시기로 유명한 지역이기도 하다. 바닷가에서 술을 마시면 잘 취하지 않는다. 그래서인지 이곳 사람들은 대주가들이 많다고 한다. 사람들이 호기가 있고 그만큼 일본 역사의 주역으로 명성을 갖고 있는 지역이다.

고치는 에도 막부시대가 끝날 시기에 중요 역할을 한 사카모토 료마의 고향이다. 그는 일본이 메이지 유신으로 넘어가는 데 가장 큰 수훈을 세운 사람이지만 33세에 암살당했다. 현재 그는 일본 인기 1위의 사람이라고 한다. 고치는 생활 환경이 열악한 곳이었지만 그곳에서 영웅을 많이 배출한 지역으로 명성을 얻었다. 호사가들이 이야기하기를 술을 잘하는 애주가가 많았기 때문이란다. 고치 사람들은 술잔이 원추형으로 만들어졌거나 컵 아래쪽에 구멍이 나 있는 잔으로만 마시는 지역이다. 술잔을 비우기 전에는 손에서 술잔을 뗄 수 없다. 그러한 술잔으로 현지에서 술을 마셔보았다.

코치 심층수 시설은 생각보다 작았지만 이곳이 일본에서 처음으로 취수를 해서 상품화에 성공한 곳이라 자부심을 가지고 있다. 일본 심층수의 원조다. 그러나 시설이나 상품 매장은 작은 편이었다. 역시 상품은 대도시에서 구매욕을 가진 상품이어야 성공할 수가 있지 않나 하는 생각이 들었다. 삼우 측은 현장 매장의 규모를 보고 부정적인 인상을 받은 듯했다. 생각처럼 황금알을 낳는 모습을 확인하지 못했기 때문이다. 그러나 그곳은 소비처가 아닌 관광객 대상으로 판매하는 시골이기에 섣부른 판단은 금물임을 곧 알게 되었다.

고치에서 기차를 타고 오사카 공항으로 향했다. 오카야마현을 지나니 세계 최장의 바다를 횡단하는 철교는 거대했다. 규슈에서 혼슈로 이어진 바다 횡단 철교를 보면서 일본의 저력이 느껴졌다.

답사단이 귀국하고 시간이 지났는데도 웬일인지 투자가들은 최종 투자를 미루었다. 더 이상 추가 투자를 기다릴 수만은 없었다. 당분간 그들의 자금 투입 없이 계속 진행하기로 했다. 걱정은 되었지만 국내외 최종자 확정을 미룬 채 사업을 계속 추진하였다. 초기 투자자금은 바닥을 보이고 있다.

드디어 삼우의 투자가 결정되었다. 따라서 삼우 그룹의 엔지니어링회사 자회사가 동행하여 박지우는 "하와이" 코나심층수 현장도 답사하기로 했다. 하와이의 해양심층수는 주에서 운영하는 연구소와 민간회사들이 심층수 인입 시설 단지 내에 음용수를 비롯한 각종 관련 시설을 건설하여 제품 생산 중에 있었다.

이번 답사 주선은 톰 김 회장의 미국 회사에서 주선했다. 퀸 카후마누에 위치한 하와이 주정부 산하 자연에너지연구소와 실증 플랜트 및 다양한 제품 제조공장 답사 준비를 해 놓았다. 향후 개념 설계와 기본 설계를 요청할 계획을 가지고 그 대상인 오하우섬 카일루아에 사무실을 둔 마카이딥시해양엔지니어링을 방문하기로 했다.

샌디에이고 디자인 센터의 책임자 리차드 필립스와 부인 아키코가 함께 공항에 마중 나왔다. 하와이는 무지개의 섬으로 바람산에 오르면 기분이 상쾌하다 카이메이 동상을 보면서 하와이 역사를 아키코가 설명해 주었다. 필립스는 좀 뚱뚱한 체구에 항상 웃는 얼굴로 첫 만남에 친밀감을 느끼게 한다. 그의 부인은 니폰 도쿠센을 운영하는 기모노 디자이너다. 친교성 넘치는 그녀의 말솜씨는 하와이 안내 후에 저녁 식사 자리에서도 출장자들에게 다양한 화제를 던지며 출장자 일행에 좋은 분위기를 만들어 주었다.

마카이딥시해양엔지니어링 회사가 우선 하와이의 빅 아일랜드에 위치한 해양심층수 넬라(NELHA) 단지 설비와 연구단지를 안내했다. 주 정부에서 운영하는 연구소와 민간회사들이 심층수 인입 시설 단지 내에 음용수를 비롯한 각종 관련 시설을 건설하여 운영 중에 있었다. 일본은 자국에서 성공적인 심층수 사업체들이 있음에도 불구하고 하와이 종합단지에서 별도로 심층수 제품도 수입하고 있었다. 그 이유를 아는 데는 시간이 그리 걸리지 않았다.

하와이 주정부는 지난 1972년에 해양심층수 온도 차를 이용한 해수에너지 발전을 목적으로 해양심층수를 개발했다. 이후 넬라는 110만 평 규모의 부지로 세계에서 가장 많은 해양심층수를 취수하여·공급할 수 있는 시스템이 구축돼 있다.

이곳에 설치된 해양심층수 취수 파이프 라인의 직경은 1.4m다. 해저 628~915m 깊이의 2℃ 되는 해양심층수를 취수할 수 있는 시스템과 별도로 수심 10~24m의 표층해수(수온 24.5~27.5℃)를 취수할 수 있는 시설도 갖추고 있다. 3km 떨어진 수심 915m 해저에서 해양심층수를 뽑아 올려 입주 업체에 공급하고 있다. 하루 해양심층수 취수 능력은 24만 5,000m³, 표층해수는 30만 3,000m³이다. 입주 기업은 미네랄 및 영양 염류가 풍부한 청정 성분을 갖고 있는 해양심층수를 이용하거나 상대적으로 높은 온도인 표층수와 혼합해 전복, 참치 등을 양식하고 있다. 해양유기화합물의 에너지순환과 식음료(탈염수, 소금, 시럽) 등 다양한 분야의 연구 활동도 함께 진행하고 있는 산업단지다.

17. 심층수(深層水)

바닷물이 그저 좋다. 바다가 파랗기에 좋아하지 않을 수가 없다. 바쁜 해외 출장 중에도 바닷가로 달려가서 바닷물을 한 줌 잡는다. 손가락 사이로 빠져나가는 바닷물은 색깔을 벗어 던진 투명한 무색의 물이다. 순수함 그 자체다.

물이란 놈은 정말 대단한 놈이다. 물 분자 구조를 보면 결합한 형태가 아주 짧은 시간에도 엄청난 변화를 계속한다. 놀랍게도 일상 우리가 접하는 간단한 물인데 완전한 정복을 못 한다. 과학적인 현상만을 어느 한계까지 파악할 뿐이다.

지구온난화 현상이 두드러지면서 육지는 더욱 가뭄에 시달리며 사막화가 확대되고 있다. 지구촌 어디에나 물 부족이 시작되었다. 이제는 짠 바닷물을 우리가 필요로 하는 담수로 바꿔야만 할 때가 가까이 왔다. 문제는 경제성이다.

지난날 박지우는 해외에서 대형 담수화 공장 건설에 참여하면서 바다와 인연을 맺었다. 1980년대 중반에 바레인에서 세계에서 용량이 제일 큰 바닷물 담수화 공장을 수주했다. 이후 중동 국가를 중심으로 해수 담수화 사업을 수주하러 분주하게 다녔다. 표층수를 가열하여 증발시키는

다단증발(Multi-stage flash distillation) 방식에는 스팀터빈 발전 설비를 추가하기도 한다. 다른 막분리 방식은 멤브레인을 역삼투압(RO) 방식으로 통과시켜 담수를 얻는다. 이 두 가지 방식이 대표적인 담수화 기술이다. 이 분야에 특히 기술과 건설 실적은 우리나라가 단연 세계 1위다.

그 연장선에서 심층수 개발사업에 발을 들여놓게 되었다. 박지우의 삶의 동선에 바다가 다시 들어왔다. 삶의 궤도는 태어나기 전부터 정해져 있지 않나 하는 생각도 들었다. 조직을 보강하면서 해외 담수화공장 사업에 함께 일해 왔던 이기훈을 기술본부로 영입해서 설계를 주관하는 1팀장을 맡겼다. 입사 환영식을 단골 한식점인 청원당에서 가졌다. 소주와 맥주를 섞은 소맥으로 건배를 크게 외치며 단합과 사업의 성공을 부르짖었다. 목소리가 쩡쩡 울리는 것을 보면 모두의 결의가 깊게 묻어나온 듯했다. 바닷물이 역시 화제의 중심에 섰다.

"바닷물과 양수가 비슷하다고 하던데 정말입니까?"
"조성이 비슷할지 모르지만 염분량은 분명히 다르지."
"그런데 모두들 흡사하다고 하네요? 정말 그렇습니까?"
"오류이지요."
"그럼 다릅니까?"
"다르지. 자네도 알다시피 바닷물의 염도(Salinity)는 바다 위치에 따라서 2.8~3.3% 정도이지. 그런데 양수는 0.9%이니까."
"그런데 왜 그런 이야기가 나옵니까?"
"태초에 바닷물은 농도가 염소가 많은 강산이었다고 하지. 비가 많이 내려서 묽게 되고 다시 육지의 암염이 녹아 바다에 염도를 높여서 0.9%가 되었다고 말하네. 그런데 육지의 암염에서 염분이 계속 흘러와서 현재와 같이 농도가 짙어졌다고 하네."

"혈액의 농도도 0.9% 염분이라고 하는데 양수와 혈액의 염분 농도가 같아요?"

"음. 그렇지. 적혈구는 혈액의 소금 농도가 0.9%일 때 제 기능을 발휘하게 되지. 높아도 안 되고 낮아도 안 되지."

"앞으로 기본적으로 음용수의 수질과 사람들의 건강을 중심으로 맛 좋고 안전한 물을 만든다고 하니 신경이 많이 쓰입니다. 반도체 못지않은 청정도에 바이오 부분까지 추가로 신경을 써야 하니 공부를 많이 해야 할 것 같습니다."

"영화에서 장기 표류자들을 보면 물이 없어 오줌을 받아먹기도 하지만 바닷물은 마시지 못하지. 바닷물을 그대로 마시면 삼투압 현상으로 몸속에서 혈류가 줄어들게 되고, 이는 0.9%인 혈액의 농도가 증가하게 되네. 따라서 고농도를 처리하는 콩팥은 부담을 갖게 되어 곧바로 신부전증까지 갈 수가 있지. 그래서 마시지 못하게 되는 거야."

"참 아이러니해요. 바닷물 속에서 물이 없다니…."

"그 정도면 오케이. 자 이제 머리 아픈 이야기는 끝내고 술이나 마시자."

"충성!"

박지우는 하늘길을 수없이 다녔다. 더 빠르게 움직여야만 살 수 있는 세상을 그렇게 누비며 살아왔다. 비행기는 연료가 적게 들고 빠르게 움직일 수 있는 성층권 하단과 대기권 상층부 사이를 달린다. 이 좁은 경계선에는 하늘의 쾌속 해류인 제트기류(Jet Stream)가 흐른다. 시간과 전쟁을 하며 바쁘게 살아가야만 생존경쟁에서 살아남을 수 있다. 올림픽 구호처럼 "더 빨리, 더 높이"가 우리나라를 가난에서 벗어나게 해준 원동력이 아니었던가?

박지우의 고향에는 바다가 없다. 바다가 없는 충북이라 바다를 몰랐다. 그러다 보니 바다는 동경의 대상이자 마음속에서 하늘이었다. 바다도 하늘길처럼 바닷길이 있다. 해류다. 내가 지금부터 품으려고 하는 깊은 바닷속의 바닷길은 꿈에서도 생각해 보지 않았던 신비의 길이자 생명의 길이 될 것이라고 믿었다. 그렇게 심층수 사업에 뛰어들었다.

바닷물은 쉼 없이 움직인다. 해류는 외부 에너지에 의한 운동이다. 형성된 해류는 대양에서 도도히 흐르는 강물이다. 외부 에너지에 큰 변동이 생겨서 해류가 없어진다면 지구촌은 사람이 살 수 없는 곳이 된다. 우리 몸속의 피가 혈관을 통해서 흐르지 않는다고 생각해 보자. 1만 4천 년 전 빙하기에 지구의 기온이 급격히 떨어지자 해류가 약해졌다. 북대서양의 해수면도 그때 낮아졌다. 유럽의 기후가 혹한으로 사람들이 살지를 못했다.

얼마나 갈지 몰라도 온난화 현상이 계속되는 한 해류는 소멸되지 않고 계속 흐를 것이다. 해안에서 끊임없이 오가는 밀물과 썰물인 조류는 하루에 두 번씩 오간다. 해류는 적도의 열기를 추운 지역으로 이동하여 사람이 거주하는 곳을 따뜻하게 해준다. 그 표층수 아래로 심층수가 섞이지 않고 서서히 흐르며 익어간다. 대양 어디서나 심층수의 품질은 안정되어 있다. 오랜 시간 후에 대륙의 서안에 다가가서 용승을 하여 표층수가 되어 해류를 타고 보금자리로 돌아간다. 바다는 그렇게 살아서 움직인다. 살아있다는 자체가 중요하다.

살아있는 생명체는 태초에 바다에서 탄생했고 이후 육지로 올라왔다. 적자생존의 진화에 따라 오늘 지구촌에는 헤아릴 수 없는 생명체가 산다. 그 많은 종들도 지구 번성기에 비해서 1%만 현존한다는 보고서가 힘을 받고 있다.

　아기는 바다와 같은 양수 속에서 자란다. 바다에 모성애를 느끼는 것은 본능이다. 바다를 잊고 산다고 한들 완전히 잊을 수는 없다. 마음이 답답하거나 살기 힘들 때면 바다를 찾게 되는 이유다. 소금기 가득한 바닷바람도 꽉 막힌 체증을 풀어주는 천연 소화제다. 바다에 가면 몸속에 맺힌 응어리는 시원하게 풀어줄 수가 있다. 해조류에서 흘러나온 비릿한 바다 내음도 맡다 보면 원래 내 몸에서 흘러나온 냄새라 곧 익숙하게 된다. 세상에 태어났을 때의 내 냄새다.

　바다의 평균 깊이는 3,795m이며 가장 깊은 바다는 필리핀 주변에 있는 마리아나 해구의 챌린저 해연으로 11,044m다. 해연에서는 1,100기압이 작용한다. 이는 1,100톤의 무게를 지탱할 수 있는 힘이다. 폐차장의 압축기는 100~200톤의 힘으로 자동차를 사각형의 고철 덩어리로 만든다. 지상의 밀폐된 물체가 이곳에 도달하면 완전히 압착되어 어떤 형태가 될지 상상이 가지 않는다. 그러나 신기하게도 그곳에는 투명하거나 반투명이며 눈이 거의 퇴화된 심해가오리, 심해뱀장어, 심해상어 등 심해 어류가 살고 있다.

　해양학에서는 심층수는 3,000m 이하의 해수를 말하는데 빛이 전혀 들어오지 않는 암흑세계다. 광합성은 일체 없고 분해만 이뤄지는 세계다. 바닷물은 200m 정도 깊이에서는 빛이 1% 정도 통과한다. 이 이하 깊이에서 상업용으로 말하는 심층수를 채취하게 된다. 심층수는 어둠의 세계 속에 감추진 신비의 물이다. 유기물이 적고 생물체나 균이 적은 청정한 물이다. 무엇보다 분해만 일어나서 영양 염류를 다량 포함하고 있어 우리 몸이나 양식에도 좋은 물이다. 예를 들어보면 시장터 가판대에 올려놓은 생선에 심층수를 뿌리면 조금 전까지 신선도가 뚝 떨어졌던 생선이 언제 그랬나 하며 살아있는 듯 생생해진다. 심층수는 그렇게 신비의 물이라고도 할 수 있다. 우리가 지구상에서 취할 수 있는 마지막 물이다. 항시 저온을 유지하며 높은 수압으로 물이 숙성되고 안정되어 있다.

심층수는 마사유키 타카하시(Masayuki Takahashi)의 《해양심층수》에 의하면, 그린란드(Greenland) 먼바다에서 얼음이 얼며 찬 바닷물이 침강해서 남극 대륙으로 내려간다. 아르헨티나 건너편인 남극 서북쪽 웨델 바다(Weddell Sea)에서도 침강이 일어나서 흘러오는 해류와 합쳐진다. 심층수는 남극해를 서서히 지나 북태평양까지 올라가며 용승하여 표층수로 그린란드 등으로 되돌아가는 대순환이 해류라 했다. 심층수에 대한 오해도 있었다. 1700년 이전에는 담수로 알고 있었다. 1770년대에 와서 바닷물에 소금이 녹아 있고 염류도 녹아 있다는 것을 알게 되었다.

우리나라 심층수 흐름은 남쪽에서 올라오는 대양 대순환 심층 해류 외에 별도로 고유의 동해 해양심층수가 북에서 남쪽으로 흐른다. 이는 100년 주기로 흐른다. 알류샨 열도에서 캄차카 반도 먼바다인 오호츠크해로 넘어와서 블라디보스토크를 따라 동해안이나 일본해로 도는 중층순환류를 말한다. 심층수는 표층수와 혼합 없이 서로 다른 해류를 따라 흐르다가 특정한 지역에 도달하면 용승하여 표층수로 바뀐다.

우리나라 삼면의 바다는 각각 특색이 있다. 동해는 해안에서 급경사로 깊어지며 최대 깊이는 독도 해구로 4,463m이며 평균 수심이 1,684m다. 반면에 남해의 최대 깊이는 210m이며 평균 수심은 100m이다. 서해는 백령도 해협이 최대 깊이로 202m이나 평균 수심은 45m로 아주 얕은 바다다. 따라서 심층수 취수 적지는 동해안이다.

국내 심층수 사업 초기 단계는 심층수를 일본이나 하와이에서 수입하여 다양한 가공 제품으로 먼저 국내 시장을 두드렸다. 온상형 천일염 제조공장이 세워졌고 심층수는 탈염 처리한 미네랄워터, 상질의 담수에 해양심층수를 약간 첨가한 선도액, 미네랄, 건강 보조제를 섞은 건강음료, 혼합음료, 술, 비누, 치약 등 생활용품 등 우리 일상 모두에 적용할 수 있는 만능 원수다. 무엇보다 멸종 위기의 어종의 양식에도 큰 역할을 기대할 수 있었다.

동해 심층수의 특징으로, 수온은 1.5~1.9℃로 현재 대표적으로 취수 중인 일본 고치현은 8.1~9.8℃이며 미국 하와이는 8.2~10.7℃인데 비해 현저하게 낮다. 용존산소량은 9.13~9.47mg/L로 일본 고치현 4.1~4.8mg/L, 미국 하와이 1.24~1.45mg/L에 비하면 상대적으로 높은 수준으로 동해 심층수는 세계 최고의 수질을 자랑할 만하다.

무엇보다도 바닷물에는 육지에는 없는 원소들이 포함되어 있다. 지구상에서 발견된 모든 물질은 118개 원소다. 이 중에 자연에 존재하는 천연원소는 92개다. 원소번호 93번 넵투늄과 94번 플루토늄은 92번 우라늄에 입자가속기에 중수소를 충돌시켜 얻은 물질이다. 즉 26개 원소는 인공 합성 물질이다. 92개 원소 중에서 육지에서 바다로 쓸려간 물질들이 있어 바다에만 존재하는 원소도 있다. 바닷물은 적어도 84가지 원소를 함유하고 있다. 물론 0.00011/백만 비율로 금(Gold)도 녹아 있다. 이를 추출도 했으나 아직은 경제성이 없다. 언제인가 기술이 개발되면 바닷물에서 금을 캘 때도 올 것이다. 이러한 원소 중에는 극도의 미량이라 해도 사람에게 독이 되는 물질일 수도 있고 최고의 좋은 약이 될 수 있다.

육지의 물 모두를 사람들이 마시는 경험을 했지만 심층수는 이제 막 마시기 시작했을 뿐이다. 현재까지 효용의 판단은 미지수다. 시간이 흘러 신비의 효과가 나타날 수 있는 기적의 물이 될지 아직은 아무도 장담할 수가 없다. 확실한 것은 이제까지 아무도 깊은 바다에서 흐르는 바닷물을 먹어 본 사람이 없다는 것이다. 그래서 미리 인간에게 최고의 물로서 타이틀을 "황금 바닷물 즉 골든 워터"라고 조심스럽게 불러본다.

18. 소금(鹽)

 바닷물 하면 소금이 떠오른다. 짠물로서, 염전에서 햇빛을 이용해서 천일염을 제조한다. 바닷물에는 지방 분해 효소가 있다. 그래서 동물 사체의 유지를 분해하여 뼈 외에는 다 사라진다. 해수에는 칼슘 분해 효소가 존재하지 않기 때문이다.
 소금은 바닷물 외에도 다양한 원수를 가지고 소금을 만든다. 정제염 제법 기술은 날로 향상되고 있다. 그러나 심층수를 원료로 한 소금은 아직 접해보지 못했다. 심층수로 만든 소금이 사람들에게 어떻게 돋보일지는 미지수이나 큰 기대를 해도 될 것으로 전망된다.

 박지우는 심층수 개발사업을 추진하면서 일본에 출장을 자주 다녀왔다. 나리타 시내의 고급 일식당에 들렀다. 한국 내의 일식당에서도 통상 볼 수 있는 유사한 광경을 현지에서 보았다. 식사 도중에 주방장이 방 안으로 들어왔다. 대나무 사각 쟁반을 들고 와서 무릎을 꿇고 설명을 한다. 작은 접시 3개가 올려져 있는데 소금이라 한다. 아주 귀한 해양심층수로 만든 소금이라 직접 가지고 들어와서 손님들에게 올린다는 말에 놀라움이 컸다. 우리가 개발하고 있는 제품 중에 하나를 일본 주방장이 이렇게 귀하게 취급하니 어찌 대응을 해야 할지를 몰랐다. 특수 부위 사시미를 주방장이 가지고 왔으면 술 한 잔 따라주고 팁을 주었을 텐데 소금을 가져왔으니….

소금은 사람 생명 유지에 가장 중요한 물질 중에 하나다. 소금기가 가장 많이 머무는 심장에는 암이 발생할 확률이 지극히 낮은 이유다.

고 선배가 모처럼 기술본부 간부들에게 한잔 산다고 초대했다. 그의 단골인 우암산 한정식당이 아닌 루비 카페로 초대했다. 고급 양주로 모처럼 회오리주나 금테주 등을 마시는 회식다운 회식 자리를 기대하며 조명이 어두운 카페로 들어섰다. 그런데 웬걸, 강의를 시작한다.

모두가 실망한 기색을 보이지만 그는 아랑곳하지 않고 강의에 열중한다. 양주와 크리스털 잔이 가득한 넓은 테이블을 앞에 두고 강의라니…. 모두가 시큰둥하게 앉아있어도 그는 개의치 않고 계속한다. 회사의 자문관이니 그저 참고 들는 수밖에 없었다. 그는 자신의 방대한 지식을 자랑하듯 풀어놓기 시작했다. 나야 자주 듣는 이야기이지만 직원들은 다르다. 적절한 때와 장소가 아닌데 이러는 것은 분명 무슨 의도가 있을 것으로 보았다. 그러나 도움이 되는 기술 정보 이야기이겠구나 하고 참고 들었다.

고 선배의 말솜씨가 청산유수처럼 매끄럽다. 논리적이어서 귀에 쏙쏙 들어온다. 교단에 섰으면 인기 짱인 교수가 되었을 것이다. 그와 함께 교수들과 만남도 있었는데 그가 교수들을 가르치려고 할 정도였다. 교수들 보기에 민망한 자리였다. 박사 학위를 거저 따지는 않은 모양이다. 열변을 토하다 보면 침이 툭툭 튀는 것이 보여서 집중이 분산되어 사람들은 더 이상 경청을 하지 않으려 한다. 아무리 좋은 강의라도 환경이 맞지 않으면 듣기가 싫은 것이 인지상정이다.

"푸른 지구의 70%를 차지하는 바다는 정말 대단해."

"고 박사님, 오늘은 어떤 강의를 하시려고…. 주제가 무겁게 느껴지네요."
"여러분들이 물 관계 사업에 종사하고 있으니 물 이야기를 하는 것이지요."
"술장사도 물장사라 하는데, 오늘 물장사 집에 와서 물 강의를 하시려고요?"
"물은 물이지…."
"김 여사도 들어와서 들어야 하나요?"
"어서 들어오라고 해."

그가 오늘 풀어놓을 보따리를 궁금해하는 사람은 없다. 술을 마시러 왔으면 강의보다는 술과 부담 없는 대화가 좋은데 오늘따라 그가 주빈으로 직원들을 초대했으니 분위기를 바꾸기는 힘들 것 같았다.

"핵융합발전은 여러분이 몸담은 바닷물과 어떤 관련이 있겠습니까?"
"아니, 웬 엄청난 이야기로 발전하십니까?"
"대답이나 하세요."

대답을 하면 이야기가 또 삼천포로 빠졌다가 언제 돌아올지 모르니 모두가 잠잠했다. 기술본부는 3팀으로 구성되었다. 설계를 주관하는 1팀장은 이번에 새로 입사한 이기훈, 2팀장은 오성식으로 기술을 담당하고, 3팀장 김영수는 품질과 안전을 담당한다. 그래도 기술 하면 자신만만한 오성식 2팀장이 나섰다.

"바닷물이 핵융합 원료이지요."

"역시 오 팀장이야."

"바닷물 속에는 중수소가 풍부하지요. 물은 산소 한 개와 수소 2개로 결합되어 있는데 수소는 양자, 중성자, 전자로 구성되어 있지요. 이쯤이야 초등학생도 아는 수준이고…. 그런데 중성자가 한 개 들어있으면 2중수소, 2개가 들어있으면 3중수소, 즉 중수소가 미량이나마 섞여 있지요. 0.0015% 정도이니까 1리터에 150mg 정도로, 이 정도면 핵융합반응 원료로서 충분하지요."

"그래서…."

"문제는 바닷물에서 중수소 추출하는 기술 개발이 더 되어야 하겠지요."

"오케이"

"중수소가 초고온에서 핵융합을 일으키며 헬륨이 되는데 그 과장에서 초미세의 질량이 사라지며 에너지로 전환됩니다. 이 원리가 핵융합 반응인데 중성자만을 방출하여 방사능이 없는 청정에너지를 바닷물에서 얻는 것이라고 알고 있어요."

"그래. 그 기술의 선두 주자 국가가 바로 대한민국이야."

오늘의 주제는 바닷물인 모양인데 아직 본론이 나오지 않은 것 같다. 때로는 그대로 끝나는 경우도 많았다. 그래서 내가 질문을 던졌다.

"고 선배님, 전날은 바닷물에서 금을 추출한 이야기를 하시더니 오늘은 핵융합입니까?"

"아니, 오늘은 소금 이야기야."

부드러운 화제로 바꾸려고 했더니 그의 이어지는 말을 막을 수 없다는 것을 알기에 곧 포기했다. 소금 주제가 나오자 나트륨 사고가 전광석화처럼 머리를 스친 지난 기억이 떠오른다. 소금은 나트륨과 염소의 이온 결합 형태로 존재한다. 나트륨만 분리하면 고체 금속이 된다.

꽝 하는 폭발음에 잠시 정신을 잃었었다. 화학실험실에서 금속 나트륨 덩어리를 유리병에서 집게로 집어내어 물에 넣어 브라운 운동처럼 빠르게 움직이는 모습을 관찰하려고 했다. 모래알만 한 것을 넣어야 하는데 손톱만 한 것을 물속에 넣자 강렬하게 반응하더니 폭발한 것이다. 모자의 쇠붙이가 녹을 정도였고 얼굴 피부는 일부가 벗겨졌다. 박지우는 학창 시절 혼자 화학실험실에서 각종 화약을 만들며 놀려고 하다가 큰일을 당한 이야기가 생각났다. 나트륨을 물과 반응시키면 탈색에 쓰이는 양잿물이라는 가성소다(NaOH)가 된다.

시중에서 파는 복숭아 통조림을 제조할 때 묽은 가성소다액으로 껍질을 완전히 녹여서 만든다. 껍질만 녹여서 벗겨내면 부드럽고 연약해 보이는 복숭아 민낯을 접하게 된다. 알칼리 처리된 복숭아는 물이 흐르는 컨베이어벨트를 타고 계속 이동한다. 물론 다음 공정에서 황산을 넣어 완전한 중화를 시킨다. 이런 식품을 아기한테 먹인다고 생각하면 산과 알칼리 탕을 오가는 제조 과정이 정말로 끔찍하다. 모르는 것이 약이다. 본론은 나트륨이 염소와 반응하면 소금이 된다.

회자되는 이야기로 사람에게 중요하다는 3가지 '금'은 황금, 소금, 지금이라고 한다. 그중에 소금(NaCl)은 나트륨과 염소가 결합되어 생명 유지에 절대적인 물질이다. 우스갯소리로 소금이 없으면 지금도 없다. 소금의 한자인 염(鹽)을 파자하면 신인로명(臣人鹵皿)으로 "신하가 소금을 그릇에 담아 깃발을 들고 지킨다"라는 뜻이다. 소금은 암염이나 바닷물로 만든다. 바닷물은 육지의 암염이 빗물에 녹아 흘러가서 짜게 되었는데 바다 위치에 계절에 따라 농도가 차이가 있으나 대개 3.5% 정도다. 햇빛과 바람에 의해 생산되는 소금을 천일염이라 하고 끓여서 만든 소금을 제재염이라 한다.

 소금은 물에 잘 녹는다. 공기 중에 놓이게 되면 수분을 흡수하여 덩어리가 된다. 바닷물에서 채취한 정제되지 않은 식염은 공기 중에 두면 습기로 녹아 죽처럼 되는 것을 조해(潮解)라 한다. 소금 속에 염화마그네슘이 작용했기 때문이다. 그래서 가는 소금을 제조할 때는 탄산마그네슘 등의 항응고제를 넣기도 한다. 그러나 녹이려면 800℃ 이상의 고열이 필요하다. 끓는점인 1,400℃까지 올리면 기화가 시작된다. 고온으로 소금을 처리하면 소금 속에 있던 독가스 성분이 배출되고 몸에 해로운 중금속은 침전하면 제거하게 된다. 이 과정을 몇 번 하면 고급 정제염이 된다.

 소금의 주 용도는 식용 외에 공업용으로는 비닐 장판을 만드는 데 사용된다. 석유에서 나오는 에틸렌에 염소(Cl_2)를 넣어 비닐(PVC)을 만든다. 염소는 소금물을 전기 분해하면 기체로 나온다.

 박지우가 참여한 이란의 반달 호메이니 대형 석유화학단지 내에 비닐 공장이 있다. 원료인 소금 생산을 위해 조성된 초대형 염전을 구경한 적이 있다. 바닷물을 끌어와서 대단위 태양광을 이용한 천연염전을 만들어 소금을 만들어 주원료로 공급하게 된다. 그러나 국내는 기후 등 제반 여건에 따라 대형 소금 제조 공장에서 바닷물을 끓여 만든다. 천일염은 대부분 관광 상품용으로 제조를 하고 있다.

 박지우는 여러 번 방문했던 이스라엘과 요르단 경계의 대형 호수 "사해" 소금은 입욕용으로 인기리에 판매되고 있다. 국내에서는 아직도 서해 태안이나 신안 지역에서 천일염을 제조하고 있다. 염전은 더 이상 비닐을 쓰지 않고 타일을 바닥재로 쓰기 때문에 이로 2차 농축하여 소금 생산에는 문제가 없다. 단지 전보다 미네랄이 많이 줄어들었다. 문제는 1차 바닷물 농축지에서 해초 제거를 위한 약품 사용이다.

조미료로서 사람에게 좋은 소금이란 순도가 높은 것이다. 이는 정제를 위생적으로 잘하면 된다. 특히 치명적인 중금속이 적어야 한다. 우리가 느끼는 소금의 짠맛은 염화나트륨이 타액에 녹아서 생겨난 두 개의 이온의 맛이다. 소금의 나트륨은 삼투압 유지와 부패 방지 역할을 하며 염소는 위산 등 산의 제조에 쓰인다. 천일염의 경우 국산의 경우 80% 순도이며 수입 소금이 90% 이상이다.

소금을 세척과 증류를 반복하거나 이온막이나 삼투막을 이용해도 한계가 있다. 그래서 "대나무 소금" 등은 대나무 통에 굽는 등 별도의 방법을 이용한다. 대나무에 소금을 넣고 입구를 황토로 막는다. 고온으로 처리하면 대나무에서 진액이 흘러나와 소금에 흡수된다. 여기에 송진을 추가하여 굽는다. 이 과정을 몇 번 할 것인가에 따라서 대나무 소금 품질이 달라진다.

때로는 소금에 일정량의 미네랄이 포함된 것이 좋은 소금이라 말하기도 한다. 음식도 골고루 섭취하는 것이 우리 몸에 좋은 것처럼 소금도 여러 성분이 있는 것이 좋다고도 한다.

소금이 박지우에게 좋은 또 하나의 이유는 지사제 역할을 한다는 점이다. 역마살로 해외를 자주 방문하다 보면 물갈이를 자주 한다. 즉 설사를 빈번히 하게 되는데 고역이다. 약간 볶아서 끓는 물에 녹여서 마시면 효과가 좋다. 약리 작용 외에도 우리 몸에 소금은 세포에 삼투압을 조절하여 물이 과잉으로 세포에 들어가서 몸이 붓지 않게 만든다. 한편 소금은 혈압을 상승시키는 효과가 있기 때문에 혈압을 낮추는 칼륨(K)이 섞여 있는 소금이 좋다.

모두가 지쳤는지 아니면 양주 마시기를 포기했는지 몰라도 팀장들이 경청하는 듯한 모습에 마음이 놓였다. 그는 이야기를 하다가 자기의 이야기를 경청하지 않으면 갑자기 화를 낸다. 일종의 사이코패스가 따로 없다. 그래도 바로 흥분을 가라앉히니 관계가 지속될 수 있었다.

"바닷물로 소금을 만드는 방법은 두 가지로 염전에서 생산하는 천일염과 공업적으로 증발기에 넣어 소금을 생산하는 방법이 있어요. 동해 바닷물로 만든 한주소금이 대표적인데 이곳에서는 증발법이 아닌 이온교환막식 정제 기술로 만들지."

"정제염이라 하지요?"

"예. 분류는 정제염이죠. 공정은 바닷물을 여과 후에 양이온교환수지를 거치면서 중금속과 이물질을 제거하면 16%의 함수가 되는데, 이를 다중효용 진공증발기에서 농축하면 소금 결정이 생기면서 50% 함수가 됩니다. 원심분리기에서 소금을 분해해서 98%의 소금을 만들어 이를 건조하여 분쇄하여 포장하면 정제염 생산이 완료되지요."

"소금 강의 끝났습니다."

"천일염을 가지고 가공해서 재제염을 만들 땐 굽거나 녹여서 정제염을 만드는데 심층수 소금은 제법이 특별한가요?"

"심층수 원수를 공정에 직접 투입하는 방법과 역삼투압법에 의한 생수 생산 후에 농축된 함수를 공정에 투입하는 두 가지 방법이 있습니다. 이 심층수 소금을 별도로 재가공하는 것은 다른 영역이고."

"증발기를 통해 나온 소금을 추출, 건조 및 분쇄해서 제조된 공업적 소금은 천일염보다 나트륨 성분이 적다고 합니다. 다른 미네랄 성분은 변화가 없어요?"

"글쎄…."

19. 물(水)

박지우의 고향인 청주 시내 동편의 우암산 중턱에 있는 관음사의 천불보전과 서울 삼성동 봉은사 명부전에서 부모님의 "49재"를 지냈다. 그때 들었던 스님의 구성진 금강경(金剛經) 제22장 독경은 눌렸던 가슴을 풀어주는 소리였다.

수(水)는 운(雲)이 되고, 운은 풍(風)에 흩어져서 다시 수로 돌아간다. 이와 같이 모든 존재는 공(空)으로 돌아간다. (如水成雲, 雲散風散, 如是諸法, 本性空也) 반야바라밀다경에서 "색즉시공(色卽是空)"으로 물질적인 세계는 실체가 없다고 하고 인연(因緣)을 말한다. 이를 법화경에서는 윤회(輪廻)를 거듭한다고 하며, 야함경에서는 인연에 의해 생성되고 소멸된다고 하는 연기(緣起) 사상을 말한다.

인생사 덧없음에 대한 진리를 전하는 소리였다. 그 속에 물이 있었다. 물은 변화를 통하여 윤회하는 과정을 여실히 보여준다. 구름이 되고 바람에 구름이 흩어져서 보이지 않다가 어느새 다시 물로 돌아온다. 보였다가 보이지 않고, 보이지 않았다가 다시 보인다. 물을 알면 세상 이치를 다 안다고 한다. 만물의 근원이 물이다.

물은 투명한 액체다. 상대적으로 덩치가 큰 산소 한 개가 양팔을 뻗어서 작은 수소 두 개를 105도 각도로 잡은 형태로 서로의 전자를 공유함으로써 공유결합한 구조다. 이들이 거대하게 모인 클러스터 상태로 존재한다.

이들 크기가 작을수록 우리 몸에 흡수가 빠르다. 그 정도 크기가 세포 간 이동이 쉽다. 또한 극성 물질로서 최적의 용매다. H_3O+와 $OH-$ 이온이 미량으로 해리 상태로 존재한다. 설탕이나 술 등 비이온성 물질을 용해시키는 원리는 이들이 약간의 극성을 가지고 있기 때문이다. 물 분자의 양성 부분이 설탕의 음성 부분을 끌어당기고 물 분자 사이로 끌어당겨서 용해시킨다. 소금은 극성이라 나트륨과 염소가 별도의 전하인 이온 상태로 존재하게 된다. 반면에 물은 비극성인 기름을 용해시키지 못한다. 세포막에는 기름이 있어 물의 공격을 무산시킨다. 그렇지 않으면 우리 몸의 세포는 녹아 버렸을 것이다.

세계보건기구(WHO)에서 권장하는 하루 섭취량은 평균 2리터 또는 몸무게×0.03리터, 또는 (키+몸무게)/100이다. 이는 우리 몸에서 수분량이 매일 2%가 줄기 때문에 물을 보충해 주지 않으면 안 되는 양이다. 물 분자 덩어리 핵공명장치의 측정치로 일정 크기 이하여야 혈관을 통해 몸 전체 세포로 들어간다. 이러한 적정량의 물은 오이나 수박이 기준이다. 갈증에는 적은 양의 물이 쉽게 체내에 공급될 수 있어 갈증을 해소시킨다.

물은 또한 비압축성 물질로서 수압절단기에도 이용이 된다. 쇠를 절단할 때 불을 대면 모재인 쇠에 변형이 일어나지만 물로 자르면 절단면 주변에 구조 변화가 전혀 없게 되어 건축자재 절단용으로 쓰인다.

바닷물은 호수에 비해서 낮은 온도에 얼기 시작하며 민물에 비해서 천천히 증발한다. 이를 빙점강하 비점상승이라 한다. 또한 수소 한 개와 네

개의 물 분자와 수소결합을 해서 비열이 높아 열을 오랫동안 유지하게 한다. 적도에서 뜨거워진 해수가 해류를 타고 고위도로 올라가서 찬 육지를 따뜻하게 해준다.

지구촌에는 물 부족으로 곳곳이 난리다. 강을 공유하는 국가 간에 배려도 없다. 끊임없이 발생하는 국제간의 핫이슈에 대한 협의는 난제 중에 난제다.

동남아시아 미얀마, 라오스, 태국, 캄보디아, 베트남의 젖줄인 국제하천인 메콩강(4,350km)은 티베트고원의 빙하가 녹아서 흐르는 상류에 중국이 댐을 많이 건설해서 강물이 고갈 상태에 이르렀다. 강물을 무기화해서 중류와 하류에 속한 국가들은 국력이 약한 나라라 속앓이만 하고 있을 뿐이다. 2016년에 관련 국가들의 메콩강위원회(MRC)가 상류 댐 운영에 대한 공동규칙을 마련하자고 합의했으나 중국은 가입하지 않아서 규칙의 적용을 받지 않는다.

역시 중국 티베트 강고트리 빙하에서 발원하여 칭하이오에서 출발해 라싸를 지나 중국에서 인도로 돌아 들어오는 국제하천인 브라마푸트라강(Brahmaputra R., 2,900km)은 중국에서는 야루짱부강(雅魯藏布江)이라 하는데 자국에 세계 최대의 샨샤댐 3배에 이르는 댐을 건설 중에 있어 인도와 갈등을 빚고 있다.

샨샤댐은 후베이성 이창시에 창강(長江, 揚子江)을 막은 다목적 중력댐(185m 높이, 390억 톤 저장 능력)으로 세계 최대의 수력발전소(22,500MW)를 보유하고 있다. 이는 이전에 세계 최대의 수력발전소인 브라질의 이타이푸 댐 발전소(11,233MW)의 두 배에 이른다. 이타이푸 발전소 내의 발전기가 놓인 시설물 안에 들어가면 차가 마구 달릴 정도로 엄청나게 커서 놀라지 않는 사람이 없을 정도다.

또한 티베트의 인근 발원지를 가진 갠지스강(Ganges, 2,500km) 역시 중국에서 인도로 들어가서 불교 성지인 바라나시와 하이드와르를 지나 방글라데시로 들어가 브라마푸트라강과 합류한다. 인도는 방글라데시 국경 주변에 댐을 설치하여 홍수에 취약한 저지대 국가 방글라데시를 외교적으로 굴복시키고 있다.

우리나라도 남북한 물 문제에서 자유롭지 못하다. 서쪽 임진강은 휴전선(DMZ) 북쪽 27km 지점에 북한이 3.5억 톤 저수용량의 황강댐(黃江댐)을 건설하여 우리에게 수공을 가할 경우 대비한 군남댐은 0.7억 톤 저장 용량의 5배나 크다.

또한 동쪽의 북한강 상류도 휴전선에서 북쪽으로 39km 올라간 자리에 금강산댐(임남댐)을 건설하였다. 수공을 대비하여 우리는 평화의 댐을 건설하였는데 두 개의 댐 저장 용량이 각각 26억 톤으로 다행히도 수공에는 대비가 된다. 즉, 수도권 수몰을 하기 위한 수공은 막아낼 수가 있다.

톰 김 회장은 기술 부분은 전적으로 박 전무에게 맡기기로 했다. 향후 문제는 판매 시장이다. 회사 대표자로서 경영의 핵심은 내부적으로는 자금 흐름이고 외부적으로는 시장이다. 그는 새롭게 국내에서 형성될 시장에 대해서 조심스럽게 말을 꺼냈다.

"박 전무, 우선 해양심층수로 만든 생수 시장부터 조사해 봅시다."
"회장님, 마케팅 팀장과 함께 '코리아 아쿠아' 회사부터 다녀오겠습니다."

"아, 전에 함께 참석했던 심층수 포럼에서 행사를 후원한 회사지요?"
"예, 김성일 사장이 영업뿐만 아니라 기술도 많이 알고 있는 듯합니다."
"나이가 들어 보이던데요."
"예, 연륜이 있어 보였습니다."
"이야기가 잘 될까요?"
"우리가 판매 경쟁사가 아니고 미래 심층수 생산자이니 오히려 협조가 잘될 것 같습니다."
"일본 말을 잘하는 것을 보니 일본에도 인맥도 꽤 있는 모양이네."

김 사장은 생각보다 훨씬 친절했다. 심층수가 국내에서 상업 생산이 안 되고 있으나 조만간 생산될 것이라 보고 있었기 때문인지도 모른다. 그도 우리에 관한 정보를 알고자 했다. 서로 간에 정보 탐색이자 교환이다.

포럼에서 있었던 이야기의 반복이고 받았던 관련 자료를 보여주었지만 성의가 있어 보였다. 특히 그가 현재 확보한 시장에 대해서 상세하게 이야기해 주고 앞으로 확대할 시장 계획에 대해서도 스스럼없이 다 말해 주었다. 국내에 경쟁자가 없어서 그런지 몰라도 통상은 그런 계획을 영업 기밀 사항이기에 남에게 이야기해 주질 않는다. 그는 우리가 제품을 생산하면 독점권이나 영업권 등에 관심이 있어서인지 아니면 우리의 정보를 일본 측에 전달하려는 의도인지 속내는 알 수 없었다.

해양심층수 외에 현재 수입되고 있는 모든 외국 생수도 조사해 보기로 했다. 제품을 구입하여서 직접 소비자 입장에서 테스트해 보고 품평회도 가졌다. 이 부분은 마케팅 본부에서 주관하기로 하고 계속해서 트렌드를 추적하기로 했다.

국내에서 제조되는 생수 시장도 병행해서 조사하기로 했다. 제일 먼저 협회를 찾아갔다. 생수 소비는 급속히 늘어날 것으로 예측하고 있었다. 눈이 엄청나게 쏟아지는 날, 눈길을 헤집으며 제주도 삼다수 공장을 찾아보았다. 문제는 삼다수와 같이 한 곳의 수원지에서 한 개의 브랜드 생수가 제조되는 것이 아니라 한 수원지의 원수를 여러 회사가 각기 다른 브랜드로 내놓아 시장을 혼동시키고 있다. 또한 여러 지역의 수원지 생수를 동일한 라벨을 붙여서 판매도 하고 있다. 특색 있는 생수가 아니라 라벨에 의한 생수로 원수의 차별화를 알기가 어려운 실정이다. 소비자의 무지인지도 모르겠다.

그러나 이러한 혼돈의 문제에 있어서는 심층수에서는 아직 일어나지 않아서 영업 전략에 잠재적인 장점이라 생각했다. 우리나라에서는 표층수를 가지고 담수를 만드는 작은 시설들이 곳곳의 섬에서 운영되고 있다. 제주도 인근의 추자도와 우도의 표층수로 담수화하여 음용수 제조하는 공장도 박지우는 방문해 보았다.

판매 음용수에는 먹는 샘물과 혼합 음료 두 종류가 있다. 먹는 샘물에는 샘물, 염지하수(鹽地下水), 해양심층수로 3가지 카테고리가 있다. 하지만 미국과 같이 수원지와 미네랄 함량에 따라 샘물, 빙하수, 알칼리 워터, 정화수 등 다양하게 분류할 필요도 있다. 그래야 국내 소비자들이 제대로 판단해서 기호에 따라 마실 수 있는 기회를 얻을 수 있을 것이다. 그러나 해양심층수만은 별도의 카테고리로 추진하여 제도화할 필요성을 염두에 두었다.

"박 전무, 해양심층수가 좋다는 이야기를 외부에서 들어보았지요?"

"예, 잘 아는 분이 암에 걸렸는데 해양심층수를 고가로 구입하여 마신다고 합니다. 그는 꽤 학식이 있는 분인데 자신의 논리에 따라 좋다고 판단하여 구입하고 있다고 합니다. 암이란 상황하에서 모든 좋다는 것은 다 써보려는 것과 다릅니다."

"그러하군요. 나도 비슷한 이야기를 들었습니다."

"그분은 상당한 지식인인데 그러는 것을 보면 합리적인 이유가 있다고 봅니다. 물론 일반적으로는 생명에 관한 긴박한 상황에 처하면 좋다는 것은 다 구입하게 되겠지요."

"그렇지요. 그런 사례가 일단 우리 사업에 힘을 실어주는 사례이네요."

"네, 그렇습니다. 회장님."

"신비한 물이니…. 암도 치료를 할 수 있는 물이다…."

"임상시험에서도 암에 걸려 방사성 치료와 항암제 투여를 하고 회복하는 데에도 심층수가 좋다고 합니다. 만수골수성 백혈병의 경우에도 치료에 따른 백혈구 수치가 급격하게 감소하게 되는데 글리벡(Glivec) 등 치료제를 먹어 수치를 올리지만 환자에 따라서 효과가 천양지판이라 합니다. 글리벡도 세대수가 올라가면 의료보험 수가에서 제외되어 비용도 문제고요…. 보조 역할을 하는 특수 물로써 효과를 보았다는 소문에 귀를 기울이는 환자들이 있다고 합니다. 기능수인 미네랄이나 에너지를 가진 물을 마시면 회복에 통상 한 달 정도 걸리는데 심층수는 삼사일이면 충분하다고 하니 인기가 높다고 합니다."

"아, 좋긴 좋은가 보아요. 그러나 분명 치료 약은 아니지요. 물이 우리 몸에 그렇게 중요한 것이라는 사실만은 분명하지요."

톰 김 회장은 심층수 판매에 관한 궁금증이 많았다. 취수 및 제품 생산까지는 자체 내의 전문 인력이 충분히 잘해 나갈 것을 믿고 있었다. 핵심은 판매에 있다고 보았다. 심층수와 경합의 대상일 수도 있는 일반 생수나 약수 및 기능수에도 관심을 두었다.

"물론 심층수는 별도로 집중 분석해야겠지만 그 외 먹는 샘물 중에 약수가 있다면 어떤 물이 대표적인가요?"

"일본에서는 돗토리현의 광천수가 활성산소 제거의 특효라 하고요, 국내에서는 강원도 홍천군의 가칠봉 자락의 삼봉 약수가 각종 질병에 특효가 있다고 하지요."

"수입 샘물이 더 있지요?"

"예, 각국에서 수입 중인 제품으로는 유니크 워터(호주), 빌키구아(에과돌), 타이난트(영국), 아이스에이지(캐나다), 산펠레그리노(이태리), 주빙스(프랑스), 에비앙(프랑스), 바이칼수(러시아), 나라히말라야(네팔) 등이 있습니다. 그 외 해양심층수는 일본과 하와이에서 수입되고 있습니다."

"산에서 나오는 물은 모두가 약수가 아닌가요?"

"인적이 드문 산속에서 나오는 약수라 해도 짐승들의 배설물이 많으면 질소 성분이 증가하고 음용수로는 불가할 수 있습니다. 그래서 약효가 있다는 샘물인 약수라도 임의롭게 드시면 문제가 될 수 있습니다. 등산객이 많은 산길에서 만나는 약수터에 음용수 여부가 안내되고 있는데 "부적합" 표시가 의외로 많습니다."

"허 참… 간단하지가 않네요."

본부 내에 기술 담당인 오성식 2팀장은 첫 직장부터 계속 함께 움직이고 있는 후배다. 물 분야에서는 기술이나 인맥에 있어 완벽한 엔지니어다. 물 관계 회사나 공공기관 사람들과 끈끈한 유대 관계를 갖고 있다. 특히 환경부나 해양수산부 대관 업무 처리에도 노하우를 갖고 있어 만능 해결사 역할까지 하고 있다.

"전무님, 이제는 페트병에 든 생수 없이는 살 수도 없는 세상이 되었네요."
"글쎄 말일세."
"생수의 수질은 정부가 정해 놓은 수치가 있으니 안심하고 마셔도 좋을 듯합니다. 그런데 시판 중인 생수의 상표가 너무 많으니 좀 혼돈스럽습니다."
"오 팀장, 상표보다는 대형 회사의 제품이면 신뢰가 가는 심리적인 요소가 크지 않을까?"
"예. 물맛은 다 비슷하지만 제조회사 이름이 더 빛을 발하는 시장이라고 볼 수 있겠네요."
"생수 선택에 물의 종류를 보는 사람은 일부이고 사람들은 대개 브랜드와 가격을 최우선 고려하여 선택한다고 봅니다. 그러나 최근 추세는 바뀌어서 노브랜드도 인기가 있으니 결국은 페트병 생수이되 가격이 관건이겠네요."
"오 팀장, 그래도 아직은 가격보다는 브랜드가 아닐까? 시중에서 모든 페트병 생수 가격은 큰 차이가 없어. 그런데 마켓 점유율을 보면 국내에서 유명한 3대 제조사가 장악하고 있지. 그러니 브랜드 인기가 우선한다고 보아야 하지 않겠나? 사람들은 대부분이 유명 페트병 물을 마시는 것을 보면 같은 값이면 브랜드를 보는 것 같아. 즉 신뢰성이 핵심이라고 보지."
"그래서 잘 팔리는 브랜드 생수가 상위권을 놓치지 않고 있군요."
"예. 그렇지요. 큰 회사가 신용의 대명사입니다."

"그래요. 브랜드가 선택의 척도가 되고 판매량에서 엄청난 차이가 나는 것 아니겠어요? 병당 가격은 다 비슷비슷하니 브랜드 경쟁이 맞다고 할 수 있지. 브랜드가 품질 보증과 동일하다고 보면 되겠지."

"전무님, 가격은 비슷해도 해외에서는 상당히 다른 상황이 있는가 봅니다."

"그래요. 지난번 호주 여행을 다녀오면서 생수 가격에 대해서 주의 깊게 보았지. 호주 공항 로비에서 생수를 사려고 하니 우리나라보다 다섯 배 비싸더군. 콜라값과 같아서 좀 놀랐지. 돈 없으면 물도 마시기 어려운 세상이야. 우리 세대야 산전수전 다 겪었지만 지금 세대는 더욱 그렇겠지."

"전무님, 그 정도예요?"

"좀 더 들여다보면 시내의 대형마트에 가면 우리나라 시중 가격과 거의 같아요. 특정 판매점이 기준이 될 수는 없지요."

"물을 사서 마실 수 없는 가난한 나라 사람들 이야기도 방송이나 SNS에 많이 나돌고 있잖아요?"

"그렇지요."

"텔레비전 나눔 광고를 보니 아프리카 많은 지역에서는 아직도 진흙탕 물을 마시는 동영상을 보면 마음이 아픕니다. 단지 태어난 곳이 가난한 나라라는 이유로 물 고통을 심하게 받고 있으니…."

"오 팀장, 물 자체가 귀한 지역이니 안타깝지만 어찌하겠나?"

"아니, 우리나라 코이카(KOICA) 사업 중에 지하수 퍼 올리는 관정사업에 지원을 많이 하고 있으니 그들에게 많은 도움이 될 것입니다."

"그렇겠네요."

"아, 국내에도 많은 관정 개발사업자들이 있지. 그들의 일터를 그러한 나라에 돌리는 것도 우리나라에서 적극 추진해야 하겠지."

"예. 우리나라가 그런 위치에 올랐습니다. 정부 외에 민간 분야도 활발합니다. 아는 동기생들도 아프리카 세네갈로 가서 물사업을 시작했어요."
"아, 그래요? 서부에 있는 세네갈은 프랑스 식민지였지요?"
"예. 낭만주의 대표적인 화가 제리코의 '메두사호의 뗏목' 작품 배경 나라요…."
"아프리카의 가난한 나라 사람들의 비극을 저희가 도와야겠지요."
"이제부터 우리가 문제입니다. 아직도 국민들은 수돗물을 펑펑 써대는데…."
"전무님, 우리나라 젊은이들은 이러한 상황을 제대로 인식하지 못하고 있는 것 같습니다. 물에 대한 절약이나 귀하게 다루는 모습을 보지 못했습니다."
"쿠바도 가난한 나라이지만 생수 가격이 높지는 않았어. 슈퍼마켓에서 시민들이 페트병에 담긴 생수를 부담 없이 사는 것을 보았지. 문제는 알록달록한 스페인풍의 주택가 대문 앞에서 생수병을 들고 가는데 다 마시고 나서 페트병을 달라고 하더군. 마음이 아려서 그렇게 했지."
"그나저나 전무님은 집에서 수돗물도 드세요?"
"시에서는 무방하다고 하며 서울시 공식 브랜드인 '아리수'도 권장하니 마실 수도 있다고 보지."
"저희 집에서는 마시지 않아요."
"우리 집도 직접 마시지 않아요. 끓여서는 마시지요."

마시는 물에 대한 신뢰 여부는 소비자 각자의 몫이다. 생수의 경우는 무조건 신뢰하기에 생각 없이 사서 마시고 있다. 돈이 있는 사람들은 생수도 수원지가 좋거나 비싼 생수를 선호하게 되었다. 물에 대한 사람들

간에 계층이 달라지고 있다. 고급 생수를 마시는 계층과 일반 생수를 마시는 층으로 나뉘었다.

"전무님은 어떤 물이 좋다고 생각하세요?"
"오 팀장은 어떤 물이 좋다고 생각해요?"
"…."

질문한 오 팀장에게 역으로 물어보았다. 신 기자가 질문했던 것을 다시 오 팀장에게도 물어보았다. 사실 이 질문은 많은 사람들로부터 수없이 받았다. 물을 좀 안다는 사람을 보면 똑같은 질문을 한다. 백인백색의 답이 다 옳기 때문에 질문이 나온다고 볼 수도 있다. 질문한 사람들마다 스스로 정의를 내리고 있으면서 묻는다. 좋은 물은 과연 어떻게 정의하는 것이 정답이 될까?

좋은 물이며 중금속이나 유기물 등 오염물질이 없어야 한다. 미네랄은 적정량 포함해야 하며 약알칼리성이 좋다. 우리의 혈액은 pH 7.4 정도다. 물 구조는 치밀하여야 하며 활성산소가 없는 기능수가 좋다. 옛 선인은 물이 가볍고, 맑고, 차고, 부드럽고, 아름답고, 냄새 안 나고, 비위에 맞고, 마시고 나서 맛이 있는 물이라 했다.

반면에 맛있는 물은 좋은 물과 약간 다른 점도 있다. 단맛을 내는 칼슘, 칼륨, 규소 등의 미네랄이 적정하게 포함되어야 한다. 염소, 질산, 황산이온 같은 음이온이 잔류하지 않아야 한다. 염소의 경우 맛이 쓰다. 산소와 탄산가스가 적정량 포함되어야 청량감을 느끼게 한다. 구조가 치밀하여 부드럽고 찬 맛이 나며 가벼워야 한다. 특히 좋은 기운을 느끼는 물이어야 한다.

"전무님, 약수 외에 몸에 좋다는 물은 몇 가지나 아세요?"

"글쎄…."

"모두가 자기 제품 물이 좋다고 선전하지만 일시적인 선풍으로 끝나는 경우가 많은 것 같습니다."

"그래요. 종류가 많다 보니 기능수에 대한 성분과 효능에 대해서는 의심만 가요. 물론 해를 줄 만한 물도 아니니 계속 선전을 할 수 있는 것 아닌가 해요."

"저도 그렇다고 봅니다."

"오 팀장, 기능수에는 지장수, 육각수, 전해환원수(알카리수와 이온수), 전해수, 전자수, 파동수, 미네랄 알칼리 환원수, 파워워터, 탈기수 등이 있지요. 기타 오존처리수, 고주파 환원수, 원적외선 처리수, 수소수, 심층수, 세라믹 처리수, 맥반석 처리수, 막처리수, 탈염소수, 암반수, 결로수, 빙하수, 용천수, 지장수 등이 있지요. 듣기만 해도 머리가 아파요. 특히 일본에서는 이러한 다양한 음용수 등에 대해서 많은 연구가 있다고 하네. 그런데 보통 사람들은 특별한 상황이 닥치지 않는 한 그런 물들과는 거리가 있지. 그 많은 기능수를 대부분 사람들은 모르고 있거나 알아도 찾지는 않아요. 그게 현실이지."

"전무님, 한 가지 더…."

"그래요. 무엇이에요?"

"요새 수소차 등 수소가 대세인데 수소수도 마십니까?"

"알다시피 수소는 물에 잘 녹지 않지만 생수에 수소를 넣으면 수소수가 되는데 일본에서는 주로 고압으로 주입하여 상품화하고 있다고 하네요. 한국에서는 전기분해하여 수소수를 만들지. 일반적으로 수소는 활성산소를 잡아주고 제균력이 높다고 하지요."

"활성수소가 많이 함유된 물 중에 프랑스 루르드 샘물이 좋다고 말하던데요?"

"루르드 물에는 게르마늄 성분이 0.1ppb 정도 함유되어 있지요."

"예."

"아, 멕시코의 트라코테의 물, 인도의 나다니 물, 독일의 노르데나우의 물도 활성수소가 많다고 합니다."

"노르데나우라면 체르노빌 원자력발전소 사고가 일어난 후 백혈병을 앓던 어린이들이 그 물을 마시고 완전히 나았다는 물 말이지요."

"예. 믿을 수 있는 근거가 있는지는 잘 모르겠습니다. 단 해가 되지 않는다는 점은 믿고 있습니다."

"원리는 활성수소가 활성산소를 없애 주는 환원 작용을 하는 기능이지요."

"인공적으로도 만드나요?"

"예, 전기분해 방법을 쓰고 있지요."

"전무님, 시라하타 사네타카 교수가 쓴 《전해환원수》 저서에서 말하는 기적의 물 이야기이네요. 읽어 본 기억이 납니다."

"오 팀장, 요사이 각광받고 있는 심층수는 무엇이 좋다고 알고 있어요?"

"탈염 과정을 거치기에 일단 미네랄이 제거되지만 원수 자체에 육지에서 존재하지 않는 물질이 있기에 신비의 물이라 합니다. 양을 측정 못 하고 성분의 존재만 인지되는 정성분석만 되는 물질이 포함되어 있다고 해요. 가장 독한 독약이라도 초미량을 먹으면 인간에게 최고의 보약이라 하지 않나요?"

"예. 정확하게 알고 있네요."

우리 주변에는 기능수 종류가 너무나 다양하다. 그래서 소비자는 어떤 물을 선택해야 하는지 그 결정이 쉽지가 않다. 물에 대해서 예민한 사람, 허약한 사람, 각종 질병에 감염되어서 몸에 이상이 있어 회복을 원하는 사람들은 자기에게 맞는 기능수를 적극 찾으려고 한다. 그러나 종류가 너무 많아서 자신에게 맞는 물을 찾는 일은 결코 쉽지가 않다.

우선 일반적인 특수 물 몇 가지를 알아본다. "지장수"는 황토를 가라앉히고 그 위에 뜨는 물이다. "생숙탕"은 끓인 물과 찬물을 반반 섞은 물로 위장과 장에 좋다. 음양탕이라고도 한다.

예찬론자들이 많이 찾는 "육각수"는 온도가 오르면 오각수가 많아지고, 낮아지면 육각수가 많아진다. 0℃에서 10% 정도의 육각수가 있고 온도가 양이 내려갈수록 많아진다. 칼슘 이온, 게르마늄 이온, 리튬 이온은 물속에서 육각수 증가에 일익을 담당한다. 나이 들면 세포에 물의 구조성이 없어져서 주름살이 생긴다. 노화 방지용으로 육각수가 좋다는 이야기다. 자기 처리해서 얻게 된다.

"결로수"는 심층수를 이용해서 발생시키기도 한다. 심층수가 저온인 특성을 살려서 관을 통해 심층수를 흘리면 외관에 공기 중의 습기가 결로 현상으로 담수가 발생한다.

물에 전기나 자기를 이용하여 다양한 기능수 제품이 시중에 나오고 있다. 대표적인 "전해환원수"는 전기분해 시 음극에서 형성된 물이다. "전기분해 알칼리수" 또는 "이온수"라고 한다. 음극에서 취한 활성수소가 활성산소를 제거해 주는 역할을 한다. 이 물은 주부의 손 습진 제거에 탁월하고 DNA 이상으로 발생하는 암의 예방에도 좋다고 한다.

"전해수"는 직류 전원을 써서 알칼리수와 산성수를 만든다. 산성수는 소독 효과가 있어 세면용으로 좋다. "전자수"는 교류전기로 전자석 에너지 높은 상태에서 환원력이 극대화된 활성수다. 물에 강력한 전류를 흘려보내면 물의 클러스터가 적게 되는 전자수는 식품의 장기 보존이나 건강상 노화 억제 효과를 볼 수 있다.

"미네랄 알칼리 환원수"는 전기분해 방식이 아닌 방법으로 제조하는데, 저렴하고 휴대하기도 쉽다는 장점이 있다. 세라믹에 칼슘을 혼합해서 만든다. 수소보다 이온화 경향이 큰 마그네슘, 칼슘, 리튬 미네랄을 쓰면 물의 구조가 치밀하게 된다. 칼슘과 리튬은 격렬한 반응으로 취급이 어려워 마그네슘을 쓰는데 쓰다는 단점이 있다.

"파워워터(회기수)"는 물속에 2가와 3가 철 이온을 함유해 농산물 증산이나, 수질 정화, 특히 탈모 방지에 효과가 있는 자기에너지, 빛 에너지 및 파동을 폴리머를 사용하여 제조하는 물로서 식물 성장에 탁월한 효과를 보았다고 한다.

"탈기수"는 젤라틴 종류의 막을 통과하면 물속의 질소, 이산화탄소 등이 걸러지며 기포가 상대적으로 적은 물인 파장수가 있다. 오존처리수의 경우 꼭 살균이 좋다고만 볼 수 없다. 자연계에는 사람에게 유익한 세균이 99.9%이고 유해한 세균이 0.1% 이하라고 한다. 무해한 세균을 없애기 위해서 99.9%의 유해한 세균을 없애는 것보다 공생의 길을 찾아야 한다.

물과 전기의 관계에서 우리 몸에 절대적인 영향을 미치는 물도 있다. "파동수"는 자연계에서 회전에 의한 토션장에 의한 대표적 물이다. 자장을 통과시켜 살균 및 활성 기능을 준다는 "자화수"는 자연계에서 질병을 치료한다. 비슷한 상태를 유발하는 물질을 투여했을 때 그 질병에 호전적인 효과를 본다는 동종요법(Homotheory)에서 발전해서 물질이 고유의 고유 파동을 전사하는 디지털 바이올로지 방식이 나왔다. 신호 물질이 담긴 수용액에서 나오는 고유 파동을 담았다가 물에 전사한다. 물이 전자파를 기억하며 좋은 물이 되는 과정이다. 이들은 기능수다. 여기에 토션장을 전사하여 기를 불어넣어서 만든다.

자석의 N극에서 만든 자화수와 토션장을 이용하면 암 억제력이 좋은 물이라 한다. 물 분자는 S극은 우선향, N극은 좌선향으로 물 분자를 회전시킨다. 사람은 항상 0.5~0.6G 세기의 지자기를 받고 산다. 지자기는 북극(N)에서 남극(S)으로 흐르고 있다. 이 자기를 잘 받으면 기억력이나 집중력이 좋아진다. 이를 제대로 받지 못하면 신경통, 류머티즘, 고혈압 등의 건강에 문제가 생길 수가 있다. 이를 보완하기 위해서 자장을 통한 자화수를 만들었고 나아가서 육각수도 만들었다.

지자기에 의해서 신경세포의 전압을 증가시킨다. 인간은 스스로 전기를 만들어 낸다. 원리는 신경세포의 활동 전위다. 신경세포는 세포막의 양쪽에 전기적 불균형을 가지고 있다. 이 불균형은 세포막을 가로지르는 이온의 이동에 의해 유지된다.

신경세포가 자극을 받으면, 세포막의 이온 채널이 열리면서 양이온이 세포 내로 들어오고 음이온이 세포 밖으로 나간다. 이로 인해 세포막의 양쪽에 전압 차이가 발생하여 전기적 신호가 생성된다.

다른 원리는 근육의 수축이다. 근육은 수축을 위해 ATP를 분해하여 에너지를 생성한다. 이 과정에서 ATP가 분해되면서 양성자와 전자가 생성된다. 이 양성자와 전자는 근육 세포막을 가로지르는 이온 채널을 통해 이동하여 전기적 신호를 생성한다. 발생된 전기는 활동 전압(Action Potential)이 되어 신경세포가 서로 정보를 전달하는 데 사용한다. 활동 전압은 매우 낮은 전압이다. 일반적으로 0.1~1.0볼트 정도다. 하지만 신경세포가 밀집해 있는 뇌에서는 이 낮은 전압이 서로 더해져 높은 전압을 형성하기도 한다. 이 전기가 원활하게 통하지 않는 곳에서 병이 발생한다.

또한 심장 내부에 존재하는 세포들이 분비하는 전해질의 농도 차에 의해서도 전기가 발생한다. 이 전압은 0.1~0.5mV의 전기 신호로 심장 근육에 자극을 전도하여 분당 60~100회 정도로 심장이 뛰게 된다.

심장이 60회 미만으로 느리게 뛰면 "서맥"이라 한다. 전기를 제대로 생산하지 못하거나 전기가 지나가는 길이 단절되면 생기는데 인공심장박동기(AICD)를 삽입하는 유일한 방법 외에 치료법이 없다. 근년에는 카테터를 이용하여 30분 정도의 시술로 간단히 완치 수준에 이르는 기술이 상용화되었다. 리튬 전지로 가동하며 7년 정도 후에는 교체해 주어야 하는데 이도 연장 기술이 개발되고 있다.

맥박이 100이 넘으면 "빈맥"이라 한다. 이는 열에너지인 고주파를 사용하여 치료하다가 최근에는 냉각에너지 기술이 개발되었다. 냉매를 넣은 풍선을 카테터로 심장 근육에서 터트려 그 부위를 동상에 걸리게 해서 치료하는 방법으로 간단한 시술로 된다.

우리나라는 가뭄이 심화되면서 날로 저수지의 물이 줄고 있다. 물 부족 국가로 이미 편입되었는데 그 정도가 더욱 악화되고 있다. 예전에는 왕이나 추장도 비가 오지 않으면 기우제를 지냈다. 지금도 가뭄이 계속되면 대통령이 왜 기우제를 지내지 않는지를 모르겠다고도 한다.

농촌에서는 지하수 수위가 낮아져서 폐관정도 급격히 늘고 있다. 농사도 어려워지고 있다. 설상가상으로 물마저 오염되어 가고 있다. 오염수가 유입되어 먹는 샘물마저 위협을 받고 있다. 그렇다고 순수한 물은 마실 수가 없다. 마시면 곧바로 설사를 하게 된다.

극단적으로 말하면 언젠가는 사서 먹는 생수도 각박한 배급제로 바뀔 수도 있다. 지구촌 곳곳에서 사막이 급속도로 늘고 있다. 우리가 마시고 농사지을 물은 어디로 갔나?《고요의 바다》영화에서는 달에 가서 물을 찾으려고 했다. 물 해결은 우주에서 풀어야 할 시대가 다가올지도 모른다.

우리가 마실 수 있는 담수 중에 70%가 남극과 북극에 빙하로 존재한다. 그런데 지구온난화 현상으로 빙하가 빠른 속도로 녹아서 바다에 유입된다. 녹고 있는 빙하수는 이온 해리가 상대적으로 많고 광물질이 풍부해서 좋은 물로 알려져 생수로 수입하고 있다.

우리가 먹는 물은 대부분 정수된 물이다. 현재 가장 보편화된 먹는 물은 수돗물이다. 정수 과정에 소독도 하며 철저한 수질 검사를 통해서 규정에 적합한 물을 공급하고 있다. 서울시에서는 가장 안전한 물이라고 선전한다. 병입한 수돗물은 "아리수"라고 명명해서 공적 행사에는 무료로 공급하고 있다. 세계 기구에서 품질이 보증된 물이다.

사람마다 기호에 따라서 다양한 생수를 음용하고 있다. 먹는 샘물에는 다양한 성분이 포함되어 있다. 성분이 일정한 비율로 된 물이 건강에 좋다. 국내에서는 포천, 평창, 청주, 제주가 대표적인 생수 취수 지역이다. 박지우의 관심 지역은 고향인 청주인데 이미 최고의 생수 생산지로 각광받고 있기에, 또 다른 광천수의 예비 조사도 있어 언젠가는 고향에서 안착할 꿈도 계속 갖고 있다.

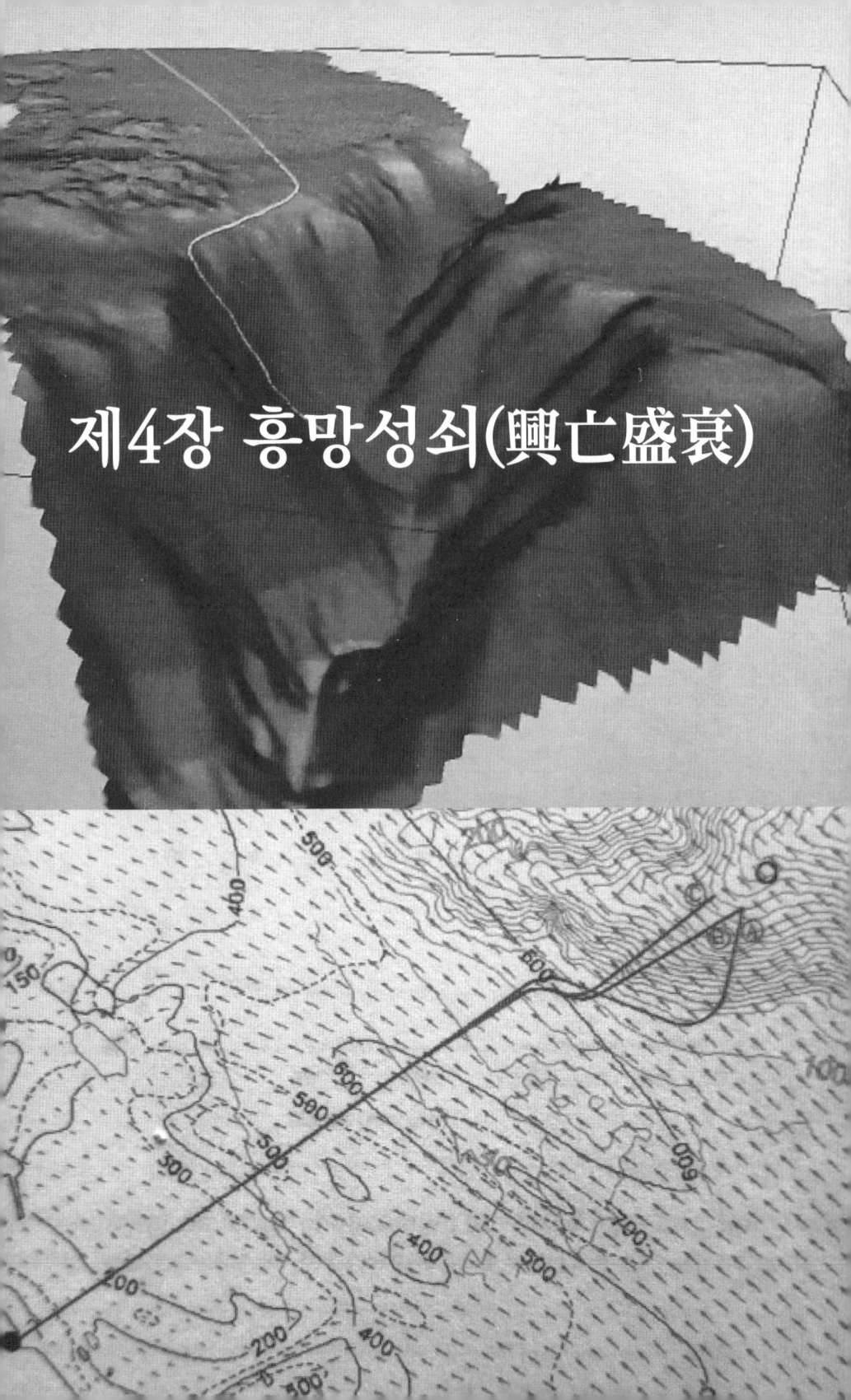

제4장 흥망성쇠(興亡盛衰)

20. 경쟁(競爭)

톰 김 회장의 의욕적인 강해심층수 개발 참여도 혼돈의 터널을 지나야만 했다. 10층 리조트 건물에 테라소피와 테마파크를 포함하고 있는 해양심층수 개발사업을 추진하기 위해서 초기 자기 자본인 외자를 가지고 귀국했다. 주변에는 이미 경쟁 업체들의 난립이 시작되었다. 시작도 전에 레드 시장처럼 변질되고 있었다. 그러나 다른 업체와 달리 대규모 사업으로 진행하며 추진 속도가 빨랐기 때문에 큰 걱정은 없었다.

강해심층수는 자금조달이 원활하게 진행되자 전 공정이 차질 없이 진행되어 공기 내에 완공되었다. 심층수 취수와 탈염 및 병입 시설은 시운전을 거쳐서 상업 생산에 돌입했다. 심층수를 활용한 제품 중에 가장 먼저 시중에 선보일 제품은 음용수였다.

대기업이 생수 시장을 잡고 있는 상황에서 기존 시장과 경쟁하기보다는 최신 마케팅 기법을 최대한 이용하기로 했다. 프린스 그룹의 지원도 받아서 국내의 마케팅 컨설팅 회사도 동원했다. 톰 김 회장이 강병수 사장, 마케팅본부장 김선욱, 기술본부장인 박지우를 회장실로 불렀다. 마케팅 전략 구상에 대한 회장의 의견을 통보하기 위한 자리였다.

"김 본부장님, 최근 수입 생수 현황 시장의 변동 사항은 있습니까?"

"네. 부유층뿐만 아니라 MZ세대들의 수입 생수 선호도도 올라가고 있습니다. 가격이나 품질보다는 외국 브랜드를 들고 다니는 것을 좋아하는 듯합니다. 외제라면…."

"외제라면 무슨 자랑거리처럼 하던 때요? 없던 시절로 다시 돌아가는 것인가요?"

"국내 생수는 물맛에 차이가 없고 평범하니까 에비앙처럼 외제 상표를 들고 다니는 것이겠지요."

"역시 품질에 있어 차별화가 안 되니 상표라도…."

"우리 해양심층수는 먹는 물 제품과도 차별화가 특별해야겠지요."

"김 본부장, 어떤 마케팅 전략이 먹힐지 돌파구를 만드셔야만 합니다."

"네. 회장님. 프린스 그룹과 국내 마케팅 컨설팅과 협업을 하면서 찾아내겠습니다. 문제는 소비자들이 수입 심층수에 대한 인식이 점점 식어가는 데 있습니다."

"우리가 제품을 출하하기 전에 반전을 시켜야만 합니다."

"예. 현재는 조합에서 통제된 정보로 수입 심층수에 대한 마케팅 부족이 여실히 보입니다. 확실하게 신비주의로 가거나 의학적 뒷받침이 된 마케팅이 이뤄져야 하는데 그렇지 못한 실정입니다."

"마케팅을 위한 획기적인 전략을 전개하여야 합니다."

"네."

"온라인 구매 시대에는 소비자들이 싼 제품보다는 신용이 먼저이지요. 좋은 제품이 가격이 좀 비싸더라도 먹힐 것으로 보입니다. 특히 아기들이 있는 집에는 좋은 물, 차별화된 물, 무엇보다 아기 건강에 도움을 줄 만한 물이 상용으로 대량 공급이 가능할 것입니다. 타깃을 아기에도 두다 보면 자연히 늘어나고 있는 노인층에도 제대로 먹힐 것입니다. 우리 제품의 타깃을 아기와 노인으로 하는 방안을 모색해 보세요."

"네. 회장님."

"현재 수입 중인 외제 생수는 어떤 브랜드가 대표적인가요?"

"네. 회장님. 상위권이 프랑스산 생수로서 에비앙, 볼빅, 페리에가 있습니다. 기타 스위스의 발레주, 피지의 피지워터, 남극 빙하수인 네이키드 스틸워터, 오스트리아의 와일드알프 베이비워터, 캐나다의 휘슬러 워터, 러시아의 바이칼 워터 등이 있습니다. 근래에는 프랑스의 오레짜 등 탄산수도 제법 많이 들어옵니다. 칵테일용 탄산수도 제법 들어오고 있습니다. 참, 중국에서 백산수도 들여오고 있지요."

"외국산 생수가 제법 인기가 많은데 어떻게 시장을 뚫고 있어요?"

"브랜드 힘이라고 봅니다. 술 마케팅처럼 생수도 마케팅에 쏟아붓는 자금력이 힘이라고 봅니다."

"글쎄, 선전비를 많이 쓴다고 시장 점유율을 높일 수 있다고 봅니까?"

"물론 아닙니다."

"김 전무 이야기처럼 외국산이라면 무조건 선호하는 사람들이 있으니…."

"네, 생수도 이제는 기호식품처럼 되어버렸으니 상표가 우선하겠지요."

"있는 사람들은 그것이 자신들의 품격을 말해주는 것으로 생각하나 보지요?"

"네, 젊은 사람들이 더합니다. 카페에서 외제 생수나 탄산수를 마시는데 꼭 상표를 보라는 듯해서 못마땅해요."

김 전무에게서 알고 싶은 사항을 다 점검했는지 이번에는 나에게 질문을 시작한다. 본부장들의 의향을 다 듣고 자신의 생각을 이야기할 모양이다.

"박 전무, 외국 생수가 우리나라 물보다 정말 더 좋다고 생각해요?"

"단적으로 말하기는 어렵지만 우선 맛보다는 외국인들이 해외여행을 하면서 자국의 물을 찾는 것과 같이 한국에 와서도 그 물을 찾게 되니 우리나라 호텔 등에서도 자연 외국산 생수를 구비해 놓고 있지요. 그러면 우리나라 사람들도 호텔에 들르면 외국산 생수를 자연스럽게 접하게 되지요. 이런 사소한 것들이 입소문을 타게 되면 가장 민감하게 반응하는 층이 MZ세대로 보입니다."

"박 전무는 접근성을 말하는군요."

"그래서 우리 제품을 해외에 수출하는 것에도 힘을 기울여서 세계 시장을 선점하는 전략을 써야 할 것 같습니다."

"그렇습니다. 나도 수출에도 비중을 두어야 할 것이라고 생각하고 있습니다."

"역시 회장님이십니다."

"그럼 물맛을 이야기해 보세요."

"그야 우리나라 사람한테는 우리나라 물이 제일이라 봅니다. 신토불이가 아니겠습니까? 물맛도 마찬가지로 봅니다."

"김 전무가 이야기한 물맛의 차별화는 어렵고요?"

"예. 그 점 동의합니다. 차별화는 어렵습니다."

"그럼 오로지 대형 회사의 제품으로 상표 싸움이에요?"

"예. 물장사로 남는 것은 없습니다. 가격도 싸야 할 뿐만 아니라 유통비가 워낙 많이 들어서 경쟁력이 없는 상품입니다."

"그럼 해양심층수로 만든 먹는 물에 대한 마케팅 전략은 생수와 이전투구의 시장에 들어서면 백전백패겠네요?"

"예. 생수와 직접 대결할 수는 없습니다."

"그런데 여기까지 왔을 때는 우리 나름대로 자신이 있었잖아요."

"네. 우리도 심층수의 효용을 아직 잘 모르고 있지만 엄청난 좋은 물일 수 있다는 신념이 있지 않습니까? 신비의 물, 천년을 기다려 온 물, 육지에 없는 성분이 들어있는 물, 숙성된 물, 청정한 물…. 마케팅 싸움이라 봅니다."

"추상적인 접근보다 더 구체적인 안은 없습니까?"

"해양심층수 관련 특허가 식품제조 전체 중에서 우리나라가 반 정도 되고 일본이 25%, 미국이 4% 정도이니 기술적으로도 경쟁력이 나올 것으로 예측합니다."

"단적으로 말해서 우리 심층수의 제조 기술의 우월성과 함께 심층수는 사람들에게 줄 수 있는 마지막 선물이라고 하면 되겠네요."

"예. 회장님 말씀대로입니다."

"해외로도 진출하면 맛이나 품질 면에서 경쟁력이 있다고 보는 것이지요?"

"네."

"자, 지금까지 잘해오셔서 감사합니다. 이제부터 또 다른 전쟁이 시작됩니다. 두 분의 어깨가 무겁습니다. 강 사장님이 두 본부장과 함께 전략을 구체화하세요."

우리나라의 해외시장 개척 역사는 대단했다. 아프리카 사람들에게 신발을 신게 하고 추운 극지방 사람들 집에 냉장고를 들여놓게 한 한국인이 아닌가? 회장은 그런 정신력을 먼저 주입하고 싶었던 모양이다. 아무리 좋은 제품이라도 가격이 저렴해도 항상 경쟁에서 벗어날 수 없는 것이 시장의 원리다.

국내 시장을 파고들려면 해외시장을 먼저 뚫는 방법도 심각하게 고려하기로 했다. 다른 경우이지만 책도 해외에서 먼저 발간하면, 그것도 여러 나라에서 발간했다면, 국내에서 베스트셀러가 되는 것은 그리 어렵지 않다. 가수나 배우도 해외에서 이름이 알려지면 국내에서는 일류급으로 대우받는다. 국내에서 수입 생수처럼 브랜드로 싸워볼 수도 있다. 심층수도 같은 논리로 영업을 하자는 회장의 전략에 모두 동조했다. 경쟁은 적자생존의 기본이다.

"미국은 내가 담당하고, 중국은 김선욱 본부장이 하시지요. 기타 지역은 필요에 따라서 내부 또는 외부나 현지인에게 맡기는 것도 좋겠습니다. 마케팅 부분을 수행하는 데 무엇보다 강병수 사장님이 후방 지원을 잘해 주셔야 합니다."

"회장님, 중국(하이난성), 인도네시아, 유에이(UAE) 등에서 해양심층수 개발이 추진된다는 정보가 들어오고 있습니다. 글로벌 시장이 커질 것은 확실합니다."

"네. 알고 있습니다. 그러나 쉽지는 않을 것입니다. 단지 표층수는 탄력을 받을지 몰라도 심층수는 어렵다고 봅니다. 또한 그들과 협업 여지를 잘 검토해 봅시다."

"회장님, 현지 가격 책정 지침은 있으십니까?"

가격 이야기를 할 계제가 아닌데도 마케팅 김 전무가 회장의 의중을 떠본다. 해외 진출에는 초기 투자비가 많이 든다. 이에 대한 우려가 있는

데 특히 관세 부분에 의한 경쟁력도 문제라 생각한 모양이다. 이야기가 다른 방향으로 흐른다. 이것은 줄기가 아니라 가지에 대한 이야기다. 그러나 회의에서는 가던 흐름을 멈추기는 쉽지가 않다.

"수입 생수 관세는 어떻습니까?"
"생수 수입 관세가 8%입니다. 국산과 수입 생수 가격 차이는 거의 없습니다. 우리도 우리의 생산 단가에 기준을 두는 것보다 현지의 생수와 경쟁력을 고려하여 현지 가격과 큰 차이를 두어서는 안 되겠습니다. 그러나 우리 생수의 강점인 천 년의 신비를 간직한 황금 바닷물, 아니 골든 워터란 개념을 살려야만 합니다."

이야기가 너무 디테일하게 들어가자 회장은 회의를 중단했다.

정부가 추진하는 "심층수 테크노 파크 사업"은 민간보다 한발 먼저 시작했다. 국가의 새로운 성장 동력은 국가가 먼저 투자하여 연구개발을 거쳐서 실험실이나 파일럿 설비를 거쳐 실증플랜트까지 지원하는 경우와, 민간인이 이 모든 것을 개발해 나갈 때 금융지원을 해주는 두 가지 방법이 있다. 이번은 전자에 해당한다. 그러나 때로는 실험실 단계에서 특허와 기술을 정부가 제공하고 민간에서 상업용 규모로 건설하다가 큰 손실을 본 과거의 사례도 있어서 실증플랜트 단계를 거치는 것이 안전한 기술이전이 된다.

해양연구원은 자체 연구실 내에 실험실과 실내 모듈을 설치했다. 한편, 민간업체에 의뢰해서 "해양심층수 테크노파크 시범단지 조성사업 타당성 검토 연구"에 대한 용역을 시켰다. 이에 따른 종합보고서는 2001년 1월에 해양연구원에 제출되었다. 2001년 2월에는 이를 근거로 해양연구원은 "해양심층수 다목적 개발" 보고서를 해양수산부에 보고했다. 해양시스템안전연구소로부터 "해양심층수 기본계획서" 용역 보고서를 받아서 국내 대형 건설회사는 개념 설계와 기본 설계를 2003년 1월에 마쳤다.

민간 부분에서 이 시점 이후부터 정부의 발걸음에 맞추어 심층수 개발이 활발하게 추진되었다. 아니 과열 현상을 보일 정도였다. 새로운 사업이 발생하면 이를 관리하는 협회나 협의회가 생긴다. 지나친 경쟁이나 난개발을 방지하기 위한 새로운 집단이 생긴다. 이러한 집단의 형성은 일종의 카르텔 형성으로, 추가로 새로 진입하는 민간업체의 진입을 어렵게 만들 수도 있다. 심층수 사업 부분이 이에 해당한다. 지금까지 없던 사업 분야로서 초기에 발을 담근 회사들만의 이익단체로 구성되었다. 그러나 단체는 언제나 조직을 장악하려는 힘이 존재한다.

사조직이나 공공조직을 막론하고 조직을 장악하는 데는 여러 방법 중에 하나가 1사 1표제에 의한 지분제로 지분을 많이 확보하는 측에서 운영권을 갖게 되는 경우다. 태양광발전소를 100kw 이하로 쪼개기나 한 필지를 여러 개로 만드는 분양 쪼개기와 같은 형태가 된다. 주식회사의 경우 투표로 결정할 때 주식 수로 하는 방법과 확연히 다르다. 협회나 조합에서는 투표에 응하는 조합원 수에 의해서 결정된다. 조합원의 규모를 고려하지 않아서 출발부터 문제를 안고 가게 된다. 이러한 결정 방법은 조직의 순수한 목적에 반할 경우도 발생한다.

국내에서 해양심층수 바람이 불자 동해의 바닷물은 황금알을 낳는 황금 바닷물로 바뀌었다. 너도나도 수입을 하여 다양한 상품으로 만들어서 시장에 쏟아냈다. 심미적 매력은 소비자를 자극하기에 충분했다. 그러나 각개전투에 의한 소자본에 의한 시장 진출은 한계가 있다. 출발선에서 마케팅 실패는 눈에 보이는 듯했다.

심층수 개발사업의 경우는 초기에는 개발업자의 자격 제한이 없었다. 바다 점용 허가나 음용수로 개발할 경우 먹는 물 관계법도 없었다. 음용수를 생산해도 법규는 혼합음료 관계법을 적용하는 수밖에 없었다. 그렇다고 정부가 발 빠르게 법률 제정을 한다 해도 민간 분야의 속도를 따라잡지 못한다. 자연히 난개발 성격으로 변했다. 이 과정에서 사회적 문제도 많이 발생했다. 법적 근거가 취약하니 제재나 지원이 적었다. 경쟁은 발전을 위해서 반드시 필요하나 무분별한 난립은 모두에게 피해를 주게 된다.

동해에서 심층수 개발이 동시다발로 개발이 추진되었다. 황금알을 낳는 거위로 보았다. 새로운 협회인 "해양심층수 산업협의회"도 발족했다. 난개발이나 과당경쟁을 방지하고 고부가가치형 신성장 동력으로 육성하기 위한 발전 방안을 협의하는 신생 조직이다. 무엇보다 동종 분야에서 경쟁하기보다는 지역별 특성화 제품과 서비스를 세분화하자는 전략도 포함되어 있다. 그러나 명분과 실제는 다르다. 이익 앞에서는 그 무엇도 부정되는 것이 자본주의 속성임을 부인할 수는 없다.

울릉도를 포함한 경상북도와 강원도에서 주로 제3섹터에 의한 해양심층수 개발 경쟁이 시작되었다. 지방자치제에서는 지역의 새로운 먹거리 사업에 모두 올인하는 듯했다. 세상에 모두라는 것은 존재하지 않는다. 공산주의라면 몰라도 자본주의 사회에서는 경쟁력 있는 자만이 살아남는 세계다.

현재는 심층수 면허를 취득하면 5년 유효하며 계속 갱신을 해야만 한다. 취수해역과 연간 최대 심층수 취수량은 정부가 5년마다 발표를 한다. 현재 허가받은 장소는 강원도를 비롯하여 고성, 양양, 강릉, 속초, 동해, 삼척, 6곳 지자체와 경상북도의 영덕과 울릉도의 지자체가 관여하고 있다.

강원도에서는 "고성군" 지역이 제일 앞서갔다. 오호리 2곳과 강해리 한 곳, 총 3곳을 고성군이 관리기관으로 참여하여 피면허기관인 정부 연구소 및 민간업체와 공동 추진하는 제3섹터사업으로 추진한다. 한국해양연구원은 순수 연구와 민간 부분에 대한 기술 지원을 목적으로 운영한다.

"양양군"의 경우는 원포리에 바이오산업개발에 특화되어 민간 측에서 면허를 받았다. 해안 연장 17.5km, 해저 1,032m에서 취수하는 해양심층수 시설을 가동하여 소금과 먹는 물, 화장품 등에 대한 대규모 생산을 한다.

"강릉시"는 정동진 인근에서 해양심층수 취수를 설비하여 해양치료요법시설을 중심으로 사업을 전개한다. 생수 사업 관련하여 블랜딩 기술특허가 있다. 270mm 파이프를 10km로 설치하는 것으로, 위치는 정동진 일대에 심층수 종합 시설도 포함한다.

"속초시"는 외옹치에서 6km 떨어진 360m 깊이 지점에서 취수하여 먹는 물, 해수욕장, 건강, 미용, 해양요법시설 등을 설치한다. 수산물 보세장치장, 담수화시설, 저온창고, 제빙시설, 냉동고, 동결실, 사무실을 신축하며 2단계 사업으로 음용수 생산 라인을 대폭 확대한다. 북방수산물 위판 및 차별화된 해양 바이오(BT) 사업 등을 구상하고 있다. 기타 "동해시"는 추암에서 해양심층수를 취수하고, "삼척시"는 증산에서 취수한다.

경상북도에서는 "영덕" 제3섹터 방식의 해양심층수 개발사업을 추진한다.

울릉도에는 "울릉군"이 관리기관으로 남쪽 "저동"에서 취수하여 해산

물 관리에 사용하다가 중국 어선이 태풍을 피하다가 취수관을 파손시켜서 취수가 중단되었다.

"현포리"에서는 국내 유명 브랜드를 가진 회사가 참여한다. 태하리에는 대학교 영농기업이 420m에서 취수하며 인근에 또 현지 기업 계열회사가 430m 바다 밑에서 취수한다. 제품은 미국식품의약청(FDA)과 국제생수협회(IBWA)의 승인과 함께 수출을 모색한다. 또한 "태현리"에서는 강해심층수가 600m 바다 밑에서 취수한다.

해안의 난개발이 예상되고 상품의 안전성 등 검증 부분에 대한 법규도 따라오지 못했다. 국회는 바빠졌다. 드디어 해수부도 칼을 들었다. 관련법이 국회를 통과하고 다음 해에 시행령이 공포되었다. 바다라는 공익성과 상품이라는 민간성이 결합되자 이를 법에서 면허제로 만들었다.

집중적으로 동해안에서 10개 지역이 취수해역으로 설정되고 일일 최대 취수량이 공표되었다. 이 중에서 강릉 정동진, 울릉도 저동과 삼척 증산 3곳은 결국 취수가 보류되었다. 유효기간으로 허가된 피면허기관은 모두 8개다. 여기에는 연구용으로 일일 1,900톤을 취수하는 한국해양과학기술원도 포함되었다.

사업용으로 취수하는 관리기관별 민간 6개 회사는 강원도 고성군(오호리, 3,000톤), 양양군(원포리, 2,400톤), 동해시(추암리, 3,000톤) 속초시(외옹치, 30,000톤)와 울릉군(현포리, 3,000톤과, 태하리 2,000톤, 태현리 3,000톤) 4곳이다. 반면에 미취수 3개 관리기관은 강릉시(정동진), 삼척시(증산리), 울릉군(저동)이다.

누가 보아도 난개발로 해양심층수 생산량이 문제가 되기 때문에 취수량 한도를 설정한다는 것은 아이러니다. 심층수의 일정량이 바닷속에 있는 것도 아니고 심층에서 흐르는 해류다. 수돗물도 아닌 바닷물을 퍼 올렸다고 바닷물이 줄어들지 않는다. 단 취수한 심층수가 처리 과정에서 나오는 잔여물이나 부산물을 도로 바다에 버릴 경우는 그 부분만 환경문제로 다루면 될 수도 있는 문제다.

21. 천수 리조트(天水度假村)

　분양 행사도 성공적으로 끝났다. 천수 리조트의 특별분양과 일반분양은 모두 순조로웠다. 그만큼 인기가 있다는 이야기다. 민 회장 가슴은 한껏 부풀러 올랐다. 분양 대금이 순차적으로 들어오자 은행의 단기 대출을 모두 상환했다. 민 사장은 이러한 경색된 자금을 풀어준 톰 김 회장에게 감사를 전하며 공로주를 제공하겠다고 이사회에 안건을 상정했다. 그러면서 조심스럽게 더 큰 과제를 톰 김 회장에게 부탁을 했다.
　카지노 개설 건으로 프린스 그룹에서 한국에 직접 투자하여 카지노를 개설하게끔 주선하는 건이다. 내국인 출입 여부가 걸림돌이다. 남북 화해가 더 무르익으면 지역적으로 남북한 화합의 장소로 내국인도 카지노 출입 가능성을 높일 수가 있다.
　그전이라도 단계별로 카지노 출입 건을 외자 유치와 함께 풀어보자는 것이 민 사장의 복심이다. 이와 관련하여 프린스와 공동 전선을 펴서 정부 관계 부처에 힘을 써 달라는 것이다. 미국 측과 협의 자체는 별문제가 없었다. 톰 김 회장은 라스베이거스 대학에 몸도 담았고 샌디에이고 디자인 센터와 프린스 그룹과 돈독한 관계로 처음부터 천수 사업에 관해서 박지우와 협조하기로 이미 약속했기 때문이다. 또한 아이작 파웰을 최대한 동원할 계획도 가지고 있었다. 승부수는 그에게 있다고 믿었다. 국내는 헬렌 황이 대정부 관계의 로비를 물밑에서 시작하기로 했다.

파로호 지역은 휴전선 인근 지역이자 국제적 관광지로 외국인이 많이 출입할 것이며 미개발 지역에 대한 지역 활성화 차원을 부각시키면서 카지노에 내국인 출입 허가를 받자고 했으나 쉽지가 않았다. 남북문제의 향방이 최종 열쇠다. 휴전선 인근의 미개발 지역에서 목 놓아 기다리기보다 무엇인가 적극적인 조치를 취해야만 한다.

공사를 하면서 거센 파도를 몇 번 탔다. 개발사업을 추진하면서 겪는 고통이 이 사업에서도 예외는 없었다. 처음에는 외자 유치에서 큰 걸림돌이 있었다. 이어서 건설은 일사천리로 진행되었으나 호사다마라 할까? 어느 사업이나 내부 조직에서 문제가 터진다. 안전 문제도 있지만 주로 자금 쪽에서 터진다.

"김 사장님, 큰일이 터졌습니다."
"관리본부장, 무슨 일이요?"
"회원권 분양 대금이 입금되지 않고 있습니다."
"자금 담당 이종현 본부장을 부르세요."
"자금 담당 본부장과 분양 팀장은 해외로 이미 나갔답니다."
"예?"
"이제까지 입금이 제대로 되고 있다는 재무 보고에서 정상적으로 있었는데 무슨 이야기인지 아세요?"
"아, 그게 저는 잘 모릅니다만 자세한 사항은 지금 파악 중에 있으니 결과를 보아야 알겠지만…. 분양 회원권 대금을 한 달 늦게 입금 계좌에 넣으면서 임시 계정의 돈이 별도 계좌로 관리되었던 모양입니다. 집중된

두 달 분양 대금이 사라진 듯합니다."

"참, 무슨 말인지…."

"입금 확인증 재발급 과정에서 알게 되었답니다."

"제약 회사에서 나쁜 마음을 가진 영업사원들이나 하는 짓이 우리에게 일어났단 말입니까?"

"죄송합니다."

"아니, 본부장이 죄송할 일이 아니지."

천수 사업 재무 담당 본부장이 분양 담당 부장과 함께 분양 대금을 횡령했다. 사건이 터졌을 때 그들은 이미 필리핀으로 도주한 후였다. 그곳에서 캐나다로 다시 갔다는 이야기까지 들린다.

우리나라에서 금융사고가 터지면 필리핀으로 빠져나가는 경향이 있다. 아마 현지에서 영어가 통하기 때문인지도 모른다. 아니면 섬으로 가면 찾기가 어렵다고 한다. 섬이 많은 나라라서 현지에서도 범죄자가 섬으로 가면 찾기 어렵다고 한다. 이번 금융사고로 사업 진행이 잠시 흔들거렸으나 또 헬렌 황과 안소희 여사의 도움으로 문제를 무난하게 봉합하였다.

이 사업을 처음부터 민 사장을 도우며 이끌어 왔던 최 회장은 충격을 받았다. 아니면 노환인지 몰라도 공사가 거의 완료 상태에서 세상을 달리했다. 노익장을 과시하며 투자도 일부 했다. 이익을 남기기 위해서가 아니라 자신이 입버릇처럼 말하던 노년을 보낼 청정 지역의 리조트 펜트하우스에 입주하기 위해서 투자를 했다. 아쉽게도 입주하지도 못하고 생을 마감했다.

드디어 천수 사업은 완공되었다. 미국 프린스 그룹의 로고가 단지 입구의 상징 건축물 옆에 금빛으로 빛나고 있었다. 천수 사업은 강해심층수와 연계하여 마케팅 효과는 더욱 증대될 것으로 기대되었다. 내륙 한가운데 청정 호수에서 건강에 좋다고 알려진 생명의 물이라는 심층수를 마음껏 이용할 수 있는 건강 리조트다. 내륙 한가운데에서 황금 바닷물을 즐길 수 있는 멋진 휴양 리조트를 건설했다는 사실은 민 사장에게는 꿈만 같았다.

민 사장은 여기까지 오는 과정이 파노라마가 흘러가듯 지난날의 일들이 시공을 줄여서 다가왔다. 무엇보다도 북한과의 평화무드가 더욱 조성된다면 파로호에서 톰 김 회장이 구상했던 남북 당일 선상관광이 가능하게 될 것으로 보였다. 리조트가 오픈되면 즉시 대박 터트리는 것은 따놓은 당상으로 보였다. 건설은 삼아 그룹에서 수행하고 운영은 프린스 그룹 로고와 함께 공동 운영을 하기로 했다.

내륙 한가운데에서 살던 민 사장은 바다를 모르고 살았다. 경상도 내륙 도시인 안동에서 간고등어가 유명한 것처럼 청주에서도 생선은 구경도 못 했다. 간고등어, 조기, 말린 도루묵 등의 생선이 접할 수 있는 바다 생선의 전부였다. 고향인 청주 주변의 초평 저수지 주변에는 도루묵 구이집이 여럿 있는데, 벽에다가 새끼줄 사이에 도루묵을 끼운 줄을 매달아 놓는다. 도루묵 한 줄 떼어내어 장작불에 구워 소주 한 잔을 곁들이면 그 맛을 형용할 수가 없다.

임진왜란 때 의주로 피난 간 선조가 도루묵 생선을 아주 맛있게 먹어서 은어라고 이름을 하사했다. 그런데 전쟁이 끝나고 한양으로 돌아와서 은어가 상에 올라왔는데 맛이 없다고 이름을 도로 바꾸라는 말에서 도루묵 이름이 생겼다. '말짱 도루묵'이란 말은 노력했으나 헛수고로 돌아갔다는 말이다. 풀이하면 돌묵의 변형으로 바위 '돌'과 생선 '묵'이다.

남북 관계가 급물살을 타고 화해 무드가 더욱 활기 있게 조성되었다. 그동안 개발 억제와 대민 통제로 취약했던 휴전선 접경 지역이 모두 꿈틀거리기 시작했다. 미개발 청정 지역으로 휴전선 아래의 파로호 주변 지역도 해금 분위기에 들떠 있었다. 부동산 가격이 치솟는 것을 보면 확실히 남북 긴장은 완화되고 있는 모습이었다. 정부의 규제가 많이 풀린 정황을 보아도 알 수가 있다. 이 시점에 파로호 리조트 사업이 전개되었다.

민 사장이 주관하여 추진한 호반형 리조트 단지 개발사업의 정식 허가가 도청에서 나왔다. "천수 하이랜드 주식회사"를 설립함과 더불어 공동 대표 사장에 인천시 부시장을 역임했던 김승재가 영입됐다. 그는 건축 분야 기술고시 출신자다. 기술과 행정 모두에 그만한 사람을 구하기도 쉽지가 않았다. 다음으로 본부장에 사업본부 이강세, 자금본부 이종현, 마케팅본부 안광용, 기술본부 김진성 및 관리본부 이종국으로 5개 본부장의 영업을 시작으로 필수 요원들도 채워 나갔다. 순풍에 돛 단 듯이 사업이 미끄럽게 흘러갔다.

리조트 단지 사업부지를 천수기업의 민 사장이 낙찰받자 부지를 등기한 후에 1차 자본금을 납입했다. 그는 평생 꿈꾸던 이번 리조트 사업에 올인하기로 다시 다짐을 했다. 즉시 진입도로 건설부터 착수했다. 국도에서 현장까지 접근로가 좁은 비포장도로 하나였다. 진입로 공사에 비용이 예상을 초월하여 많이 투입되었다. 그러나 신설된 넓은 진입로는 현장을 답사하는 투자자들에게는 신뢰를 주기에 충분했다. 자본금 증자도 추진하면서 동시에 리조트 분양 준비도 착수했다. 리조트 단지 개발사업은 그렇게 순조롭게 진행되었다.

발주 용역과 건설은 기획 단계부터 참여했던 관련 회사들을 중심으로 선정했다. 설계 총괄은 최건축에서 수행했다. 최건축에서는 마스터플랜과 개념 설계를 외국 회사에 하청을 주기로 하고 전반적인 용역은 자체 수행하기로 했다. 기타 사업타당성 조사와 환경영향평가 등 용역을 전문 컨설팅 회사에 외주를 주었다.

최 회장은 외국에 하청 줄 디자인 등 외주를 샌디에이고에 위치한 티케이 회사에 의뢰했다. 샌디에이고 디자인 센터를 운영하는 티케이 본사에서는 한국의 사업을 맡자 바빠졌다. 프린스 그룹에서 이름이 나 있는 유명 디자이너를 별도로 영입했다. 그를 중심으로 천수 사업에 대한 디자인에서 개념 설계까지 태스크 포스 팀을 꾸려서 작업을 시작했다.

박지우가 보기에 디자이너는 괴팍한 성격의 소유자다. 머리 손질도 잘 하지 않고 수염은 정리한 적이 없는 듯 부랑아 같은 모습을 하고 다녔다. 복장은 아예 찢어진 청바지에 남방은 반쯤 만 바지에 넣고 다녔다. 예술가는 자유인이라 하지만 젊은 히피족 같은 모습인 사람을 고액을 약속하고 영입했다. 톰 김 회장의 안목은 남과 다른 듯했다. 최고 책임자의 역할은 적재적소의 사람을 채용하고 마음껏 일할 분위기를 만들어주는 것이다.

그가 스케치한 마스터플랜은 그럴듯했다. 그러나 개별 스케치한 작품은 거의 이해가 어려웠다. 보통 사람에 비해 모두가 역발상 스케치였다. 보통 사람이 생각하기에는 엉뚱한 건물을 디자인했다. 구조적으로 가능한지 아니면 건설 비용은 얼마나 더 들지에 대한 생각은 전혀 없는 것 같았다. 누구나 예술가를 이해하기가 어렵다고 하지만 그것도 어느 정도지 이는 너무하지 않은가 하는 생각이 들 정도다. 비용을 떠난 현실은 없지 않은가? 디자인과 설계는 비용의 개념 없이는 현실성이 없다. 그런데 그는 작업을 즐기고 있다. 이어지는 그의 작품을 기본으로 전개될 기본 설계와 상세 설계, 구조계산, 예산 등이 제대로 따라갈지 궁금할 정도였다. 20여 명의 엔지니어와 제도사가 참여하여 순조롭게 작업이 진행되었다.

서울에서 사업본부 직원들과 관계 공무원들이 센터에 다녀가며 모두가 만족했다. 청수 사업은 민선 도지사의 관심 사업이다. 제3섹터 프로젝트의 시금석이자 외자 유치라는 양손에 황금 열쇠를 쥐고 추진하는 사업이다. 외국인 합작 투자사업이니 사업 초반의 진행 상황에 관심이 컸다. 도지사는 연임을 위해서도 도민들에게 무엇인가 보여 주어야만 했다. 도지사도 직접 샌디에이고에 와서 사업 진행을 직접 보고 무척 만족했다.

톰 김 회장은 라스베이거스에 온 강원도 도지사에게 식사 대접을 하면서 헬렌 황도 초대하여 자리를 함께 만들었다. 그녀는 식사 자리에서 도지사에게 아이작 파웰 의원을 강원도로 모시면 어떻겠냐고 타진했다. 그 의원은 하원 재정위원회장도 지냈기에 강원도 외자 유치에 도움을 줄 수도 있다고 언질을 주었다. 그는 흔쾌히 응낙했다. 이러한 흐름의 바탕에는 톰 김 회장이 천해 사업에 초점을 두고 있음을 그녀 외에는 아무도 짐작조차 하지 못했다.

누구나 라스베이거스를 좋아한다. 황량한 사막 한가운데 건설된 도시다. 마피아 주역들이 세운 도시라고 하는데 실은 마피아가 없는 유일한 도시라고도 한다. 치안이 안전하다고 한다. 호텔 제일 높은 층의 카페에서 라스베이거스 시내 전경을 바라볼 수가 있다. 새벽이 밝아오면 도시 외곽의 황량한 사막에 양방향으로 나누진 아스팔트 도로에서 도시로 들어오는 자동차 불빛이 도시를 깨운다. 아침 햇살이 사막에서 도시로 슬금슬금 들어온다. 지난밤 카지노에서 늦게까지 게이밍하며 마신 칵테일에 취했는지 아침이 와도 일찍 깨는 사람은 없다.

라스베이거스를 건설한 주역 건축가들이 그곳에 사무실을 두고 있다. 톰 김 회장은 피터슨과 함께 프린스 컨설팅 사무실을 방문했다. 최건축에 제시할 천수 사업 최종 서류를 협의하기 위해서다.

민 사장은 고민에 빠졌다. 내자는 어느 정도는 해결이 되었으나 외자가 계획대로 조달되지 않자 사업에 지장이 생기기 시작했다. 자금줄이 잠시라도 끊기면 많은 파행이 일어난다. 투입 자금과 일부 증자와 대출도 바닥나고 있었다. 그래도 시간이 지나자 내자 자금조달도 틀어지기 시작했다. 외자에 대한 비전이 잘 보이지 않자 말썽이 좀 생겼다. 이 단계에서 기투자 자산을 담보로 한 대출을 하지 않기로 했다. 일단 투자가들에게 우선주 배당 형식으로 자본금 증자 형식을 통해 자금조달을 모색했다.

천수에서 대주주로 투자한 특수목적회사에서 경험 많은 회계법인에게 의뢰하여 한 달간에 걸친 정보 메모랜덤(IM)도 작성하여 특정한 회사들에게만 배포하였다. 현지 답사와 이에 따른 설명회도 여러 번 했다. 추가 자본금은 기존 주식 액면가의 3배수로 하되 51:49로 신구주 비율을 정했다. 추가 증자는 재무적 투자가와 건설사업에 참여 가능한 회사에게 발행을 하되 배수는 추후 결정하기로 했다.

이후에 본 건설에 필요한 대출을 은행권을 통해서 조달하기로 했다. 이때 헬렌 황이 흑기사 역할을 해주었다. 그녀의 주선에 의해서 조건은 그리 좋지는 않았으나 국내 펀드 회사가 참여를 해서 급한 불은 끄게 되었다. 건설회사들은 계속 입질만 했다. 건설회사들이 결정되어야 그들의 건설 완공 보증이 은행권 대출을 용이하게 해주기 때문에 시간상 오래 끌 수는 없었다.

이러한 자금이 출렁거리는 위태로운 상황에 박지우 전무의 그간 외자 투자 활동 성과가 나타났다. 영국 로스차일드 투자사로부터 투자 확정 소식이 전해져 왔다. 한 디딤돌을 무사히 밟고 넘어가자 그다음은 쉽게 발을 내디딜 수가 있었다. 국내 건설회사 투자가와 국내 은행 대출 문은 쉽게 열렸다. 이후 공사가 정상적인 진도를 보이며 완공을 눈앞에 두게 되었다. 프린스 그룹의 감독관이 까다롭게 기자재 구매나 물품 구매에 관여했으나 국제 규격을 철저히 지켰기에 별문제가 없었다.

이제 천수 하이랜드 리조트 단지는 화려한 오프닝 세리머니와 함께 프린스 그룹의 로고를 붙여 고객에 대한 품질 높은 서비스를 시작했다. 어떠한 외국 관광객이 체크인해도 최적의 서비스를 제공할 수 있게 되었다.

최적의 서비스는 싱가포르에서 판정하는 기준이 있다. 각종 체크리스트에 따라서 엄격하게 심사하여 극동아시아와 동남아시아에서 최고의 서비스를 제공하는 시설의 순위를 매겨서 발표를 하고 있다. 이 기준의 핵심은 고객이 제3장의 느낌이 전혀 없도록 하는 것을 최우선으로 하고 있다. 손님이 머물면서 종업원을 포함하여 그 누구에게도 간섭받지 않기를 원한다. 최고의 서비스는 고객이 자기 집에서 지내는 것처럼 안락한 분위기를 느끼게 만들어 주는 것이라 한다. 메일은 문 밑으로 살짝 밀어 넣고 실내 청소나 세탁물을 가지고 나가는 것은 손님이 방에 없을 때 그림자처럼 해야 한다. 절대로 손님과 마주쳐서는 안 된다.

단지 내에 숙소와 연계된 동선 역시 고객의 입장에서 휴먼 엔지니어링을 적용해서 설계되었다. 아쿠아 팜, 피트니스 센터, 마리나 설비 등 모든 설비는 안전을 최우선으로 하되 고객의 입장에서 최대한 즐길 수 있도록 배치했다. 안내인과 트레이너들에게 고객의 입장에서 체크인해서 지내 보는 전문가 교육도 시켰다. 팀장급은 라스베이거스의 프린스 그룹의 연수원에서 모두 교육을 받고 돌아온 직원들이다.

파로호 일대는 화려한 변신을 했다. 완벽한 숙박시설과 놀이기구, 호수 수면 위의 데크 설치 등 시설이 완벽했다. 주변에는 각종 야생화가 가득하다. 청정 지역이니 꽃들이 싱싱하다. 주변에서 채취한 꽃으로 꽃차를 만드는 시설도 갖추었다. 또한 이곳에 강해 해양심층수를 수송해 와서 고객에게 제공하니 인기가 높았다. 내국인보다 외국인이 더 좋아하는 것 같았다.

특히 로비에서 커피나 찻물로 심층수를 쓴다. 차는 색을 보고 향을 맡으며 마신다. 색과 향이 어우러져서 마음을 정화시킨다. 녹차는 찌거나 볶으면서 폴리페놀이나 옥시티아제 효소를 없애서 더 이상 산화가 되지 않게 한다. 녹색을 그대로 유지하는 비결이다. 반 발효차는 폴리페놀이 반 정도 남게 하고 발효한 차로서 우롱차가 대표적이다. 완전히 발효시킨 차가 홍차이고, 한 번 더 발효시킨 차가 보이차다. 색깔이 더 진해진다.

차의 효능은 몸의 노폐물을 잘 빠져나가게 도와주는 효능이 있다. 기름기 제거에도 용이해서 기름진 음식을 먹는 중국인들이 살이 찌지 않는 이유다. 이러한 차를 심층수로 만든다. 생활 수준이 높아지면서 사람들은 혈당이나 콜레스테롤 걱정이 커졌다. 차를 찾는 사람들이 많아졌다. 다양한 차 종류가 나왔다.

꽃차는 향과 색깔이 보다 다양하다. 메리골드 꽃차는 금세 찻물이 노랗게 변하며 꽃이 피었을 때로 환생을 한다. 당아욱 꽃차는 옅은 청색으로 물드는데 어떠한 차도 그 색을 만들어내지 못한다. 중세기에는 푸른 물감이 금보다 비쌌다고 한다. 색을 보며 마시는 기분은 또 다른 세계를 맛보게 한다. 색이 싫어지면 오렌지 한 방울을 떨어뜨리면 된다. 그럼 핑크색으로 변하고 그냥 놔두면 투명해진다. 차는 어떤 물을 쓰느냐가 핵심 중에 핵심이다. 내륙 호수에서 청정한 바다 내음을 맡으며 휴식할 수 있으니 더할 나위 없는 리조트로 명성이 높아만 갔다.

남북 화해 무드는 한결 더 화해 무드로 발전해 갔다. 천수 리조트를 이용하여 당일치기로 고급 유람선을 타고 금강산 관광을 다녀오는 프로그램 신청서를 정부에 냈다. 개성까지 민간인이 금강산 관광과 같이 개인적으로도 다녀올 수 있다는 기사가 나오고 있다. 천수 리조트 사업 전망은 밝아도 너무 밝았다. 민 사장은 그의 꿈인 리조트 단지가 오픈되자 더 이상 바랄 것이 없었다.

22. 천해 리조트(天海度假村)

천해 사업은 강해 해안가에서 심층수를 개발 및 상품화하는 강해심층수 사업과, 심층수를 공급받아 이를 특화하여 운영하는 천해 리조트 사업이라는 두 개의 복합사업이다.

강해심층수는 천해회사와 상호지분 관계가 얽혀 있지만 별도의 회사다. 대주주는 톰 김 회장이다. 그는 심층수 개발사업에 투자를 결심하며 티케이 회사(TK USA Corp.)를 통하여 즉시 초기 투자금을 한국에 송금했다. 그는 행동하는 사람이지 생각하는 사람이 아니다. 최 회장과는 상반되는 사업가 기질을 가졌다. 최 회장은 마음이 급했다. 이번 강해심층수를 포함한 해안가에 건설될 천해 리조트 사업을 자신이 구상했으며 욕심을 가진 사업이었다.

출발지는 모스크바에서 얻게 된 동해의 해도였다. 그는 디자인과 감리 사업을 위주로 한 사업에만 익숙해서 개발사업의 위험 요소를 만지작거리며 주저했다. 특히 나이를 생각하라며 반대하는 가족들의 벽을 넘기가 어려웠다. 아무리 생각해 보아도 자신이 없었다. 그의 성격답게 위험 요소가 너무 많다고 생각만 하다가 샌디에이고에서 톰 김 회장을 만났을 때 슬며시 운을 뗐다. 결국 톰 김 회장에게 주도권을 빼앗겼다. 그는 주도권을 잡으며 먼저 사업자금을 출연하니 자신도 소액 지분의 투자 기회가 있어 그때 가서야 주저하지 않고 참여했다. 뒤끝만 남으며 위안은 되지 않았다.

이제부터 톰 김 회장은 한 번도 가보지 않은 길을 열어야만 했다. 도상훈련이 아닌 관민 투자사업으로 누구에게나 처음으로 시도하게 되는 심층수 개발사업이다. 국가 연구기관에서는 이미 기초 분야에 연구를 하고 있었기에 앞으로 이번 투자사업에 공공기관으로부터 많은 도움을 받을 수 있을 것으로 기대했다. 그러나 아직 국내에 실증 플랜트 시설도 없다. 아직 한 번도 시도해 보지 않은 사업으로 위험 요소를 제대로 파악할지는 미지수였다.

최 회장은 서둘러서 해양연구원 산하 해양시스템안전연구소 이현순 박사를 다시 찾았다. 연구소는 심층수 실험용 취수 설비 모형과 시뮬레이션을 통해서 시설물의 안전성 점검을 위한 모듈을 설치하여 연구 중이었다. 임의로 파도를 발생시키며 시설물에 대한 안전성 연구도 끝나가고 있었다. 곧 국비로 실증용 취수관 설치도 착수할 예정이었.

연구소 다른 팀에서는 실험용으로 채수한 바닷물로 해안가에 한해성 어종에 대한 종묘 배양 연구 중이었다. 이러한 연구를 위해서 국립수산과학원 동해수산연구소와 협약을 맺었다. 연구센터 주변 해역에서 심층수를 활용해 해조류의 해중림도 조성하고 있었다. 연구소의 각종 진행 상황을 들어보고 나서 회의실로 들어섰다.

"전해주신 러시아 해도를 보니 너무 상세해서 놀랐습니다."
"도움이 되었습니까?"

"등고선이 제법 정확한 것으로 우리 해도와 비교하며 탐사선을 보내 최종적으로 일치 여부를 조사할 예정입니다. 물론 별도로 수질이나 제반 데이터 수집도 하고요."

"아마 러시아 극동 함대의 잠수함이 동해를 운항할 때 사용하는 해도였다고 하니…."

"물웅덩이가 제법 많이 있는데 최적 지역을 찾아보겠어요."

"웅덩이에 취수구를 설치하시려고요?"

"네, 취수구의 위치가 문제이겠지요. 물웅덩이에서 심층수가 정체되어 있으면 좋지 않을 것 같습니다. 정체된 것은 아무리 깨끗한 것도 시간에 따라 변하기 때문이죠. 취수구는 심층 해류가 있어야 일정한 성분을 유지할 수 있을 것 같습니다."

"그러면 해중에 취수구를 설치하시려고요?"

"그러나 문제는 해류 중간에 설치하면 구조물 지탱에도 문제가 있을 것 같습니다. 해류의 속도나 이상 회오리 물결이 발생하면 수중 구조물에 치명적인 타격을 받으니 데이터가 필요하지요."

"어느 곳이 될까요?"

"그 부분이 아주 민감합니다. 유지 보수 등을 포함한 경제성도 고려해야 할 것 같습니다."

"결과를 기다려야겠지요."

"아닙니다. 민간 측에서 사업화하면 별도의 탐사와 조사를 하셔야 할 것입니다. 바닷속을 누가 보증하겠습니까?"

"그래도 열 길 물속은 알아도 사람 마음속을 알 수 없다고 하는데 현대 과학으로 물속을 모르겠습니까?"

"아는 것과 책임은 다르니까요."

한국해양연구원(KORDI)은 교육과학기술부 산하 기관으로 1973년 설립되어 해양의 물리학적 특성과 수치모델 연구, 해양의 화학적 환경, 천연물, 동위원소화학 연구, 해양의 지질, 지구물리 등 지질과학적 연구 연안 환경과 연안개발기술 연구 해양법과 해양산업 연구 등을 수행했다.

해양심층수연구센터는 2005년 12월 개설되었다. 강원도 고성군 죽왕면 오후리에 연건평 2,541m²로 시작했다. 일산은 1,000톤 해양심층수 취수 설비도 갖추었다. 공모를 통해 민간 기업 8개 기업을 선정하여 심층수도 공급하였다. 해양연구원은2012년에 한국해양과학기술원(KI-OST)이 출범하면서 폐지되었다. 산하에 동해연구소를 운영하고 있다.

천해 사업 최종 부지는 강원도와 협의를 통해서 해양수산부로부터 동해의 강해 바다 해변으로 사용 허가가 떨어졌다. 톰 김 회장은 가슴이 벅찼다. 동해에서 재기의 기회가 드디어 주어졌다. 서해의 아픔을 이번에는 멋진 인생 3부 드라마를 펼칠 것을 기대했다.

박지우의 아내는 종합 리조트가 해안가에 멋지게 들어서면 바리스타로 일터가 생기는 것을 기대했다. 바다 위로 난 데크 길 중간 부분에 설치될 전망대 커피숍을 운영하는 꿈이 이뤄지는 것이다. 밀려오는 파도에 부서지는 하얀 포말을 바라보며 심층수로 커피를 내리는 자신의 모습을 생각했다. 한껏 기대에 부풀었다. 박지우 아내가 그렇게 좋아하는 모습은 결혼 후 처음 보는 듯했다.

동해라고 말하면 훈민정음으로 처음 쓰인 용비어천가의 첫 구절에 나오는 해동을 말한다. 우리나라를 지칭하는 말이다. "해동의 여섯 용이 날으사, 일마다 천복이시니/옛 성인들과 부절을 합친 듯 꼭 맞으시니/뿌리

깊은 나무는 바람에 아니 흔들리므로, 꽃 좋고 열매 많으니/샘이 깊은 물은 가뭄에 아니 그치므로, 내가 되어 바다에 가나니."

우리나라 북쪽은 광활한 대륙인데, 대륙과 연결된 반도의 땅에서 살게 된 것은 축복이다. 3면은 바다를 접하였다. 이보다 더 좋은 명당은 없다. 선조들이 천혜의 땅에 자리를 잡아 번영을 이루었다. 고려시대 수도 개경의 항구인 벽란도는 극동 아시아 무역의 최대의 거점이었다. 중국 상해와 천우산도 항구에서 오오츠크 해류를 타고 벽란도나 일본으로 가는 항로는 번성했었다.

우리나라는 대륙으로 뻗은 북쪽이 휴전선으로 가로막혀 있다. 그래서 섬나라가 되어 버렸다. 살길은 바다로 진출해야만 한다. 조선 분야가 세계 1위이면서 국제 해상 무역도 상위권에 진출했다. 국적기를 휘날리며 원양어업과 근해어업도 놀랄만한 어획량을 보였다. 어류 양식까지 최첨단 기술로 고급 어패류의 수출도 날로 늘어나고 있다. 이러한 해양 국가로서 우리나라의 연안 개발은 상대적으로 늦은 편이었다.

우리나라는 삼면이 바다이나 각 바다마다 느낌이 완연히 다르다. 우선 바다 색깔이 다르다. 서해는 바닷물이 황토색이라 황해다. 건너편에 대륙이 있다. 남해는 무수한 섬들이 진을 치고 있어 장관이다. 동해는 앞이 탁 트여서 하늘과 바다의 경계를 모를 지경이다. 바다가 깊어 물색은 쪽빛보다 진하다. 깊은 바다인 동해를 생각하면 풋풋한 채취가 살랑살랑 풍겨 나오는 듯하다. 솜털을 스치며 느껴지는 미세한 흔들림이 설렘으로 가슴 속으로 전해진다. 신비감마저 깃드는 청정 바다인 동해는 우리의 바다다.

화창한 날씨에 해풍이 잔잔한 파도를 해안으로 밀며 불어오고 있다. 철 지난 백사장은 한가하다. 아직도 뜨거운 태양이 해안을 달구고 있다. 드디어 강해심층수㈜도 등기와 사업자 납세번호가 발급되었다. 톰 김 회장이 대주주이고 마쓰시타 해양, 그린파워, 장성펀드, 최 회장, 고 박사 그리고 나 외에 강원도가 창립 주주다. 강원도는 부지 제공하여 물납으로 납입 자본금을 대체하였다.

천해 리조트 사업 역시 천수 리조트에 투자하기로 한 영국의 로스차일드가 투자를 결정했다는 소식에 투자를 저울질하던 국내 투자가들이 몰려들기 시작했다. 로스차일드는 한국에 동시에 건설되는 두 개의 리조트 건설사업에 참여를 결정한 것이다. 기타 해외 자금은 헬렌 황의 활약으로 일본 마쓰시타와 미국의 몽키 펀드도 참여하게 되었다. 디자인 및 기본 설계는 샌디에이고의 디자인 센터에서 수행하고 운영은 미국의 프린스가 공동 참여한다. 제3섹터 프로젝트로서 강원도는 10% 지분을 갖게 되었다.

자금의 흐름이 정상적으로 보이자 위험 요소가 사라졌다고 생각한 국내 대형 건설회사들이 눈독을 들이며 접근을 해왔다. 건설 수주를 노리는 이리 떼처럼 밀착 영업으로 접근해 왔다. 정보 메모랜덤(IM)을 검토한 후에 협상에서 액면가 주당 6배수를 인정한 회사들이 사업에 참여하게 되었다. 내자로서는 우림 그룹과 삼우 그룹이 투자를 했다. 두 회사는 건설 관련하여 지명 입찰자 대상에 들게 되었다. 동영엔지니어링이 작성해 준 건설 입찰안내서에 따라서 입찰을 실시한 결과 우림 그룹이 낙찰되어 건설을 담당했다.

파도가 부서지며 쏟아내는 하얀 포말을 바라보며 백사장을 걷는다. 톰 김 회장에게서 전무로 임명장을 받았다. 비록 소액 투자가이지만 가슴이 벅찼다. 옆에서 걷고 있는 톰 김 회장과의 첫 만남부터 오늘까지 그리 길지 않은 시간에 급변한 나의 삶의 한 부분에 대해서 되짚어 보았다.

"박 전무, 이곳이 제3의 인생 도전장이 되는 것도 다 내 운명인가 봐."
"회장님. 왜, 서해에서 사업하셨던 때가 생각나세요?"
"왜 안 나겠어."
"아직 법적 다툼의 여지가 남았다고도 하던데요…."
"영광과 배신의 발자국이 각인된 곳인데…."
"회장님, 이곳에서 멋진 승리의 노래를 부르시지요."
"어찌 되었건 동해가 궁합이 맞는 것 같은데 왜 서해는 바다에서 헤맸는지 모르겠어."
"점쟁이한테 물어보면 모두가 동쪽에서 귀인이 나타난다고 하잖아요."
"그야 동쪽은 언제나 일어나는 곳이고 서쪽은 지는 곳이니 하는 말이 아닐까요?"
"그럴지도… 모르겠습니다."
"정말 잘될까?"
"이자함의 《토정비결》 읽어 보셨어요? 회장님 사주팔자는 어떠신지요?"
"나는 그런 것 안 믿어요."
"실은 저도 전혀 믿지 않습니다. 단지 일부러 부정을 자청하지는 않습니다."
"내가 알기로는 우리 삶을 144개의 종류로 분류하여 해마다 달라지는 운수를 보는 것이니 맞다고 볼 수 없지. 지금 사람들이 상대적으로 적은 인구였던 당시의 기준에 부합되겠어? 나는 운수를 보지 않고 행동을 하는 사람이지. 행동이 있어야 연이 닿을 수 있고 족적이 남는 법이라네."

"그런데 정 도사님하고 다니시는 이유는?"

"그는 무속인이라고 하기보다 철학인이라 하는 것이 맞겠지. 무엇보다 인맥이 너무 튼튼해서 나도 놀랄 지경이야."

"정 선생님이 이 장소에서 삼 일 만에 바다에서 나는 소리를 들었다고 했어요. 아마 회장님과 바다가 궁합이 맞다는 이야겠지요."

"박 전무도 안 믿는다고 하면서도 주역을 공부한 모양이지…."

"가끔 생활에 극히 일부로 관심을 가질 정도입니다."

"그러하군요…."

천해 사업의 핵심인 강해심층수 사업은 초기에는 진행이 순탄하지가 않았다. 문제는 엉뚱하게도 대민관계가 가장 큰 걸림돌로 나타났다. 어민에게 어업권 보상 문제로서 과도한 보상을 요구하였으나 애초부터 사업을 하지 말라는 의도와 마찬가지였다.

강해에서 심층수 사업을 위해서 도청이나 군청 등 빈번한 방문이 있자 입소문을 탔다. 해양조사선이 바다에 머물고, 타당성 조사 전문가나 측량 기사 등이 나타나니 주민들의 관심이 많아졌다. 특히 어민들이 기웃거리더니 어촌계도 움직임이 있었다.

해양연구원 이현순 박사에게 협력을 구했다. 동해 해안은 해양연구소가 보유한 해도와 러시아에서 입수한 해도에 분명한 차이가 있었다. 해양조사선을 동원해 2회에 걸친 탐사도 했다. 도지사실, 군수실, 군의회실 등을 방문하여 프레젠테이션도 실시했다. 민선 지방자치제로 모두가 새로운 특성화된 관광단지 건설에 기대가 컸다. 첫 단계로 심층수 단지부터 시작하는데 적극 협조하겠다는 약속도 잊지 않았다. 환경단체가 관여할 것은 확실시되었으나 걱정이 없었다. 청정 사업과 지역 경제에 도움을 주면 주었지 환경 파괴 문제는 없다고 보았기 때문이다. 설혹 문제가 생긴다 해도 일괄 타결할 자신이 있었다.

3개 후보지를 놓고 협의한 결과 한 곳을 최종적으로 선정했다. 이제 취수 지점은 정해졌다. 무엇인가 뿌듯한 기운이 감돌고 있음을 느꼈다.

이러한 분위기 속에 찬물이 쏟아져 내렸다. 동해안 전체가 틈새 하나 없이 어촌계가 어업권을 가지고 있다는 것이다. 바다에 보이지 않는 경계선이 쳐져 있어 공식적으로는 허가 없이 바다로 나갈 수가 없다. 개인이야 수영해서 나갈 수가 있겠지만 영업성이 있는 행위는 제재를 받게 되는 것이 현실이다. 심지어 바닷속도 예외가 아니다. 해안가에서 어업 구역을 지나서 취수를 한다는 영업 행위는 어촌계의 허락 없이 할 수가 없었다. 법이 그렇다. 해양심층수 관련 법이 취수해역 지정 신청 요건에 어민 동의를 명문화하고 있다.

회사가 설립되고 현지에 지점을 세우자 어촌계에서 "어민대책위원회"를 구성해서 대표자가 지점을 찾아왔다. 그들의 요구 사항을 제시하였는데 엄청난 보상을 요구하는 것이었다. 공동 투자가이자 지자체인 강원도에서 나서도 쉽게 풀리지 않는 난제였다. 처음에 이 점을 너무 간과했다.

어촌계 발전기금 기부, 해수욕장 운영권 영구 전환, 사업부지 주변에 양식장 조성 및 취수한 심층수 무상제공, 지역 학생에 대한 장학금 지원, 시설이 완공되었을 때 지역주민 취업 보장 등 요구 사항에 부응하기에는 요구 사항이 너무 많았다. 보상 합의가 되지 않으면 사업 일정은 계속 지연된다. 그러나 그들은 막무가내였다. 지역 경제에 도움을 준다든지 일거리 창출이라든지 그들과의 교섭이 결코 쉽지가 않았다. 공익성에 대한 말은 허공에 대고 하는 말이 되었다.

처음에는 환경단체와 같이 어촌계와 문제도 합의점도 쉽게 찾을 수가 있을 것으로 관망했는데 간단하게 타결될 기미가 전혀 보이지 않았다. 도지사, 군수, 군의회 모두가 나서도 해결될 문제가 아니었다. 신규 어업을 하는 것도 아니고 어장을 훼손하는 사업도 아니다. 단지 해안에서 바로 바닷속으로 취수관을 설치하는 것뿐인데 그들은 발목을 단단히 잡고 있었다. 그들의 어업권 해상 밑을 지나지 않을 수 없다. 그들은 엄청난 배상금을 요구하고 물러서지 않았다. 꽃놀이 패로 자신들에게 절호의 기회라고 믿었다. 개인주의다. 지역에 편익이 많다고 아무리 강조해도 그들은 꿈쩍 안 했다.

우리나라 사람들은 완장을 채워주면 사람이 달라진다. 이는 일제강점기의 잘못된 유산이라고 본다. 육이오 사변 당시 북한군이 내려와서 남한 주민에게 완장을 채워주었다. 그들이 완장을 차고 한 무지막지한 일을 기억하는 사람은 별로 없다. 그 세대는 이미 세상을 달리했으니 다시 그 시간이 온다면 반복될 것이다. 이런 상황이 어디 완장 하나뿐이겠는가? 장례를 치를 때 수의도 예전에는 입고 있는 옷 그대로 입히고 염을 했다. 상주의 계급장 같은 완장도 우리의 전통이 아니다. 지금은 완장을 차지 않지만 본성에는 그러한 것이 살아있다. 오랜 역사의 아픔에 의한 산물일 것이다. 해결은 시간이 해주었다. 동해안 전역에서 십여 군데가 동시에 유사한 사업을 추진하게 되고 해수부에서 승인이 떨어진 곳이 많아졌다. 그제야 우리 측이 제안한 협상에 응했다. 모든 일에는 때가 있는 법이다. 난제도 때가 되면 쉽게 풀린다.

개발사업을 추진하는데 우리나라처럼 민원에 시달리는 나라는 없을 것이다. 천정산 터널 공사에서 도롱뇽 보호 문제로 공사가 1년 넘게 중단되었다. 한 사람 때문에 수천억 원의 국고 손실이 있었다. 4대강 정비 사업 중 한강의 여주 지역에서 제천의 쑥부쟁이 야생화 문제가 있었다. 몇백만 포기가 한강 변에 자라고 있는데 몇 포기를 크레인으로 퍼냈다는 사건이다. 현장은 마비되었다. 환경단체 등 민원에 의한 긍정적인 측면도 있겠지만 부정적인 측면에서 대다수의 권익 침해는 무시되는 풍조는 좋지 못하다.

나라를 경영하는 데 한 마리의 양을 구하기 위해서 99마리 양을 포기할 수만은 없는 일이다. 그렇다고 한 마리의 양을 무조건 희생하자는 이야기가 아니다. 영화 《라이언 일병 구하기》에서 한 명을 구하기 위해서 8명의 특전대원의 사지로 투입되는 모습이나, 바다에서 조난사고가 나면 한 명을 수색하는 데 일 년이 넘더라도 계속하는 이스라엘 정부처럼 행동해야 한다. 통상은 골든 타임을 고려하나 이스라엘은 다르며 그 점이 이스라엘을 강하게 만들었다. 국가는 국민을 위해서 존재하기 때문이다.

완전무결한 먹는 물의 경우 0.1% 미만의 해로운 균을 살균하기 위해서 99.9%의 유해하지 않거나 이로운 균을 완전히 제거하는 것만이 능사가 아닐 수도 있다는 이야기다.

해양심층수 개발사업은 순풍을 타고 항해를 시작했다. 무엇보다 기술본부장으로서 기술의 중요성을 인식하고 특허출원과 상표권에도 신경을 썼다. 하와이 넬라연구소와 협력 양해각서도 작성하고 일본의 심층수협회와도 긴밀한 관계를 약속했다. 무엇보다도 국내 선도연구소인 한국해양연구소와 공동 과제 수행도 제의해 놓았다.

또 "해양심층수 원수를 일정 온도 이하의 운전 조건에서, 전기투석 및 막 분리 장치의 특수혼합장치로 구성된 시스템에서 해양심층수 저온 미네랄 음용수 및 고농도 저온 염수를 생산하는 해양심층수 저온 처리생산기술", "해양심층수에 갈색조류인 리무 무오이로부터 추출한 후코이단을 사용한 건강 기능성 음료 제법", "해조로 종류와 연관 색소를 해양심층수 원수 및 처리수와 함께 상호 조절에 의한 해양심층수 요법장치" 등을 특허출원 신청했다. 회사 명칭과 로고는 방어용을 포함해서 여러 건을 역시 출원했다. 연구소 직원도 모집하여 출원을 독려하는 한편, 우리도 기존 특허나 상표권에 침해가 되지 않도록 신경을 썼다.

심층수 개발사업에서 1단계 사업은 취수 및 처리하여 음용수 생산 시설 비용인 천만 불을 포함하여 총 3천만 불이 소요된다. 사업 내용은 해안에서 바다로 약 6km 떨어진 지점의 바닷속 400m 아래에서 취수구를 고정시키고 하루에 5천 톤의 심층수를 취수하는 것이다. 이는 2단계 사업인 리조트 개발사업인 천해 사업의 핵심 축으로 음용수, 식자재 공급 외에도 웰빙을 상징하는 해양심층수를 공급받아서 심층수 탕, 워터파크, 수족관, 해양박물관, 체험관 등이 포함된다. 국내 관광객 외에 한국을 찾는 외국 관광객에게도 동해 고유수를 즐기는 수준 높은 관광 휴식처를 제공하려고 한다. 2단계 총사업비는 1억 2천만 불이다.

해양수산부는 고성군 강해리와 오호리, 양양군 원포리, 속초시, 양양시, 울릉군 현포리, 태하리, 태현리를 취수해역으로 지정했다. 일일 최대 생산량도 함께 고시했다. 바닷물 취수도 정부가 양을 조정하는 세상이 되었다. 협상 타결의 실마리가 되었다. 동해의 여러 지역에서 사업을 시작하려고 신청이 쇄도하는 분위기였고, 다른 지역에서는 쉽게 합의가 이뤄졌다. 후발 지역에서는 쉽게 어업권 문제가 해결되었다. 강해 지역도 결국 보상 합의 이행각서가 체결되었다. 민원이 해결되자 그 외 모든 업무는 순조롭게 진행되었다.

어떠한 사업을 하건 걸림돌이 없는 순탄한 경우는 없다. 더욱이 새로운 사업 분야이기에 관계 법령이 미비한 상태에서 진행되는 사업이라 인허가 절차와 관계 법령의 부재로 어려움이 컸다.

건설 과정에서 고 선배의 속내가 드러났다. 그는 두 리조트 사업에 깊숙이 관여하면서 무엇인가 보이지 않는 냄새를 맡기 시작했다. 자금이 부족할 때는 안 여사와 같이 자금을 주선해 주는 데 앞장서서 민 사장이나 톰 김 회장이 많이 의지하게 되었다. 세상에 공짜가 어디 있겠나?

고 선배는 그 건설사업의 속성을 너무나 잘 알고 있었다. 어느 과정에서, 어느 항목에서 돈을 만들어 낼 수 있는지 맥을 잘 짚을 수 있는 사람이었다. 프로젝트 수행 중에 어떻게 이득을 취할 수 있는지 포인트를 꿰차고 있는 사람이다. 리조트 설비의 냉난방공조설비(HVAC) 기기류와 벌크 자재, 심층수의 육상 가공공장에 대한 기계류 구매 부분 납품을 타자의 이름을 빌려서 참여하였다. 구매는 규정에 따라 공개 또는 지명 경쟁 입찰 방식이었다. 그는 직간접으로 참여하여 충분한 이익금을 챙겼다.

성공적인 사업을 이끌기 위해서는 초기 자금의 안정적인 확보가 필요하다. 건설 중에는 협력 업체의 선정, 기자재의 품질, 가격, 납기 기간 등을 고려한 최적의 지출이 이뤄져야 한다. 그는 이러한 전 과정에 대한 경험으로 자신이 관여할 부분에 대해서 너무나 잘 알고 있다. 그는 독수리가 하늘에서 먹이를 발견하듯이 이 사업의 먹잇감을 잘 알고 있엇다. 고 선배는 그러한 유형의 사람이다. 가장 절묘했던 것은 공사가 완공 단계에 오르자 남북 군사 긴장 상황이 고조되자 그는 재빠르게 그의 지분을 몇 배수 받고 제삼자에게 매각해 버렸다. 중간에 카드를 던져 버렸다.

투자에 의한 장기 회수보다는 눈앞의 확실한 현금에 비중을 더 두었다는 것을 알게 되었다. 이재에 강한 사람은 다른 사람보다 한발 앞서간다. 그는 시간과의 싸움에도 능숙했다.

우리나라에서 처음 시도된 강해해양심층수 개발사업은 새로운 이정표를 쌓아가며 성공리에 완공되었다. 준공식 날 오전에 개최된 해양심층수 학술대회의 주 발표자는 참석한 해양연구원의 이현순 박사다. 본사 발령을 받고 귀국한 남극기지에서 근무했던 김동선 박사와 정환영 박사도 함께 참석했다. 두 사람은 토론자로 참석했다. 우리나라도 심층수 상업 생산국으로 등극했다.

23. 접대(接待)

접대를 해자하면 손님을 맞아서 시중을 든다는 말이다. 상대방을 배려하고 상호 좋은 관계를 형성하기 위한 수단이다. 즐거움이 있어야 한다. 같은 목적을 가지고 갑과 을이 부드럽게 사업을 진행하자는 좋은 뜻으로 하되 기본은 인간관계인 친선이다.

정당하지 않거나 무리한 요구를 할 때는 접대의 본질이 변질된다. 대부분 과도한 접대로 친선의 뜻을 상실하는 경우가 많다. 반면에 과도한 접대로 적어도 불이익은 당하지 않게 되는 경우도 있다. 과도한 접대라도 나쁘다고만 할 수 있을지는 잘 모르겠다.

오래전에 고향집에서도 사업을 시작할 때에 박지우가 사는 집을 담보로 은행에 대출을 신청한 적이 있다. 은행 심사부에서 담보물에 대한 평가를 하기 위해 담보평가사를 보냈는데, 맥주 서너 병에 간단한 안주를 올린 상을 대청마루 가운데 차렸다. 은행원은 맥주를 마시고는 박지우가 차비라고 말하며 건넨 얼마 들어있지 않은 돈 봉투를 가지고 갔다. 엄연히 갑과 을의 관계로 접대를 한 것이다. 당시는 손님이 방문하면 찬물에 탄 설탕물도 정성이 깃든 대접이었다. 과연 정성으로만 한다는 것이 현실에서 가능하였을까?

청원당이 박지우 전무의 단골집이라 하면 우암산은 고 선배의 단골 한정식 음식점이다. 우암산이 청원당보다 가격이 한 단계 높지만 이 정도의 음식점에서 대접하는 식사는 친선을 도모하기 위한 자리다. 밤의 접대와는 거리가 멀다.

단골은 예약이 자유스럽고 기밀 유지도 어느 정도 가능하다. 무엇보다도 음식점 주인의 맛깔스러운 말 서비스도 식사 분위기를 한껏 올려 준다. 상대에게 보다 편한 식사 자리를 마련해 주게 된다. 식사 대접에서 가장 좋은 접대는 가정에서 가족과 함께 먹는 편안한 분위기 속에서 식사하는 것이다. 사업 관계를 인간관계로 넘어갈 수 있는 지혜다. 도가 지나친 고급 식사 접대는 악의 씨앗을 나누자는 뱀의 유혹일 뿐이다.

식사 후에 계산하다 보면 종종 법에서 정한 김영란법 식사비 한도를 초과한다. 이는 민간 회계에서는 문제가 안 되지만 공공 기금을 받아서 사용할 때는 엄격한 교과서적 규제 때문에 편법을 쓰게 된다. 영수증에 수량을 제외한 총액만 인쇄되어 있으면 별문제가 없다. 현실과 법 사이의 괴리는 좁힐 수가 없다. 새로운 법이 나타날 때는 이미 현실은 저 멀리 앞서간다. 달리기에서 꼴찌로 달리던 선수가 2등을 앞지른다고 결코 1등이 되지는 않는다.

세상에는 이분법이 존재한다. 갑과 을이다. 일을 하려면 상호 간에는 갑과 을이 주체로서 계약이 존재한다. 계약은 상호 평등이 기본이다. 그러나 갑이 을보다 우월적 지위로 오인되어서 정부의 권고형 표준 계약서에는 이를 동과 행 즉 동행(同行) 표시도 하였다. 이러한 조치는 전시행정에 지나치지 않았다. 조삼모사라고 할 수도 있다. 본질을 잊고 겉의 무늬만 바꾼 것이지 해결책은 아니다.

공기관이 공기관을 접대하는 경우도 있다. 정부에서는 공기관이나 공기업에 "청렴도 측정"을 매년 실시해서 등급을 결정한다. 1등급을 받으면 건물 정면 외벽에 대형 현수막을 걸고 자랑한다. 등급에 따라서 연간 보너스 금액도 달라진다. 청렴도 1등급을 받으면 부정과 부패가 하나도 없고 꼴찌 등급은 부정과 부패의 온상이란 말인지 알 수가 없다. 오죽했으면 이런 제도를 도입했을까 하는 안타까움이 앞선다. 이러한 제도는 하루빨리 없어져야 한다.

민간 분야에서 대기업과 협력하는 중소기업, 원청사와 일을 맡는 하청회사, 모기업과 자회사 등 상하 관계에 있는 회사들 간에도 접대가 있다. 이러한 사슬고리 속에서 갑이 을에게 먼저 접대를 요구하는 경우도 적지 않다. 가장 지저분한 접대의 경우이지만 이때는 을에게 이득이 돌아간다는 점을 부정할 수 없다.

과거에 접대의 대명사였던 삼청각이나 대원각 같은 전문 유흥음식점을 많이 이용했다. 외국 손님들의 방한이 많아서 이들에게 한국 문화도 소개할 겸 친선의 자리로 적합했기 때문이다. 한옥 독채에서 한복을 입은 여성들이 손님 숫자만큼 들어와서 외국인에게 한식에 대한 설명을 하고 식사를 돕는다. 외국 여성 손님에게도 한복 입은 여성이 들어와서 옆에 앉는다. 국악 연주단이 들어와서 가야금이나 거문고를 타며 창을 하면서 한국 문화를 소개해 주는 접대다. 가끔 노래방 기기도 방 안으로 들어오면 춤도 추곤 한다. 박 전무는 이러한 밤 문화에 익숙해졌지만 날로 기피하고 싶은 마음이었다.

이와 달리 소위 카페라는 "2차"형태로 자리 잡은 밤의 접대 문화는 시대를 가리지 않고 흥행하고 있다. 예나 지금이나 마찬가지로 밤을 밝힌다. 젊은 여성이 짧은 치마를 입고 들어와서 식사가 아닌 술 접대를 하는 자리다. 비용이 많이 나오는 대표적인 어두운 밤의 접대 자리다. 도를 넘는 경우가 많은 퇴폐적 문화다. 주변에는 이러한 카페가 엄청나게 많이 자리 잡고 있으며 이런 카페 사업은 언제나 잘된다. 카페도 시스템으로 운영되고 있다. 통상의 접대와 달리 갑이 먼저 카페를 지정하는 경우도 있다. 부정한 이권 확보는 더욱 확실해지나 을의 비용은 배로 들게 된다. 카페 접대가 있어야만 제대로 된 접대라는 인식은 아직도 변하지 않은 듯하다.

천수 사업과 천해 사업을 진행하면서 박지우는 필요한 경우에는 루비 카페를 전용으로 이용했다. 김지은이 운영하는 역삼동 뒷골목에 있는 루비는 전형적인 밤의 문화가 요란하게 펼쳐지는 장소다. 그녀는 엘리트 출신으로 외국어도 능통했다. 무엇보다도 손님에 따라서 맞춤 서비스를 다양하게 제공하고 그 나름 격조 있게 함으로써 단골을 어느 정도 확보하고 있다. 카페를 안정적으로 운영하고 있다는 것은 경영에 대한 노하우가 제대로 발동하고 있다는 이야기다.

루비의 입구는 산뜻한 간판부터 무엇인가 수준이 달라 보였다. 간판도 사람 얼굴과 같이 손님에게 첫인상을 심어준다. 루비의 간판 조명도 은은하여 손님이 입장하기에 편안한 감을 준다. 입구로 내려가는 계단은 언제나 티끌 하나 없이 청결하게 유지한다. 문 앞뒤의 붉은 직사각형 카펫은 조금이라도 삐뚤어진 적이 없다. 비싼 땅 강남 중심의 카페 실내 인테리어도 고급스러우면서 단순했다. 루비 카페는 이러한 외형보다는 여

사장의 재치 있고 다정다감한 서비스 정신에서 단골들이 발길을 끊지 못한다. 비용보다는 접대의 품격이 있는 곳이다.

박지우 회사 임직원들은 루비 카페를 많이 드나들었다. 회사가 단골로 이용하다 보니 소위 바가지요금은 걱정하지 않아도 되었다. 부서 결재나 회사 감사의 지적도 거의 받지 않는 전용 카페로 이용되었다. 또한 회사의 영업 비밀도 새어 나가지 않는 장점도 있다.

일본에서 대형 건설회사에 근무할 때도 도쿄 시내에 회사 관리부가 운영하는 회식 장소가 있었다. 고급 요리와 사케, 포도주, 양주는 무제한 마셔도 되었다. 회사 입장에서는 그러한 전용 술집을 운영하는 것이 바람직하다고 보아서 그런 시스템을 운영했던 것으로 보인다.

회사가 을의 입장인 경우는 인허가 관계, 은행 관계, 세무 관계가 주된 접대의 자리였다. 대부분은 갑의 입장으로 발주할 용역과 공사에 관한 예비 업자나 계약 관계의 회사들과 필요할 경우에는 가능한 루비 카페를 이용하도록 했으나 이용의 경우는 드물었다. 갑의 입장이기에 오히려 임직원이 불편한지 거의 이용하지 않았다.

그러나 업무의 윤활제 역할이 아닌 경우는 회사에서 출입을 금지시켰다. 서비스 용역과 기자재 구매에 관한 입찰 전에 우리 회사 임직원을 불러내어 접대를 하는 것을 엄격하게 금지한 것이다. 전체적으로 회사 차원에서는 식사 정도 외에는 2차 업소의 출입을 삼가도록 했다. 그러나 접대에 관한 규제는 생각만큼 쉽지 않았고 잘 지켜지지도 않았다.

또 박지우는 대만에서 제일 큰 그룹인 포모사와 과거에 거래를 많이 했다. 대만의 타이페이나 가오슝에 출장을 가서 접대할 경우가 자주 생겼다. 을의 입장임에도 불구하고 1차는 물론 2차까지 항상 갑이 비용을 부담했다. 2차 비용은 아주 큰 금액이다. 중국이나 대만의 경우 단체 회식이나 2차 접대는 그 규모가 우리의 생각을 뛰어넘는 금액이기에 더욱 놀라웠다. 내가 강력하게 지불 의사를 밝히면 포모사 책임자의 반응은 언제나 똑같다. 접대 예산이 항상 남아서 이를 쓰지 않아도 문제가 된다고 하며 자신이 지불한다. 실상인즉 회장이 강력한 지시를 내렸다고 한다. 을에게서 절대로 접대를 받지 말고 자신들의 회사가 지불할 수 있도록 지시했기 때문이라고 한다. 모든 비용은 결국 갑인 자신들의 주머니에서 나온다는 큰 흐름을 알고 있고 있는 것이다. 사전에 임직원이 부조리에 발을 조금도 디디지 못하게 하는 지혜 있는 처사였다.

그러한 문화를 따르기 위해서 우리 회사도 필요한 경우에는 2차를 해야만 한다면 루비 카페로 간다.

사업을 하는 데 있어 갑과 을의 관계는 어떠한 상황이라도 경계선이 존재한다. 변수가 워낙 많기 때문에 법으로 과도한 접대를 단절할 방법은 없다. 당사자인 을이 스스로가 먼저 부당한 요구를 하는 경우와 갑이 부당한 요구를 하는 자리가 있다. 그런 접대는 올바르지 못하지만 결코 없어질 수가 없다. 사람 사는 세계가 그러한 접대 문화를 없앤다는 것은 성매매와 마약을 완전히 근절시킬 수 없는 것과 같은 공생의 원리일 것이다. 단지 도를 지나치면 탈이 된다는 점을 잊어서는 안 된다.

부적절한 접대는 도를 지나칠 경우가 많으며 악의 고리를 쉽게 만든다는 부정적인 측면이 크다. 문제는 서로가 자제를 한다 해도 밤의 접대 문화가 결코 사라지지는 않는다. 이는 외국과의 거래에서도 마찬가지다.

국제 입찰을 앞둔 시점에 잘 알고 지내는 필리핀 국영석유공사 부사장이 뉴욕으로 출장을 떠나 쉐라톤 호텔에 머문다는 정보를 받자 그날 저녁에 박지우도 무리해서 뉴욕행 비행기를 탔다. 문제는 뉴욕에 쉐라톤 호텔이 세 군데 있다. 그가 어느 호텔에서 체크인했는지는 알 수 없었다. 고객 정보 보호 차원에서 프런트는 방 번호를 알려주지 않는다. 우여곡절 끝에 호텔 위치를 알게 되었으나 계속 부재중이라 만날 수가 없었다. 사전 약속을 하지 않은 채 안이한 마음으로, 시간과의 싸움으로 보고 무작정 서울에서 비행기를 탄 것이다. 인근의 홀리데이인 호텔에서 며칠 동안 값비싼 방값만 날리며 고생을 했다. 결국 계속 기다리다가 밤늦은 시간에 부사장 부부를 로비에서 만날 수가 있었다. 부사장은 박지우 열정에 감사를 전했다. 그날 박지우는 품격 있는 접대를 할 수 있었다. 이후 필리핀에서 큰 사업을 수주했다. 지나친 접대의 경우라 해도 사안에 따라서 국익과 회사의 이익에는 큰 도움이 되는 접대가 있다. 접대는 인간 사회의 향내와 악취를 내는 양면의 꽃이다.

24. 자금조달(資金調達)

　톰 김 회장은 라스베이거스에서 프린스 그룹의 울프 대표를 만나서 한국 내의 두 개 리조트 사업 전반에 대한 업무협약을 체결했다. 샌디에이고 센터장인 리처드 필립스와 박 전무가 배석했다. 카지노 개설 건은 미정인 상태로 두었다.

　라스베이거스에서 일을 마치자마자 천수 사업과 천해 사업에 관한 준비된 정보 메모랜덤 서류를 들고 영국으로 날아갔다. 바쁠 때는 공교롭게도 일이 더 많아져서 더 바빠진다. 이런 때는 세상이 불공평하다고 불평도 가끔 해본다. 아니, 사실 박 전무는 바쁜 일정을 즐기고 있다.
　이번에는 외자 조달을 위해서 외국 투자은행을 찾아 나선 것이다. 아이작 파웰과 만날 런던 약속 장소에 가기 위해서 급히 항공권을 구입했다. 다행히도 런던행 비행기를 원하는 시간에 잡을 수가 있었다.
　로스앤젤레스 상공을 통과하여 미국 대륙을 서부에서 횡단한다. 중부에 펼쳐진 대지는 사막의 연속이다. 동부에서 오대호를 만난다. 계속 쉬지 않고 대서양 상공을 날아 런던을 향한다. 박 전무의 삶의 동선도 그렇게 길었나 하는 생각이 들며 지난 세월부터 현재를 지나 앞으로 다가올 미래까지 연장해 보았다.

미래가 희미하게 보인다. 역마살로 점철된 박지우의 삶은 자전거 페달을 계속 밟아야만 돌아가듯 살아왔고 앞으로도 그렇게 살아가는 모습이 보인다. 그것이 박지우의 운명임을 느낀다. 이번 역시 지구를 한 바퀴 도는 여행의 중간 기착지가 라스베이거스이고 런던이다. 서울에서 동쪽으로 출발하여 서쪽으로 계속 날아가고 있다. 비행기 방향을 바꾸지 않고 계속 동진하니 종착지는 출발지인 서울로 되돌아온다. 지구가 둥글다는 이야기를 되새긴다. 결국 제자리인 것을 이렇게도 바쁘게 움직이는지 그 이유는 잘 모른다. 비행기에서 바라보는 노을과 여명은 언제나 변함없이 아름답다.

파웰 의원과 약속한 런던 중심부에 있는 웨스트민스터에 위치한 포시즌 호텔로 갔다. 그런데 이곳도 같은 이름의 호텔이 두 군데 있었다. 하나는 파크 레인에 있고 또 하나는 텐 트리니티 스퀘어에 있다. 주의하지 않으면 잘못 찾아가서 난감할 수도 있다. 과거 뉴욕에서의 경험을 교훈 삼아서 정확한 호텔 위치를 사전에 확인했기에 쉽게 찾아갈 수가 있었다. 더구나 톰 김 회장을 모시고 가는 데 실수가 있으면 안 되었기 때문이다.
언제부터인가 의전에 신경을 많이 쓰고 있었다. 이번에 회장의 동행은 자금본부장인 이종현이 아니라 국내 투자자 측에서 파견된 정광용 이사였다. 그는 그저 투자 유치 상황에 대한 기록만 했지 전혀 상담에 도움이 되지는 않았다. 투자 결정권자의 지시를 받고 온 사람으로 유치 활동을 함께하는 것이 아니라 전 과정을 함께하며 이를 투자자 측에 상황 보고 하러 온 사람이다.
런던 포시즌 호텔에 도착하자마자 일행이 짐을 정리하는 동안에 먼저 파웰의 방으로 갔다. 파웰은 방에서 책을 읽으며 기다리고 있었다. 전날 런던에 도착해서 우리 일행이 상담할 거래처들에 대해서 에이전트에게 확인을 했던 모양이다. 로비나 식당으로 올라가서 커피를 마시면서 이야기를 나누려고 하니 좀 꺼려 했다. 외부에서의 그는 행동에 조심하는 모양으로 보였다. 그의 방에서 사적인 이야기를 나눴다. 뉴욕 메리어트 호텔에서 나와 나눴던 이야기 건이었다.

"미스터 박, 미란다 사람에게 미리 이야기를 해 놓았으니 내일 중으로 에이전트 비용 송금이 되겠지요?"
"예, 수신자 명의와 주소만 확인해 주시면 됩니다."
"미란다 사람과 아침에 인사하는 자리로 나가겠습니다. 저녁에 만나 은행과 투자회사가 상담한 회의 결과를 들어봅시다. 나는 내일 밤 비행기로 미국에 돌아갑니다."

아침에 카페로 내려가니 파웰이 기다리고 있었다.

"어서들 오세요."
"먼저 와 계셨군요."

서로가 자기 나라가 아닌 제3국에서 만나니 한 팀으로 강한 유대감을 느꼈다. 그는 조심스럽게 말을 꺼냈다. 컨설턴트이며 에이전트인 드미트리(Dmitry)는 나오지 않고 그의 현지 에이전트가 올 것이라는 이야기를 꺼냈다.

"드미트리 씨는 오시지 않나요?"

"예, 그는 갑작스러운 일로 나오지 못합니다. 그는 러시아에 급한 일이 생겨서 모스크바로 떠났습니다."

"그러면…."

"아, 조금 있으면 현지 에이전트인 미란다 사람들이 올 것입니다. 경험 많은 유태인들입니다."

"그가 없어도 진행에 차질이 없겠습니까?"

"은행가들은 유태인들로 실적이 많은 전문가들입니다. 물론 은행 출신들이고요. 저와 전부터 잘 알고 있는 사람들이니 걱정 마세요."

"예. 의원님만 믿겠습니다."

"그럼요. 드미트리가 있었어도 이들과 함께했을 것입니다."

일전에 박지우가 받은 이해 각서에는 드미트리가 위임을 받아서 런던에서 로스차일드 은행을 중심으로 관계 파이낸싱을 주선하기로 되어있었다. 그런데 런던에 도착하니 그는 러시아로 출장 갔다고 한다.

유태계로서 세계의 금융을 움직이는 거대한 집안인 로스차일드(Rothschild). 이들은 근대 유럽의 금융 역사로서 급변하는 사회의 위기를 언제나 기회로 삼았다. 로스차일드 원조(Mr. Mayer Amschel Rothschild, 1744~1812)가 프랑크푸르트에서 환전상으로 시작하여 그의 다섯 아들과 함께 유럽 전역에서 막대한 부를 쌓았다. 로스차일드 집안은 정보가 돈이란 점을 깊이 인지하고 "시간은 돈"이란 점을 이용했다.

1815년에 벌어진 워털루 전투 중 웰링턴이 지휘하는 영국과 프로이센 연합군 간의 전투에서 프랑스의 승리가 예상되었다. 그러나 추가 프로이센군이 반격을 하자 나폴레옹 프랑스 군대는 결국 패했다.

이 승리를 나탄 로스차일드는 영국 정부보다 30시간 먼저 알았다. 나탄은 보유 콘솔채를 전부 내다 팔았다. 이를 본 영국 국민들도 전쟁에 패한 줄 알고 덩달아 시장에 국채를 내다 팔았다. 95%까지 떨어지자 나탄은 다시 사들여서 영국 국채의 65%를 갖게 되었다. 엄청난 이익을 손에 넣었다. 이때 영국군의 승전보가 날아들었다.

언제나 미래를 먼저 정확히 분석하여 250년을 돈의 아성으로 높이 쌓아서 이어왔다. 이들의 유훈 중에 대표적인 2가지가 있다. '금화가 소리를 내면 욕설은 조용해진다'와 '돈으로 열리지 않는 문은 없다'이다.

다음 날 미란다 사람들의 안내로 런던 로스차일드 은행(Rothschild Bank)의 광물 부분 회장(Mr. N. M. Rothschild & Sons)과 실무자(Mr. Micholas Hooper)를 만났고 이어서 계열사인 투자은행도 방문하여 해수 사업과 천해 사업에 대한 투자 상담을 했다. 물론 그들은 사전에 보내준 자료를 검토했다. 그들은 경청하는 듯했으나 의향을 내비치는 기색이 전혀 없었다. 투자 조건 등에 관한 확인도 있었다. 그러나 결국 상담만 하는 자리가 아니었던가 하며 걱정이 되었다.

다음 날, 역시 박지우 일행이 런던의 컨설팅 회사(E. A. International Limited)의 Mr. Alexis Tchoudnowsky 광물 담당 이사와 동일한 조건을 상담하였다. 러시아에서 돌아온 드미트리와 마지막 날 별도 회의를 하였다. 지속적으로 로스차일드와 접촉하겠다고 하며 추가로 브루나이 투자가에 대한 정보를 서울로 보내주기로 했다.

크리스마스 시즌이 시작되어 런던 거리는 휘황찬란한 빛의 도시다. 그러나 자금조달을 이러한 시점에 추진하고 있는 자신의 모습을 돌아보았다. 이제는 크리스마스 정도는 가족들과 함께 있어도 될 나이가 되었는데 아직도 해외를 떠돌고 있다. 노마드의 피가 흐르는 모양이다.

귀국 후에도 계속해서 해외 예상 투자가를 찾았다. 브루나이 투자가, 맥쿼리 은행(Macquarie Bank), MRI, 일본의 다이와, Sumitomo, 캐나다의 Longevity, 스위스의 Vivendi와 상담이 이어졌으나 결과가 없었다. 심지어 컨설팅 에이전트는 세르비아 은행(ResavGKa Bank)의 자금 잔고까지 들고 왔다. 외자 유치 건은 난항의 연속이었다.

강해심층수를 포함한 천해 사업은 대주주 톰 김 회장의 자본이 투입되었고 천수 사업 측과 최 회장 그리고 자문관인 고 선배 역시 소액주주로 참여했다. 외자로서는 로스차일드와 미국 투자 자본이 참여하였다. 자금본부장은 김성관 전무로서 강해해양심층수 자금본부장을 겸직했다.

천수 사업은 민성기 회장이 대주주로서 톰 김 회장과 최 회장도 소액 투자자로 참여하였다. 추가 내자 주주도 모집했다. 외자 부분은 역시 로스차일드를 비롯하여 미국 투자 자본이 참여했다. 자금본부장은 이종현 전무다.

이 전무는 은행 지점장 출신이다. 외환 투자금을 원화 환전에 무척 민감했다. 직접 투자가인 톰 김 회장과의 상의를 하려고 하다가 몇 번이고 망설였다. 그렇다고 환전을 안 할 수도 없는 일이었다. 시점을 잘못 잡으면 무능의 소리도 나올 것이라고 생각하니 더욱 답답해졌다.

환율을 예측할 수 있는 사람은 이 세상에 아무도 없다. 오죽했으면 오직 신만이 안다고 했을까? 컴퓨터나 인공지능도 할 수가 없다. 우리나라 대기업에서는 환율 대책 회의를 아주 중요하게 취급한다. 이와 관련하여 타당성 조사에서 예측하듯 수요 예측은 환율 예측 이상으로 어려워서 가상 범위 안에 들어가기가 쉽지 않다. 일부 공공사업을 비롯한 타 자본 중심의 사업은 수요 예측을 하는 데 실패하는 경우가 너무 많다. 이러한 흐름은 자기 자본으로만 할 때는 전혀 다른 양상을 보면 안다.

"이 본부장님, 그리 걱정하실 것이 없지 않나요?"
"예?"
"솔로몬의 해법을 아시지 않나요? 결자해지라고…. 회장님이 투자하신 돈이니 회장님 보고 시점을 정해달라고 하세요. 물론 환율 추세와 은행의 관련 자료도 요약해서 드리고요."
"역시 박 전무님이십니다."
"그리고 아이작 파웰에게 송금할 돈은 최근 3개월 환율 곡선을 보시고 환전 날짜를 결정하시면 될 것 같습니다."
"네. 알겠습니다. 그간 격조했습니다."
"무슨 말씀을…."
"모처럼 만에 루비 카페에 모실까요? 하하."
"천해 사업팀은 카페 출입 자제를 촉구했는데 천수 사업팀은 자유스러운가 보아요…. 예, 가시지요. 저도 이 본부장님과 상의할 일도 있고요."
"모시니 영광입니다."

환전은 세금 못지않게 경영에 있어 중요한 부분이다. 세금 관련하여 중동 건설 현장에서 한 그룹 회장이 수천 명의 근로자 앞에서 경리 한 사람을 앞에 세웠다. 이 한 사람이 현장 근로자 모두보다도 더 중요한 역할을 한다고 강조했다고 한다.
환전과 관련하여 국내 최대 그룹 회사의 회장은 그룹 환율 회의에는 꼭 참석했다. 세계 경제를 한눈에 알아볼 수 있을 뿐만 아니라 그룹의 거래 시점이나 보유와 매각에 있어 큰 영향이 있기 때문이다. 문제는 정확하게 예측할 수 없다는 점이다. 아무리 유능한 점쟁이도 과거의 사례를 분석하여 과거를 기반으로 추정하는 것이지 미래를 이야기하지는 못한다. 그래서 환율은 신도 맞추지 못한다고 한다.

일반 여행객에게도 민감한 사항이다. 환전은 시점만큼 중요한 것이 장소다. 여행객의 경우는 공항, 시중은행, 까미오 등 환전소, 암시장 순서로 환율이 좋아진다. 이는 위험 부담을 적용하지 않는 경우다. 특히 사회주의 국가에서는 암시장 환율은 아주 높으나 위험 부담이 크다. 무려 10배까지 날 수가 있다.

나이지리아에서 체크아웃하려고 호텔비를 계산하려고 하니 무려 4분지 1로 줄었다. 호텔비는 통상 현지화로 계산되는데 전날 밤에 정부 고시 환율이 4배로 올랐기 때문이다. 이란에서는 혁명이나 전쟁 당시 은행과 암시장 환율의 차이가 커진다.

돈의 가치는 계속 변한다. 그래서 돈을 영어로 흐름(Currency)이라 표현한다. 즉 현재의 가치만을 말하는 현금이라 한다. 돈을 잘 버는 것은 모든 사람의 꿈이다. 그래서 일을 하거나 사업을 한다. 사업을 하기 위해서는 타당성이 나와야 한다. 쉽게 말해서 은행의 이자율보다 수익이 높아야 한다. 위험 분석과 경제성 분석이 된 후에 대책을 가지고 사업을 시작해도 미래에 대한 변수에 대한 위험 요소는 완전히 제거하지 못한다.

"톰 김 회장님, 타당성 조사 보고서의 전체적인 평가는 아주 긍정적입니다. 내부 수익률이 통상 15% 이상 나오면 수익성이 있다고 보는데 우리 사업은 무려 50%를 상회합니다. 민감도 분석에서 폭을 넓게 잡아도 높게 나옵니다. 수익 면에서는 황금알을 낳는 사업입니다."

"김 본부장, 그야 약식 경제성 분석을 해도 금방 나올 수치 아닌가요?"

"박 전무는 어떻게 생각해요."

"향후 전문 회계법인에 의뢰할 정보 메모랜덤(IM)도 그러한 수치가 나올 것은 분명합니다. 그러나 투자 기관이나 여신 기관이 제출된 보고서만 가지고 자금을 투입하지는 않습니다."

"그래요. 긍정의 힘을 발휘하게 작전을 잘 짜봅시다."

"정부나 지자체의 사업은 사업비가 500억 원 이상이나 국고가 300억 원 이상이 투입되는 경우는 '예비타당성 조사(예타)'를 통해서 비용-편익 분석으로 편리함이나 사회적 이득을 포함해서 분석합니다. 그러나 민간 주도의 경우는 예타나 타당성 조사에서는 경제성 분석을 최우선으로 해야 하니 전혀 다르지요."

"우리 사업은 제3섹터 프로젝트로 지자체가 관여하나 실제는 민간 주도이니 편익이 아닌 수익에만 집중해야 할 것입니다."

"그래요. 수익의 분배에 관한 사항은 추후에 검토하되 투자가에게 최대의 이익을 돌려주는 방향으로 진행합시다."

해양심층수 사업은 우리나라에 없는 신설 공장과 부대사업으로 자금 조달에 어려움이 있었다. 사례가 없으니 위험 부담 요소가 작용했기 때문이다. 자금 구성으로 총투자비의 30%는 자기 자본으로 충당하고 나머지 70%는 장단기 차입으로 충당하고 운영자금은 단기차입 조달로 정했다. 이에 따른 타당서 조사서를 작성하여 그에 따라서 자금조달에 따른 실행이 이어졌다.

천해 리조트와 천수 리조트 사업에 대한 회사가 자체적으로 준비한 초기 예비타당성 조사는 상당히 긍정적인 수치를 보여주었다. 따라서 최건축을 통해서 타당성 조사를 국내 전문용역 기관에 정식 의뢰했다. 받아본 타당성 조사가 전달되었다.

또한 국내외 투자가 모집을 위해서 유명 회계법인인 컨설팅 회사에게 잠정 국내외 투자가 유치 자료인 정보 메모랜덤(IM, Information Memorandum)을 의뢰했다.

기본적으로 국내에서 처음 시작하는 심층수를 전제로 한 사업이라서 추가 투자가 모집이나 은행 대출이 쉽지가 않았다. 기투입된 초기 자본금은 우선 부지 확보와 기본 인프라 건설에도 턱없이 부족했다. 추가 투자가 모집과 분양 전까지는 수정 타당성 조사서에 따른 자금 흐름을 해결해야 했다. 금융기관의 도움을 받아야 하는데 자금계획에 현금흐름을 맞추기가 어려웠다. 은행 대출이 필요해지자 그에 따른 접대를 해야만 했다.

사전 준비를 충실히 한 만큼 위험 요소를 줄일 수 있다. 사업을 할 때 자체적으로도 타당성 조사서를 자체 또는 용역을 주어 작성해야 자금조달을 할 수가 있다. 그러나 은행 등 여신 기관에서는 자체적으로 타당성 조사서를 작성한다. 대출 신청자의 타당성 조사서는 단지 참고용이다. 가장 신경 쓴 부분은 내자 자금조달이었다. "타당성 조사"의 핵심은 경제성 분석으로 미래의 사업을 미리 시험해 보는 첫 단계다. 민간 부분에서는 안정된 수익으로 투자비 회수와 지속적인 경영 유지를 목표로 한다. 공공 부분에서도 특수한 공공성을 제외하고는 예비타당성 조사를 해야만 한다. 그러나 정치권의 포퓰리즘에 따라 이를 면제하는 경우가 많다. 이에 대한 손실은 고스란히 국민이 떠안는다.

대표적인 사례가 국내 인프라 사업이다. 공항을 예로 들면 현재 운항 중인 국내 공항은 15개인데 10개가 만성적자에 허덕인다. 손실을 보충해 주려고 물먹는 하마처럼 국민 세금을 계속 쏟아붓고 있다. 이러한 상황인데 추가로 추진 중인 공항이 9개나 더 있다.

경제성 분석의 결과는 투자비 회수 기간, 내부 수익률 감응도를 분석한 투자비, 원가, 판매가 등으로 각각 세분화하여 검토하게 된다. 좋은 프로그램에 입력하여 시뮬레이션을 통하여 결과가 신속하게 나온다. 문제는 컴퓨터는 기계라서 판단을 못 한다는 점을 자주 간과한다는 데 있다. 거짓 결과도 단지 컴퓨터 결과물이라고 믿는 오류를 범하기 쉽다. 결과치를 분석할 때 경험이나 충분한 지식을 보유하지 않은 상태에서는 판단을 하게 되면 오히려 더 큰 문제를 야기할 수 있다. 결과물보다 더 중요한 것은 입력 데이터다. 이 중요성은 아무리 강조해도 지나치지 않는다. 쓰레기를 넣으면 쓰레기가 나온다는 것을 잊어서는 안 된다.

생산형 인공지능(AI)도 마찬가지다. 현재의 직업 중에 가장 각광을 받는 것 중에 하나가 입력 엔지니어(Prompt Engineer) 직종이라 한다. 따라서 컴퓨터는 양날의 칼이다. 핵심 중에 핵심이 수요 예측이다. 이 수치가 쓰레기이면 결과도 쓰레기다.

무안공항의 경우 예비타당성 조사를 1999년 실시했다. 수요 예측치가 857만 명인데 2022년 실제 이용객은 4만 6,000명으로 0.5%에 불과했다. 이러한 수요 예측은 타당성 조사에서 가장 오류를 범하기 쉬운 부분이다. 컴퓨터 시뮬레이션 프로그램의 입력 자료 중 핵심이다. 수요 예측은 아무리 강조해도 지나치지 않는다. 문제는 그 누구도 미래를 맞힐 수는 없다. 현상은 심각했다. 실제로 사업이 완성되고 운영을 2018~2022년까지 5년간 해보니 순손실이 838억 원이 나왔다.

물론 미래에 대한 수요 예측이 정확할 수는 없다. 그러나 그 예측 또한 첨단 분석 기법을 이용해서 전문가가 제대로 작성하면 오차를 상당히 줄일 수 있는데 이 점이 간과되면 안 된다. 심지어 예비타당성 조사를 면제

해 주는 대형 사업이 늘어날 가능성이 많아 우려가 커진다. 예비타당성 조사에서 돈의 가치는 사업 기간 동안 불변으로 놓는 경우와 인플레이션을 가상에서 변동하는 가치로 보는 두 가지가 있으나 일반적으로 전자인 불변 가치를 채용하는 것이 더 판단하기 좋은 자료로 추천되고 있다.

바다에는 파도가 잠자지 않는다. 고점과 저점이 있듯이 지루한 시간이 지나자 낭보가 날아들었다. 런던에서 상담이 그리 긍정적이지 않아 보였던 로스차일드 은행 계열 회사가 투자를 결정했다는 소식이 날아왔다.

25. 방사능(放射能)

강해심층수 건설 추진 일정은 기술본부에서 넘겨준 기본 자료에 근거하여 하와이에서 디자인과 개념 설계를 했다. 동영엔지니어링에서는 일본에서 기본 설계를 의뢰하고 결과물을 받아서 상세 설계를 완료했으며 계속하여 사업관리도 지원했다. 국내외 투자사는 자금을 적기에 투입해서 공정에 차질이 없었다. 건설사업은 순풍에 돛 단 듯이 미끄럽게 나갔다.

출근하자마자 회장실을 박 전무가 급히 찾았다. 지난밤 방송에 특집 프로그램으로 러시아가 방사능 폐기물을 불법으로 바다에 다시 투기했다는 내용을 방영했기에 머리에 큰 망치를 한 방 맞은 것처럼 띵해 왔다.

그렇지 않아도 1993년에 러시아에서 저준위 방사능 물질을 동해에 장기간 무단 투기해 왔던 사실 때문에 이번 사업 추진 여부를 상당히 고민도 했었다. 방사능은 동위원소(isotope)가 붕괴하면서 발생한다. 동위원소란 원자번호가 같은 물질이다. 방사성 동위원소는 일정한 속도로 원자핵이 방사능 붕괴(radioactive decay)하여 다른 숫자의 원자가 된다. 이때 방사능이 방출된다. 그러나 우리 정부에서 동해의 많은 해상에서 방사능 농도를 지속적으로 측정한 결과 다른 해역과 별 차이가 나타나지 않았다는 발표를 해왔다. 따라서 러시아 투기에 따른 방사능 영향은 찾아보기 어려울 정도였다는 공식 발표에 톰 김 회장은 개발사업을 최종적으로 추진 결정 하였다. 먼저 개발한 일본이 충분히 고려한 것을 우리가 다시 한번 점검했던 것이다.

그런데 러시아가 이번에 다시 방사능 물질을 무단 투기한다는 발표다. 한류인 해류는 북쪽 캄차카 반도에서 동해로 표층수가 내려오며 심층수 역시 같은 방향으로 내려와서 동해와 울릉도에서 용승하는 100년 주기 동해고유수가 흐른다. 문제는 동해고유수 중에 방사능 물질이 포함되었다는 내용으로 방영되었다는 것이다. 왜 이 시점에서 이러한 민감한 문제가 다시 터졌는지 원인은 아무도 모른다.

"회장님, 악재가 터졌습니다."
"그것인가? 어제저녁 특집 방송을 나도 보았네."
"러시아 블라디보스토크에서 또다시 방사능 물질을 동해에 몰래 투기했다는 방송이 떴습니다. 왜 이 시점에 이런 일이 벌어졌는지 모르겠습니다."
"기술본부장도 전혀 감지를 못했어요?"
"떠도는 소문은 있었습니다. 그러나 확인될 수도 없는 일이고, 만약 그렇다면 동해에서 심층수를 취수해서 사업을 하고 있는 일본의 도야마 등이 가만있었겠습니까? 일본은 바다에 엄청난 포인트에서 수질을 정밀 조사하며 각종 데이터를 연속적으로 취합하고 있는데 이상 징후는 전혀 없다고 합니다. 그런 낌새 조차가 없었답니다."
"스미토모의 와타나베 상에게 상황을 전했습니까?"
"예. 별다른 이야기가 없었습니다."
"그들은 그들이고 우리 발 앞에 떨어진 문제를 말해봅시다."
"앞으로 문제가 더욱 심각해지면 사업 자체에 제동이 걸릴 것 같습니다."

"두고 보시지요. 언론이란…. 누가 이 기사로 이득을 보는지 모르겠습니다. 단지 폭로성 기사인지 아니면 음모론이 게재되었는지…."

"소고기 파동 때 보시지 않았습니까? 막무가내로 소문이 소문을 낳았지요."

"우리나라 사람들의 의식 문제지."

"젊은 친구들은 몇 년 뒤에 뇌가 작아지거나 없어진다고 열변을 토하며 유모차에 아기들을 태우고 광화문 광장으로 나와서 광풍을 불지 않았습니까?"

"결과는…."

"회장님. 당시의 후담으로, 주도한 세력의 자식들은 미국에서 소고기를 마음껏 먹었다는 씁쓸한 이야기가 있었지요."

"내가 보기에는 이번 러시아 방사능 물질 재투기 건도 바로 지나갈 것 같습니다. 우선 이제까지 동해안 해수 분석을 끊임없이 해왔지만 방사능이 문제 된 적은 한 번도 없어요. 특히 해양연구원이 우리보다 더 심각한데 전혀 개의치 않고 있습니다. 지금 이 시간에 검사한 결과가 증명하고 있지요. 국가 연구기관에서 실시간 조사 결과서를 인터넷에 올리고 있으니 걱정할 필요가 없어요."

"네."

"박 전무, 어찌 되었건 우리는 우리대로 일본과 별도로 이 점에 대한 대책이 있어야 했어요. 아주 민감한 부분이잖아요."

'그동안 우리는 어떻게 해서 이 점을 놓쳤을까?' 하는 생각에 몰두했다. 일과 기술에 대해서 그토록 철저히 해왔건만 이번처럼 황당한 경우는 처음이었다. 러시아에서 동해의 해도를 받아 해양연구원과 최 회장이 머리를 맞대고 사업을 구상했을 때부터 그는 사업에만 몰두했지 그 넓은 바다에 방사능 문제가 또다시 제기되리라고는 생각을 못 했다.

연구원들에게는 새로운 요소의 도입보다는 기존에 알고자 하는 자료나 데이터를 생성하고 분석하여 결말을 내는 것이 익숙했다. 다시 말해, 방사능과 같은 전혀 다른 요소를 도입하는 데는 익숙하지 않았다. 그러한 상태에서 이 사업이 급속하게 진전되었고 그 상태에서 내가 심층수 사업에 합류했다. 당연히 선행 부분은 완벽하다고 믿었다. 의심을 둘 부분이 없었다. 그러니 기술본부에서 핵폐기물에 대한 점검을 사전에 완벽하게 하지 못한 것은 당연한 일이었을지도 모른다. 어찌 되었건 공은 기술본부에 넘어왔고 적절한 대안을 만들어야 했다.

"혹시나 했지만 이렇게 언론에서 대놓고 문제를 제기하니…."
"문제를 제기한 측도 추론에 지나지 않을지도 모르겠습니다."
"그들이 국제간 이렇게 미묘한 건에 대해서 어디서 정보를 받았겠습니까?"
"위키리크스의 줄리언 어산지가 제공한 것도 아니고 우리 폭로성 기자가 그런 정보를 받을 곳도 마땅히 없었을 텐데…."
"예. 그렇습니다. 러시아가 스스로 핵폐기물을 바다에 버렸다고는 절대 발표하지 않을 것이고, 또한 그런 이야기를 공론화하면 역풍을 맞을 수도 있습니다. 국제 소송을 당할 수도 있으니 그저 잠잠해질 때까지 기다리는 것도 답일지 모르겠습니다."
"그래…."
"예. 저도 그래야 한다고 생각합니다. 심층수 개발 경쟁사 측이나 중국 측에서 제기한 문제가 아니고 단지 기자가 특종이 필요해서 한번 던져본 것으로 볼 수밖에 없습니다."

"박 전무가 잘 아는 신지수 기자나 정보원에게도 알아보세요."

"네. 이미 연락은 해 두었습니다."

"그래요. 지금 우리가 나설 문제가 아닌 것 같아요. 국내에서 우리와 같은 상황에 놓인 회사들의 움직임도 알아봅시다."

"예. 그게 좋겠습니다. 성공한 일본도 조용하고, 해수부도 특별한 발표가 없는 것이, 한번 떠본 특종으로 봐야겠지요."

특종은 더 이상 언론을 타지 않았다. 당장 어떤 영향이 어민이나 소비자에게 오는 것도 아니고 아직은 심층수를 취수하는 회사도 없기 때문에 기사로 인해서 손해를 보거나 반사 이익을 보는 곳도 없었다. 현실적으로 일본에서 심층수를 수입하고 있는 아쿠아팜의 김성일 사장의 매출에는 당분간 영향이 있을 것으로 예측되었다. 이해가 얽히지 않는 한 세간의 주목을 오래 끌지는 못하는 것이 방송사나 시청자 모두가 같은 맥락이다.

사우디아라비아인 고객과 일본인 컨설턴트 미야케 상과 함께 광진구 워커힐 쇼를 구경하던 날이었다. 2011년 3월 11일 자로 호텔에 돌아오니 프런트 근무자가 일본에서 전화가 여러 통 왔다고 한다. 요코하마에 사는 친척의 전화 메시지다. 텔레비전을 켜보니 그 끔찍한 장면이 방영되고 있었다. 그는 일본의 가족과 친인척 그 누구든 통화를 시도했으나 불통이었다. 그날 동일본 바다의 진도 9.0 대지진으로 쓰나미가 일본 동해를 덮쳤다. 이 정도 규모의 지진은 대단한 것이다. 이전에 있었던 일본의 마지막 대지진은 1923년 9월 1일의 도쿄 대지진이다. 기상대 발표가 진도 6이었다. 당시에는 7이란 규모가 없었기 때문인데 실제로는 7.0~7.9 진도(Mw로 7/9~8.2)에 해당되었다. 지진의 에너지 지표로는 모멘트 규모(Mw), 기상청 규모(Mj), 표면파 규모(Ms) 등이 있다.

요코하마에 사는 여동생이 동경에 사는 부모에게 전화를 했는데 불통이라 하며 걱정이 돼서 서울로 출장 간 미야케 오빠에게 전화를 여러 통 한 것이다. 도쿄는 정전으로 연락이 안 된다고 한다.

이번 일본 대지진의 여파로 후쿠시마 해변으로 쓰나미가 덮쳤다. 엄청난 바닷물이 육지로 범람해 들어왔다. 해안가의 원전까지 밀고 들어왔다. 동경에서 220km 떨어진 후쿠시마의 원자력발전소는 "가압수형 경수로"로 중수를 증기화해 터빈을 직접 돌린다. 원자로에 문제가 발생하면 비상 전기로 냉각수를 계속 공급하여 원자로를 식혀야만 한다. 그런데 설상가상으로 비상 전원마저 고장이 났다. 원자로가 고온으로 치닫고 냉각수와 지르코늄과 급격한 반응이 일어나 수소가 발생하여 원자로 1, 2, 4호기가 폭발했다.

대기 중으로 방사능에 오염된 기체가 퍼졌다. 원자로 노심이 녹고 천지가 방사능에 오염되기 시작했다. 일본 정부는 체르노빌 원전 사고처럼 콘크리트로 원자로를 덮어 버리기로 했다.

이 사건마저 터지자 톰 김 회장은 사업을 접기로 했다. 그는 과감했다. 동해안에는 아무런 변화가 없었다. 방사능 수치는 조금도 변하지 않았지만 변한 것은 톰 김 회장이 용단을 내려 사업에서 손을 뗀 것이다. 후쿠시마 원전 사고는 고국에서 재기를 노렸던 사업가를 다시 꺾어버리고 말았다. 이도 운명이 아니겠는가?

그러나 다행히도 엄청난 방사능 오염수가 2년 동안 처리도 하지 않고 바다로 흘러갔는데도 우리 바다에는 방사능 수치 증가가 전혀 없었다. 물론 후쿠시마 원전은 일본 혼슈의 동쪽에 있어 동해로 해류가 유입하는 데는 시간이 많이 걸리고 유입되어도 엄청나게 희석되어 온다. 후쿠시마 바다에 처리수를 방류하면 해류 순환으로 200일 뒤에 제주도에 도달하고 다시 80일 뒤에는 동해로 흐른다는 연구보고서도 있다.

대순환 해양심층수 해류는 남쪽에서 올라와 동해안 지방에서 용승한다. 일본 동해안에서 해류를 타고 대한 해협을 통과하여 동해로 들어온 해류에는 방사능을 우려할 만한 수치가 나오지 않았다. 일본의 10개 심층수 생산에도 전혀 변화가 없었다. 그러나 이미 톰 김 회장은 심층수 사업에서 손을 뗐다.

방사능은 통상 알파, 베타, 감마로 나뉜다. "폴로늄"은 자연 방사능이고, 삼중수소에서 나오는 방사능은 인공방사능이다. 그 외 방사능 탄소, 스트론튬 등이 있다. "알파선"은 헬륨 입자로 종이로 막을 수 있다. "베타선"은 전자 입자로 금속 또는 콘크리트로 막는다. "감마선"은 전자기파로 납으로 막을 수 있으나 인체에 피해를 크게 준다.

기타 "중성자선"은 중성자 입자로 금속을 통과하고 콘크리트로도 완벽하게 막지 못한다. 최근에 중성자 방사능을 이용하여 혈액암을 제외한 거의 모든 암을 짧은 시간 내에 완치하는 의료기기가 보급되고 있다. 방사능은 암 치료에도 사용된다. 그렇지만 피폭량이 많으면 극도로 쇠약해지거나 죽기까지 한다. 그래서 방사선 치료는 몸이 약한 사람에게는 강도를 조절해 가며 치료해야 한다. "X선" 역시 전자기파로 위험하다. 피부는 통과하지만 뼈는 통과하지 못해 인체 촬영에 쓰인다.

자연 상태로 존재하는 94개 물질은 양이 측정 가능한 원소가 있는 반면 측정이 안 되고 성분 존재만 확인되는 원소도 있다. 그러한 원소에는 악티늄(Ac)과 프랑슘(Fr), 라듐(Ra), 우라늄(U) 광석, 토륨(Th)이 있고 자연계에 흔하게 존재하는 원소다. 이러한 원소들은 자연계에 극미량으로 존재하기 때문에, 그 양을 측정하는 것은 매우 어렵다. 그러나, 화학적 방법을 통해 그 존재를 확인할 수 있다. 예를 들어, 우라늄이 함유된 물질을 자외선에 노출하면 푸른색 형광을 관찰할 수 있다. 악티늄은 암모니아와 반응하여 붉은색의 착물(Complex)을 형성한다. 이러한 착물을 검출하여 악티늄의 존재를 확인할 수 있다. 이러한 원소들은 주로 방사능 물질로 알려졌다. 악티늄, 아스타틴, 프랑슘, 폴로늄, 라듐, 토륨, 우라늄은 모두 방사선을 방출한다. 우라늄은 자외선 형광분광법, 원자흡수 분광법, 원자방사선분광법, 질량분석법 등을 이용하여 정량분석을 수행할 수 있다. 자연 상태의 우라늄은 정량분석과 정성분석 모두 가능하다.

또 인간은 햇빛 등을 통해 연간 2.4밀리시버트(mSv)의 자연방사선에 노출되어 있으며, 의료용 방사선에 0.6mSv, 산업용 방사선에 0.002mSv 노출, 원전 인근에 거주할 경우 0.001mSv 정도다.

"핵종(nuclide)"은 원자핵의 종류로서 양성자 수, 중성자 수, 두 물질이 같은 수, 중성자가 양성자보다 많은 수 등으로 나뉜다. 핵종의 10% 정도만 안정되었고 대부분 불안정하다. 핵종은 현재까지 자연에서 발견되거나 인위적으로 만들어진 원소 118개의 동위원소(isotope)를 포함한 물질을 말한다. 원소는 양자수이며 동위원소는 양자수는 같으나 중성자 수가 다른 물질이다. 3,300개의 핵종 중에 226개는 안정 물질이다. 자연 존재물로 불안정한 50개 핵종이 있고 약 3,000개는 인위적 핵종이다. 질량이 75~160인 물질은 거의 베타 방사능을 배출한다.

후쿠시마 원전에서 수집된 오염수는 검사 핵종을 64개에서 30개로 줄였다. 이후에는 퀴륨-243을 제외해 29개의 핵종만 검사한다. 알프스 여과 장치를 거친 "처리수"만 바다에 버린다고 한다. "알프스 여과 장치(Multi nuclide removal equipment)"는 삼중수소와 방사능 탄소는 제거하지 못하는 2차 방사능 핵종 제거 장치다. 1차는 세슘-134를 제거한다. "삼중수소(Tritium)"는 수소 원자 내에 중성자가 2개 있어 그 무게가 수소의 3배다. 월성 원전의 경우 냉각수와 감속재로 쓰는 중수가 삼중수로 된다. 삼중수소는 반감기가 12.5년이며 베타선을 발생하나 대기 중에 6mm 정도 투과하여 투과력은 미약하다. 문제는 마시면 배출 전까지 인체에 영향을 미칠 수도 있다는 점이다. 박 전무는 이제까지 열정을 다해 온 사업의 절대 경계선에 부닥치자 착잡한 마음에 절망적이었다.

26. 심해류 정지(深海流 停止)

　지구의 모든 생명체의 조상인 루카(LUCA)가 나타난 때가 40억 년 전이다. 이후로 종의 기원 이론처럼 생명체가 진화하여 5억 종에 이르렀다가 현재는 1천만 종이 생존하고 있다. 인류도 그중 한 종에 지나지 않는다.

　현재 발견된 최초의 인류는 1974년 아프리카 에티오피아 북부 아파르트헤이트 지역에서 발견된 루시(LUCY)로 300만 년 전에 살았던 "오스트랄로피테쿠스 아파렌시스" 종에 속한다. 케냐 지방의 "호모 에렉투스(H. erectus)"가 중앙아시아와 아메리카로 퍼져 나간 때가 180만 년 전이다. 그들은 아프리카를 떠난 최초의 완전 직립 인류이다. 150만 년 전에는 유럽에도 진출하여 자리를 잡았다.

　그런데 90~110만 년 전에는 더 이상 유럽에 사람이 살지 않았다. 이 20만 년 동안 유럽에 "빙하기"가 왔다. 온난화가 시작되어 빙하가 녹자 바다의 염분이 낮아져서 해류 시스템이 망가졌다. 빙하는 육지의 얼음으로 염분이 없다. 바다의 얼음은 유빙인데 염분이 1~2% 정도 포함되어 있다. 적도의 따뜻한 해류가 더 이상 유럽으로 흐르지 못했다. 당시에 바다의 온도가 20℃에서 7℃로 떨어졌다. 육지는 춥고 건조하여 식물들이 자랄 수 없었다. 그들은 먹을 것이 없어 개체수도 급감했다. 아프리카, 아시아, 시베리아, 인도네시아, 루마니아 등에 걸쳐서 10만 년 전까지 살았다고 한다. 그 빙하기가 다시 현대에 들어와서 도래했다. 많은 과학자들의 경고가 발령되고 있다. 그들은 우리 시대에 이미 시작되었다고 한다.

지구가 다시 살 땅으로 변모하자 "호모 안테세소르(H. antecessor)"가 나타났다. 육지에는 다시 생물들이 번창하기 시작했다. 80만 년 전까지 오늘날의 유럽 전역 특히 스페인 지역에서 살았다. 이들을 호모 에르가스테르와 호모 하이델베르겐시스 간의 연결고리로 생각하는 견해도 있다. 이 종이 실제로는 유럽에서 60만 년 전부터 20만 년 전까지 생존했던 호모 하이델베르겐시스와 같은 종이라는 소수의 견해도 있다.

"호모 사피엔스"가 지구상에 나타난 때 역시 아프리카 지역으로 350,000년 전이다. 최초의 화석은 에티오피아에서 발견되었는데 연대가 20만 년 전으로 추정한다. 7만 년 전에는 아프리카를 벗어나서 유럽과 아시아로 진출해서 현재의 인류는 이들의 후손이다. 이들은 지구의 먹이사슬에서 최상의 위치에서 지배자로 군림하고 있다.

산업혁명 이후 지구의 대기에 탄산가스가 급속도로 증가하면서 지구 온난화 현상이 나타났다. 육지와 바다가 날로 뜨거워지고 있다. 남극과 북극만 아니라 지구의 지붕인 히말라야와 알프스의 설원이 녹고 있다.

온난화 문제로 침엽수의 남방 한계선이 북으로 계속 올라가고 있다. 바늘잎은 바람에 강하고 수분 증발을 막아서 나무가 생존하기 위해 진화한 침엽수의 잎이다. 진화란 계속 살아남는 것을 말하며 적자생존(適者生存)이란 말과 같다. 그런데 침엽수에도 진화의 한계가 부닥친 상황이 나타나고 있다. 한라산, 덕유산, 무등산 남쪽 지방의 높은 산에 자라는 침엽수인 "구상나무(Korean Fir)"는 세계적으로 우리나라에만 자생하는 고유종이다. 제주도 영실에서 윗세오름으로 오르는 중간 지점에서 볼 수 있는 구상나무의 군락은 장관이다. 잎을 따서 비벼보면 특유의 아로마가 코를 자극한다. 매일 즐기고 있는 차의 향보다 진하다. 온난화 영향으로 우리나라의 구상나무가 급격하게 사라지고 있다. 더위와 건조한 날씨에 수분 증발이 심해져서 말라 죽어가고 있다. 주목 등 다른 침엽수도 더위에 몹시 시달리는 상황은 마찬가지다.

드넓은 바다도 뜨거워지고 있다. 우리나라의 동해도 마찬가지다. 해수 온도가 매년 상승하자 한류성 어종이 사라지고 바닷속 산호는 죽어가면서 하얀 가루가 뿜어져 나오는 백화현상이 바닷속 곳곳에서 발견되고 있다. 앞으로 바다 온도가 1도만 더 올라가도 많은 생물들이 사라질 것이라고 야단법석(惹端法席)이다.

지구온난화로 강수량에도 심한 변화가 일어나고 있다. 사막 지역에 비가 오고 비가 많이 오는 지역에 가뭄이 지속된다. 비가 적어지는 곳이 많아지며 사막이 급속도로 늘어가고 있다.

지구촌에 물 부족 사태가 커지고 있다. 히말라야 고산지대의 빙하에서 발원하여 여러 국가들을 통과하는 다국적 큰 강들은 상류나 중류에 댐이 설치된다. 큰 강의 흐름을 막으면서 중류나 하류에 속한 나라들은 강이 메말라 간다. 수자원 부족으로 고통이 커지고 있다. 담수의 부족은 인간에게 재앙을 가져오게 된다. 그러한 시간이 오기 전에 바닷물의 담수화 기술이 획기적으로 발전하여 우리에게 담수를 제공하여야만 우리가 살 수 있는 지구가 된다.

양극 지방이나 고산지대에서 빙하 녹는 속도가 예측보다 빠르게 진행되고 있다. 금세기 말까지는 다 녹아버린다는 보고서가 계속 나온다. 이로 인해서 바닷물 수위가 올라가서 곧 많은 섬들이 바닷물 속으로 들어간다고 한다.

해발 2m 전후의 투발루는 피지 정부와 협약을 맺고 12헥타르의 땅을 확보해 놓았다. 인도네시아의 자카르타항 해수면도 많이 높아져서 문제를 발생시키고 있다. 지반 침하까지 일어나서 인도네시아 과학원에서는 2050년에 자카르타의 3분의 1이 수몰된다고 보고서를 내고 있다. 그래서 수도를 자바섬에서 칼리만탄섬 발릭파판 인근 내륙으로 이미 이전 계획을 실행에 옮기기 시작했다. 국토가 바다 수면보다 별로 높지 않은 네덜란드나 방글라데시도 보통 문제가 아니다. 몰디브, 마셜 제도 등도 예외 없이 수몰 위기에 직면했다.

해류는 바람, 중력, 코리올리 힘 등에 의해서 흐르게 된다. 어떠한 원인이건 간에 지구는 계속 돌고 있는데 해류가 변하면 지구는 큰 문제를 일으키고 만다. 지구에서 가장 큰 해류는 적도의 데워진 해수를 북반구 대륙의 추운 지역으로 흘려보내서 그 지역 사람이 살 수 있도록 따뜻한 온도를 유지시켜 주고 있다.

대표적 대서양 표층수인 멕시코 만류(Gulf Stream)는 적도와 카리브해를 거치면서 수량이 많아져서 염분이 상대적으로 적다. 바닷물이 뜨거워지면서 유럽의 해안을 따라 북으로 올라가서 캐나다 동북부까지 따스한 기후를 만들어 준다. 멕시코 만류가 돌지 않게 되면 유럽은 추운 지역으로 변하고 동토의 나라가 된다. 아니, 사람이 살지 못하는 땅으로 변한다. 빙하기가 되는 것이다.

유럽에 그런 시기가 있었다. 지구 역사를 돌아보면 유사한 지구 냉각기가 몇 번 있었다. 해류가 결정적인 역할을 했다. "태평양"에서 가장 큰 해류는 "쿠로시오 해류"로 필리핀 루손섬에서 시작하여 일본 동부를 따라 올라가 북태평양 한류가 되고, 미국 서안에서 캘리포니아 해류와 북적도 해류가 합류한다. "인도양"에는 동인도 해류와 서인도 해류가 있다. 양 극지방에도 별도의 해류가 있다.

우리나라는 동중국해의 고온 고열의 해수인 쿠로시오 난류에서 갈라져 나온 대마해류가 동해 남쪽 대한해협을 통과하는데 올라와서 바닷물 온도를 높인다. 북쪽 러시아 캄차카에서 북한 연안을 따라 남하하는 한류인 "리만-프리모리 해류"나 "북한 해류"와 서로 만난다. 난류와 한류가 만나는 곳에는 어종이 풍부하다. 그런데 이 경계선이 온난화 현상으로 북쪽으로 올라가고 말았다. 동해에서 한류는 난류 밑으로 침강하지 못한다. 별도의 동해 고유수가 심층 해류로 흐르는 것이다.

장주기 관점에서 지구는 뜨거워지고 있는 것이 아니라 식어가고 있는 과정에 있다. 빙하기가 다시 오고 있다. 그린란드나 남극과 같이 추운 바다에서 지구온난화로 바닷물이 얼지 않으면 찬물이 심해로 내려가지 못한다. 바닷물은 -2℃ 정도에서 언다. 물은 영하로 내려가기 전인 영상 4℃ 정도에서 가장 무겁다. 이 찬물이 밀도 차로 침강한다. 이때 대기 중에서 흡수한 탄산가스(CO_2)도 함께 바다 밑으로 내려간다. 이 양이 대기 중의 탄산가스 1/3에 해당한다.

심해로 내려간 심층수는 표층수와 다른 해류를 형성해서 오대양을 돌고 있다. 해저에서 대서양 남쪽으로 내려가 인도양으로 간다. 이러한 찬 해수는 태평양에서 북으로 올라가고, 한국이나 일본 또는 하와이 등에서 솟아올라 해류의 흐름에 영향을 미친다. 이 심층 해류가 이동을 멈추면 표층해류에도 영향을 주어 해류를 국지에서만 움직이게 만든다. 우리 몸에 흐르는 혈액도 흐름을 멈출 때가 있다. 체온이 25℃ 이하로 내려가면 혈류 흐름을 멈춘다. 소위 의학적으로는 동사라고 한다.

문제는 심층수가 흐르지 않으면 표층수인 기존 해류의 시스템도 붕괴된다. 다시 유럽이나 북아메리카 서안은 냉각기를 맞는다는 이야기다. 일만 년 전에 유럽에 빙하기가 닥쳤는데 이때 기온이 10~5℃가 떨어졌다. 현재 온난화의 영향으로 해류에 이상 조짐을 보이고 있는데, 남반구에서는 남극 역전순환류(Antarctic Overturing Circulation)의 붕괴가 일어나고, 북반구에서는 대서양 자오선역전순환류(Atlantic Meridional Overturing Circulation)이 붕괴되고 있다.

2023년 여름에 미국 플로리다 해수면의 온도가 38℃까지 상승하였고 동해도 30℃까지 올랐다. 이렇게 지구상의 해수 온도가 급상승하는 이상 기온을 대변화의 조짐으로 보고 있다.

국제 해양연구소에서 대양의 해류마저 멈춘다는 예측을 내놓고 있다. 1870~2020년까지 북대서양 해수면 온도와 해류를 관찰한 결과 놀라운 사실이 발표되었다. 다시 빙하기가 올 수 있다는 보고서다. 멕시코 만류 자체가 멈추는 시기가 빠르면 2025년부터 시작하여 늦어도 2085년 사이에 일어난다고 한다. 이에 믿을 만한 국제 연구보고서가 2023년에 발표되어 세상을 경악시키고 있다. 지구에 빙하기가 다시 와서 지구촌에서 사람이 살 수 없게 된다고 한다. 그것도 공상과학소설 이야기가 아닌 현실 이야기다. 당장 그 현상이 나타나기 시작했다고 한다. 먼 훗날 이야기인지 아니면 가까운 시일 내에 닥쳐올지 아무도 모른다. 박지우는 지구의 급격한 기상 변화를 주시할수록 사는 것이 답답해진다.

제5장 일장춘몽(一場春夢)

27. 긴장과 허무(緊張과 虛無)

　청수 사업장과 천해 사업장 위치는 휴전선에 가까운 거리에 있다. 천수 사업의 경우 위험 요소들이 있다는 것은 처음부터 알고 있었다. 우선 북한에서 발원된 북한강이 휴전선(DMZ)을 넘어 대한민국으로 흐른다. 북한의 대형 금강산댐(임남댐)에 강물이 저장되었다가 휴전선을 통과하여 우리 측 파로호로 유입되는 북한강 물줄기도 그 요소 중에 하나다.
　북한 임남댐이 무너지거나 홍수 시기에 방류가 되면 서울이 일시에 잠긴다고 해서 전두환 대통령 시절에 "평화의 댐"을 건설하게 되었다. 그러나 국민적 저항에 부딪혀 1단계에서 멈추고 말았다. 저항을 받아들일지 또는 거부하고 밀어붙일지, 선택과 결과는 국민의 몫이다. 당시 북한은 계속 평화 무드로 나갔기 때문에 별일은 없었다. 결국 김대중 대통령 시절에 그 중요성이 대두되어 2단계 공사 후 더 나아가서 3단계까지 마무리했다. 중단되었던 시기에 수공이 있었다면 우리나라는 어떤 일이 벌어졌을까?
　사업 초기에 평화의 댐 북쪽 방문을 허가받고 올라가는 동안 북한강에는 물이 거의 흐르지 않았다. 앞으로 이곳 강물이 정상적으로 흐를 때 남북의 평화가 완벽하게 깃드는 날이 될 것이다. 천수 사업 건설이 완공되기 전에 그러한 날이 오기를 기다리며 희망을 가지고 있었다. 아직 평화의 댐은 비어 있다. 다행히도 남북한 화해 무드는 더 부드러워지고 있다. 평화의 댐 자체는 원래의 목적대로 비상시를 대비한 시설일 뿐이다. 안전과 평화는 오로지 힘이 있을 때만 지켜진다.

문제는 그 적은 수량에서 북한의 광산 또는 폐광 등으로 인해 강물의 수은 함량이 아주 높다는 기사가 나왔다는 것이다. 이는 곧바로 청정 호수인 파로호의 오염을 이야기하고 있다. 다행인 것은 서울의 젖줄인 팔당호까지 내려오면 많이 희석된단다. 그러나 국내에서 가장 청정하다고 알려진 파로호의 수은량이 국내의 강, 호수 중에 가장 높은 수치를 보였다. 천수 사업에는 부정적 요소였다. 북한강 상류인 평화의 댐 바로 위쪽이 아주 높은 수은 수치를 나타내며 파로호로 유입되어 반감된다. 하류 팔당호에 와서는 1/10로 줄어 규제치 이하의 수치를 보여 문제가 되지 않는다. 그러나 2018년 11월의 《중앙 일간지》 기획 기사에는 "파로호는 끄리, 누치, 베스 등 민물고기 대부분이 서식하는 호수로 이곳에서 포획된 어류는 기준치를 넘고 있어 문제"가 되고 있다는 기사도 있었다.

여러 요소 중에서 가장 큰 인자는 군사 문제다. 평화 시기에는 문제가 없고 우호 관계가 빠르게 진행된다고 판단하여 사업을 시작했다. "하이 리스크 하이 리턴"이라 하지 않았나? 북한은 2006년 9월에 함경북도 길주군 풍계리 핵실험장에서 1차 핵실험을 감행했고, 모두가 놀랐다. 세계가 시끄러워졌다. 그러나 북한은 계속 핵실험을 해왔고 2017년 9월에는 6차 핵실험을 하면서 핵폭탄 소형화를 지향하고 있다. 북한은 서방의 어떠한 경제 제재에도 불구하고 굴하지 않는다. 최근 북한은 제7차 핵실험도 준비한다고 한다. 이에 한국 정부는 긴장하고 있다.

러시아는 미-러의 핵무기 통제체제인 "신전략무기감축협정(New STAR)" 참여 잠정 중단에 이어 러시아 상원은 1996년에 유엔에서 결의된 "포괄적핵실험금지조약(CTBT)" 비준안도 철회하는 법안을 2023년 하반기에 만장일치로 통과시켰다. 미국, 중국, 인도, 북한은 서명과 비준을 하지는 않았다. 핵무기 관련하여 가장 강력한 협약은 "핵확산금지조약(NPT)"인데 아직 변화의 조짐은 없지만 러시아-우크라이나 전쟁과 이스라엘-팔레스타인 전쟁 등으로 러시아가 핵 카드를 만지작거리고 있어 지구촌의 긴장은 날로 더해가고 있다.

2015년에는 바다가 아닌 한반도 내륙 중심부인 휴전선 접경의 "연천군"에 북한이 포격을 가해와서 남북 군사 긴장을 고조시켰다. 서울시 크기의 연천군은 30%가 휴전선과 닿아 있고 DMZ 평화공원, 제3 땅굴, 오두산 통일전망대가 있다. 2023년까지 북한이 서해안이나 동해안으로 지금까지 시험 발사한 미사일은 헤아릴 수 없을 정도로 많다. 2006년과 2023년에 대륙간 탄도 미사일(ICBM, 사거리 5,400~6,700km)인 대포동2호도 시험 발사하였다. 일본과 미국은 이에 경악하며 대응책을 내놓았으나 실질적인 제재는 불가한 상황이다. 심지어 핵잠수함에도 제작을 준비하며 러시아와 협력을 도모하고 있다.

북한은 이미 군사적인 면에서는 질적으로도 세계 최강의 반열에 올랐다. 이러한 독자적인 군사력에 중국과 러시아도 과거처럼 북한을 입맛대로 하기에는 북한의 입지가 너무 커졌다. 그토록 커지도록 우리의 대응책은 미약했다. 심지어 러시아 푸틴 대통령은 북한에게 우크라이나 전쟁 물자 지원마저 간절히 요청하는 단계에 와있다. 북한이 유엔과의 "휴전 정전협정(Agreement on the Cessation of Hostilities in Korea)"을 위반하는 행위는 끊임이 없다.

서해 백령도 인근에서 천안함에 어뢰를 발사하여 침몰(2010년 3월)시키더니 연평도에 수백 발의 포탄(2010년 11월)을 퍼부었다. 이때 부산 수영 비행장에서 인도네시아 국영석유회사 간부 일행과 함께 서울로 가는 비행기에 탑승하면서 나를 포함한 인도네시아 사절단 모두가 걱정을 많이 했었다. 두려움이 엄습했다. 공항 로비에 설치된 텔레비전 화면에서 우리 영토인 백령도 여기저기에서 검은 연기가 뭉게뭉게 올라가는 모습을 실시간 방영했다. 전쟁 중인 모습에 모두가 두려움에 떨며 탑승했고, 이미 한반도는 전쟁 중이 아닌가 하는 의구심을 들게 했다. '이번에는 진짜로 전쟁이 터지려는 것일까?' 하는 생각마저 들었다.

남북 관계는 정전이 아닌 휴전 상태다. 더구나 우리나라는 한국휴전협정(Korea Armistice Agreement)에 관한 정치적 당사국도 아니다. 1953년 7월 27일 체결한 휴전협정은 북한, 중공, 유엔군사령부 간의 3자 체결이었다. 물론 한국은 유엔군사령부의 일원으로 서명했으나, 협정문 제2조에 의하면 한국을 대신하여 유엔군사령부가 서명한다고 명시되어 있다. 즉 한국의 지위는 군사적 당사자로서는 인정되고 정치적 당사자는 아니라는 이야기다.

북한의 도발성 사건들이 끊임없이 일어나며 남북 긴장은 그 누구도 예측하기 어려운 상황으로 다다랐다. 미국 군사력 평가기관인 "Global Firepower(GFP)"에 의하면 2023년에 세계 군사력 지수(Military Strength Index) 기준으로 한국의 군사력은 세계 6위다. 미국, 중국, 러시아, 인도, 일본에 이은 순위로 프랑스, 영국, 독일로 이뤄지는 세계 10대 군사 대국에 속한다. 이러한 이유 때문은 아닐 텐데, 남북한 긴장은 날로 고조되어 있으나 우리나라 어디에도 이를 실감하는 사람은 거의 없는 듯 평화롭기만 하다. '왜 그럴까?' 아무리 생각해 보아도 답이 없다.

천수 리조트 단지의 완공을 얼마 남기지 않고 이번 사업에 일등 공신이라 할 수 있는 최영집 회장이 운명을 달리했다. 이 사업을 수주하여 톰 김 회장에게 디자인을 의뢰하고 프린스와 협력하며 현장 엔지니어링을 통해 예술적 리조트 단지인 명품 시설을 완공하는 데까지 그는 정말로 헌신했다. 시설 곳곳에 그의 손길이 닿을 정도로 그는 현장을 자주 찾았다. 아마 마지막 역작으로 길이 남을 그의 유작이 되었다.

드디어 천수 리조트 단지가 완공되었다. 그 밑바탕에는 남북 화해 무드를 타고 추진된 사업이다. 리조트 단지에서 제공할 식수는 전량 강원도 심층수를 사용할 계획이다. 리조트 단지 개장 전에 만반의 준비를 했다. 프린스 컨설팅의 파견자가 현장에 와서 철저한 교육을 통해서 서비스 정신을 가르쳤다. 고객에게 제공되는 모든 소모품에도 최상의 품질을 유지하게 하고 무엇보다 시설의 안전과 유지 보수에도 매뉴얼을 통해서 필요한 노하우를 전했다.

국내외 영업은 홍인표 본부장이 마케팅 책임자로 계속 업무에 임했다. 화려한 프로그램을 마련하면서 일차 동남아 시장에 대대적인 광고도 함께 올렸다. 그는 명문 대학 출신에 엘리트다. 삼우 그룹의 비서실장을 지냈다. 폭넓은 인맥으로 관공서 일부터 업계의 주요 인사들과 소통을 잘 하는 사람이다. 삼우에 근무할 때 러시아 출장도 자주 다녔는데 그의 자동차 카세트는 언제나 볼셰비키 혁명가를 틀어 놓고 다녔다. 그의 차를 함께 탈 때마다 섬뜩한 생각도 들기도 했다. 그의 논리는 언제나 명확하고 주변에 전파력도 강했다. 물론 일도 아주 잘한다. 어떠한 과제도 쉽게 풀어낸다. 그만큼 그는 능력이 있다는 이야기다.

그는 스스로 주사파는 아니라고 한다. 단지 사상적으로 혁명이 필요하다고 믿는 사람이다. 주사파들은 전대협의 진군가만 들어도 결의를 다지는 듯하다. 그들은 학습에 학습을 통하여 사상의 틀에서 절대로 이탈할 수 없다. 상식이나 공정의 교육을 받는다고 개선이나 전향될 소지는 전혀 없다. 대표적인 사태가 광우병 물결이 아닌가 한다. 논리가 전혀 먹히지 않고 선동 정치에 맹목적인 행동만이 있을 뿐이다. 광우병에 대해 잘 아는 전문가가 우리나라에는 전혀 없었단 말인가? 있다면 그들은 말 없는 비겁한 사람들이다.

광우병 시위는 정권 퇴진과 정권 획득을 위한 수단일 뿐이었다. 이들을 추종하는 세력이 무지한 것이다. 우리 세대에 끊임없는 데모가 이어졌다. 제대로 알고 데모에 참여했던 학생은 극소라는 것은 자명하다. 그들에게 이용당하는 줄도 모르고 따라서 한 데모 참여였다. 그러한 팬텀 정치가 오늘날에도 먹히고 있다. 안타까운 일이지만 그것이 우리의 역사라면 그대로 받아들이는 방법 외에는 길이 없다.

세계는 G2의 대결이 수위를 높이더니 신냉전 체제에 돌입했다. 러시아, 중국, 북한이 한 블록을 형성했다. 미국의 경제 제재에 동참하는 나라들이 반대 블록으로 모였다. 특히 미국, 일본, 한국 삼국 간의 새로운 협력 체제가 기존의 영국, 인도, 호주 등의 협력 체제와 함께 상호 협력을 강화하며 공동보조를 취하고 있다. 이런 와중에 북한이 여기저기 찔러보기 시작했다.

새 정권이 들어서자 대북 관계를 유연하게 대처했다. 대통령이 백두산을 오가며 남북 관계는 봄바람이 부는 듯했다. 그러나 그것도 잠시였다. 다시 보수정권으로 바뀌자 사업에 먹구름이 드리우기 시작했다. 대북 문제를 강경 자세로 전환했다. 이를 트집 잡아서 북한은 무모한 사건을 다시 터트렸다.

2015년에 북한이 도발했던 연천 포격과 유사하게 이번에는 놀랍게도 6.25 사변 당시에 통한의 호수로 각인된 파로호를 타깃으로 장사포 수발을 발사했다. 연천에서 동쪽으로 60km 떨어진 장소다. 북한은 가장 많이 보유한 240mm 장사포(사거리 70~100km) 외에 300mm 장사포(사거리 100~200km)와 최신 시험 발사한 신형 400mm 방사포(사거리가 300km) 1,000여 대를 보유하고 있다. 이번 타점 주변에는 군부대가 여러 곳에 산재해 있었으나 부대를 타격하지는 않았다. 민가에도 포탄이 떨어지지 않았다. 호수를 맞추려고 했는지 파로호 가운데와 인근 숲에 떨어졌다. 인명 피해가 전혀 없었으나 사람들을 공포의 도가니로 몰아넣었다. 이번 포격은 천수 사업 단지에는 치명적인 피해를 입혔다. 관광객이 끊어진 것이다.

이번 포격은 오래전에 위협했던 여러 개의 지하 터널 사건과는 다른 차원이다. 순식간에 긴장 수위가 올라가는 상황에서 이뤄졌기 때문이다. 북한은 수시로 단발적 포격으로 우리나라를 찔러보니 그들 나름 얻는 것이 있다고 생각한 모양이다.

그것으로 파라호 리조트 단지는 끝이 났다. 천수 리조트에 오는 손님은 완전히 끊겼다. 투자가들은 사업의 미래를 걱정했다. 아니 포기해야만 했다. 적자가 갑자기 큰 폭으로 이어지며 더 이상 운영한다는 것이 무의미했다. 사업성이 나오지 않는 실적이 말해주었다. 민 사장 사업을 접어야만 했다.

결국 민 사장은 회사 정리를 로펌에 의뢰했다. 그는 일단 마음을 정리하니 산다는 자체가 허무하다는 절망감에 싸였다. 부모님에게서 많은 토지를 상속받았고 건축업에 성공하여 돈도 모았다. 대형 리조트를 건설하여 많은 사람들이 즐거운 모습으로 쉬는 자리를 만들어 준다고 한 것이 자신에게는 과욕이었다는 한탄을 할 뿐이었다.

민 사장은 사업을 정리하면서 도움을 주었던 사람들에 대한 인사를 하기로 했다. 제일 먼저 박지우를 찾았다. 천수 사업을 하면서 외자를 유치하는 데 일등 공신이었던 박지우에게 제대로 인사를 못 했다고 하며 식사를 대접하겠다고 했다. 박 전무가 라스베이거스나 뉴욕과 런던을 오가며 로스차일드 외자를 유치할 때 부지런히 뛰어다닌 것을 잘 알고 있었다. 물론 톰 김 회장을 도와서 한 일이었지만 그는 항상 잊지 않았다고 했다. 톰 김 회장과 민 사장이 처음 만났을 때부터 박지우가 함께 있었다.

어느 날 회한에 찬 민 전무는 박지우를 일식집에 초대하여 감사의 뜻을 전하고자 했다. 그제야 그는 박지우가 동향 사람이라는 것을 알았다. 박지우는 천해 사업, 특히 강해심층수 사업에만 몰두한 데다 천수 사업에는 톰 김 회장과 함께 외자 조달 부분만 도와주다 보니 민 사장과 사적인 이야기를 할 기회가 적었다.

"민 사장님, 초대해 주셔서 감사합니다. 정신이 없으실 텐데…."
"아닙니다. 이렇게 나와 주시니 감사합니다."
"저와 함께 일해왔던 천해 사업의 장영택 전무와 함께 왔습니다."
"예. 어서 오세요. 장 전무님."
"박 전무님이 함께 가자고 해서 나왔습니다. 실례가 되지 않을지…."
"무슨 말씀을 …."
"박 전무님, 그간 제가 제대로 인사 한번 하지 못했습니다. 죄송합니다."

"무슨 말씀이에요?"
"제가 늦게 들었습니다. 전무님 고향이 청주라고 들었습니다. 동향인을 몰라보고…. 제가 너무 소홀했습니다."
"네…."
"어찌 되었건 협조해 주신 점 잊지 않겠습니다. 정말로 고마웠습니다."
"민 사장님, 그러면 앞으로 계획은 있습니까? 혹시 청주로 다시 돌아가시는지요?"
"예. 그렇습니다."
"여기 장 전무도 동향입니다."
"아, 예. 그러셨군요."
"저는 애초에 민 사장님이 동향인 분인 줄 알고 있었습니다. 불편할까 봐 말씀 안 드렸습니다."
"말씀하셔도 되었는데…."
"민 사장님, 장 전무도 청주로 돌아갈 계획이랍니다."

천해 리조트도 천수 리조트와 마찬가지 상황이 전개되었다. 파로호 장사포 포격으로 우쭐해진 북한은 이번에 동해안 해변가로 여러 발을 또 발사했다. 물론 한국군은 예전과 달리 북한 장사포 발사 지점을 정확하게 포격하여 박살을 냈다. 그것으로 끝이다.

천해 리조트에도 더 이상 오는 손님은 없었다. 시간이 좀 지나면 잠잠해지겠지만 관광사업을 하는 리조트 사업자로서는 큰 타격이다. 톰 김 회장도 역시 리조트 단지 문을 닫기로 마음먹었다. 그러나 인수하려는 매수자가 나타나지 않았다. 톰 김 회장은 결국 천해 사업은 지분을 모두 처분했다. 뒤처리는 강병수 사장과 안소희 사장에게 부탁을 하였다.

그는 이번 개발사업으로 인한 파산에 가까운 상황은 피해가 컸다. 자신의 투자금만 날린 것이 아니다. 은행 대출할 때 대표이사로서 회사와 함께 연대보증에 의한 엄청난 대출 금액의 상환도 부채로 그대로 남았다. 설상가상으로 그동안 민 사장 개인 채무도 상당한 금액에 달했기 때문에 빚을 도저히 감당할 수가 없었다. 모든 것이 운명이라 하기에는 너무나 가혹했다. 이것은 인재에 의한 것이 아니라 불가항력의 천재지변이다. 모든 것이 허무하다. 그러나 금융 채무는 현실이다.

처음부터 심층수에 꽂혔던 그 무엇 때문에 어려운 상황에 불구하고 심층수 사업만은 놓고 싶지가 않았다. 당분간 심층수 매출은 문제가 없을 것으로 보았다. 강해심층수만이라도 계속 살려서 심층수를 생산하여 사업을 유지만은 하고 싶었다. 강해심층수 지분은 일단 강병수 사장에게 돌려놓고 미국으로 홀연히 떠났다. 안소희 여사는 강 사장을 도우며 마지막 사업 정리에 힘을 실었다. 한편 이 사업에 직간접으로 자금 지원을 해준 헬렌 황은 사업이 파탄 나기도 했고 나이도 있어서 더 이상 현장을 뛰지 않으려고 했다. 가족들이 살고 있는 미국으로 돌아갔다. 더 이상 그녀가 사업 전선에서 뛴다는 이야기는 들리지 않았다.

28. 울릉도(鬱陵島)

　강원도 천해리에 건설된 강해심층수를 포함한 천해 리조트 단지는 빛과 건강의 체험장 테마를 주제로 해수 탈라소테라피 시설과 물놀이 시설인 워터파크, 수중수족관까지 완벽하게 갖추고 개업을 했다. 매니지먼트는 계약에 따라서 프린스가 로고를 쓰며 지원을 받기 시작했다. 인근의 골프장과도 협약을 맺으면서 보다 다양한 서비스를 고객에게 제공하게 되었다. 청정 지역에서 웰빙과 어우러진 최적의 휴양시설이다. 영업망은 한국에만 국한하지 않고 세계적 명소로 마케팅을 전개하기로 했다.
　그러나 그것이 "한여름 밤의 꿈"이 될 줄은 그 누구도 생각하지 못했다. 동해의 방사능 문제는 반복된 이슈로 국립해양연구소를 통해서 동해 바닷물의 변화가 전혀 없음이 입증되자 불안감은 시간이 지나 사라졌다. 문제는 남북의 화해 무드가 갑자기 첨예하게 대립의 양상으로 변하면서 영업에 큰 타격을 받았다. 남북 인적 교류는 완전히 차단되고 경제 협력의 상징인 개성공단도 폐쇄되었다. 북한의 연속적인 동해 및 서해 미사일 발사에 긴장이 고조되었다. 남북문제는 더욱 심각한 국면으로 들어서고 있었다.
　천해 리조트는 경영에 타격을 크게 입었다. 그리 오래가지 못하고 리조트 문을 닫았다. 그래도 강해심층수만은 시장을 위협했던 방사능 위험 요소가 사라지자 수요가 안정되어서 심층수 생산은 계속할 수 있었다.

대주주인 톰 김 회장은 리조트 건설과 관련하여 발생된 제반 채무 상환 문제 등으로 회사를 매각하는 방향으로 결정하였다. 그리고 그는 홀연히 출국해 버렸다. 다시는 이 땅에 발을 들여놓지 않으려는 듯 비장한 결심을 하고 떠났다. 지난번 고국을 떠날 때는 병으로 죽음을 앞두고 치료를 위해서 떠났는데 이번에는 채무로 인해서 떠나야만 했다. 두 번이나 반복하는 커다란 삶의 반전이 있었지만 그는 후회하지는 않았다. '해 볼 만큼 해본 인생이 아닌가' 하는 생각을 하며 비행기에 올랐다.

대리인인 강병수 사장에게 모든 업무를 위임했다. 매수인과 협상을 하면서 직원 승계를 밀어붙였으나 쉽지가 않았다. 나는 기술 담당이라 매수 측에서 남아있길 원했으나 사임을 결심했다. 아쉬움이 너무 컸다. 박전무는 자신의 회사처럼 애착을 가지고 개발사업 처음부터 생산까지 참여했다. 제품을 직접 생산해 왔는데 이제 손을 떼야 한다.

이때 울릉도에서 심층수 개발사업 중인 송용장 사장이 회사로 찾아왔다.

"저는 태그보트와 바지선 등 여러 척의 배를 가진 선주로서 바닷속 폐기물 등을 수거하는 환경 사업자로 돈을 번 사람입니다. 이 사업을 한 지 오래되었습니다."

"예. 좋은 일을 하시네요. 어쩐 일로 저를 찾아오셨는지…."

"심층수 개발사업을 완료하셨다는 이야기를 듣고 자문을 구하러 왔습니다."

"말씀하시지요."

"동해 바닷속에는 엄청난 나일론 폐그물이 산재합니다. 이들을 일일이 찾아서 수거하는 작업을 오랫동안 해왔지요."

"예. 바다 생물도 폐그물로 바다 생물들이 위협을 받고 있다고 들었습니다."

"돌고래 새끼들도 폐그물에 걸려서 익사하는 경우가 많아요. 얼마 전에도 남방큰돌고래 새끼가 폐그물에 걸려 죽자 어미가 등으로 떠밀고 수면 위로 올려서 숨 쉬라고 애를 쓰는 모습에 국민들이 안타까워하던 기사도 있었어요. 그래서 제가 하는 일에 자부심도 느끼지요."

"예. 불법인 바다 투기는 어느 정도 근절된 것 같아 좋은데, 그물은 해류에 떠내려가기도 하고 망가진 그물을 회수하는 데도 오래 걸리니까…. 그런 일을 하다 보니 동해안 바닷속을 잘 알게 되었어요. 울릉도 주변 바다도 잘 알고 있습니다. 바닷속이라면 저보다 아는 사람이 드물 것입니다. 잠수 기능사 자격증과 민간 전문 다이빙 강사 협회(PADI)의 자격증도 가지고 있습니다."

"예. 울릉도…."

"본론을 말씀드리지요. 제가 울릉도 태하리에 해양심층수 개발을 목적으로 바닷속에 취수관 2개를 깔았는데 자금을 제때에 구입하지 못해서 자금조달 방법에 대해서 자문을 구하고자 왔습니다."

"자금이 문제란 말이지요…."

"예."

마음이 답답했던 상황에서 무엇인가 할 일이 생길 것 같았다. 송 사장이 울릉도 이야기를 꺼내자 무엇인가 번뜩하고 머리를 스치는 것이 있었다. 울릉도라는 이름만 들어도 누구에게나 선망의 대상이 아닌가. 육지에서 멀리 떨어진 청정의 바다 한가운데 우뚝 솟은 울릉도다.

송 사장은 자신이 추진한 심층수 추진 전 과정에 대해서 자세히 설명을 했다. 심층수 회사를 설립하고 울릉군수로부터 바다 점사용 허가도 취득했다. 해상 부분 설치를 완료하고 육상 부분 연결 부분 자재까지 현장에 반입을 했다. 이후의 공정은 더 진행시킬 수 없는 상황이라 했다. 물론 연구소도 중소기업기술진흥원으로부터 허가증을 교부받았다. 투자 의향을 비쳤던 사람들이 빠져버리자 자신은 더 이상 주변에서 자금을 조달할 수 없게 되었다고 했다. 문제는 육상 부분의 추가 부지 확보, 공장 건물, 담수화 설비, 병입 시설, 제염 설비, 저장고 등 필요 자금조달이었다.

취수 파이프 라인을 포함한 해상 부분은 완료했으니 육상 부분은 자금 조달 건에 부닥쳤다. 중단된 사업이라 다시 추진하는 데는 선행 작업도 필요했다. 해상 부분을 포함하여 사업 전반적인 상황을 검증할 것에 대해 생각해 보았다. 일단 매력적인 사업이라는 판단이 섰다. 강해심층수 건설을 통해 모든 과정을 경험한 상태로 그 정도 규모는 그리 어렵지 않게 진행될 수 있다는 생각이었다. 정 도사에게 연락을 취했다. 울릉도 태하리에서도 바다의 소리가 나는지 알아보자는 생각이 들었다.

"정 선생님, 울릉도에 한번 같이 다녀오시지요. 울릉도에서 심층수 개발 사업을 하다가 자금 경색으로 중도에 도움을 요청한 사람이 있습니다."
"누구입니까?"
"송용장 사장입니다."
"일단 현장부터 보고 이야기 진전 여부를 결정하려고 합니다."
"그렇지요. 모든 문제는 현장에 답이 있으니깐요."
"함께 가시지요."
"예. 갑시다."

예지력이 정말 있는지 정 도사는 아무 질문도 없이 단 한마디에 울릉도에 함께 다녀오겠다고 한다. 그는 재벌과 고위층 사람들만 만나는 사람인데 나의 제안에 즉석으로 답했다. 그는 신통력이 있어서인지 아니면 순간 자금 문제는 문제가 아니라는 확신이 들어서인지 몰라도 질문이 없었다. 그러한 그의 결정에 그의 예지력에 더 믿음이 가는 듯했다.

정 도사는 자문료도 한번 받았다면 크게 받는 사람이다. 적은 돈을 자주 받는 사람이 아니다. 그런데 몇 년간 함께 지내다 보니 자신만의 조그만 사업을 손수 하고픈 욕망이 있다는 것을 알게 되었다. 울릉도 심층수 사업에 대해서 내가 가졌던 마음과 비슷하게 그 역시 자그마한 회사라도 소유자가 되고자 하는 속내가 엿보였다.

동해 묵호에서 160km 떨어진 울릉도는 우산국(于山國)이었다. 섬 전체에 고분군이 퍼져 있는데 삼국시대에서 고려까지 걸쳐서 태하리나 현포리 등에 남아있어 역사가 잠자고 있는 곳이다. 조선 조정에서는 섬 관리가 어려워 방치하다가 대한제국에 와서야 울도군(鬱島郡)을 설치했다.

한반도로부터 먼바다에 있어 바닷물은 육지 해안과 비교하면 청정한 바닷물이 넘실대는 큰 섬이다. 한번 다녀오고 나면 누구나 살고 싶어지는 아름다운 섬이기도 하다. 안 보이면 멀어진다고, 울릉도는 모두가 가고 싶어 하는 섬이면서도 우리의 삶과는 동떨어진 세계다. 고립된 섬사람의 생활은 낙후된 편이다. 아니 순수하다고 해야 할 것 같다.

좀 더 동쪽 바다를 헤쳐 가면 바위섬들로 이루어진 독도(獨島)가 나타난다. 독도는 34개의 섬으로 이루어졌는데 동도와 서도로 크게 나뉘며 가재바위, 구멍바위, 지네바위 등 크고 작은 돌섬과 암초들로 구성되었다. 정부는 독도에 대한 영토 강화를 위해서는 울릉도를 획기적으로 발전시켜야 한다는 정책을 추진하고 있다.

일전에 시간을 내어 안철우 사장과 함께 독도를 다녀온 적이 있다. 그는 사업이나 개인 문제를 터놓고 이야기해 온 멋진 파트너다. 울릉도에서 떠난 배는 태평양 한가운데를 향해 달린다. 울릉도까지 올 때의 파도와는 결이 다르다. 깊은 바다의 파도는 더 큰 것인가? 검푸른 파도를 넘어가며 비산하는 물보라가 그리도 시원할 수가 없다. 선상에서 꿋꿋이 서 있다. 선실로 들어갈 생각이 전혀 없다. 광화문에 가끔 안철우 사장과 함께 태극기를 들고 시위대에 참여한 적이 있다. 그의 생각은 나와 비슷한 부분이 너무 많다. 아니 나보다도 세상일을 더 많이 하는 사람이다.

"박 형, 독도는 우리나라 땅이 맞다고 생각하오?"
"당연하지요. 어릴 적에 우표를 모기 시작했는데 유독 독도 우표가 많았지요. 이제까지 머릿속에 박힌 그 생각이 어디 변하겠나?"
"일본이 죽도라고 부르며 초등학교 교과서에도 그렇게 교육시키고 있지만 그것으로 끝이지요."
"안 형도 열렬한 애국자이니⋯ 태극기 들고 광화문 집회에 빠지지 않고 나가는 집념도 대단해요."
"내가 안 나서면 누가 나서겠어요?"
"대단해요."
"자위대도 최근에는 조건부 해외 파병이 가능해지는 추세더군요. 그게 아니더라도 독도가 해외 파병 금지의 조건에도 해당되지 않으니 마음만 먹으면 무력 침공이 가능하겠지요."
"그럴 가능성을 배제하지 못하겠죠."

"박 형도 잘 알다시피 자위대의 군사력은 절대로 우리보다 약하지 않아요. 미국이 항상 최신식 전투기는 완전한 상태로 일본에 팔고 있지만 우리한테는 전자 장비가 좀 다르다고 하지 않나요?"

"무기 성능의 문제는 아니겠지요. 예전에 일본 순시선이 독도에 나타나서 기관단총을 엄청나게 바위에 갈기고 갔다고 하지요. 사실 대응할 능력도 없고, 육지에서 경비함이 출항해서 독도에 도달하려면 시간상…."

"현재가 중요하지요. 태극기가 휘날리고 있으니 반드시 지켜내야지요."

"안 형, 굳은 결의도 힘의 앞에서는 굴복하게 되지 않나요? 일본이 대동아 전쟁이라고 부르는 태평양 전쟁 당시 대의명분이 분명했습니다. 아시아 국가들의 산업혁명이 늦어져서 서구 열강의 식민지로 침탈당하고 있기에 아시아는 아시아인의 나라로 되찾기 위해서 전쟁을 일으킨다고 했지요. 이는 60만 명의 관동군이 주도했답니다. 당시 항공모함이 10척이 있었고 6만 톤급 구축함 두 척은 전 세계에서 가장 큰 배였지요. 그러한 군사력을 가지고 있던 일본이 다시 굴기하면 어떤 괴력을 나타낼지 무섭습니다."

"박 형, 일본은 절대로 우리나라를 이기지 못합니다."

"…."

안 사장은 첫 직장에서 함께 일본 연수를 다녀온 사이다. 서로 퇴직한 후에 지금까지 꾸준히 우의를 돈독히 해온 사이다. 오퍼상을 시작으로 사업을 해서 성공을 했고 컨설팅 회사도 추가로 만들었다. 이 회사는 타당성 조사, 환경성 조사, 인력공급 및 교육 사업 등을 주 업무로 한다. 두 가지 사업을 성공적으로 해 나가고 있다. 대인 관계가 좋고 대관업무도 잘한다. 특히 전체를 보는 눈이 있어 각론보다는 총론에서 틀을 확실히 잡기 때문에 실수가 거의 없는 사람이다. 무엇보다 선택에서 과감한 결정을 내리기도 한다. 나와 비슷한 성격이기에 죽이 맞아 관계를 유지할 수 있었다.

"그런데, 회사 직원들은 늘었나?"
"해외 전문가를 물색 중이지."
"해외 컨설팅을 확장하려고?"
"아무래도 컨설팅 업무는 국내보다 해외로 나갈 때가 된 것 같아."
"그렇지."
"그런데 쉽지가 않아. 사람은 많은데 적격의 사람을 구하기가 어려워. 이제는 해외시장을 개척하려고 하지. 현지 컨설팅 업체와 협업을 하는데, 우선 국내 회사가 현지 컨설팅에만 의뢰하여 만족할 만한 결과를 얻기 어려우니 국내 회사와 합작한 컨설팅 회사를 선호하게 될 것으로 보여."
"인력 파견도?"
"중소 제조 및 건설업체가 예전과 달리 해외 진출이 부쩍 늘었어. 컨설팅도 해주고 추가적으로 그에 따른 적격의 사람을 공급하거나 파견 형태로 보내는 연결 사업도 좋다는 판단이야."
"그래. 해외 경험자들을 적극 재활용하는 풀(Pool)을 조직하여 운영하는 것도 좋겠지."

울릉도 서북 지역인 태하리와 현포리 사이 고지에 새로 건설된 한국해양과학기술원(KIOST)의 "울릉도·독도해양연구기지"에서 비추는 밝은 불빛도 등대처럼 현포항과 태하항을 은은하게 비추고 있다.
이 지역 해안가에 전에 없던 새로운 시설물이 들어선다고 하자 주민들은 신사업에 관심이 높아졌다. 해양심층수가 용출되는 서북쪽 지역으로 심층수 취수 적지다. 현포리에는 한국해양과학기술원의 울릉도 독도 해양과학기지와 심층수 박물관도 있다. 두 지역에 민간업체 세 군데서 경합이 붙었다. 해양심층수 시설이 건설된다는 이야기다. 강원도와 경상도 해안에서 불고 있는 심층수 바람이 바다 건너 이곳까지 건너와 불고 있다.

현포리 숙소에서 나와 정 도사와 송용장 사장 셋이서 산책로를 걸으며 등대 앞의 향목전망대(태하전망대)에 올랐다. 먼저 보이는 울릉도 등대(태하등대, 150m)가 먼바다를 비추고 있다. 어두운 밤이라 땅, 바다, 하늘이 구분되지 않았다. 예전에 비해서 밝아진 마을의 불빛이 정겨워졌지만 여전히 어두운 울릉도 서북쪽 땅과 바다가 맞닿은 밤이다. 하늘에 떠있을 무수한 별과 검은 바다를 보기 위해서 올라왔다. 밤바다의 파도 소리도 듣고 싶었다.

박지우는 파도 소리를 너무나 좋아한다. 그것도 밀려오다가 부서지는 밤바다의 파도 소리가 좋다. 오죽 좋아했으면 일본 친구가 도쿄에서 멀지 않은 미우라 바닷가에 일부러 가서 파도 소리를 녹음해서 서울로 보내주었을까? 가끔 어둠 속에서 흰 파도가 보였다가 사라지곤 한다. 사라진 흰 빛이 다시 나타날 때까지 숨죽이고 기다리다 보면 세상이 살아있음을 느낀다. 내가 숨을 쉬고 있다.

"정 선생님, 인연이란 이어지게 마련인가 봅니다. 이곳까지 함께 올 줄은 생각도 못 했습니다."

"이곳은 저도 좋아하는 곳입니다."

"저도 좋아는 하지만 한 번 오기가 쉽지 않아서 이국적인 땅으로 여겨

집니다."

"그렇지요. 그래서 이곳이 명섬이라고 합니다."

"학문적으로는 동해 한가운데 2,000m 해저에서 화산이 폭발해 점성이 낮은 용암 분출로 순상 화산체가 생기고, 다시 화산 폭발로 점성이 큰 용암이 분출된 종산 화산으로 성인봉(984m)이 생긴 섬입니다. 백두산이나 한라산과 같은 종산 화산이나 점성으로 인해 성인봉의 경우 화구가 막힌 산이라 합니다. 화구 인근의 칼데라가 무너져서 나리분지가 된 화산섬이라 하지요."

"역시 송 사장님은 이곳 토박이 같으시네요."

"아닙니다. 포항 사는 사람인데요."

"그렇지요. 지난번 포항에서 이 사업의 설명을 들었지만 와서 보니 육상 부지는 상당히 협소하네요."

"화산섬이라 해안가는 다 그렇습니다."

"이곳 태하리에 제가 심층수 해상 부분을 설치하면서, 이곳에서 살다시피 하며 공부를 조금 했습니다."

"아, 이번에 저희가 자금을 들여서 해상 부분 보완과 육상 부분 공장과 저장소를 완공하는 데 송 사장님도 계속 도와줘야 합니다."

"물론이지요. 그간 여기에 제 혼을 불어넣었는데요…."

"정 선생님, 이 사업을 인수 건에 대해 어떻게 생각하시는지요?"

"박 전무님, 이번에는 일단 이곳을 돌아보기만 하죠. 심층수 용승의 위치가 육지의 서안이라고 하는데 지형적으로는 좋네요."

"정 선생님은 이제 심층수에 대해서 저보다 더 아시는 것 같아요. 하하."

"송 사장님, 현장은 잘 보았습니다. 내일은 저 혼자서 이 주변을 천천히 돌아보겠습니다. 박 전무님하고 나리분지 카페에 가서 차라도 한잔하시지요."

울릉도에서 며칠을 셋이서 보내면서 다양한 이야기를 나눴다. 무엇보다 송 사장이 바다 이야기를 하는데, 끝이 없었다. 배 하단에 붙는 조개류와의 싸움부터 어부들의 애환을 들었다.

"박 전무님, 제 현장이 어떻습니까?"
"예. 송 사장님. 그동안 수고가 많으셨네요. 이 공사를 어떻게 혼자 하셨는지 모르겠습니다. 정말 대단하십니다."
"이래저래 지인들 회사에 부탁하고 관련 관공서 사람들은 이미 다 잘 아는 사이라서 대관업무도 어려움이 없었습니다. 단지 돈을 대겠다는 사람들이 배신을 때려서 이 상황이 되었습니다."
"전에도 일단 말씀을 하셨지만 추가 자금조달을 부탁하시는 것이 아니라 사업 전체를 저의 측에 인계할 의향도 가지고 계시는 것이지요?"
"예. 그렇습니다."

근년에는 중국 어선들이 너무 많이 몰려와서 힘들어졌다는 이야기도 했다. 밤에 휘황찬란하게 빛나는 오징어잡이 배도 우리나라 어선은 1단만 하는 규정으로 지켜야만 하는데 중국 어선은 2단 3단을 올려서 울릉도 오징어를 싹쓸이해 가도 속수무책인 상황이 전개되고 있는 상황이었다.

울릉도에 정 도사와 함께 다녀온 후에 안 사장은 자기가 심층수 사업에 자금을 댈 테니 박지우 보고 사업을 완성해 달라고 부탁을 했다. 송성순 사장으로부터 울릉도 사업을 인수하기 위해서 초기에 정 도사와 같이 움직였을 때 그는 이 사업에 관심을 갖고 있으며 완공 후에는 자신이 운영하기를 원한다고 박지우에게 은연중에 속내를 털어놓은 적이 있었다. 박 전무의 사업으로 주도적으로 한번 해보려 했다. 그러나 결국 박지우는 자신의 사업으로서는 인연이 없다는 것을 알았다. 정 도사는 나의 결심에 깊은 감사를 전하며 사업을 부탁했다.

송 사장과 울릉도 심층수를 인계받기로 합의서를 쓰고 계속해서 그의 자문을 받기로 했다. 인계받은 사업에 관해서 우선 안 사장에게 용역을 의뢰했다.

"참, 태하리 심층수 단지에 대한 타당성 조사서가 곧 완료되네."
"안 형, 수고 많아어. 실사도 쉽지가 않았을 텐데…."
"돈 받고 하는 건데, 뭐."

사업을 하려면 예비타당성 조사(예타) 또는 사전타당성 조사를 통상한다. 중단된 사업도 재개하려면 다시 작성하는 것이 바람직하다. 이는 사업주나 투자가가 자본을 투입하기 전에 판단할 수 있는 중요한 자료다. 시장 및 판매, 사업계획, 공해, 기구조직 및 인력수급계획, 투자비 추정, 경제성 검토가 조사 및 분석된다. 경제성 분석에서는 민감도 분석을 포함하고 있다.

그러나 타당성 조사에서 중요 요소를 간과하고 있어 조사서의 신빙성을 취약하게 만든다. 콩 심은 데 콩 나고 팥 심은 데 팥이 난다고 했다. 아니 컴퓨터에 쓰레기 데이터를 입력하면 결과도 쓰레기다. 타당성 조사에서 가장 먼저 시작하는 시장성 조사에서 "수요 예측"이 모든 결과치를 좌우한다. 과거 경험치를 추정하여 연장하는 직선법, 세미로그, 로그 등 다양한 방법은 방법일 뿐이다. 사실 미래를 예측한다는 것은 그 자체가 무리다. 그러나 수요 예측을 임의로 정하는 것보다 위험 부담이 큰 것은 없다. 차라리 감으로 하는 것이 더 정확할 것이라고 한다 해도 틀린 말은 아니다. 민감도 분석에서도 원가, 판매가, 투자비 3가지 대표 요소를 상하 범위 내에서 예측할 수 있는 수입률 비교도 서류상 수치에 불과하지 판단의 근거로는 오류를 범할 수도 있다.

정 도사는 타당성 조사에 언급된 자금조달 계획에 따라 차질 없이 자금을 투입했다. 이 과정에서 안철우 사장도 박지우의 권유에 따라서 공동 투자를 했다. 리조트 시설이 없기에 상대적으로 그리 큰 투자금이 필요하지 않았다.

강해심층수 사업에 관여했던 업체들의 도움을 받아서 잔여 공사를 어렵지 않게 마무리했다. 강원도로부터 160km 떨어진 울릉도 청정 태하리 해변에서 420m 바닷속에서 취수한다.

한발 앞서 태하리 심층수에서 멀지 않은 장소에 심층수 시설을 설치하고 제품을 생산하기 시작한 회사가 있다. 경쟁 회사다. 영업은 그리 어렵지 않았다. 그 회사가 먼저 가동하면서 겪은 시행착오 등을 거울삼아 쉽게 앞설 수가 있었다. 경쟁사의 사전 영업 덕을 톡톡히 보았다. 어부지리라 할까?

사업은 남의 뒷다리만 잡다가는 먹히거나 도태되기 십상이다. 기술본부장 박지우는 태하리 해양심층수 사업장에서 그 나름 독특한 특허를 여러 건 신청하고 제품을 출하했다. 태하리 심층수 사업은 작은 규모의 사업이지만 알찬 사업장으로 황금알을 낳는 거위였다. 황금 바닷물을 우리의 몸속으로 선물하는 사업을 하게 된 정 도사는 만족했다. 그는 자신의 미래를 현실에서 갖게 된 것에 대해 나에게 감사함을 표시했다. 이 심층수 회사는 후에 정 도사의 뜻에 따라서 대학교 법인이 자본에 참여하게 된다. "수익금은 전액 대학교 교육재원으로 사용됩니다"라는 문구가 있었다. 해양심층수 사업의 이익금을 교육에 투자하고 있는 사업이라 하니 마음이 뿌듯하다.

"박 전무님, 정말 지분을 저에게 넘기시겠습니까?"
"네. 정 선생님에게 매각하게 되니 마음이 편합니다."
"그래도 전무님이 건설 중인 사업을 인수해서 완공하기까지 많은 열정을 보인 사업이 아닙니까?"
"예. 그것으로 족합니다. 더욱이 공장 운영을 하기 위해서 하는데 제가 꼭 필요하다고 보지는 않습니다."
"알겠습니다. 울릉도에 놀러 오시면 항상 제가 모시겠습니다."
"그러시지요."

애착을 가지고 건설한 박지우의 마지막 사업인 울릉도 태하리 심층수 사업에서도 손을 떼기로 했다. 평생을 개발과 건설에만 종사해 왔더니 피로 현상이 신체의 이곳저곳에서 터져 나왔다. 나이는 어쩔 수 없는 모양이다. 더 이상 욕심을 내지 않기로 했다. 더욱이 내가 없어도 잘 운영되는 심층수 취수와 가공 공장에서 소일을 한다는 데 의미를 잃었다.

29. 귀거래사(歸去來辭)

　다행히도 울릉도 사업은 성공이라면 성공이었다. 심층수 취수 설비도 안정적으로 가동하고 제품도 정상적으로 출하되었다. 그러나 울릉도는 박지우에게는 객지다. 가족이 함께하지 않는 외지에서 지내는 것은 내가 지향해 온 말년의 삶이 아니다. 이곳은 아내와 꿈꿔왔던 강해 해안에서 함께 지내려고 심혈을 기울였던 그 장소가 아닌 울릉도다. 하늘은 박지우에게 그러한 희망을 허락하지 않았다. 더구나 박지우는 역마살로 점철된 삶을 살아왔는데 더 이상 머물 수가 없었다. 마음이 떠나니 잠시도 더 있을 수가 없었다.
　정 도사에게 박 전무의 지분을 넘기고 울릉도를 떠나기로 했다. 가지고 있던 각종 특허도 정 도사에게 이전해 주었다. 계속 남아서 근무하는 장 전무를 식사 초대를 했다. 술 한잔 기울이며 이별이나 업무 이야기 없이 고향 이야기를 나눴다. 그도 울릉도에 오래 남아있지는 않을 것 같았다. 박 전무와는 달리 직접 사업을 하면서 성공과 실패를 경험하며 연륜을 쌓은 그는 마지막 숙원 사업으로 청주 고향에 돌아가서 다시 한번 사업을 하고 싶다고 토로했다.

　"형님, 고향에는 먹는 샘물 중에 특정 미네랄 성분이 포함된 지하 암반수가 있다고 하셨지요?"

"그랬지."

"좀 더 알고 싶습니다."

"정말 관심 있어요? 왜? 장 전무도 울릉도를 떠나려고?"

"저도 때가 되었으니 고향으로 돌아갈까 합니다. 역시 고향이 최고예요."

"그래 정말 먹는 물 사업에 관심이 있군. 물과는 질긴 인연이야…."

"네. 그렇습니다."

"동생도 잘 알겠지만, 고향 주변에 국내에서 이름난 좋은 물은 많지만 앞으로는 특수 광천수가 대세일 수 있지. 그것도 특별한 물이야 하네. 단순 생수는 경쟁력이 없지."

"그렇습니다."

"그래. 있지, 마침 내가 계속 관심 있게 보아온 광천수인데… 일반 생수와는 확연히 다른 차원이지. 처음 만날 때 이야기했던 '게르마늄수' 기억나나?"

"예, 게르마늄수는 옥천(沃川) 지방에서도 생산되지 않나요?"

"맞아요. 나도 어렸을 적에 살던 곳이지요. 대청호 주변의 장태산과 장령산 휴양림이라던지 윤슬이 반짝이는 호숫물에 이른 새벽 물안개가 머무는 '부소담악(浮昭潭岳)'은 정말 멋진 곳이에요. 물멍 때리기 최고의 명소지요."

"예. 저도 가끔 들여다본답니다."

"청산면에서 향토 기업이 게르마늄 생수를 생산하고 있습니다. 지하 200m 이하의 견운모층에서 나온다고 하지요. 건강 보조제로 인기가 있는데 일본에 수출도 하고 있답니다. 게르마늄의 역할은 인체 세포에 산소 공급을 원활하게 해주고 활성산소의 배출에도 기여도가 크다고 하지요. 전북 익산에도 있다고 하는데 게르마늄 성분 함량이 중요하다고 하네요."

"게르마늄수가 좋은데 함량이 관건이란 말씀이지요?"

"그래요. 동생도 지하수를 잘 알겠지만 미개발지인 낭성면 추정리에 대해서 좀 더 조사해 보아요. 전에 지하 탐사를 한 보고서를 찾아보면 알 수 있어요. 그곳이야말로 세계적인 높은 함량의 게르마늄 광맥과 광천수가 있다는 정보가 들어 있어요."

"예, 형님. 상세하게 알아보겠습니다. 감사합니다."

"그 지역은 나에게 의미가 큰 지역이에요. 송림이 울창한 숲이 있는데 그 나무들은 나와 아내가 직접 심어 놓은 소나무들이지요. 벌써 반백 년이 다 되어가네요."

"아, 형님과 관계가 깊은 지역이군요."

"그래요."

"형님, 마음먹고 알아보겠습니다."

장 전무는 내가 울릉도 심층수 사업을 그만둔 뒤 1년 정도 더 근무하다가 손을 뗐다. 그 소식을 듣자 박지우는 곧 그를 청원당으로 초대했다. 그 자리에 동향 사람인 청수 사업의 민 사장도 함께 불렀다. 세 사람이 함께 일했지만 서로 뿔뿔이 헤어지게 된 상황으로 만나자 서로가 말을 아꼈다. 지난 일을 복기한다는 것은 가히 바람직하지는 않기 때문이다. 작별의 시간에 더 할 말이 무엇이 있을까?

강해심층수 시작과 함께 들렀던 이 식당에서 이제 더 이상 들를 기회가 적어진 상황이 되었다. 이러한 결말이 오리라고는 생각도 못 했다. 세 사람이 자리를 함께하자 방으로 들어온 고 사장의 얼굴에도 아쉬움이 가득했다. 그간 이곳에서 있었던 일들이 되살아났다.

"민 사장님, 오늘은 사업 이야기는 잊고 고향 이야기만 하시지요."
"예, 좋습니다. 오늘 식사는 고향 향우회 자리입니까? 하하."
"그렇다고 볼 수 있겠네요. 세 사람만의 식사는 처음인가요?"
"서로가 좀 무심했네요. 그래서 멍청도라 하는 말이 있어요…."
"청주 사람들은 다른 지역과 달리 타지에서 고향 사람들과 끈끈한 그 무엇이 약하다는 이야기를 듣고 있는데 우리도 그간 그러하지 않았나 해서요…."
"그래도 이 음식점이 청주가 고향인 고 사장이 운영하는 곳이니 꼭 그렇지만은 않을 것 같은데?"
"그야 고향집이 아니라 고 여사장이 예뻐서 단골로 오지 않았나요?"
"오늘은 세 분이 모두 농담도 잘하시네요."

고 사장이 방을 나가자 민 사장과 장 전무에게 의미 있는 술을 따르며 한마디 하는데 전부 다 목소리가 많이 가라앉았다. 살면서 이러한 자리가 많은 것은 그리 유쾌한 일은 아니다. 오늘 초대의 목적은 단순히 작별의 술잔을 나누자는 것만은 아니었다.

"장 본부장, 우리 고향의 물이 전국적으로 제일 좋다는 것 알지요?"
"그럼요. 초정 탄산수를 전에 말씀드렸지요? 어릴 적에는 용암 약수도 탄산수로 유명하였었는데 이제는 오염과 수량 문제로 어려운 상황이 되었나 봐요."
"그런데 속리산 가는 길에도 좋은 물이 많다고 하지 않으셨나요?"

"주변 가덕면에 석수와 퓨리스가 있고 미원면에 아이시스도 있어요."

"생수만이 아니라 게르마늄 생수에 대해서 들어본 적 있는데요."

"맞아요. 옥천군 청산면에 천연 유기게르마늄 생수가 있지요. 기술본부 오성식 부장이 그곳 공장장 출신이지요. 연수리에 게르마늄 매장량이 확인되어 그곳 지하수를 분석하니 천연 유기게르마늄이 함유된 것이 확인되었지요. 이를 농축하여 제품을 생산하고 있다 합니다. 산소 공급을 촉진해서 면역력 강화 및 중금속 제거에 탁월한 효과가 있다고 합니다."

"아, 그렇습니까?"

"실무에 강했던 오 부장 기억나세요? 그 친구가 그 공장 출신이라 하네요."

"몰랐습니다."

"오 부장에 의하면 폐암과 위암에도 탁월한 효과가 있다고 합니다만…. 아직 증명되지 않은 이야기이지만 심미적, 심리적 효과는 있는 것 같습니다."

"예…. 구미가 많이 당깁니다. 형님."

"아직 증명되지 않았지만 좋은 물임에는 틀림없다고 보아야지요."

"참, 유기게르마늄에 독성이 있어서 역공도 있는가 봅니다."

"사업을 하다 보면 반대의 소리도 있지요. 현명한 대처가 필요하지요."

"국내에서 게르마늄 생수가 나오는 곳은 강원도 고성군 간성읍의 진부령 게르마늄 생수와 국내 최대의 홍천의 약산이지요. 경기도 가평에도 오트마임 게르마늄 생수가 나오고 있습니다."

"게르마늄 생수도 제법 생산되네요?

"해외에서 가장 유명한 게르마늄 생수가 프랑스 루르드 지방 광천수로 인기가 아주 높지요. 근자에는 일반 먹는 물 생수가 대세이긴 하지만 개성 시대에 들어와서 해양심층수나 게르마늄 생수가 새로운 블루 시장이라 볼 수 있겠어요."

"어찌 되었건 게르마늄이 우리 건강에 좋은 것 맞지요?"

"일상생활이 불규칙한 사람, 지나치게 육식을 많이 하는 사람, 술과 담배를 하는 사람 등은 이로 인한 독소를 제거하기 때문에 효과적이라 합니다."

"그래요?"

"게르마늄은 산소 공급을 원활하게 하는 반면에 체내에 찌꺼기를 분해해서 몸 밖으로 내보내는 데 탁월한 작용을 하는 물질입니다. 어렵게 말하자면, 백혈구를 활성화해 인터페론 생산을 촉진시켜 암세포가 방출하는 작용을 없애 준다고 합니다. 어디 그뿐이겠습니까? 이 밖에 세포 파괴 및 산화 방지 작용, 면역 반란 억제 작용, 항상성 유지 기능을 높이는 작용 등을 한다고 합니다."

게르마늄 생수의 효능은 좋다는 이야기는 다 포함시킬 것 같다. 검증은 어차피 어려울 것이다. 마셔본 사람들의 후일담 정도가 더 설득력 있을 것 같다. 장 본부장과 이야기하며 앞으로 어떤 그림을 그려 나갈까 하는 생각도 깊게 해보았다. 장 본부장과의 대화를 듣던 민 사장이 대화에 말을 보탰다.

"박 전무님, 우리 고향의 물은 국내 제일의 생수 수원지가 아닙니까? 그런데 게르마늄수에 대한 이야기를 들어보니 흥미가 가네요."

"민 사장님도 관심이 있으십니까?"

"네. 이제 파로호 사업도 접었고 고향에 돌아가서 무엇을 해야 하나 고민 중인데 마침 좋은 이야기를 하시네요. 관심이 많습니다."

"민 사장님. 제가 게르마늄 광천수 이야기를 꺼내는 이유를 말씀드리지요."

"장 본부장도 고향으로 돌아갈 것이지요?"

"예."

"두 분 다 고향으로 내려가시면 추천해 드릴 사업으로 보고 있어요."

"말씀해 보세요. 게르마늄 관계입니까?"

"네. 가덕면을 지나 낭성면 추정리 가는 도로변 왼쪽에 엄청난 게르마늄 광맥이 탐사되었어요. 그곳에서 최적의 유기게르마늄 광천수가 쏟아져 나올 것이에요. 이미 정밀 조사를 의뢰했는데 두 분 모두 이 사업에 한번 신경 써 보겠습니까?"

"게르마늄 광석 자체도 엄청난 광석 아닙니까?"

"그렇지요. 전 세계에서 1년에 120톤 생산되는 희토류이지요. 정제 게르마늄은 금보다 비싸다고 하지요."

"게르마늄을 건강 팔찌로 만들어도 인기가 있지요."

"맞아요. 일전에 캄보디아에 갔다가 게르마늄 팔찌를 사 가지고 온 적이 있어요. 대단한 인기 상품이더군요."

"독성이다 무엇이다 말도 있지만 건강에 좋은 물질은 확실한 것 같습니다."

"장 본부장님, 게르마늄이 우리에게 황금알을 낳을지도 모르니 고향에 돌아가서 민 사장님과 연구해 보세요."

"예. 민 사장님. 사업을 시작하게 된다면 오성식 2팀장도 불러야 될 것 같습니다."

사업을 시작할 때 어떤 시장인지 먼저 본다. 블루 시장인지 아니면 레드 시장인지 구분한다. 현재 물 시장은 분명 레드 시장이다. 물에 대해서 누구나 한마디 정도는 할 줄 안다. 어떤 물이 좋은 물인지도 안다. 그걸 알면서도 물 시장에 뛰어든다는 것은 위험한 도전이다.

먹는 물 시장 전체는 계속 성장하고 있다지만 제주 삼다수나 아이시스, 백산수 등 상위 서너 개 회사가 시장을 장악하고 있다. 대부분의 생수 제조 회사는 고전을 면하지 못한다. 수익성이 낮고 난립한 국내 생수 시장은 분명 레드 시장이다.

그래서 해양심층수와 게르마늄 광천수에 해답이 있다고 보았다. 이번 식사 자리에서 꺼낸 화두의 배경에는 숨은 또 다른 뜻이 있었다. 게르마늄 광맥이 있다는 탐사 보고서의 위치가 나의 종산에 인접한 곳이다. 게르마늄 광산이 되었건 광천수가 되었건 희망이 가득한 땅을 세상에 내놓은 것이다.

베스트셀러인 《물》에서 게르마늄은 우리 몸에 중요한 생리 작용을 한다고 한다. 모세혈관의 벽을 뚫고 혈관으로 들어가 혈액 속에서 전자 이동을 일으킴으로써 혈액이 산성 상태인 경우 게르마늄의 음이온이 흡착되어 혈액의 pH를 중성으로 만든다. 반대로 알칼리성 상태일 때는 전자 반전 작용으로 양이온이 되어 역시 혈액의 pH를 정상으로 유지시켜 준다. 즉, 혈액을 정화하는 작용이 있으며, 혈관 벽에 부착된 콜레스테롤에 게르마늄의 침투압이 작용하면 콜레스테롤을 분해하여 혈관 벽에서 떼어내어 콩팥을 통해 몸 밖으로 배출한다고 한다.

박지우는 봉급자 생활만 오랜 기간 해오다가 늦은 나이에 개발사업에 뛰어들었다. 말년에 특히 조심하라는 말이 있지만 박지우는 그 경계선을 과감하게 넘어섰다. 돈을 더 벌겠다는 것도 아니고 사회적 명성을 얻겠다는 이유도 아니었다. 단지 다른 세계도 살아봐야 한다는 도전 정신의 발로였을 것이다. 두 세계의 가치관은 같지가 않았다. 제도권에서 안정된 삶이 있다면 창의적인 일에 불확실한 미래라는 상반된 길의 갈림길에서 박지우는 위험한 모험을 선택했다. 쉽지 않은 결정이었다.

초등학교까지는 고향에서 살았다. 부모님은 박지우의 고향을 떠나시지 않았고 그곳에서 돌아가셨다. 나는 고향을 떠나서 객지 생활로 점철된 삶을 열심히 살아왔다. 성공적인 직장 생활을 하다가 어느 날 개발사업에 뛰어들었다. 세상의 모든 것이 두 가지 모습을 가지고 있었다는 것을 잠시 잊었다. 아니 좋은 면만 바라보고 시작했다. 개발사업에 참여하면서 세미나나 포럼 참가에 더 열정적이었고 그곳에서 또 다른 부류의 사람들을 만났다. 그 인연이 천수 사업과 천해 사업에 뛰어들게 만들었다.

개발사업이 성공리에 완성되면서 두 곳의 리조트가 화려한 오프닝 세리머니를 가졌다. 하지만 정상 영업에 들어가자마자 청천벽력이 떨어졌다. 호사다마라고 할까? 처음부터 내재했던 위험 요소가 터져 나왔다. 남북한의 긴장 상태가 고조되면서 결국 사업에서 손을 떼야 했다. 처음에는 그러한 위험 요소가 단점이 아니라 오히려 신선한 강점이었다. 남북 화해 무드가 더욱 발전했다면 대박이 나는 사업이었다. 대박은 아니더라도 출범 당시에는 장밋빛 사업이었음이 틀림없었다. 어쩌면 라스베이거스에서 회전 기구에 있는 공이 어느 곳에 떨어지는지 알아맞히는 테이블 게임인 룰렛과 같다.

물은 증발하여 구름이 되었다가 비가 되고 강물이 되어 다시 모여 흐른다. 사람도 물과 같이 모였다가 흩어지는 것이 자연의 순리다. 기술본부에서 함께 근무했던 1팀장 이기훈과 2팀장 오성식은 유명 컨설팅 회사에 취업을 했다. 3팀장 김영수는 강남에 음식을 냈다. 이제는 주방장으로 탈바꿈했다. 그는 어떤 상황이 닥치더라도 차분하고 성실하게 대응한다. 이번에는 음식점을 개업했는데 장사가 잘되고 있다. 요리법도 재주가 있었는지 그가 한 음식은 손님들이 좋아했다. 그는 왜 진작에 음식점을 하지 않았나 하며 맛깔나는 음식을 계속 개발하는 데 맛을 들였다. 소문이 소문을 타고 나갔다. 나도 그의 음식점을 자주 찾는 단골이 되었다. 좋은 인연들은 그렇게 계속 이어졌다.

30. 배낭여행(背囊旅行)

주말 새벽에 걷는 도심의 골목길은 한적하다. 간혹 날리는 휴지와 지저분하게 버려진 담배꽁초가 기분을 상하게 한다. 휘청거렸던 지난밤에 젊은이들이 벌였던 불금(불타는 금요일)의 흔적이 곳곳에 흩어져 있다. 박지우도 한때는 그들과 같은 향락을 즐겼음을 부정하지는 않는다. 오히려 그런 과정을 겪지 않은 사람들에게 연민도 느낀다. 삶이란 불가역이라 하지 않는가?

오늘따라 새벽에 연녹색 형광 조끼를 입은 미화원이 지나가지 않은 모양이다. 등산길에 나섰다. 갑자기 정적을 깨고 "덜덜덜~" 바퀴 속의 윤활제 역할을 하는 구슬이 하나가 빠졌는지 박자를 맞춘 바퀴 소리가 들려온다. 조금 있다가 오른쪽 골목에서 기내 가방을 질질 끄는 사내가 나타났다. 한적한 길에서 조우한 이 사내는 표정 없이 박지우 앞을 지나 왼쪽 골목으로 계속 지나는 중이다. 무엇에 홀린 듯 멈춰 서서 소리를 따라 그를 주시하던 나는 순간적으로 그 모습을 사진에 담자는 생각이 들었다. 하지만 마음과 달리 결국 사진에 담지 못했다. 박지우 자신의 환영이었을지도 모른다.

골목을 빠져나오면 강남의 중심을 가로지르는 테헤란로다. 주말이라 통행량이 급속히 줄어 차들이 평상시와 다르게 빠르게 달리고 있다. 이

지역은 국제 전시장, 대형 회사, 금융센터 등이 많아 비즈니스 하는 외국 방문객이 많이 묵는 지역이다.

　아까 보았던 그 사내는 양복을 입었으나 어슴푸레한 새벽이라 옷 색깔을 알 수가 없었다. 오래된 양복인지 새 양복인지도 구분이 되질 않는다. 어둠은 언제나 색깔을 죽여버리고 무채색만 남긴다. 명품인지 남대문 시장에서 산 물건인지 알 수 없게 한다. 그가 외국인인지 아니면 흙수저를 물고 태어나서 몸부림치다가 파탄 난 젊은 가장인지 구분되지 않는다. 바퀴 소리가 굿을 하는 무녀의 요령 소리처럼 박지우에게 환청으로 들려왔다. 그 사내의 뒤태에서 이미 손을 뗀 천수 사업과 천해 사업의 파노라마가 펼쳐진다. 삶의 한마디에 그렇게도 쏟아냈던 열정의 보석들이 반짝거리는 주마등처럼 흐른다. 그 시간을 후회하지 않는다. 그 삶의 마디가 계속 자라서 오늘도 배낭여행을 나설 수 있음에 감사하고 있다.

　대나무는 외떡잎에 초본이다. 그러나 단단한 줄기가 있어 나무라고 한다. 마디를 맺고 새로운 마디를 만들기를 반복한다. 그렇게 해야만 성장을 하듯 삶도 여러 일들이 계속 이어지고 있으나 한계가 있다. 모든 나무들이 다 자신들에게 주어진 키만큼만 자란다. 연속되는 여행을 계속한다는 행복감이 점점 커진다. 산전수전을 다 겪고도 오늘도 또 여행을 계속하고 있다.

　문지방은 방과 방을 구분하고 현관문은 집안과 외부를 구분한다. 아기가 기어다녀도 문지방 안에서만 논다. 문턱을 넘어설 정도가 되면 곧 걸음마를 하게 된다. 문지방은 그리 높지 않지만 어른이라도 가끔 문턱에 걸려 넘어질 경우가 있다. 노인이 되면 스스로 문지방을 넘기도 힘들게 된다. 다시 문지방 안에 갇히는 신세가 된다. 휠체어라도 다닐 수 있게 되려면 이놈을 없애 버려야 한다. 그런 시간은 누구에게나 올 수 있다.

국가 간의 문지방은 국경선이다. 대나무의 마디다. 박지우는 지난날 무수히 국경선을 넘나들었지만 하늘길로만 다녔다. 시간과의 전쟁이었다. 사전에 비자 준비 등으로 공항 통과도 어려움이 없었다. 남에게서 받은 돈으로 호사를 누렸다.

박지우가 활동했던 휴스턴 런던 자카르타 델리 등 세계 각지에서 주말 새벽에 호텔에서 나와 다른 호텔로 이동하거나 공항버스를 타기 위해 어깨에 가방 하나를 메고 기내 가방을 끌면서 다녔다. 그러한 시간은 이미 사라진 과거다. 그 당시 내가 끌고 다닌 기내 가방에는 큰 바퀴나 작은 바퀴, 통바퀴, 구슬바퀴 등 다양한 종류가 있었다. 입찰서류와 옷이 든 기내 가방은 무게로 인해 바퀴가 쉽게 부서져 얼마 끌고 다니다 보면 고장이 나서 소리를 낸다. 무거운 입찰서류는 화물로 부쳤지만 나머지는 반드시 핸드 캐리를 해야만 해서 기내 가방은 언제나 무거웠다. 하지만 그때는 언제나 열정과 꿈이 있었기에 새벽녘에 끌고 다녔던 검은 기내 가방 소리는 언제나 승전고처럼 힘차게 들렸었다. 꿈을 이루기 위해 신발이 닳도록 세상을 뛰어다녔다. 이제는 바퀴 달린 기내 가방이 한 개 남았다. 각종 항공사의 안전 태그가 붙여졌던 흔적이 많이 남아 있다.

육로와 하늘길에다가 뿌린 돈은 금액보다는 어떻게 잘 쓰면서 행복을 느낄 수 있느냐가 중요하다. 가능한 한 하늘길보다는 육로로 여행을 하기로 했다. 다른 측면에서 가성비가 높다. 국경선을 넘나드는 배낭여행을 하면서 박지우의 삶을 기름지게 만들고 싶었다. 남에게 보여주기 위한 과시용이 아니다. 박지우를 위해서 열정을 가지고 도전의 길을 걸어보자는 것이다.

박지우의 유전자에 유목민 '노마드' 피가 남보다 진하게 흐르는지 진득하니 한곳에만 머물지를 못했다. 이중환의 《택리지》에서 언급된 명당이라고 하는 박지우의 가거지지에만 머물기보다 계속 길을 걸어야 했다. 때로는 지구촌을 무대로 하여 다람쥐 쳇바퀴 굴리는 신세라는 느낌도 있었다. 이런 것을 운명이라고 하는가 보다. 그래서인지 사람들은 박지우에게 역마살이 가득하다고 말한다. 그러나 그도 나이가 들자 객기였음을 알고 여행을 중단해야 했다. 아니 중단할 수밖에 없었다. 고향에 묻히고 싶은 본연의 자세로 돌아온 것이다.

지구촌에서 내해(內海)마저 없는, 바다를 접하지 않는 나라는 부유하게 살지 못하고 있다. 바다는 삶에 풍요와 낭만을 가져와 준다. 노마드는 멋진 해안의 모래를 밟으며 대륙에 접한 대양의 바닷물에 손을 담갔다.

대륙 국가로 대서양 서편의 나라인 멕시코의 칸쿤(Cancun), 지중해 동편의 이스라엘의 사해와 헤르츨리야(Herzlyia), 지중해 아드리아해의 크로아티아의 풀라(Pula), 인도양의 뭄바이(Mumbai), 태평양 서편인 베트남의 다낭(Da Nang) 등 바다 색깔이 달라짐을 보았다.

대륙 국가의 섬을 찾아 대륙과 섬의 삶을 비교도 해보았다. 벨리즈의 진주라는 까예 까울커(Caye Caulker), 멕시코 칸쿤의 황금 해수욕장이 반짝이는 이슬라 무헤레스(Isla Mujerez), 말레이시아의 포르투갈 향수에 젖은 말라카(Malacca), 캐나다 서부의 아름다운 식물원이 있는 밴쿠버(Vancouver), 서부 호주 유대류 쿼카가 야생하는 로트네스트(Rottest) 등이다. 아예 섬나라를 찾아가서 바닷가로 가보았다. 자메이카

해안에 흥얼거리는 밥 말리(R. Marley)의 레게 음악(Reggae Music)이나 지상 최고의 멋진 해안인 쿠바의 비날레스 인근의 까요 후티아스 비치(Cayo Jutias Beach)나 바라데로(Varadero) 해안은 지상 낙원이다.

그러나 박지우에게는 아직도 가보지 못한 해안이 너무 많다. 버킷 리스트 중에 하나로 해외 배낭여행을 통해서 바다를 찾는 도전을 계속한다. 가기 쉽지 않은 장소를 찾아보고 현지인들의 민낯을 보기 위한 여행이다. 나를 돌아보는 시간이다. 기간은 길게 잡고 비용은 최소한으로 하는 여행이지만 여유를 갖도록 했다. 배낭은 무거우면 안 되었기에 최소한의 짐만 꾸렸다. 어찌 보면 생존에 관한 것들만 챙겼는지 모른다. 망망 대해를 헤매는 낙엽 편주를 탄 듯한 기분도 들었다. 박지우는 또 하나의 길을 걷기 위해서 장기 배낭여행을 떠났다.

첫 번째로 찾아간 지역이 인도차이나 반도로 미얀마, 태국, 라오스, 베트남, 캄보디아, 말레이시아, 싱가포르로 이어지는 여행이다. 이 중에서 라오스를 제외하고는 바다를 접하고 있는 나라들이다.

태국에서 공산국가인 라오스로 육로를 통해 넘어갔다. 방콕에서 야간 국제버스로 14시간을 달렸다. 방콕에서 고지대인 치앙마이를 지나서 밤새 계속 북쪽으로 달렸다. 국경에 다가가자 초소들이 곳곳에 있어 군인들이 여권을 검사했다. 말이 통하지 않으니 군인들이 먼저 포기하고 통과시켜 주었다. 태국 출국사무소는 쉽게 통과하고 이어서 공산국가인 라오스 국경출입국사무소에 가서 입국 비자 비용을 지불하니 쉽게 스탬프를 찍어 주었다. 녹색 한국 여권은 힘이 있음을 느꼈다. 대나무 마디를 맺고 새 마디를 만들기 위한 출발이다. 메콩강 대교를 지나 수도 비엔티안으로 무사히 들어갔다. 내륙 간 국경선은 대개 강을 끼고 있는 경우가 많다.

다시 라오스에서 역시 공산국가인 베트남으로 내륙 국경선을 넘어갔다. 이번 국제버스는 이른 새벽에 출발했다. 관광도시 루앙프라방에서 탄 국제버스는 한국에서 들여온 중고차로 한국어 글씨가 그대로 곳곳에 붙어 있는 미니버스였다. 운전기사와 조수 모두가 베트남 사람이었다. 운전석 옆에 높은 엔진 덮개 부분에도 사람을 앉게 했다. 말이 국제버스지 마을마다 손님이 있으면 태웠다. 큰 마을에 도착하니 점심시간이라 하며 점심 먹고 오라고 한다. 다른 승객들과 달리 주차장에서 죽통밥을 사서 먹으며 차에서 떨어지지 않았다. 양국의 국경출입국사무소 건물은 깨끗하고 수속도 간단하였다. 라오스는 경제적으로 베트남의 지원을 많이 받기에 협조가 잘되는 모양이었다. 새벽 6시에 출발한 버스가 저녁노을이 뉘엿뉘엿 넘어갈 때 베트남의 국경도시이자 군사도시인 디엔비엔푸에 도착했다. 깨끗하고 큰 도시였다.

싱가포르 우드랜드 체크포인트에서 말레이시아 조호르바루는 코즈웨이를 통과하면 되었다. 국경선이 바다이지만 자동차로 통과한다. 여권보다 자동차나 오토바이 기름양을 체크하는 데에 더 비중을 두는 것 같았다. 말레이시아의 저유가 혜택을 방지하려는 싱가포르 당국의 의지로 보였다. 휘발유 외에도 골프 비용이나 음식값이 싸기 때문에 많은 싱가포리안들이 주말이면 국경을 넘나든다. 싱가포르에 주재하는 외국인들도 골프나 식사를 저렴하게 지불하기 위해서 많이 넘나든다.

어느 정도 배낭여행의 노하우를 습득하자 두 번째로 실크로드 장기 배낭여행에 도전했다. 동선은 중국 우루무치에서 톈산 산맥을 넘어 러시아 국경까지 갔다가 원점으로 다시 돌아오는 코스다. 우루무치에서 2층 침대 국제버스를 타고 출발하여 카자흐스탄, 우즈베키스탄, 키르기스스탄에 육로로 갔다가 다시 중국 카르카스(카스)로 자동차와 트럭을 타고 재입국하여 시안까지 기차를 타는 여행이었다.

우루무치에서 북쪽으로 천지, 부얼진을 통과하여 러시아와 국경 지역의 카나스 호수를 다녀왔다. 우루무치 국제버스터미널은 공항과 유사한 시스템으로 운영되었다. 2층 버스를 타고 31시간을 달려 카자흐스탄 알마티에 도착했다. 버스는 톈산 산맥을 몇 번이고 넘나들었다. 국경도시 훠얼궈쓰에 도착하여 포장마차에서 한국 라면을 먹고 국경출입국사무소 작얼과구안에서 출국 스탬프는 쉽게 받았다. 문제는 버스 자체가 통과하는 데 시간이 많이 걸렸다. 카자흐스탄 국경출입국사무소는 가까이 보이는 거리에 있지만 이동할 땐 버스를 타고 지그재그로 마련된 철망 길을 따라가서 도착했다.

카자흐스탄 출입국사무소는 중국과 비교해서 엄청나게 빈약했다. 사진 촬영 통제도 심했다. 건물 외부에서 한 장 찍으니 옆에 있던 상점원이 제복 입은 군인을 데리고 왔다. 사진기를 점검받고 나서야 사진기를 넘겨받았다. 그러나 입국 스탬프는 한류 인기로 인해서 쉽게 받았다. 역시 한국 여권은 막강했다.

다시 알마티에서 우즈베키스탄의 타슈켄트로 국경선을 기차로 넘는다. 기차로 국경도시까지 가는데 철로 변에는 키 큰 자주색 엉겅퀴꽃이 끝없이 피어 있었다. 국경도시 역에서 내려 다시 택시를 탔는데 한참 가다가 기사가 내려서 걸어가라고 한다. 현지인에게 묻고 물어서 도로를 따라서 걸었다. 국경출입국사무소까지 캐리어를 질질 끌고 짧지 않은 거리를 가니 높은 철판 담장에 철문이 닫혀 있다. 담 넘어 어떤 건물이 있는지 전혀 보이지도 않는다. 한참 만에 문이 조금 열리더니 군인이 한 사람씩 들어오라고 한다. 고생에 대한 보상인지 출국 스탬프는 쉽게 받았다. 다시 걸어서 국경선을 넘었다. 우즈베키스탄 출입국사무소에서도 한류 인기로 쉽게 입국 스탬프는 받았다. 우리의 문화 영토가 커졌음을 계속 실감하고 다닌다. 그러나 세관 절차는 외화 신고에 초점을 두었다. 시중에서 환율이 두 배가 넘기 때문이다. 세관 관리들이 손으로 무엇인가 요구하는 것을 보니 정직하지 않다는 느낌이 들었다. 모른척하니 다시 짐을 풀라고 했다.

　우즈베키스탄 타슈켄트에서 비행기로 키르기스스탄으로 넘어갔다. 수도 비슈케크에서 파미르고원을 넘어서 남단 오시에 갔다. 오시에서 다시 국경선을 넘어 중국 카슈가르(카스)로 가는 데 14시간이 소요되었다. 출발은 쉽지가 않았다. 국제버스가 일주일에 두 번 있지만 그것도 확실하지 않아서 자가용을 타고 가기로 했다. 도로에서 자동차는 거의 보지 못했다. 국경에 가까워지자 군인 초소가 있다. 출국 허가서가 없으면 통과가 안 되니 돌아가라고 한다. 1,000km가 넘는 수도 비슈케크에서 받아오라고 하니 난감하다. 이후 초소 5곳을 더 지나 우여곡절 끝에 국경 초소에 도착하니 오히려 출국 스탬프를 쉽게 찍어준다. 문제는 산 넘어 중국 초소까지 가는 교통편이었다. 다행히 초소 관리 대장이 국경을 통과하려는 트레일러 중 하나를 골라서 차량 조수석을 주선해 주어 국경까지 올라갈 수 있었다.

　중국 초소는 산 정상에 있다. 그러나 중국 측 국경 초소 철문을 열지 않아서 길거리에서 기다리기만 했다. 북경과 동일한 시간에 개방하는데 아직 북경이 출근 시간 전이기 때문이다. 중국은 전국이 단일 시간대를 사용하지만 실제 생활 시간대는 다르다. 문이 안 열리니 트레일러 행렬이 끝이 없었다. 국경 철문이 열리자 트레일러는 쭉 빠져나가 버렸다. 나는 초소에 들어가서 입국 스탬프를 받으려고 하니 국경초소라 국경선을 지키기만 한다고 한다. 군인이 여권을 회수하더니 지정 택시를 타고 140km 떨어진 출입국사무소에 가서 입국 스탬프를 받으라고 한다. 실랑이가 있었다. 결국 택시 운전사가 모두의 여권을 가지고 통과객을 태우고 출입국사무소에 갔다. 운전수가 여권을 관리에게 제출하니 쉽게 입국 스탬프를 찍어주었다. 문제는 그곳에서 카스 시내까지 먼 거리를 또 다른 택시를 타야 했다는 것이다.

다시 박지우는 세 번째 배낭여행에 도전했다. 장기간 남북 아메리카 대륙을 종단하는 배낭여행이다. 남아메리카에서 북아메리카까지 북진하는 동선을 긋고 걸어보았다. 대부분의 국가가 스페인 언어권이라 많이 주저도 되었고, 열대 풍토병도 걱정이 되었으나 더 이상 기회를 미룰 수가 없었다. 페루, 에콰도르, 콜롬비아, 파나마, 코스타리카, 온두라스, 니카라과, 엘살바도르, 과테말라, 멕시코, 벨리즈, 쿠바, 캐나다, 미국 순이다.

페루에서 에콰도르 국경선을 넘는 일은 순탄하였다. 남미의 장거리 버스로 우등고속버스인 까마와 일반 고속버스로 등받이가 뒤로 넘어가지 않으며 좁은 세미 까마(Semi Cama)가 있는데, 이번에는 세미 까마를 타고 11시간을 달렸다. 페루의 북단 도시인 트루히요를 출발하여 국경도시 툼베스까지 장거리를 버스로 왔다. 국경출입국사무소는 버스터미널에서 27km 떨어져 있어서 다른 승객의 승용차를 얻어 타고 갔다. 양국의 출입국사무소 창구가 옆에 붙어 있어 페루의 출국 스탬프를 쉽게 받고 바로 옆에서 에콰도르 입국 스탬프를 받았다. 세관 검사도 아주 간단하여 중남미 중심의 배낭여행 출발이 너무 순조로웠고 마음이 가벼웠다. 택시를 타고 에콰도르 국경도시인 와끼야스에 가서 터미널에서 버스를 타고 가다가 쿠엔카 가는 버스로 바꿔 탔다. 언어가 통하지 않았지만 현지인들은 친절했다.

　에콰도르에서 콜롬비아까지 국제 장거리 버스를 타고 23시간을 달려서 갔다. 수도 키토에서 출발하여 5시간 만에 국경에 도착하니 콜롬비아 지역이다. 별이 총총 떠있는 한밤중이다. 모르는 현지인들과 줄을 길게 지어서 다리를 건넜는데, 에콰도르의 출국 스탬프를 받아 오라고 해서 한밤중에 걸어갔다 왔다. 다시 콜롬비아 입국 스탬프를 받고 버스로 돌아오니 타고 온 버스는 사라지고 현지 버스를 타라고 한다. 짐은 이미 옮겨 놓았다고 한다. 온통 불안하기만 하다. 지금 내가 왜 여기에 서있는가 자문을 해보았다. 말이 통하지 않으니 눈치와 행동으로 소통을 해가며 이동했다. 이제까지의 이동은 대부분이 산악 지역으로 대략 2~3천 m의 고지대를 달려온 것이다.

　파나마에서 심야 티카 국제버스를 타고 국경선을 통과하여 코스타리카 케포스로 가는 데 18시간이 소요되었다. 대부분의 이동은 국제버스에서 잠을 자게 되어 숙박비 절약에 도움이 되었다. 파나마 시티를 출발하여 국경선 도착 전까지 여러 번 경찰의 검문을 받았다. 출국 스탬프를 쉽게 받았으나 50m 떨어진 코스타리카의 출입국관리소 통과는 이제까지와는 다른 고생과 불편의 시작이었다. 중남미 특유의 마약에 대한 검사는 엄격하였다. 방 안에 승객들을 모아 놓고 진열대에 모든 짐을 올려서 펴놓으라고 한다. 탐지견이 몇 번이고 오가며 냄새를 맡는다. 그런 절차가 문제가 아니라 승객들을 대하는 관리들의 태도가 더 마음에 들지 않았다. 승객을 마약 운반범으로 생각하는 듯한 느낌이 왔다. 코스타리카에 육로로 입국하려고 하면 출국 버스표도 의무적으로 소지해야 하는데 이 점을 간과했었다. 버스 회사원이 국제버스표를 발급해 주어 위기를 모면했다.

코스타리카에서 국제버스를 타고 국경을 넘어 니카라과의 그라나다로 향했다. 출입국 절차에 육로로 여행하는 승객에게 별도의 세금을 부과하였다. 출국세 영수증과 입국세 영수증이 있어야 통과가 된다는 사실을 처음으로 알게 되어 당황했다.

여행은 단절 없이 계속되었다. 니카라과에서 온두라스로 향했다. 국토가 작은 국가들이었지만 니카라과의 수도 마나과에서 온두라스 테구시갈파까지 중남미 국가를 통행하는 국제버스인 티카 버스로 8시간 이동했다. 새벽 5시에 출발한 티카 국제버스는 3시간 만에 국경선에 도착했다. 수화물 검사는 철저했으나 출국 스탬프는 쉽게 받았다. 온두라스 입국사무소는 사진과 지문 검사 후에 입국 스탬프를 찍어주었다. 중남미 여행을 위해서 서울에서 예방주사를 맞고 말라리아 약도 계속 먹으며 여행했다. 무엇보다 지카 바이러스, 뎅기열, 말라리아 등 모기 질병이 극성인 지역으로 물과 모기에 신중을 기해야만 했다.

온두라스에서 엘살바도르까지도 역시 새벽 국제버스를 타고 8시간을 달려야만 했다. 온두라스 테구시갈파에서 3시간 만에 국경출입국관리소에 도착하였다. 출국세는 없었고 입국세도 없었다. 입국 스탬프도 찍어주지 않았다. 문제는 세관원이 탐지견을 데리고 버스에 타더니 주머니에서 냄새를 맡았는지 모든 짐을 가지고 내리라고 했다. 모든 짐을 샅샅이 뒤져서 라면 수프 뭉치와 각종 약이 나왔다. 1시간 이상 정밀 검사 후에 서류에 서명하고 돌아가라고 한다. 내가 타고 왔던 버스가 기다려 주어 다행이었다. 나를 놓고 먼저 갔다면 다음 버스를 기약할 수가 없었기 때문이다. 엘살바도르의 수도 산살바도르에 들어섰다. 중앙아메리카에서 가장 가난하다는 나라에 들어간 것이다.

엘살바도르 산살바도르에서 국제버스를 타고 2시간 정도 갔다. 버스에 탄 채로 출입국 관리가 승차하여 돌아보고 버스는 그대로 국경을 통과했다. 물론 입국 스탬프는 찍어주지 않았다. 과테말라 플로레스섬에서 영어권인 벨리즈까지 국제버스는 6시간을 달렸다. 승차 전에 버스 기사가 여권 번호와 이름을 기재했다. 출입국사무소에서 양국의 출국 스탬프와 입국 스탬프는 별 절차 없이 간단하게 찍어주었다. 수화물 검사도 없이 통과했다.

벨리즈에서 멕시코로 입경하기 전 벨리즈에 출국세를 내야 했다. 멕시코 국경도시 체투말까지 국제버스가 갔다.

아쉬운 칸쿤의 시간을 가슴에 담았다. 역마살 가득한 박지우는 한곳에 계속 머물 수 없는 노마드이기 때문에 또 떠나야 한다. 비행기는 유카탄 해협을 건너 쿠바 본 섬의 남쪽으로 진입하더니 동북 방향으로 계속 날아간다. 옆자리의 동료는 아직도 술이 깨지 않았는지 이륙하자마자 깊은 잠에 빠져 있다. 육지가 끝나가면서 푸른 카리브해가 다시 펼쳐지자 비행기는 그제야 하강한다. 관문인 아바나 국제공항은 작은 시골 공항 크기이지만 새로 지은 건물로 산뜻했다. 봉쇄된 사회가 개방의 물결을 타고 변모한 모습이다.

아바나의 서쪽 해안도시인 "비날레스(Vinales)"로 향했다. 외국인 전용 버스 비아슬(Viazul)을 타고 달리는 동안 지나치는 차량은 거의 보지 못했다. 가난해서 차가 없는 건지, 아니면 이동의 자유가 없는 공산주의 사회라 그런 건지 몰라도, 그렇게 한적한 도로는 박지우로서는 난생처음이다. 작열하는 태양 아래 끝없이 이어지는 사탕수수밭을 바라보다가 이내 잠이 든다. 박지우는 통제된 사회에 들어온 외국인이다. 입국할 때 졸였던 마음은 어느덧 무장 해제되었다. 외화를 가진 이유 하나로 현지인과 달리 이동의 자유를 톡톡히 누린다. 상대적인 자유의 포만감에 취한다. 노마드는 더욱 깊은 잠으로 빠져든다.

비날레스에서 택시로 "까요 후티아스 비치(Cayo Jutias Beach)"로 달려가니 발자국 하나 없는 고운 모래사장과 껍질 벗겨진 나목의 흰색 줄기가 파란 바닷물과 어우러져 원시의 민낯을 그대로 보여준다. 눈 앞에 펼쳐진 잔잔한 바다는 연한 푸른색, 푸른색, 그리고 쪽빛 나는 진한 푸른색으로 물들었다. 그 세 가지의 층이 여독으로 지친 피로를 말끔히 풀어준다. 덧칠하지 않은 자연의 색깔에 흠뻑 빠진다. 이곳은 외국 관광객 전용 해변이다. 백사장에서 초록색 애플민트잎이 얹힌 모히토(Mojito) 한 잔을 들고 느린 호흡을 하니 안락함에 묻힌다.

투명한 바닷물은 곱디고운 하얀 바닥 모래에 반사되어 수면으로 올라와서 반짝거린다. 황금빛으로 빛나는 마름모꼴 그물들이 바닷물 위로 펼쳐져서 너울거린다. 빛의 산란이 너무나 아름답다. 물빛에 눈이 부셔 좀 더 들어가면 주변이 온통 연녹색이다. '어떻게 이런 아름다운 물감을 풀어놓을 수가 있을까?' 그 자리에서 멍하니 망부석처럼 서있다. 멀리 바라볼수록 파란색이 점점 짙게 물들어 간다. 수평선이 보이지 않고 온통 하늘만 보인다. 아니, 바다만 보인다. 수평선이 없어졌다. 바다에 수평선이 없다. 아니, 경계가 없이 세상이 하나다.

다시 아바나 동쪽인 마탄사스(Matanzas)를 지나 "바라데로(Varadero)"를 향해 달린다. 기다란 해변가를 따라 줄지어 선 야자수의 기다란 잎들이 부드러운 해풍에 느린 리듬을 탄다. 쿠바의 전통 라틴음악인 룸바가 맞은편 바다를 건너온 자메이카 레게(Reggae) 음악과 화음을 맞춘다. 댄스 음악과 원시적인 노랫말에 취한 듯 흥얼거린다. 유전 개발을 위한 시추 시설도 보이고 아담한 지방 공항도 보인다. 바라데로는 외국인 전용 관광 도시인 듯 풍요의 도시다. 원색의 멋진 올드 카 운전기사는 관광객에게 몸에 밴 듯 웃음으로 대한다.

바라데로 해변은 도시와는 또 다른 매력을 지닌 맛깔나는 곳이다. 인적이 드문 하얀 백사장에는 상의를 탈의한 채 훈련 중인 군인들만 보이고 관광객은 거의 보이지 않는다. 이렇게도 아름답고 한적한 해변에서 우두커니 서서 바다를 바라본다. 흰색의 크루즈가 점점이 사라져 가는 곳을 계속 바라보고 있다. 그곳이 수평선이다. 배가 사라지는 선이다. 사라진 자리가 미국 플로리다의 마이애미다.

황혼이 깃들며 수평선을 향해 다가가는 태양을 바라본다. 해가 없었다면 수평선을 구분하기 어려운 아름다운 해안이다. 점점 더 붉어지는 태양에서 바다를 건너오는 한 줄기 빛에 눈이 부시다. 바닷물 위로 황금빛 길이 만들어지면서 박지우에게 다가온다. 황금빛이 진해질수록 주변 바닷물도 푸른색을 점점 잃어간다. 파도는 잠잠해지고 바다는 빛나면서 잠들고 있다.

지난날 중에 "골든 워터"와 함께한 시간이 있었다. 박지우는 이제 모든 것을 잊고 이곳 카리브해 해변에서 노마드가 되어 황금빛 물그림자 속으로 빠져들고 있다. 추억을 안고 징검다리를 계속 건너고 있다.

이후 계속되는 아메리카 대륙의 여행은 비행기로 이동하였기에 출입국 절차는 공항 규정에 따랐다. 육로의 다사다난한 어려움과 힘든 여정은 없었다. 국경선을 통과한다는 것은 이제까지 익숙했던 곳에서 다른 법이 유효한 이질적인 환경에 들어선다는 이야기다. 경계선을 통과하거나 임계점을 넘는 것이 될 수도 있다. 익숙한 매일매일의 삶은 임계점 아래에서 변화가 별로 없는 생활이었다. 임계점을 넘어서면 액체가 기체가 되어 상변화가 일어나듯 우리의 임계점은 여행의 출발선이다. 영웅전도 익숙한 곳을 떠나 낯선 곳을 탐험한 사람들의 이야기다.

지난 해외여행의 주제를 출발로 정했었다. 새로운 세상을 엿보기 위한 출발이었다. 새로운 환경 속에 들어간다는 것은 모험으로 삶을 더욱 풍요롭게 만든다고 본다. 그래서 관광 여행이 아닌 사서 고생한다는 배낭여행을 계속해서 다니게 된 사유다. 배는 항구에 정박해 있을 때 안전하다. 그러나 그것이 배의 존재 이유가 아니라고 말한다. 나도 움직이는 배가 되어 세상을 떠돌며 발 닿는 곳에서 출발의 의미를 되새긴다.

사람들은 문지방 밑이 저승이라 했다. 죽음의 문턱을 넘기까지 움직이자. 국경을 넘어갈 때마다 그 희열에 벅찼던 추억의 조각들이 또 다른 도전을 응원하고 있다. 앞으로 얼마나 더 무지개를 넘어 꿈을 찾아갈지는 모르나 여행은 계속되길 바랄 뿐이다. 그것이야말로 아리스토텔레스가 말한 세 가지인 에토스(신뢰), 로고스(논리) 및 파토스(감성) 중에 하나인, 인간다운 말 파토스가 존재하는 삶이라 생각하며 오늘도 골든 워터의 향내를 쫓아서 배낭여행을 한다.

미국으로 돌아간 톰 김 회장을 제외하고는 강해심층수 드림팀 임직원들이 청원당에 가끔 모여서 식사를 한다. 손님들에게 제공되는 물이 신비의 물 심층수다. 한때 황금 바닷물에 도취해서 파토스 열정을 쏟았던 당시의 일은 잊어가고 있다. 심층수를 마시면서 잊어가고 있는 기억들을 소환하고 한다. 그러나 과거보다는 과거로 잊혀가는 것은 순리다. 서로 간의 안부 인사도 평범하다.

"별일 없으시지요?"

"예, 별일 없습니다."
"아, 좋습니다."

이 세상에 별일 없는 사람은 없다. 그것도 나이가 들어가면 더욱 그렇다. 별일 없다는 의미는 커다란 별일이 없다는 이야기일 뿐이다.

31. 조선왕릉(朝鮮王陵)

정 도사가 울릉도 태하리에서 사업을 계속해서 운영하고 있으니 박지우의 흔적이라도 그곳에 남아있다는 사실에 스스로 위안을 받았다. 모든 생물의 최대 임무는 후손을 남기는 일이다. 후손은 자신의 분신이기 때문에 자신을 희생하면서 대를 이으려고 한다. 이것이 자연의 순리다. 후손이 있으면 자신은 사라지는 것이 세상 이치다.

왕의 책무 중에서 가장 큰 일이 왕위를 잘 물려주는 일이다. 왕손을 잘 키우는 일이다. 성공한 사람이 할 수 있는 가장 어리석은 판단은 현재의 나만을 계속 고집하여 가진 것을 물려주지 않는 우를 범하는 일이다. 어떠한 황금이라도 손에 오랜 시간 꽉 잡고만 있을 수가 없다. 자신의 의지와 달리 예외 없이 스르르 풀려버린다. 그때는 이미 늦었다. 장기 독재자들의 끝이 대부분 안 좋은 것과 같다.

다행히도 박지우는 하고 싶은 일을 찾았다. 지난날의 경험을 토대로 무엇인가 사회에 기여나 봉사를 하고 싶었다. 빈손이지만 의지를 가지고 찾으니 기회가 왔다. 공공기관의 자문관으로 근무하면서 해외로 진출하는 민간기업을 돕는 일이다. 더 이상은 황금을 쫓지 않고 풀잎에 맺힌 이슬을 먹고 살듯 그런 마음으로 여생을 보내기로 했다.

고향으로 돌아간 민 사장과 장 전무는 청주시 도심에서 반 시간 정도 거리에 위치한 낭성면에서 게르마늄 광산과 광천수 개발 사업을 시작했다. 고향에서 하는 사업으로 광천수 사업은 작은 규모로도 되기 때문에 일은 쉽게 풀려나갔다. 고향이다 보니 협조를 요청하는 곳마다 형님이고 동생이 근무하는 곳이다. 사람 맛이 흥건한 고향이다. 객지의 설움은 이미 잊었다. 모든 행정 절차와 인허가는 늦지 않게 처리되었다.

"형님, 청주에 한번 내려오세요."
"그래. 사업은 잘 진행돼요?"
"광천수 개발 사업이야 이곳에서 원래 하던 일과 유사하고 사업화하는 것은 이미 형님과 함께 해보았으니 어려운 점은 없어요."
"잘되었네. 광천수 원수 샘플을 한국환경공단 수질검사소에 보낸 것이 그렇게도 좋은 수치가 나왔다고?"
"예. 좋은 함량입니다. 국내 최고의 게르마늄 광천수 생산 공장이 될 것 같아요. 이 정도면 세계 10대 명수(名水)에 당당히 들어갈 수 있습니다. 게르마늄 광맥 지질탐사와 시추 조사도 끝났고 곧 광업권을 신청할 예정입니다."
"시추 조사에 따른 광맥이 확인되고 게르마늄도 고품질이라 하니 축하하네."
"감사합니다."
"게르마늄 광산 개발은 천천히 해요. 채광, 선광, 정련 등을 하려면 대규모 투자가 필요한데 자금조달과 환경 단체 문제도 만만하지 않을 걸세. 참, 잘 알다시피 주변에는 금광이 있을 확률도 높으니 관심을 가져보세요."

"예. 민 사장이 있으니 잘될 것입니다. 일단 한번 내려오세요."

"그래 한번 들르지."

"예. 정말 고맙습니다. 참, 민 사장님도 꼭 한번 모시겠다고 하니 꼭 오셔야 합니다."

"민 사장이 자금을 잘 처리하고 있겠지?"

"예. 형님도 잘 아시지만 이곳 땅 부자가 아니었습니까?"

"그래도 토지 부동산은 거래가 되어야 현금이지…."

이전부터 내가 장 전무에게 여러 가지를 배려해 준 것에 대해서 그 고마움을 전하는 전화다. 이번 사업을 시작할 수 있게 게르마늄 소스를 장 전무에게 전해주어서인지 그는 그 자체에 엄청난 의미를 두고 고마워하고 있다. 장 전무의 간곡한 부탁으로 광천수 공장이 완공되면 비상임 자문역을 맡기로 했다.

우리나라는 기존에 강원도 홍성군, 경북의 경주 청도군, 충북의 옥천군 등에서 게르마늄 광천수를 생산하고 있다. 기타 경상도의 창녕군, 전라도의 순창군, 화성군 등에서도 게르마늄 광천수가 발견되었다는 소식이 전해지고 있다. 게르마늄 광천수는 일반적으로 피로 회복, 면역 증강, 노화 방지 등에 도움이 되는 물이다.

그러나 이번에 장 전무가 청주시 낭성면에서 채취한 게르마늄 광천수의 샘플에서 측정된 게르마늄 함량은 국내의 그 어느 곳보다 높은 수치를 나타내 상업성이 아주 높았다. 세계적인 명성을 가지고 있는 프랑스의 루르드(Lourdes) 광천수의 게르마늄 함량보다 월등하게 더 많은 양이다. 전망이 너무 밝았다.

새로운 마디를 한 개 더 만들기 위해서 박지우 아내가 기다리는 집으로 돌아왔다. 세포는 분열을 끊임없이 하지만 세포 끝에 있는 텔로미어(Telomere)가 짧아지며 25~30회 정도 후에 사멸한다. 내 세포들의 끝이 가까워졌다는 것은 느낄 수 있지만 그 끝은 알 수가 없다. 물론 텔로머레이스(Telomerase) 효소를 활성화하면 텔로미어 띠를 좀 더 연장시킬 수는 있다. 운동, 스트레스 관리, 항산화제 섭취 등을 통해서다.

이런 생각 속에 스스로 현업에서 떠나기로 한 결단인지도 모른다. 용단은 좋았으나 이것 또한 욕심일 수도 있다. 이번이 마지막이다 하면서 또 욕심을 내는 노인들의 과욕인지 모르겠다. 성장의 한계점에 이미 다다랐다고 느끼면서도 말이다.

대나무와 같이 생장점이 줄기 끝에만 있는 외길 인생에서 마지막 마디 하나를 더 생성하려고 한다. 말이야 쉽지, 나약하고 지친 상태인데 더 이상의 성장은 무리다. 뿌리에서 영양분을 끌어 올릴 수 있는 힘도 모자라는데 어떻게 마디를 한 개 더 맺는다는 말인가?

쉽게 오르던 지하철 계단도 이제는 피하고 있다. 다년생 초본으로 외떡잎식물과 같은 삶의 정점에 와 있다는 것을 안다. 피부로 느낀다. 얼굴에 가득한 검버섯을 보면서 나의 한계를 본다. 앞 세대 사람들의 삶도 반추해 본다. 이미 그들보다 더 오래 즐겁게 살고 있으니 축복 속에 있다.

그런데도 마지막 욕심을 내는 것은 성장하려는 것이 아니라 시간을 즐기자는 것임을 알게 되어 그나마 다행이다. 생각만의 버킷 리스트가 아니라 실행할 수 있는 시간을 갖기 위함이다. 그렇게 모든 것을 다 훌훌 털어버리고 아내가 홀로 사는 서울 집으로 돌아왔다. 딸과 아들은 출가한 지 이미 오래되었다.

박지우 아내에게 동해의 리조트에 멋진 심층수 카페를 선사하겠다고 떠났다가 약속을 지키지 못한 채 빈손으로 돌아왔다. 그동안 외지로 많이도 떠돌았다. 스스로 역마살이 꼈다고 믿으며 세상을 떠돌았다. 더 이상 갈 데도 없었고 뛰어 봤자 부처님 손바닥 안이었다는 것을 알았다. 그러다 보니 나이가 들어서 돌아왔다. 돌아온 탕아는 아니지만 무엇인가 허망하다는 생각도 든다. 스스로 하고 싶은 여행은 마음껏 했지만 결국 제자리로 돌아온 원점 여행을 했다. 돌아올 곳이 있어 다행이다. 기다리는 사람이 있기에 돌아올 수가 있었다.

당분간 휴식을 취하면서 지난 세월을 되돌아보기로 했다. 그렇게 사는 것도 의미가 있다. 그러한 시간이 나에게 충분하게 주어질지 모르겠다. 너무 늦지는 않았는지 걱정도 되었다. 사람들은 철이 들면 죽을 때가 되었거나, 부모님을 제대로 모시려고 해도 이미 늦었다고 한다.

몸 상태가 예전 같지 않음을 느낀다. 걷는 모습도 예전 같지 않고 성인병 약을 골고루 다 복용한다. 나이 탓으로 돌리고 주어진 현실을 인정한다. 집 주변에는 도심에서 보기 어려운 넓은 왕릉이 있어서 매일 아침 산책을 나간다. 얕은 능선에 펼쳐진 소나무 군락 속에 놓인 벤치에서 시간을 많이 보낸다. 지난날에도 삶의 마디가 생길 때마다 그 벤치를 찾아가서 선택을 결정하곤 한 자리다. 제자리로 다시 되돌아갈 수 있는 집이 있고 찾아갈 박지우만의 명소가 있다면 이보다도 더 성공한 인생은 없을 것이다. 이 동살이 숲속을 헤집고 살포시 나에게 다가온다. 솔잎 사이로 쏟아지는 황금빛 물결이 너울거리는 주변을 바라보니 마음이 그지없이 평온해진다.

왕릉은 유명한 미국의 센트럴 파크나 영국의 하이드 파크보다 품격이 있어 보인다. 유네스코 세계문화유산으로 등록된 조선왕릉 사십 기 중에 두 기인 선릉과 정릉을 합쳐서 "선정릉(宣靖陵)"이라 부르는데 인근의 봉은사가 능사(陵寺)다. 삼국시대부터 숭상해 오던 불교를 억압하고 유교국가의 토대를 확실하게 하면서 경국대전을 반포한 성종의 선릉이 그 하나이며, 그의 아들로 조선의 서원 설립 시작과 함께 성리학을 깊게 연구하게 하며 주자도감을 설치하여 책을 많이 편찬한 중종의 정릉을 말한다. 특히 두 왕은 압록강 이북의 야인과 남쪽의 왜인들을 물리치며 국방을 굳게 하여 태평성대를 이룩한 임금이었다. 어느 때보다도 절실한 자주국방이란 의미에서도 두 왕의 치적을 오늘의 우리들도 다시 한번 생각하게 하는 곳이다.

산책은 사색을 통해 시공을 자유롭게 넘나들 수가 있다. 이곳은 특히 국가의 주체의식이란 의미가 깊은 왕릉 지역으로 경내의 식물들마저 가능한 한 외래종은 없애고 우리 고유의 초목으로 잘 꾸고 있다. 그래서 더욱 애착이 간다. 아니, 내가 능참봉처럼 매일 왕릉을 살펴보고 있다. 이제는 산책하며 소일하는 것이 유일한 일과가 되었다.

도심 속의 왕릉인 "선정릉"은 담장 안쪽의 경내와 외각에 예쁘게 만들어진 산책길이 있다. 담장 밖은 탄성이 있는 재질로 되어 있고 안쪽은 마사토 흙길이다. 두 산책길을 번갈아 가며 즐긴다.

담장은 두 공간이 다름을 표시하는 경계선이다. 경계선을 통과하는 유일한 곳이 매표소가 있는 정문이다. 그 외에는 출입을 할 수가 없다. 국가와 국가도 마찬가지로 출입국 통제소가 있다. 삶에도 이승의 경계선을 지나면 저승이 있다. 저승으로 가는 출입구는 어디에 있을까?

선정릉 담을 처음으로 접했을 때는 무릎 높이도 안 되게 단선 가시철망이 둘러져 있었다. 당시는 입장료도 없고 철망은 단지 능이 있다는 표시였다. 주말이면 마실 삼아 아이들을 데리고 선정릉에 놀러 갔다. 애들을 들어 안아서 철조망을 간단히 넘어갔다. 왕릉 앞에 도열한 석마나 석양에 딸을 태우기도 했다.

가시철조망은 1874년에 미국 텍사스주 어린 목동의 발명품으로 세계에서 가장 돈을 많이 번 제품 중에 하나다. 목장에서 양이 가시가 많은 장미 넝쿨 담장 구간만은 넘어가지 않는 것을 발견하고 대장장이인 아빠에게 부탁해서 만든 상품이다. 지난날 군복무 당시에 야전에 작전을 나갔을 때도 가시철망을 먼저 치고 지휘소부터 설치했다. 고향 농장의 담장도 가시철망을 3단으로 설치하여 울타리를 만들었다. 지주 사이의 철망이 느슨하면 플라이어로 줄을 끼어서 감아 돌려 팽팽하게 조이곤 했다. 국제 특허로 윤형 압착 철조망이 나와서 중동의 군사 지역에 수출 상품으로 인기도 있었다.

세월이 흐르자 선정릉에는 큰 높이로 철조망이 쳐졌다. 다시 새로운 담으로 유치장처럼 사각 쇠 파이프로 변했다. 그러나 머리만 통과하면 몸이 통과할 수 있기에 또 손을 보아야 했다. 선정릉이 유네스코 세계문화유산으로 등재되면서 담장도 현재와 같이 고급스럽게 단장을 했다. 대로변에는 기와 담이고 소로변에는 주물로 만든 쇠막대 담으로 윗부분은 황금색 용 문양이고 아래의 창살은 전보다 간격을 좁게 해서 머리가 통과하지 못하게 만들었다. 담장도 세월 따라 변하듯 사람들도 나이를 먹으면서 변해간다. 이보 안드리치의 노벨문학상 수상작인 《드리나 강의 다리(The Bridge on the Drina)》에서 보스니아의 비셰그라드 도시에 놓인 드리나강의 다리 이야기를 생각나게 한다.

왕릉 주변에는 곡장이라는 담장이 뒤편에 있다. 사람들은 담장이나 경계선에 너무 익숙하다. 겉으로는 담장을 없애자고 하면서 속으로는 더욱 단단한 담장을 세우고 산다. 담장은 두 세계를 단절시키는 것보다는 선정릉 담장처럼 단지 경계만을 나타내는 표시가 되는 날이 올 것이다.

국가 간에도 지도상의 선으로 표시된 경계선이 실제로 살벌한 담으로 설치되기도 한다. 이스라엘 텔아비브에서 예루살렘 간의 고속도로 양쪽에 높은 담장이 설치되어 담장 밖으로 나가지 못한다. 6m 높이의 도로 길이 65km에 이르는 콘크리트 담장 밖은 아랍인들 거주지이기 때문이다. 그들의 총알이 이스라엘로 넘어오기 때문에 보안장벽(Iron Wall)이라 부른다. 반면에 팔레스타인에서는 단지 분리 장벽이자 철창용이라 부른다.

미국 남단의 멕시코와 접하는 긴 국경에는 명물이 생겼다. 높은 철제 장벽(3.0~5.5m)을 만리장성처럼 세워놓았다. 미국이 스스로 울타리 안에 갇힌 꼴이다. 보기에도 흉물스럽기만 하다. 남북한의 휴전선 철조망 주위에는 지뢰가 촘촘히 숨겨져 있다. 경계선이 허물어지는 날은 그리 쉽게 오지는 않는 모양이다. 그래도 동서독 장벽이 이미 무너졌으니 경계선인 장벽도 자유롭게 넘나드는 현실로 돌아올 날을 기대하게 한다. 담장을 아무리 높이 쌓아도 새들에게는 담장이 의미가 없다. 설혹 세운다 해도 하늘 끝까지 세울 수는 없다. 소통과 대화가 되는 선정릉과 같은 담장이야말로 우리가 지양하는 이상적인 평화의 세상을 가져올 것 같다.

가끔 안철우가 찾아와서 청원당에 가서 식사도 하고 함께 경내를 걷곤 한다.

"박 형, 전에 함께 다녀온 울릉도는 생각할수록 매력적이야."
"왜? 그곳에 별장이라도 짓게?"
"그래도 좋지만 그것은 아니야."

"나도 내가 어디에서 지낼 것인가 고민 많이 해보았어. 고향에 돌아갈까, 서울 근교에서 살까, 말레이시아나 인도네시아에 갈까, 현재 사는 곳이 좋으니 계속 한 우물을 파며 살까…. 제주도나 울릉도에 가서 사는 것도 좋다고 생각했지. 좌우간 마지막 사는 곳이 어디가 좋을지 항상 숙제였지. 풀리지 않는 과제야…."

"울릉도가 그저 좋다는 이야기지."

"안 형은 대주주는 아니더라도 심층수 지분도 있으니 별장이라도 지으면 좋을 텐데…. 정말 어때요?"

"나야 서울에서 그대로 살아야지. 좋은 것과 소유는 다르니까. 특히 이 나이에 별장 관리도 애인이나 요트 같다고 하지 않나? 하하. 어디 가서 사는 것 못 하겠어. 물론 여행은 좋아하니 계속 다녀야지."

"그래. 울릉도에는 별장을 소유하지 않겠다는 이야기네."

"좋은 곳이지. 그런데 박 형은 아직도 울릉도 심층수를 잊지 못하는 모양이군."

"아니, 잊었어. 나도 서울서 그대로 살아갈 거야. 그런데 내가 사는 아파트 옆집에는 젊은 부부가 살고 있어. 이번에 둘째 아기를 가졌지. 그 집 문 앞에는 1주마다 울릉도 해양심층수 두 박스가 놓여 있어. 그걸 보고서도 잊을 수가 있겠나?"

"그래, 병당 가격은 많이 내려왔어도 심층수를 애호하는 사람들은 여전히 있어. 그 분야를 개척했다는 자부심은 자랑스러운 거야. 수고했네."

"안 형, 어느새 세월이 많이 흘렀네. 정말 빠르게 지나갔어."

"우리가 직장에서 만난 지도 벌써 반세기가 다 되어가네."

"이곳도 함께 참 많이도 왔네. 올봄에도 여기 와서 연록의 숲을 보았는데 벌써 알록달록 단풍이 너무 곱게 물들었더군. 화살나무와 복자기나무의 붉은 색이 아름다워. 우리가 자주 가는 관악산 아지트와는 또 다른 가을 맛이야."

"박 형은 이런 좋은 명당에서 살고 있으니 좋겠어."

"안 형도 관악산에 멋진 아지트를 갖고 있으니 마찬가지 아닌가? 이제 관악산의 단풍도 지고 있으니 전보다 쓸쓸한 모습으로 변해가는 것은 어쩔 수 없지 않겠어…. 우리가 나이를 먹어가는 것처럼…."

"이제까지 단풍 하면, 엽록소는 녹색 색소로 카로티노이드는 노란색, 주황색, 빨간색 등 다양한 색소, 안토시아닌은 붉은색, 보라색, 남색 색소, 탄닌은 갈색 등 다양한 색소로 인해 발현된다는 이론의 지식을 말하며 살아왔지. 그러나 지식과 정보는 손 컴퓨터인 스마트폰과 인공지능이 나왔으니 더 이상 의미가 없어. 인공지능의 세상에서 정작 필요한 것은 지혜지. 지식과 정보는 끌어다 쓰면 되는 세상이 된 거지."

"하하. 여전하군. 백과사전인 안 형의 저장고는 정말 대단해요."

"박 형. 마지막으로 말끝놀이를 한 번 더 해볼까? 색의 삼원색은 자홍, 노랑, 청록. 빛의 삼원색은 빨강, 초록, 파랑. 그러나 유기체의 발광 반도체는 초록을 만들지 못해서 빨강과 노랑을 가지고 초록을 원광으로 만들어 3원광을 만들어 모든 색을 구현하지. 이 정도는 알아야…."

"안 형, 아니 안 박사. 알겠네. 세상 모르는 것도 없고 안 것은 잊지도 않으니 치매는 전혀 걱정할 필요가 없겠어."

"치매는 누구나 두려워하는 증상인데…. 주변에서 너무 흔하게 보아와서…."

"글쎄 말일세."

"박 형. 치매라는 단어가 부정적 의미가 있어 일본에서는 인지증(認知症)이라 부르지. 알츠하이머 치매 진행을 늦추는 신약인 '레켐비'가 일본에서 나와서 대단한 선풍이 불고 있다고 하는데 들어보았어?"

"아니, 못 들어봤어."

"그래. 약도 더욱 개발되고 인공장기도 다 만들어지면 100세 시대 장수는 하는데 심혈관에 따른 문제점마저 없애 주면 건강 나이로 장수하는데 도움이 되겠어."

"역시 안 형의 지식 보고는 계속되어야 해. 하하."

"맞아 제 버릇 남 주나. 살던 대로 살아야지, 변하면 문제라고 하지."

"안 형, 참. 이곳 선정릉에는 홍살문이 두 곳 있는데 역사나 기능에 관한 이야기는 알고 있나?"

"알지. 인도의 뾰족한 탑인 스투파 앞에 세워진 '토라나(Torana)'에서 연유된 한국의 홍살문(紅箭門), 중국의 패방(牌坊), 일본의 도라이(鳥居)가 있다는 이야기가 먼저였지. 정말 그렇게 살아왔어."

"그래, 이제는 그런 지식은 다 잊어야 하지 않겠나? 아니 자연적으로 잊혀 가고 있어.

"보는 것으로 족하고, 걷는 것으로만 족할 시간이 되었어. 단순함이 좋고 그 속에 진리가 있겠어."

"맞아. 단순함. 그게 진정한 삶이지."

"그나마 같이 걸을 수 있는 벗이 있기에 위안이 되는구먼."

이 세상 어디에도 공짜는 없다. 돈을 받으면 대가로 그보다 더 많은 돈벌이를 해주어야 한다. 물론 이제까지 돈만 바라보고 뛰지는 않았다. 미래를 생각하고 자부심과 성취욕으로도 일했다. 그러나 더 이상은 미래에 대한 기대가 전과 같지 않다.

기대는 나이에 따라서 변한다. 그동안 가졌던 꿈들은 이 시점에서 접어야 한다. 여기까지 무사히 온 것만 해도 복이 넘친다. 그래야만 버킷 리스트라도 제대로 끝날 수 있을 것 같다. 이제는 평온함이다. 이제부터는 옷을 걸치지 않고도 불어오는 쌀쌀한 바람에도 편안하게 숨을 쉬며 청초하게 핀 야생화를 보며 걷는 안락함을 즐길 때다. 더 이상 지난날과 같은 마디를 계속 만든다는 의미가 없다. 고맙게도 인생에 마지막 시간이 주어졌다. 여유라 할까. 박지우가 하고픈 일들을 할 시간이 주어졌다. 그 시간을 갖고 있다는 것을 인지한다는 자체가 행복하다. 정말 전생에 나라를 구했는지 몰라도 이러한 시간이 박지우에게 주어진 사실에 대해 감사한다. 선정릉을 돌면서 수없이 되뇐다.

사실 행복은 멀리 있지 않다. 버킷 리스트를 서서히 지워가며 여유를 즐긴다. 밖에서 즐길 수 있는 것 중에 하나가 해외 배낭여행이다. 이도 즐길 만큼 즐겨보았다.

그보다 더 행복한 것은 집에 머물며 박지우 아내와 함께 매일 같이 밥을 먹는 일이다. 아내는 조미료를 일체 사용하지 않고도 된장찌개를 잘 끓인다. 된장은 콩을 삶아 으깨서 육각형 등으로 성형하여 발효시켜 말린 다음 소금물에 발효시킨 장이다. 멸치로 잘 우려 낸 육수에 된장을 풀어서 애호박, 대파, 양파와 감자 등 부재료를 넣는다. 된장은 발효 식품으로 아미노산에 의한 감칠맛도 좋지만 건강식품으로도 일품이다. 된장에는 심혈관 및 골다공증에 예방에 도움을 주는 이소플라빈, 뇌기능 향상을 돕는 레시틴, 변비를 예방하는 식이섬유 등이 풍부한 식품이라 한다. 특히 박지우가 좋아하는 씹는 맛을 느낄 수 있는 차돌박이를 많이 추가한 감칠맛 가득한 된장찌개보다 더 맛있는 음식은 세상에 없을 것 같다.

아직도 따지고 있는 것을 보면 변한 것은 아무것도 없는 듯하다. 치매

걸릴 확률은 상대적으로 아주 낮을 것만 같다. 가끔 입맛이 없어지면 박지우 아내에게 차돌박이 된장찌개가 먹고 싶다고 한다. 그러면 아내는 즉석에서 끓여준다. 박지우의 삶은 성공적인 귀거래사다. 이 정도면 박지우의 삶은 족하지 않을까?

* 참고 및 인용 문헌
* 저자의 세계

참고 및 인용 문헌

1. 《THE ROTHSCHILDS》 A family Portratit by Frederick Martin, New York Atheneum, 1962

2. 《Contract for Process Engineering of Deep Sea Water》 Makati Engineering, Hawaii, USA, GGDOW PROJECT, 2004

3. 《BASIC ENGINEERING PACKAGE VOL. I & II of Deep Sea Water》 GGDOW PROJECT, 2006

4. 《Cost Estimation》 & 《Feasibility Study Report》 박관식, GGDOW PROJECT, 2004

5. 《Management Agreement》 Navigente Gr., Lasvegas, USA, 2004

6. 《Hawaii Deep Sea Water Complex Site Survey Report》 박관식, 2004

7. 《일본 코치, 토야마, 동경 3대 해양심층수 답사기》 박관식, 2004[7]

8. 《물과 해양심층수에 관한 소고》 박관식, 2004

9. 《해양심층수 건설 현황 및 계획》 박관식, (주)강원고성해양심층수, 2004

10. 《동해심층수 개발 및 이용 심포지엄》 해양수산부/한국해양연구원, 2004

11. 《기본계획보고서-고성 해양심층수 취급배수시설》 한국해양연구원/해양시스템안전연구소, 2003. 1.

12. 《해양 심층수의 다목적 개발》 해양수산부, 2003. 2.

13. 《해양심층수 테크노 파크 시범단지 조성사업》 한국해양연구원, 2001

14. 《강원심층수 세미나》 동해심층수 장원의 다목적 개발을 위한 "동해심층수 개발 이용 심포지엄, 해양수산부, 한국해양연구원, 2004. 02. 11.

15. 《대한민국 해양심층수 개발상업》 박관식, 해양심층수 개발사업 추진단, 2005

16. 《도서지역 식수원 개발사업》 1997~2005, 지방자치제

17. 《신비의 물, 해양 심층수》 하라마츠/메이슨

18. 《21세기 해양개발》 곤도 다케오, 기문당, 1997

19. '해양심층수 특허' 출원자 박관식
1) 취수 및 저온 음용수 처리 기술
2) 해조류에 의한 Thalassotherapy
3) 해조류 건강 기능성 음료 제조 기술

20. 《해양》 에빗씨 피풀, 한국일보 타임 라이프, 1985

21. 《바다와 육지의 경계》 러셀 세키, 한국일보 타임 라이프, 1984

22. 《화학해양학》 이광우/양한섭, 청문각, 2004

23. 《해양학》 김효진 외 6인, 시그마프레스, 2002

24. 《심층수란?》 북일본신문사, 평성 13년

25. 《생명을 살리는 미네랄 심층수》 성덕모, 가리온, 2003

26. 《해양 심층수》 과학기술, 2001

27. 《해양심층수》 한국해양연구원

28. 《생명의 물》 김현원, (주)고려원북스, 2004

29. 《좋은 물 나쁜 물》 후지타 고이치로/이동진, 동방미디어, 2001

30. 《물》 권숙표, 꿈과 의지, 2003

31. 《물》 F. 벨맨캘리지, 김정미, 2003

32. 《물의 세계》 요네야마 마사노부/홍성민, 이지북, 2002

33. 《미생물 실험서》 이벌나/이은숙, 2000

34. 《역삼투법 해수담수화》 김충환, 아카데미서적, 2000

35. 《미네랄 심층수》 심충구, 가리온, 2003

36. 《과학적으로 증명된 신비의 물 육각수》 김창진, 지식과감성, 2013

37. 《빙하수》 원저 츌턴, 한국일보 타임라이프, 1985

38. 《전해환원수》 시라하타 사네타카, 어문각, 2003

39. 《토정비결》 이우영/일월산인, 아이템북스, 2014

저자의 세계

1. 《골든 워터》

황금빛으로 물들어 가는 바다를 보라! 그 설렘이 사부작사부작 다가오면 만사를 제치고 바다로 달려갔다. 저자는 각양각색의 바닷물을 좋아한다. 역마살이 있어서 지구촌 안 누빈 곳이 없을 정도인데 그때마다 바다는 늘 저자와 함께했다.

물은 만물의 근원이다. 태초의 물인 진수 즉 "골든 워터"는 언제 어디에서 생겼을까. 진수는 미세하면서도 끊임없이 변화해 왔다. 오염되어 왔고 물때까지 누덕누덕 층을 이뤄서 오늘날에는 제 모습이 진수와 얼마나 격리되었는지 알 길이 없다.

물과 신체는 하나다. 골든 워터만 손에 넣을 수만 있다면 인간은 불로장생이 보장된다. 문제는 오늘날까지도 진수를 찾지 못해서 물은 이미 누덕누덕 겉만 그럴듯한 물이 되었다는 점이다.

그 진뿌리를 찾고자 종교와 과학은 부단히도 노력해 왔으나 제자리걸음만 할 뿐이다.

황금빛 색깔을 띠는 맥주 자체를 골든 워터라고도 한다. 맑고 밝은색의 아이리시 맥주를 마실 때 이러한 표현을 사용한다. 저자 역시 어딘가 존재하는 생명의 근원인 골든 워터를 찾아 헤매는 사람 중에 한 명으로 본《골든 워터》를 출간한다.

2.《골든 워터》평론

> 한국학 연구소장이며《땅의 아들》,《강궁》등의 장편소설 저자인 신광철 현대문학가는《골든 워터》에 대한 소설 작법에 대해서 저자에게 지평을 넓혀주는 평론을 주었다.

작금에 AI 시대를 맞아서 문학을 포함한 모든 분야에서 장르의 경계선이 무너지고 있다. 소설 역시 융합의 세계로 전개될 수도 있다. 저자는 이러한 문학 분야에서도 큰 변화가 있는 속에 과감하게 장편 소설에 도전했다. 경험을 바탕으로 사실과 가공을 교차하는 아날로그 방법이지만 완성을 했다.

소설은 '사건으로 만들어진 이야기'라고 생각한다. 소설은 소설이 가진 기본적인 법칙이 있다. 소설 작법이라고 할 수 있다.

우선 소설은 주제가 뚜렷하고 모든 단어와 사건이 주제로 쏠려야 한다. 주제 또는 사건과 관계없는 이야기들이 수시로 등장해 이야기 전개가 느려지고 산만하게 된다. 주제와 상관없는 부분들을 없애면 사전 전개가 빨라지고 긴장감이 생겨 독자가 눈을 뗄 수 없게 된다.

둘째, 소설은 소설이 가진 기법과 원칙이 있다. 꼭 지켜야 하는 것들이다. 예를 들면 1인칭으로 쓸 것인가, 3인칭으로 쓸 것인가를 결정하고 써야 한다.

셋째, 목차 부분은 모두 단어만으로 만들어져 있다. 이야기를 설명해 줄 수 있는 문장으로 바꿔야 사건의 진행을 예측할 수 있다. '천수 사업'이라고 하는 것보다는 설명이 들어간 '미래의 투자, 천수 사업'같이 단원을 설명해 주는 친절이 필요하다. 독자에 대한 배려로 목차 제목을 압축된 문장으로 만들 것을 권한다.

넷째, 문장 구성이나 맞춤법, 띄어쓰기 같은 것들은 부수적일 수 있다. 그럼에도 작가는 알고 있어야 한다. 물론 출판사에서 고쳐줄 수 있는 부분이기는 하다.

다섯째, 소설을 쓸 때 결정해야 할 것들이 있다. 문장을 과거형으로 쓸 것인가, 현재형으로 쓸 것인가를 결정하고 써야 한다. 예를 들면 '일을 했었다'는 문장과 '일을 한다'라는 문장을 혼용하고 있다. 그리고 문체를 결정하고 쓰면 도움이 될 것이다. 화려하거나 힘 있는 문체를 쓸 것인가, 사무적이고 기본적인 문체를 쓸 것인가를 결정하고 쓰면 글에 일관성이 있게 된다.

《골든 워터》 역시 첫 작품으로 부족한 점을 드러낸다. 혼자 독학하였기 때문일 수 있다. 중요한 것은 긴 글을 완성해서 장편소설로 만들어냈다는 점에 큰 박수를 보낸다.

3. 작가의 작품 활동

《제3의 전투 한반도 기술 경제 군사들》
해외 건설 영업 경험 녹인 '생생한 이야기 형식으로 해외 건설 일선의 현장을 담은 자기 계발서'다. 엔지니어링데일리 신문의 이명주 기자가 2013년 5월에 올린 글은 저자의 족적을 심도 있게 요약했다.

35년간 해외건설 영업 실무자로 활동하면서 '밀리언 마일러'가 된 전문가가 해외건설 관련 책을 출간해 화제가 되고 있다. "코트라 박관식 자문관"은 직접 체험한 해외 건설 및 플랜트 수주 경험을 담은《제3의 전투 한반도 기술경제 군사들》을 최근 출간했다.

박관식 자문관은 그동안의 일선 경험담과 함께 현직 코트라 자문관으로 활동하면서 체험한 해외건설의 최근 동향과 변화의 추이를 책에 녹여냈다. 제3의 전투에는 박 자문관이 지난 1977년 '#태국 아연제련공장 건설사업'부터 최근 2013년 '#크로아티아 화력발전소 사업'까지 최일선에서 활동해 온 35년간의 현장경험담이 담겨 있다.

지원부서에서 근무하면서 체험한 해외건설 수주동향 및 발전 방향은 '지원부대에서 참가한 제3의 전투'를 통해 기술됐다. 특히 '#자금조달과 계약 그리고 목표점을 찾아서'는 해외건설 금융의 최신 동향 및 활용 방법과 최근 급증하고 있는 해외 건설 클레임에 관련된 사례가 생생한 이야기 형식으로 소개돼 있다. 최근 강조되고 있는 건설 금융 및 계약 업무를 담당하는 지원부서에서 근무하면서 체험한 해외건설 수주동향 및 발전 방향은 '지원부대에서 참가한 제3의 전투'를 통해 기술됐다. 특히 '#자금조달과 계약 그리고 목표점을 찾아서'는 해외건설 금융의 최신 동향 및 활용 방법과 최근 급증하고 있는 해외 건설 클레임에 관련된 사례가 생생한 이야기 형식으로 소개돼 있다. 최근 강조되고 있는 건설 금융 및 계약 업무를 담당하는 임직원들에게 도움이 될 것으로 보인다.

박 자문관은 "해외 수주전은 이제 단순 경제영역이 아닌 국가의 총체적인 역량이 투입되는 국가 대항전 형태를 띠고 있다"라고 강조한다. "책을 통해 갈수록 치열해지는 해외건설업 관련 임직원들에게 도움이 되길 바란다"라고 말했다.

* 《추억이 머무는 곳》, 《내가 머물 곳은 어딘가? I, II & III》, 《뿌리를 찾아서 I & II》, 《나의 꿈 나의 인생》 공저, 《향기로 그리워하다》 공저, 《캥거루 포 이야기》, 《호원당 박호건 일대기》, 《타당성 조사기법 및 사례집》, 《해외플랜트 계약/금융》, 《영문계약서 실무》 외 다수

4. 저자의 족적

자기 계발서가 젊은 독자들에게 인기가 높다. 내용을 보면 사고의 전환이나 보스형으로 유도하는 경향이 짙다. 국내 베스트셀러인 긍정 마인드를 강조한 《더 해빙》과 해외에서 한 가지에만 집중하라는 《원씽》도 이

에 부합되는 모습이다. 하지만 독자에게 현실적으로 결코 쉽지 않을 것이다.

저자의 자기 계발은 조직에서 스탭형이며 임무가 주어지면 보스형으로 개척해 왔다. 무엇보다도 저자의 직장이 아주 많은 편인데도 대나무 마디가 가지런히 이어지듯 매끈하게도 이어져 있다. 쉽게 볼 수 있는 유형이 아니다.

* 연세대학교 총학생회장에 당선시켜 놓고 참모들은 여세를 몰아서 "창조사"를 설립해서 수익사업 첫 단계를 맛보게 했다. 첫 직장은 신문 공채 공고에 올라온 "한국스레트"와 "전엔지니어링"이어서 "대우엔지니어링"과 합병되었다. "대우"플랜트영업본부로 사간 전보도 했다. 영입 케이스로 "대림엔지니어링"에 이직했다. 역시 이어서 신문 공채 공고에 응시하여 "아진/바스텍"과 "이테크"에 근무하다가 봉급자에서 심층수 사업개발자로 도전했다. "(주)강원고성해양심층수"다. 이어서 지인에 의해서 "피앤아이디"와 "친환경"와 "협우"그리고 STX(제일종합기술)에 몸담았다. 마지막 직장이 "대한무역투자공사(kotra)"다.

한편 다양한 직장 경험과 저자의 깊이 파고드는 열정과 전문성 추구로 공공기관이나 협회에 심사관이나 자문관으로 활동했다.

* 국토부, 국토연구원, 국토정보공사(지적공사), 기재부, UNCITRAL, 해양수산부, 서울시공간정보, 공기업협의회, 광해관리공단, 여천산업공단, 대한상의, 녹색기술센터, 정책금융센터, 기술교육원, 대외경제정책연구원, 글로벌 연수원, 철도협회, 해외건설협회, 한국엔지니어링협회, 플랜트산업협회, 코트라 수요포럼(해외수주협의회), 전남대, 과기대, 목포대(해외사업 전략 과정, 국제계약, 파이낸싱), 경희대 국제대학원(자금조달 활성화 방안 프로젝트), 충대산업대학원(커뮤니케이션), 일신회계법인, 율촌법무법인 외에 (사)창조와 혁신 등 다양한 분야에서 일했다.

저자가 70대 중반을 넘어서며 본 《골든 워터》를 퇴고하는 과정에 자가 면역 질환인 난치성 피부근염에 걸렸다. 목소리는 나오지 않고 거동은 물론 손가락도 마음대로 움직이지 못하는 상황을 맞았다. 퇴고를 포기하기를 몇 번이나 한 후에 매듭을 지었다. 글자를 쓴다는 것이 이렇게도 어려운지 몰랐다. 한 글자 한 단어 쓰기를 통해서 글자 마다 의미가 있음에 놀랐다. 이번 기회를 통해서 앞으로 저자의 글쓰기에 전화위복(轉禍爲福)이라도 되었으면 좋겠다. 투병 속에서도 퇴고를 할 수 있어서 이 모든 것에 대해 감사할 뿐이다.